KB260868

한국문학의 쟁점들
탈식민 · 역사 · 디아스포라

강진구

제이엔씨
Publishing Corporation

【책머리에】

첫 연구서를 낸다. 박사과정에 발을 들인 지 벌써 10년. 만물이 그 모습을 변화시켜 거듭나기에 충분한 시간이다. 차마 말을 꺼내기도 민망할 만큼 열악한 인문학 연구 풍토 속에서 인문학 연구자로 산다는 것은 거센 폭풍우 속을 걷는 것만큼이나 지난한 일이다. 그러나 많은 어려움에도 이곳저곳 기웃거리지 않고 연구자로서 한 길을 걸어온 것 같아 다행이다.

처음 연구자로서의 삶을 결심했을 때, 한 10년쯤 지나고 나서 스스로를 돌아볼 기회를 가져야겠다고 생각했다. 지금 그 약속을 지킬 수 있어 기쁘기도 하지만, 한편으로는 첫 저서를 통해 그 기회를 갖게 된다는 것이 못내 아쉽고 부끄럽다.

이 책은 한국 근·현대문학 연구와 관련된 필자의 이력과도 같다. 출판을 결심하고 그동안 여기저기 발표했던 글들을 모으니 20편 남짓 되었다. 지난 10년간 필자가 한국 근·현대문학을 연구하면서 얻어낸 결과이지만 한 권의 책으로 묶기에는 관심 대상이라든가 시기 등에서 너무 편차가 컸다. 따라서 원고를 정리하는 기간은 학문 연구자로서 고유한 연구 영역을 개척하지 못했다는 자책의 시간인 동시에 한국 근·현대문학 연구에 대한 고민과 앞으로의 계획을 마련하는 값진 시간이기도 했다.

책의 제목에서 알 수 있듯 이 책은 한국 근·현대문학과 연구들에 대한 필자 나름의 답변들이다. 책 제목과 내용을 이렇게 채운 것은 그동안 필자가 한국문학의 어떤 문제들과 씨름했으며, 우리 문학 연구가 지향해야 할 점을 살펴보기 위해서다. 필자가 여기저기에 발표했던 논문들을 모은 이 책은 편제에 맞게 일부 제목과 내용을 수정했다.

제 1부 '한국문학과 탈식민주의'에서는 일제 강점에서 벗어났음에도

여전히 일제 잔재와 서구콤플렉스를 극복하지 못한 한국문학에 대한 성찰을 시도했다.

제 2부 '역사와 현실'에서는 문학이 역사와 어떻게 관계 맺고 있는가를 살펴보고자 했다.

1부와 2부가 국내의 한국근현대문학을 대상으로 했다면 제 3부 '고려인 문학과 다이스포라'에서는 연구의 대상을 중앙아시아 고려인 문학으로까지 확장한 것이다.

그간 공저로 몇 권의 책을 내기는 했지만 단독 저서로는 처음이다. 원고를 정리하는 내내 새삼 도움을 주신 분들이 무척 많다는 것을 느꼈다. 미흡한 제자이건만 항상 격려를 아끼지 않으시는 참스승이신 이명재 교수님. 그분의 사랑에 감사드린다. 학문적 열정으로 힘이 되었던 '문학과 비평연구회'의 선배·동료들은 나의 가장 큰 후원자들이다. 박명진, 손종업, 임영봉, 최강민, 염철, 류찬열, 오창은, 김효석, 홍기돈, 김주현, 박죽심, 주인, 오혜진, 한승우, 진설아 선생. 이분들과 함께 공부할 수 있어 행복했다. 더 좋은 책으로 만날 것을 약속하는 것으로 평소의 관심과 도움에 대한 감사를 대신하고자 한다.

어려운 출판계의 사정에도 선뜻 출판에 응해준 제이앤씨 출판사 윤석용 사장님과 출판 관계자 여러분께 감사의 말을 전한다.

마지막으로 아빠만 보면 놀아달라는 강찬우와 사랑하는 아내 정영미, 그리고 가족들에게 작은 선물이 되었으면 한다.

2007년 6월 강 진 구

【목 차】

제2부 역사와 현실

제3부 한국문학과 디아스포라

제1부

한국문학과 탈식민주의

한국소설에 나타난 식민주의 욕망 탐구
반식민(Anti-Colonization)의 이중성을 넘어
―최인훈의 『태풍』을 중심으로
'사실의 세기(世紀)'를 향한 웃음의 미학
―채만식 문학의 탈식민성

한국근현대문학과 탈식민주의

한국소설에 나타난 식민주의 욕망 탐구

1. 문제제기

　일제 강점의 경험은 낙인과도 같다. 그간 한국 사회는 아무리 지워도 지워지지 않는 이 낙인의 흔적을 없애고 당당한 사회를 건설하기 위해 부단히 애를 써왔다.[1] 그러나 이러한 노력에도 불구하고 한국 사회의 기형적인 발전은 오히려 낙인의 존재만을 뚜렷이 부각시켰다. 그 결과 우리들은 이 모든 책임의 원인 제공자인 일제에 대해 분노와 원망을 터뜨리거나 그도 아니면 스스로를 식민지 변방에 위치시킨 채 그 피해

----

1) 문민정부 들어 시행된 일련의 '역사바로세우기' 정책은 일제 잔재에 대한 완전한 청산을 통해 민족정기를 바로 세운다는 기획 하에 진행되었다. 그러나 이것은 이성적이기보다는 감성적이었고, 논리보다는 비약이었으며, 실체가 확인되지 않는 허상을 둘러싼 것이었다. 결국 울분을 토로할 뿐 진정한 식민지 극복과는 거리가 멀었으며, 피해의식을 공고히 하고 왜소한 열등의식을 버리지 못하도록 함으로써 과도한 우월감을 가질 것을 촉구하는 역설을 낳고 말았다. 자세한 것은 박유하의 글(박유하,『누가 일본을 왜곡하는가』, 사회평론, 2000)을 참조할 것.

의식을 과도하게 포장하였다.[2]

　이러한 현실에서 '타자성을 통한 식민지 경험의 극복' 가능성을 제시하는 탈식민주의론(Post-Colonialism)은 매력적인 것으로 다가온다.

> 피해자 의식에서 벗어나 '우리 것을 다시 보는 눈을 갖는' 포스트콜로니얼한 자각이 우선되어야 한다. 즉, 우선 우리사회와 우리 문학담론 속에 내재한 식민성을 인식해야 하고, 질곡의 역사와 기억 속의 파편까지도 거슬러가 다시 읽고 다시 쓰는 과정을 거쳐서, 우리가 서구 제국주의에 의해 주변화/타자화된 과정을 비판하고 고발해야 한다.[3]

　한국 문학 연구에서 탈식민론은 지금까지 보편적이라고 믿었던 서구의 이론이 사실은, "서구를 중심에 놓고 그 여타를 타자화 함으로써 주변화"시켰다는 점을 밝히는 한편 "서구 보편주의란 획일성을 전복하고 주변을 복원해 내는 실천적 의미"[4]를 갖는 것으로 평가되었다. 송현호, 하정일, 나병철 등이 대표적인 논자들이다.[5] 그런데 문제는 이들 탈식민론 연구자들이 제국주의의 식민지 지배에만 관심을 두고

---

2) 김영민, 『탈식민성과 우리 인문학의 글쓰기』, 민음사, 1996, 16쪽.
3) 이해년, 「한국 문학에 나타난 포스트콜로니얼리즘 연구-「아리랑」, 「태백산맥」, 「무궁화꽃이 피었습니다」를 중심으로」, 『한국문학논총』 제 26집, 2000, 590쪽.
4) 정재서, 『동양적인 것의 슬픔』, 살림, 1997, 34~35쪽.
　김성곤 역시 조심스럽지만 식민지 경험을 갖는 나라들에서 식민지 극복의 대안으로 탈식민론을 고려할 수 있다는 의견을 제시한다.
　김성곤, 「탈식민주의 시대의 문학」, ≪외국문학≫, 1992.
5) 송현호, 「만해의 소설과 탈식민주의」, 『국어국문학』, 1994.
　송현호, 「근대초기 문학에 나타난 탈식민주의와 페미니즘」, 『아주어문연구』, 1994.
　하정일, 「민족문학의 역사성과 탈식민성」, ≪비평≫ 3집, 생각의 나무, 2000.
　나병철, 『근대서사와 탈식민주의』, 문예출판사, 2000.

있을 뿐 정작 식민지 극복과정에서 발현되는 '식민주의와의 공범관계'6)
에 대해서는 눈을 감고 있다는 점이다.

통상 탈식민주의 이론들은 제국주의를 비판하는 동시에 감상적 민족
주의나 식민지 개척 욕망의 위험성을 경고한다.7) 그러나 한국의 탈식민
연구자들은 '서구의 이분법적 사유체계'에 대해서만 비판할 뿐, 한국문
학 스스로가 행하고 있는 의식·무의식적 식민주의 욕망에 대해서는
무비판적이다. 아니, 어떤 면에서는 오히려 조장하기까지 한다.

이런 국내의 탈식민주의 연구에 대한 고부응의 일침은 시사하는
바가 크다. 그는 한국 사회의 탈식민주의 논의가 "기득권층이 배타적으
로 구축해 놓은 가치 체계로서, 하층민, 여성, 외국인 노동자, 미성년자
등 주변부 집단을 배제하고 있"8)다는 사실을 간과하고 있다고 주장한
다. 또한 그는 한국 사회가 탈식민주의론에서 일반적인 범주로 논의되
는 제 3세계 국가에 들 수 있냐고 반문하기까지 한다.

> 그러나 남미나 동남아시아 아프리카 심지어 동구권에까지 뻗쳐 가는
> 한국의 자본, 그리고 한국 내의 노동력과 중국, 동남아시아 등으로부터
> 오는 이입 노동력 간의 분화, 이에서 결과되는 제 3세계 노동력의 착취,
> 저개발 국가의 원시 문화를 보여 줌으로써 그들에 대한 문화적 우월감과
> 정복과 지배의 가능성을 북돋우는 방송 프로그램 등은 한국이 이미
> 제국주의의 대열에 끼고 있음을 말해준다.9)

6) 鄭百秀, 『한국 근대의 植民地 體驗과 二重言語 文學』, 아세아문화사, 2000, 26~30쪽.
7) Leela Gandhi, *Postcolonial Theory*; a critical introduction, Allen&Unwin, 1998, 이영욱 옮김, 『포스트식민주의란 무엇인가』, 현실문화연구, 2000, 참조.
8) 고부응, 「초민족시대의 민족 정체성」, ≪현대사상≫, 민음사, 1998, 여름호, 174쪽.

이상의 논의들을 통해 우리는 올바른 식민지 경험의 극복을 위해서는 제국주의에 대한 비판과 더불어 내부 식민화에 대한 비판적 검토가 필수적임을 일러준다.

필자는 이 글에서 한국사회 내부에 잠재한 식민주의적 욕망에 대해 주목하고자 한다. 왜냐하면 지금까지 한국문학은 식민주의에 대한 비판에는 능했던 반면, 내부적인 자기반성이 미흡했기 때문이다. 게다가 내부적 자기반성이야말로 "서구 중심적인 메트로폴리탄 권력과 그들이 만들어낸 경전적 지배 문화를 폐지하"10)는 탈식민주의 전략과 부합한다. 이 글을 통해 필자는 한국소설에서 타자들(제국주의, 외국인)이 어떻게 인식되고, 그들이 어떻게 분류되고 가치평가 되는가를 살펴봄으로써 한국소설에 나타난 식민주의적 욕망을 탐색하고자 한다.

2. 반식민주의와 민족주의

탈식민 문제는 필연적으로 민족주의와 조우하게 된다. 이것은 비단 한국에만 국한된 문제가 아니라 제국주의로부터 벗어난 제3세계 국가의 보편적 특징이기도 하다.11) 이런 현상을 릴라 간디(Leela Gandh)는

---

9) 고부응, 「에드워드 사이드 : 변경의 지식인」, ≪현대시사상≫, 고려원, 1996. 봄, 109쪽.

10) 조혜정, 『탈식민지 시대 지식인의 글 읽기와 삶 읽기』, 또 하나의 문화, 1994, 29쪽.

11) 제국주의 식민지로부터 벗어난 아프리카, 인도, 아일랜드, 인도네시아 등 대부분의 나라에서는 거센 민족주의의 파고가 일고 있다.

식민지 민족들이 과거 민족해방 운동 과정에서 갖게 된 제국주의에 대한 뿌리 깊은 반감(중심부에 대한 뿌리 깊은 반감)과 스스로를 "'문명화된 서구 모더니티'에 대해 본질적으로 '부정적'이고 수세적으로 파악하고 있기 때문"[12]에 발생한 것으로 파악한다. 즉 제3세계 국가들은 제국주의로부터 독립한 후, 중심에 의해 주변화된 채 비정상적인 것으로 취급된 자신들의 "문화적 타자성을 필사적으로 주장"[13]함으로써 "식민적 인종주의가 가한 심리적 피해를 극복할 수 있게 하는 주요한 치료 수단으로"[14] 민족주의를 적극 활용한다.

그런데 문제는 이렇게 형성된 민족주의가 제국주의가 강요한 이항대립과 위계들을 반복함으로써 궁극적으로 자기 패배적인 성격을 갖는다는데 있다. 아쉬스 난디(Ashis Nandy)에 의해 '친밀한 적'[15]으로 명명되었던 인도의 식민지 극복운동은 이러한 사실을 여실히 증명해 준다. 인도는 영국 제국주의가 강요한 식민주의 담론을 전도시키는 것을 통해 영국이 강요한 '차이의 지배'를 벗어나려 한다. 그러나 그들은 "서양/동양을 가르고 그 각각을 차별적으로 본질화하고 시각화하였던 오리엔탈리즘적 식민주의 담론 구조"[16]를 벗어나지 못한 채, 오히려 인도라는 타자성을 서양이라는 자아에 통합시켜 전유함으로써 길들여

....

릴라 간디, 앞의 책, 129쪽.
12) 위의 책, 136쪽.
13) 같은 쪽.
14) 위의 책, 140쪽.
15) 아쉬스 난디, 이옥순 옮김, 『친밀한 적-식민주의 시대의 자아의 상실과 재발견』, 신구문화사, 1993.
16) 김택현, 「식민지 근대사의 새로운 인식-서발턴 연구의 시각」, ≪당대비평≫, 2000. 겨울호, 208쪽.

진 인식으로 끝맺고 만다. 인도의 이같은 경험은 식민지 극복을 위한 민족주의가 형식적으로는 제국주의와 대립하고 있지만 인식론적 수준과 역사에 관한 거대서사 측면에서는 오히려 제국주의의 파생 또는 구성 요소로 작용함을 보여주는 예[17]라 하겠다.

한국의 민족주의 역시 인도의 경우와 유사한 면을 갖고 있다. 최근 몇몇 역사학자들은 한국의 민족주의가 자본주의의 발달 과정에서 자연스럽게 형성되지 못한 채, 서구 열강과 일본 제국주의에 맞서기 위한 '자기 보존의 논리'로 개발된 측면이 강하다고 주장한다. 그들은 한국의 민족주의는 해방 후에도 미국의 간섭이 계속되자 끊임없이 재생되어 결국 '유일한 세계 인식의 틀'[18]로 자리 잡게 되었다는 것이다. 즉 한국의 민족주의는 민족이라는 규범적 틀을 강제함으로써 여타의 경험적 인식을 압도하고 "민족을 초역사적인 자연적 실재"[19]로 부당 전제한다. 그 결과 한국의 민족주의는 식민지를 경험한 국가들이 서양의 정치, 경제, 문화적 진출에 저항함으로써 정립했던 '건전한 의미에서의 민족주의'(내셔널리즘-저항적 민족주의)와는 다른 '자민족 중심주의'로의 귀결이라는 위험에 직면하고 만다.

김진명의 『무궁화꽃이 피었습니다』[20]와 이 작품을 한국 문학에서의 '포스트콜로니얼리즘을 구현'한 것으로 평가한 다음과 같은 진술에서 우리는 제국주의에 반대한 민족주의가 그것과 동격인 또 다른 식민주의

---

17) 위의 글, 209쪽.
18) 임지현, 『민족주의는 반역이다』, 소나무, 1999, 53쪽.
19) 위의 책, 55쪽.
20) 김진명, 『무궁화꽃이 피었습니다』1·2·3, 해냄, 1993. 이하 『무궁화꽃』으로 하고, 직접 인용은 1:123의 형식으로 표기한다.

를 지향하고 있음을 목격하게 된다.

> 우리 민족의 강인한 생명력과 끈기를 상징하는 나라꽃인 '무궁화'는 강대국의 감시와 억압을 뚫고 민족자존과 자립을 지키는 핵개발의 상징적 명칭으로 채택되어, 포스트콜로니얼한 주제의식을 실현한다. 또 한민족 역사를 통해 잦은 침략으로 가장 큰 시련을 주었던 일본을 응징하는 민족차원의 한풀이이며, 자존심을 회복시키는 포스트콜로니얼리즘의 구현이다.[21]

김진명의 『무궁화꽃』에 대한 분석이다. 논자는 강대국의 감시와 억압을 이겨내는 강한 반미의식과 민족자립으로 상징되는 부국강병(힘의 논리)주의, 그리고 이것을 바탕으로 한 통렬한 복수논리를 '포스트콜로니얼리즘의 구현'으로 파악하고 있다. 그러나 여기서 보여주는 민족주의가 비록 반미 등 제국주의로부터의 이탈을 지향하고 있다고는 하지만, 배타적 민족주의에 근거한 민족이데올로기로 재구성하고 있다는 점에서 의문을 갖지 않을 수 없다.

"국제사회의 현실은 힘입니다."(3:30)라거나 "세계는 극단적인 자본주의와 국가 이기주의가 결합한 형태의 끝없는 무역전쟁으로 돌입했습니다. 이 전쟁은 …중략… 후진 국가에 대한 착취 행위를 자랑스럽고 떳떳하게 여기도록 만들 것"(3:69)이라는 현실인식은 과거 제국주의가 식민지를 경영하면서 내세웠던 논리와 흡사하다. 게다가 "일본의 침공에 대항하다 죽는 것은 당당한 일입니다."(3:228)라며 죽음마저 기쁘게 받아들이는 독도 수비대원들과 일본 군함을 향해 가미카제(신풍)처럼

---

21) 이해년, 앞의 글, 596쪽.

돌진하는 엄대령의 모습에서는 일본 군국주의자들의 일단마저 엿보인다.

『무궁화꽃』은 민족주의란 이름으로 국가와 개인을 동일화시키고 타국가나 국민을 절대적인 적으로 둔갑시킨다.[22] 이런 작품을 논자가 군이 '포스트콜로니얼리즘의 구현'으로 보는 것은 무슨 까닭일까? 여러 가지 이유가 있겠지만 식민지에 대한 반대로서의 반식민(Anti-Colonization)을 탈식민론의 중심축으로 사고한 결과가 아닌가 한다.

탈식민주의 논의에서 제국주의 담론을 해체하는 반식민 전략은 필수적이다. 그러나 제국주의 극복 논리가 『무궁화꽃』에서처럼 핵무기를 사용하면서까지 지켜야하는 '민족차원의 한풀이'라는 식으로 정리될 경우 또 다른 식민주의 논리로 귀결될 수밖에 없다. 결국 『무궁화꽃』을 통해 우리가 발견할 수 있는 것은 타자에 대한 서구의 잘못된 표상을 해체하고 이것을 통해 자신을 발견하는 탈식민주의 전략이 아니라 철저한 중심의 확인과 전도된 식민주의의 뿐이다.

고원정의 『한국인』[23]은 민족주의가 반식민(Anti-Colonization) 투쟁이라는 대항 에너지의 연료로 작용될 때, 민족 전체를 광신적인 죽음의 길로 끌고 갈 수 있음을 경고한 작품이다.

이른바 '시사적 상상력'[24]에 근거한 『한국인』은 미구에 이 땅에서 출동할지도 모르는 민족주의와 세계주의의 대립을 가상한 소설로 극단

....

22) 『무궁화꽃』은 민족주의와 국수주의(쇼비니즘)란 양단의 평가 속에서도 400만 부가 넘게 팔렸다. 이것으로 미루어 볼 때, 김진명식의 민족주의가 한국 독자들에게 일정부분 수용되었음은 분명하다. 이 작품에 나타난 국수주의의 문제점에 대해서는 권혁범(42~72쪽)과 박유하(72~90쪽)의 글을 참조할 것.
23) 고원정, 『한국인』1·2, 해냄, 2000. 이하 직접 인용은 1:23의 형식으로 표기한다.
24) 하응백, 「고원정의 『한국인』 읽기」, ≪중앙일보≫, 2000.8.16.

적 파국을 피하기 위해서라도 우리 사회에 만연된 '배타적 민족주의'를 버리고 '열린 민족주의'를 지향해야 한다는 주장[25)]을 담고 있다.

이 작품에서 특히 관심을 끄는 대목은 작가가 한국의 민족주의를 배타적 민족주의로 정의하고 있는 점이다. 작가는 식민지 극복과정에서 민족을 하나로 묶어 세웠던 민족주의가 실은 타자(외국인, 외국인 노동자, 혼혈아, 화교, 조선족)에 대한 멸시와 차별에 근거해 있음을 보여 주는 한편, 그 극단의 위험성을 경고한다.

IMF로 명명되는 초유의 상황에서 국내 기업들은 외국기업과 합작으로 경영권의 급속한 와해를 맞게 된다. '대산전자'가 대표적인 예다. 철저히 민족자본에만 근거했던 '대산전자'는 외국자본에 의해 'IE대산'으로 이름이 바뀌고 노동자들은 그동안 누려왔던 민족적 자긍심과 안정적인 고용 승계마저 잃게 된다. 경영을 맡은 미국인은 값싼 동남아의 노동력으로 한국 노동자들을 대신한다. 실직 위기에 직면한 한국 노동자들은 파업을 통해 이 위기를 극복하려 한다. 이 과정에서 민족주의는 자신들의 잘못을 정당화시키는 동력으로 활용된다.

파업에 돌입한 노동조합 간부는 "우리가 주인인 우리의 회사에게 왜 우리가 찬밥 신세가 되어야 합니까!"(1:10)라며 민족감정에 호소하는 한편, 외국인 노동자와 미국인 관리자를 강당에 끌어내 폭행한다. 무자비한 폭력 앞에 노출된 외국인 노동자들은 정신을 놓거나 오줌을 싸는 등 극도의 공포에 떠는데, 이것을 본 대다수의 노동자들은 "죽, 여, 라!"(1:16)를 연발하며 폭행을 부추기는 것은 물론이고 심지어는 "더

---

25) 고원정, 「'열린 민족주의'를 생각할 때」, 《동아일보》, 1999.8.12.

이상 흥분을 누를 수 없는 모양으로 그들을 향해 달려들며 폭행을
행”(1:16)하는 등 “집단의 오르가슴에 도달한 것만 같”(1:8)은 분위기에
휩싸인다.

그러던 중 정체를 알 수 없는 일단의 외국인 테러분자들이 등장하여
민족감정을 자극하는 발언과 함께 한국 노동자들을 향해 무차별적인
총격을 가한다. 한순간에 파업장은 피의 향연장으로 변해 버린다. 이
사건을 계기로 이후 서사는 미국의 간섭에서 벗어나려는 민족주의자
‘이일도’와 한국을 통해 자신들의 세계화 전략의 기초를 다지려는 미국
과의 물고 물리는 싸움으로 전개된다.

고원정은 이 양자의 대결을 기술하면서 이들이 이념으로 제시한
민족주의와 세계주의가 모두 도덕적 허위에 둘러싸여 있음을 보여준다.
그중에서도 민족주의에 대한 비판이 특히 눈에 띈다. 그는 이일도로
대표되는 한국의 민족주의가 비록 저항적 차원에서 구성되었지만, 그
근저에는 항상 무엇이든지 한국의 것이 최고라는 ‘철저한 자기 우선주
의’와 봉건적인 혈연주의가 깔려있기에 종국에는 국수주의로 진행될
수밖에 없음을 보여준다. 즉 한국의 민족주의는 민족이란 절대 개념을
형성하고 거기에서 벗어나는 개인이나 집단에 대해서는 극단적인 선택
의 논리를 강요하는 배타성을 기반으로 하고 있다는 것이다.

> “그럼 묻겠습니다. 당신은 아일랜드인입니까, 한국인입니까?”
> “한국인입니다.”
> “그럴 리는 없겠지만 가정을 해서 한국과 아일랜드 간에 전쟁이 일어났
> 다…… 어느 쪽을 위해 총을 들겠습니까?”(1:171쪽)

한국의 민족주의는 이분법적 가공할 폭력을 동반함으로써 더욱 비극적인 운명을 갖는다. 혼혈아란 이유만으로 집단 윤간을 당한다거나, 과거에 한국인 청년이 백인의 칼에 찔려 죽었다는 사실 하나만으로 이유 없이 백인 청년을 칼로 찔러 죽인다. 게다가 조선족이란 이유로 "세상에, 우리 한국 사람들이 아무리 못났기로 몸 파는 일까지 쭝국년들한테 뺏겨야 되겠냐?"(1:249)며 난자를 당한 채 살해된다.

그런데 이 모든 행위가 보통의 한국인들에 의해 자행될 뿐만 아니라, 민족주의란 이름으로 정당화된다는 점에서 문제라 하지 않을 수 없다. 『한국인』은 정확하게 바로 이 지점을 공격한다. 즉 민족주의란 이름으로 자신들의 폭력행위를 정당화하려는 이들을 비판하고 있는 것이다. 그러나 작가의 노력은 절반의 성공에 머물고 만다. 고원정은 한국 사회에 내재된 뿌리 깊은 인종주의적 편견에 대해 섬뜩하리만치 잘 표현하고 있다. 하지만 이 모든 사건의 근본적 원인인 한국인들의 민족주의에 대해서는 피상적으로 접근한다. 즉 작가는 한국 민족주의의 문제점을 물고 늘어지기보다는 일련의 광기를 뒤에서 조종하는 이일도의 도덕적 허위들을 공격하는 것으로 끝을 맺고 있어 아쉬움을 남긴다.

"저는 지난번 사태에서 한쪽 다리를 다쳤습니다. 무릎의 인대가 끊어져서 평생 절뚝거리고 살아야 합니다. 저를 이렇게 만든 것은 같은 공장에서 일하던 한국인 동료들이었습니다. 함께 일하고, 함께 술도 마시던 동료들이 저를 이렇게 만든 것입니다. 느닷없이 저를 공장 앞 공터로 불러내서 아무런 이유도 없이 그 사람들은 저를 두들겨 패기 시작했습니다. 항의를 해도 사정을 해도 소용없었습니다. 공장장은……저만치서 팔짱을 끼고 구경만 하고 있었습니다. 아닙니다, 구경만 한 게 아닙니다.

이렇게 말했습니다. 죽이지 말고, 다리나 하나 부러뜨려 놔!"(2:79쪽)

인용문에서 보듯 작가는 지금껏 한국 소설에서 볼 수 없었던 외국인 노동자들에 대한 잔인한 폭력의 실상을 대담하게 형상화한다. 외국인 노동자 부부를 집단 폭행한 한국 노동자들은 마치 전상국이 『아베의 가족』에서 임신 팔 개월의 여인을 집단 윤간한 미군 병사들을 그렸던 것과 흡사하다. 미군 병사들이 양심의 가책을 느끼지 못했던 것처럼 한국 노동자들도 자신들의 행위에 대해 어떠한 양심의 가책도 갖지 않는다. 오히려 이들은 자기보다 약한 소수자에 대한 집단적 경멸과 공격성을 통해 자신들의 존재 조건을 확인받기까지 한다. 한국 사회의 타자에 대한 억압을 적시하고 있다는 면에서 『한국인』은 나름대로 의의를 갖고 있다.

이같은 의의에도 불구하고 우리는 한 가지 질문과 마주하게 된다. 즉 한국 노동자들의 외국인 노동자를 비롯한 사회적 소수자에 대한 공격을 어떻게 이해해야 하는가? 홀거 하이데는 자신에게 가해지는 심리적 압박을 사회적 소수자에 대한 공격을 통해 해소하려는 경향을 '공격자와 동일시'라는 개념으로 설명하고 있다. 한국 노동운동을 분석한 글에서 그는 오랫동안 사회적으로 패배를 당한 한국의 노동자들은 "자신이 약하다는 공포에 대한 공포와 이러한 공포를 떨쳐 버려야 한다는 필연성"으로 자신을 공격자에 복종시켜 공격자로부터 자신들에게 가해지는 공격을 극복하려는 경향을 갖는다고 주장한다.26) 희생자를

26) 홀거 하이데, 강수돌 외 역, 『노동사회에서 벗어나기』, 박종철출판사, 2000, 33～34쪽.

만들어 자신이 당한 폭력을 전가시키는 이같은 모습은 위기국면을 맞이하면서 일종의 의식변화를 겪게 된다. 그것은 때때로 '투쟁의 미화, 거칠 것 없는 자기 과신, 타인에 대한 배려 없음, 과대망상의 자기 방어' 등으로 나타난다. 그런데 이러한 자기방어가 피해자로서의 두려움을 극복하기 위한 공격이기 때문에 정당화된다는 점에서 문제다. 즉 한국 노동자들은 책임의 모든 소재를 자신들을 피해자로 만든 곳으로 돌림으로써 자신들의 행동에 대한 책임문제에서 자유로워진다.[27] 실제로 이 작품에서 노동자들은 민족주의가 비난에 휩싸이자 자신들이 저지른 행동에 대한 자성보다는 그 책임을 "이일도를 때려 죽이자!", "이일도를 단죄하자!"(2:82)라며 민족주의를 선동했던 이일도에게 돌린다.

『한국인』이 정작 문제 삼아야 할 부분은 이 지점이 아니었을까? 한국의 민족주의가 어떻게 자신을 '공격자와 동일시'하면서 타자에 대한 공격과 그에 대한 책임으로부터 벗어나는가에 대한 면밀한 접근이야말로 "대한민국 만세"를 외치며 할복마저 행하는 민족주의에 대한 비판적 접근을 가능하게 할 것이기 때문이다.

3. 타인종에 대한 상상적 구성과 내부 식민화 문제

한국사회가 외국과 외국인에 대해 개방적이지 못할 뿐만 아니라 어떤 면에서는 배타적이기까지 하다는 주장은 여러 번 제기되었다.[28]

27) 위의 글, 56~57쪽 참조.
28) 이에 관한 대표적인 논의들은 다음과 같다.

그런데도 한국인들은 무의식중에 스스로를 평화를 사랑하고, 외국인에게 친절한 사람으로 규정한다.[29] 그 결과 한국인들은 적어도 '인종차별' 논쟁에서 만큼은 자유롭다고 자위하며 간혹 전해지는 해외 동포에 대한 차별에 분통을 터뜨릴 수 있었다. 그러나 외국인이 작중 인물로 설정된 대부분의 문학작품은 이런 믿음이 얼마나 허위에 가득 차 있는지를 여실히 보여준다.

본 절에서는 민족 차별과 무관한 작품으로 평가되는 텍스트 속에 무의식으로 제시된 타자에 대한 배타성을 살피고자 한다.

오정희의 <중국인 거리>[30]에 형상화된 화교의 모습은 작품 전체에서 아주 조금 얼굴을 내밀고 있다. 따라서 이 작품을 통해 한국 사회에 내재되어 있는 타자(외국인)에 대한 강력한 배타의식을 읽어 내는 것은 견강부회처럼 들릴지도 모른다.

> 중국인 거리에 거주하는 사람들은 화교들과 함께 살면서도 그들을 향해 '뙤놈들'이란 어휘를 사용하여 화교들과 자신들을 분리시킨다. 이러한 사람들의 태도는 아이들에게까지 자연스럽게 이어져 화교에 대한 그들만의 상상적 이미지를 형성한다.

박유하, 『누가 일본을 왜곡하는가』, 사회평론, 2000.
하창수 엮음, 『외국인 노동자 환영받지 못한 손님』, 분도출판사, 1988.
박경태, 「한국사회의 인종차별: 외국인 노동자, 화교, 혼혈인」, ≪역사비평≫, 1995.
유명기, 「한국의 '제3국인', 외국인 노동자」, 임지현외, 『우리안의 파시즘』, 삼인, 2000.
29) 김규원, 「국제화 시대와 한국인의 대외의식」, 『성곡논총』 제26집, 1995. 995쪽, <표 2-1>참조.
30) 오정희, <중국인 거리>, 『유년의 뜰』, 문학과 지성사, 1981, 이하 인용은 쪽수만 표시함.

우리는 그들과 전혀 접촉이 없었음에도, 언덕 위의 이층집, 그 속에 사는 사람들은 한없이 상상과 호기심의 효모(酵母)였다.
그들은 우리에게 밀수업자, 아편장이, 누더기의 바늘땀마다 금을 넣은 쿠리, 그리고 말발굽을 울리며 언 땅을 휘몰아치는 마적단, 원수의 생간(肝)을 내어 형님도 한 점, 아우도 한 점 씹어먹는 오랑캐, 사람 고기로 만두를 빚는 백정, 뒤를 보면 바지도 올리기 전에 꼿꼿이 언 채 서 있다는 북만주 벌판의 똥덩어리였다. 굳게 닫힌 문의 안쪽에 있는 것은, 십년을 사귀어도 좀체 내뵈지 않는다는 깊은 흉중에 든 것은 금인가, 아편인가, 의심인가.(65쪽)

이 인용문이 보여주듯 작가는 화교에 대한 한국 사회의 일반적 인식을 끌어들이고 있다. 한국사회에서 화교들은 '떼놈들'이란 어휘로 한순간 우리들과 그들이라는 건널 수 없는 벽 저편에 존재하게 된다. 그 벽으로 인해 화교들은 아이들의 상상 속에서 갖가지 모습으로 변주되어 결국 '아편장이, 마적단, 오랑캐, 똥덩어리'가 된다. 문제는 중국인에 대한 이러한 구분이 서구의 오리엔탈리즘과 너무나도 흡사하다는 것이다. 실체로서의 타자에 대한 인정이 아닌, 관념 속에서 조작된 존재인 타자는 필연적으로 자신만의 정당성을 입증하여 우월감을 갖게 만드는 기제가 된다.31) 따라서 아이들이 화교에 대해서 보여준 위의 태도는 관념 속에서 조작된 타자의 이미지가 어떠한 방식으로 표상되는가를

31) 사이드는 동양에 대한 서양의 이분법적인 사고에 대한 해체를 시도한다. 그는 방대한 서구의 문학 텍스트와 역사문헌 등에 대한 검토를 통해 동양에 대한 서양인의 인식이 "서양인의 경험 속에 동양이 차지하는 특별한 지위에 근거하는 것"으로 "문화적이고 심지어는 이데올로기적인 그러한 동양의 모습들을 제도나 어휘, 학문, 심상, 강령, 심지어 식민지 관료체제나 식민지적 스타일에 도움을 받아 하나의 담론 양식으로 표현하고 표상하는 것"이란 결론을 도출한다. 에드워드 사이드, 박홍규 역, 『오리엔탈리즘』, 교보문고, 1991. 참조.

단적으로 보여주는 예라 할 수 있다.

<중국인 거리>가 실체가 아닌 상상적 구성을 통한 타자 배제의 모습을 드러낸다면, 장정일의 『보트하우스』[32]는 우리 사회에 만연된 외국인에 대한 차별의식이 거꾸로 자기구원의 가능성으로 활용되고 있음을 단편적이나마 보여주는 작품이다.

작중 인물 애라의 언급처럼 한국은 외국인 노동자의 피만 빨아도 충분히 배가 부른 사회다. 게다가 한국의 여성들은 성적 욕구를 해결하려는 외국인 노동자들을 상대하려고 하지 않아 그들을 동성애자로 만들기까지 한다. 애라는 우리 사회에 만연한 외국인 노동자에 대한 이같은 배타의식에 자신을 결합시킴으로써 스스로를 사회적 질서로부터 분리시킨다.

> 신문을 훑어보고 난 뒤 집으로 돌아오는 골목길에서 애라는 같은 대문 안에서 사는 이웃 방사람 가운데 가장 출근이 이른 회사원을 만났다. 애라가 인사를 하자, 그는 마지못해 고개를 끄덕여주었다. 평소 같으면 고개를 끄덕이며 "안녕하세요"라고 말을 건네주는 사람이었다. 그녀는 대문 앞에서도 식당으로 출근을 하는 아줌마를 만났는데 그녀는 숫제 애라를 외면했다. 하루 만에 소문이 나버린 건가.
> "이렇게 해서 우리는 서로를 추방하고, 자기 땅의 이방인이 되는 거야."
> 그녀는 이제는 자기 방이 되어버린 파키스탄인들의 방에 들어가, 막 아침 담배를 피워 문 두 남자의 성기를 아무 말 않고 빨기 시작했다. '이 땅으로부터 좀더 멀리 가고 싶어.' 두 사람의 그것은 심해를 탐사하는 잠수함처럼 그녀의 입 안을 휘젓고 돌아다녔다.(140~141쪽)

---

32) 장정일, 『보트 하우스』, 프레스 21, 2000, 이하 쪽수만 표시함.

애라의 예상대로 그녀는 파키스탄인과 관계를 맺음으로써 사회로부터 분리된다. 그런데 여기서 하나 짚고 넘어갈 것은 애라와 파키스탄 동성애자들과의 결합이 전적으로 애라의 선택에 의해서 이루어진다는 점이다. 애라는 지옥처럼 지루하게 반복되는 일상에서 벗어나고자 파키스탄인과 관계를 맺는다. 그녀는 자신의 의지대로 그들과 관계를 맺음으로써, '자기 땅의 이방인'이 되어, 이 땅으로부터 벗어나고자 하는 자신의 욕망을 달성한다. 파키스탄인들의 부엌에서 부스럭거리고 있을 때 누군가 애라를 향해 몇 차례나 돌을 집어던진 것은 애라의 욕망이 실현되었음을 보여주는 예이다. 그런데 이 과정에서는 오직 주체인 애라의 의지만 존재할 뿐 객체인 파키스탄인의 의지는 무의미하다. 자신의 목적을 달성한 애라에게 파키스탄인들은 더 이상 필요 없는 기호일 뿐이다. 존재의 의미를 상실한 기호들이 사라지듯 외국인 노동자들은 더 이상 작품 속에 등장할 조건을 상실하고 만다.

앞의 두 작품이 한국 사회에 객관적으로 존재하는 타자에 대한 배제를 드러내고 있다면, 윤후명의 <여우사냥>[33]은 외국 여행을 소재로 한 소설에서 흔히 발견되는 타자에 대한 상상적 구성이 드러난 작품이다. 이 소설에 등장하는 러시아와 그곳의 풍경들은 화자에 의해 일방적으로 구성된다. 다시 말해 자신의 경험이나 원시적·신화적인 구성 방식을 통해 구축된다. 이것은 마치 18~19세기 동양주의자들에 의해 이룩된 동양에 대한 명명과 흡사하다.

일찍이 조선을 여행했던 이사벨라 버드 비숍은 한복을 "세상에서

---

33) 윤후명, <여우사냥>, 윤후명 외, 『협궤열차』, 동아출판사, 1995, 이하 인용은 면수만 표시함.

제일 보기 흉한 옷"[34]이라고 평가하고, 한국 남성들을 향해서는 "특별히 하는 일이라곤 없이 이리저리 걸어 다니며 빈둥거리고 있는"[35] 존재들로 묘사했다. 그런데 이러한 시각은 일면 제국주의 논리와 무관한 것처럼 보이지만, 대상을 오직 자신의 가치판단에 의해 분류·평가하는 것을 통해 자신의 우월성을 드러내는 것은 물론이거니와 서구적 근대주의가 강요한 '문명/야만'의 도식을 정당화한다.

<여우사냥>에서 러시아는 오직 화자의 시선과 가치 판단에 의해서만 구축되고 있는데, 푸슈킨이 대표적이다. 화자에게 푸슈킨은 '러시아 문학의 아버지'로 가장 위대한 시성(詩聖)이란 현지의 평가에도 불구하고 여전히 시내버스 차장들에게 얼마쯤의 위안을 준 시인쯤으로 인식된다.

푸슈킨에 대한 화자의 이같은 인식은 러시아 여행을 통해 변화를 맞게 된다. 그런데 그 변화가 푸슈킨에 대한 새로운 인식에 근거한 것이 아니라, 역설적이게도 화자가 현대 미술의 거장이라고 생각한 '밀레, 모네, 푸생, 피사로, 드가 고흐, 고갱, 세잔, 뭉크, 피카소 등등'의 진품들이 푸슈킨 미술관에 전시되었다는 점 때문에 생겨난다. 자신이 설정한 기준에 근거하여 가치를 평가하는 위와 같은 태도는 필연적으로 사물을 왜곡할 수밖에 없다. 현대 미술의 거장들의 진품이 없었더라면 푸슈킨은 끝내 시내버스 차장들에게 얼마쯤의 위안을 주는 그렇고 그런 시인에서 벗어나지 못했을 터이다. 이같은 가치 판단을 통해 화자는 '홀레바리'인 빵을 짐승들의 교미를 일컫는 '홀레'와 연관짓기까지

34) 이사벨라 버드 비숍, 이인화 옮김, 『한국과 그 이웃나라들』, 살림, 2000(9쇄), 19쪽.
35) 위의 책, 47쪽.

한다.

> "위험하지 않을까?"
> 나는 걱정이 앞섰다. 내가 이렇게 물은 것은 눈길을 달려가는 그 자체보다도 실은 여러 가지 포괄적인 의미를 담는 것이었다. 러시아에 발을 딛고 나서 곳곳에서 듣는 것이 그곳 상황의 불안에 대해서였다. 여행자들, 특히 한국여행자들이 처하는 위험은 강조되었다. 한국에 있을 때도 갖가지 불상사들이 보도되었었다. 한국 여행자들은 달러를 많이 지니고 있는 것으로 알려져 있다는 것이었다. 그리고 여행자로서 지켜야 할 점을 망각하는 경우가 많다는 것이었다. 사실이든 사실이 아니든 그곳은 남의 나라였다. 문화와 관습이 다른 것이었다.(477쪽)

이국인에 대한 두려움은 곧바로 현실로 재현된다. 러시아인이 자신들을 향해 위해를 가할 거란 풍문은 화자의 마음 속 깊은 곳에 검은 그림자를 드리워 놓은 채 좀처럼 사라지지 않는다. 화자는 그 두려움에서 벗어나고자, 끊임없이 러시아인들을 의심하고, 때때로 그들의 뒤떨어진 생활수준을 얕잡아 보기까지 한다. 그런데도 두려움은 쉽사리 사라지지 않는다. 이러한 두려움으로 그는 여우사냥을 안내하는 사람들을 느닷없이 '우라'를 외치며 자신에게 달려들어 각을 뜰지도 모르는 위험하고 수상한 존재로 상상하기까지 한다. 그리고 마침내, 자신의 판단에 근거해 그들을 규정하기에 이른다.

이 작품의 논의에서 또 하나 빠뜨리지 말아야 할 것은 '신화적 구성에 의해 제시된 풍경'36)들의 묘사다. 한국에서 볼 수 없었던 천연의 원시림

---

36) 아체베는 백인들이 아프리카 대륙을 신화화된 아프리카로 명명함으로써 아프리카 대륙을 발전과 시간이 정지된 낭만과 모험의 세계로만 인식했다고 비판한다.

은 화자에 의해 "이상하고 무시무시한 짐승들이 들끓고 있는"(475쪽)곳
으로 변주되며 그 정점에 여우가 놓인다. 사냥의 대상인 여우는 화자의
기억과 결합하여 신화적 상상물로 변한다. 즉 구미호(무덤에 구멍을 파고
드나들며 해골바가지를 달그락거리는 여우들)의 이미지로, 남편의 바람기를
방지하는 암여우의 그것으로까지 구성이 확대된다. 이같은 방식을 통해
화자는 러시아인에 둘러싸인 자신의 존재를 잊고, 신화적 공간에 편재
된 자신의 모습을 발견하기에 이른다.

결국 러시아의 숲은 신화적 구성을 통해 러시아인들의 삶의 공간(사
냥터)이 아닌 "요정들과 마녀들이 함께 사는 원시적 공간"37)으로 변질되
어 마침내는 '백조의 호수'이거나 '잠자는 숲 속의 미녀'가 숨어 있는
상징 공간으로 의미화 된다. 이같은 의미화를 통해 우월한 여행객은
자신의 내면적 갈등을 해소한다.

이원규의 <강변에서의 하룻밤>38)은 타자에 대한 배제가 민족 구성
원 내부로까지 확산되고 있음을 보여주는 작품이다. 이 작품은 북한이
식량난에 처해 있다는 소식을 접한 화자가 실향민인 아버지를 대신해
중국에 들어가 북에 남아 있던 배다른 형과 감격적인 상봉을 한다는
내용을 담고 있어, 분단의 아픔과 그 극복 의지를 담고 있다.

特히 그는 콘라드의 『암흑의 핵심』을 분석하면서 이 작품이 아프리카에 대해
원시적/악마적 이미지를 부여하고 있는 것은 물론 아프리카 자연을 유럽인들의
생명과 도덕성에 해를 가하는 섬뜩한 악의 세력으로 비유한다고 지적한다.
그리고 이러한 아프리카에 대한 신화화야말로 전형적인 식민주의 담론이라고
규정한다.
이석구, 「식민주의 역사와 탈식민주의 담론」, ≪외국문학≫, 1997, 봄호, 13
2~138쪽, 참조.
37) 위의 책, 506쪽.
38) 이원규, <강변에서의 하룻밤>, ≪당대비평≫, 1997, 가을호.

그러나 작품 배경이 중국, 그것도 조선족이 살고 있는 연변을 배경으로 하고 있다는 점과 현규라는 작중 주인물이 관광객의 입장으로 그들 사회의 모습 하나 하나를 관찰하고 있다는 점에서 기존의 이산가족 문제를 다룬 여타의 소설들과 변별된다. 작중 인물 눈에 비친 연변은 남한 관광객의 유입으로 공동체가 급속히 해체[39]되고, 온갖 탈법이 판치는 곳이다. 젊은 여자들은 남한 사업가의 현지처[40]로 전락하거나 유흥업소 종업원이 되어 농촌 공동체를 떠나고, 곳곳에는 관광객들의 돈을 노리는 브로커들만이 득실거린다. 현규 역시 북에 남아 있는 이복 형에게 돈을 전달하기 위해 조선족 브로커인 조강식에게 돈을 주었다가 사기를 당한다.

> "미안한 말이지만 선생을 동정할 동포레 없습네다. 남한에 친척 만나러, 노동하러 갔다가 야속한 마음 안고 돌아온 사람이레 수만 명, 서울 사람들이 연변에 와서 초청한다, 합작한다 하는 말에 속은 사람이레 수천 명이나 된단 말입네다."
> 현규는 공안국을 나오면서 기가 막혔다.(356쪽)

현규의 분노는 핏줄이 같은 조선족 동포가 다른 사람도 아닌 동포인 자신을 속였다는 데서 발생한다. 그런데 이러한 현규의 인식은 면밀히

---

39) 한 조사 보고에 의하면, 한중 수교 후 길림성 연변 조선족자치주에서는 1985년 4백19개였던 조선족 소학교가 1995년 1백77개로, 1백18개였던 중학교가 49개로 격감했다. 이것은 급속도로 농촌이 해체되고 있음을 보여준다. ≪동아일보≫, 1997.8.23.
40) 북경의 아시아선수촌 한 아파트의 경우 주민 10%가 한국인이며, 그 중 20%는 한국인 현지처들이 생활하는 것으로 조사되었다. 같은 글.

따져보면 일종의 우월감에 기초해 있다. 현규는 자신을 속인 동포에 대해 분노를 터뜨리지만 정작 이들을 그렇게 만든 직접적인 원인에 대해서는 무감각하다. 조선족 여성들을 "밑천 안 들이고도 살 수 있는 싸구려나 저질 상품쯤으로 여기"[41]며 거리낌 없이 대하는 남성 관광객들의 태도에 동조한다거나 밤무대에 서는 조선족 교수들의 행동을 노골적으로 깔보고 경멸하는 것 등이 그것이다.

작품에 등장하는 한국인들은 조선족 동포들을 '이등국민'[42]으로 설정함으로써 국내에서 당한 사회적 원망과 불만을 해소하려 한다. 다시 말해 한국인 관광객들은 조선족을 자신보다 열등한 존재로 발견하는 것을 통해 그들을 식민화함으로써 한국 사회에서 받아야만 했던 열등감을 극복하려 한다. 그런데 이러한 행위는 자본주의 사회가 강요한 사회적 위계질서를 "타자로서의 거울"[43]인 '조선족'을 통해 잠시 동안 은폐하는데는 성공하지만 결국 그들 스스로를 또 다른 위계질서에 위치시킬 뿐이다.

4. 피지배의 자의식으로써의 지배욕망

채만식은 해방이 되었으나 일제 강점기에 비해 별반 달라지지 않은

<hr>

41) 허련순, 「서울에서의 인간 수업」, 김성호 외, 『서울에서의 못다한 이야기』, 말과 창조사, 1997, 70쪽.
42) 같은 쪽.
43) 小森陽一, 『ポスソテイア』, 송태욱 옮김, 『포스트콜로니얼-식민지적 무의식과 식민주의적 의식』, 삼인, 2002, 35쪽.

현실을 <도야지>, <논 이야기>, <미스터 방> 등을 통해 풍자함으로써 일제를 대신해 새로운 지배자로 등장한 미국과 그에 기생한 인물들에 대한 비판적 인식을 보여주었다. 미국에 대한 비판적 인식은 송병수에 의해서는 '순경보다 더 밉고 무서운' 존재로 형상화되며, 서기원, 남정현, 천승세 등에 의해 구체적 민중의 삶과 연결됨으로써 인식의 지평이 넓혀진다. 80년대 들어 반미의식이 확산되면서 발표된 홍희담, 정도상, 김인숙, 윤정모 등의 작품은 미국에 대한 인식을 의식적이고 조직적인 방식으로까지 표출한다.

이른바 '반미소설'은 정도의 차이는 있지만 수탈자 미국과 피해자 한국이란 이분법적 구도를 기본 축으로 하고 있다는 점에서 재론이 요구된다. 미국의 야만과 폭력성에 대한 고발과 이에 대한 극복을 주 내용으로 설정한 이들 소설들은 본질적으로 남한 사회를 미국의 (신)식민지로 설정함으로써 민족 구성원이 겪는 피해상을 강조한다. 이들 소설들은 민족이 겪는 피해에 대한 극복을 민족주의라는 셀프-오리엔탈리즘(self-orientalism)을 통해 해결하려 한다. 그런데 이러한 셀프-오리엔탈리즘은 민족 구성체 내의 다양한 욕망들을 억압하는 역할을 한다는 점에서 문제다.

남정현의 <분지>[44]는 이 점에서 많은 논의거리를 제시한다. <분지>는 작중 주인물 홍만수가 돌아가신 어머니에게 자신의 심경을 고백하는 형식을 취하고 있다. 미군 환영대회에 참석했다가 미군들로부터 윤간을 당한 어머니는 그 충격 때문에 정신이상 끝에 죽고 만다.

----

44) 남정현, <糞地>, 『糞地』, 흔겨레, 1987, 이하 인용은 쪽수만 밝힘.

미군에게 욕을 당한 자신의 음부를 아들 만수에게 강제로 보게하는 어머니의 행위는 만수에게 씻기 어려운 상처를 남긴다. 만수는 어머니를 생각할 때마다 검은 음부가 먼저 떠올라 어머니를 잊으려 애를 쓰고, 그럴 때마다 미국이란 존재를 떠올리게 된다.

만수에게 미군(미국)은 양면적인 존재다. 그들은 해방군이란 이름으로 진주하여 환영하러 나온 어머니를 강간해 죽게 만든 원수이자, 걸식과 방황을 잠재우고 모든 사람들이 우러러보는 양키물건 장사의 길을 터준 은인이다. 이 와중에서 만수는 "통쾌한 그러면서도 형언할 수 없는 울분"에 휩싸이곤 한다. 만수는 동생 분이가 스피드로부터 미국인 부인보다 성적인 능력이 떨어진다며 육체적·성적으로 학대를 당하자, 그 괴로움을 풀어주고자 한다. 때마침 스피드 부인이 미국에서 남편을 만나러 오자 그는 그녀를 꾀여 향미산으로 유인한 후, 추행한다. 이 일로 만수는 미군 당국으로부터 '악의 씨'와 '오물'로 명명된 채 무차별적인 공격으로 위기의 순간을 맞게 된다. 하지만 만수는 "그렇다고 저까지 뭐 떨어야 하나요."라며 미국이 강요한 힘의 논리를 비웃는다. 게다가 그는 비록 자신의 육체는 '먼지가 되어 바람 속'으로 흩날리겠지만 결코 '죽지 않는다'는 반복적인 단언을 통해 미국의 힘의 논리를 물리칠 수 있는 민족혼이 존재함을 은연중에 제시한다.

> 이제 저의 실력을 보여줘야지요. 예수의 기적(奇蹟)만 귀에 익힌 저들에게 제 선조인 홍길동이 베푼 그 엄청난 기적을 통쾌하게 재연함으로써 저들의 심령을 한번 뿌리째 흔들어 놓을 생각이니깐요. ……중략…… 이제 곧 저는 태극(太極)의 무늬로 아롱진 이 런닝 샤쓰를 찢어 한 폭의 찬란한 깃발을 만들 것입니다. 그리고 구름을 잡아타고 바다를 건너야지

요. 그리하여 제가 맛본 그 위대한 대륙에 누워있는 우유빛 피부의 그 윤이 자르르 흐르는 여인들의 배꼽 위에 제가 만든 이 한 폭의 황홀한 깃발을 성심껏 꽂아놓을 결심인 것입니다.(337쪽)

홍길동이 보인 기적을 재현함으로써 기독교적 세계관(심령)을 뿌리째 흔들어 버리겠다는 발언은 미국(서구)에 대해 지금껏 지녀왔던 뿌리깊은 콤플렉스에서 벗어나 민족의 주체성을 수립하는 것으로 읽을 수도 있다. 그러나 태극무늬 깃발을 여인들의 배꼽에 꽂아 놓겠다는 결심은 아무래도 일회적 한풀이로 전락할 위험을 안고 있다. 자신이 당한 피해에 대해 똑같은 방식의 복수를 해야 한다는 논리를 내포하고 있는 이 마지막 절규에서 우리는 제국에 의해 자신의 남성성을 거세당한 한국 남성의 공포심에서 비롯된 신경증[45]의 일면을 엿보게 된다.

이병천의 <꼬레 한국>[46]은 우리 내부에 잠재되어 있던 피해의식이 약자를 만나 공격적인 식민주의 욕망으로 발전함을 보여주는 작품이다. 이 소설은 고국에서 '천대받던 일용직 노동자'[47]들이 아프리카의 카메룬에 건설 노동자로 진출하면서 갖게 되는 민족적 우월감을 그리고 있다. 식민지에 진주한 주둔군처럼 민족적 자긍심으로 똘똘 뭉친 한국

----

45) 최정무는 이러한 홍만수의 행위에 대해 '자기 민족의 여성의 정조를 철저히 통제하면서 한편으로는 억압자의 여성을 갈구하고 숭배하는 한국 남성의 분열된 주체성'이라 규정하고 있다.
   최정무, 「한국의 민족주의와 성(차)별 구조」, Elaine Kim and Chungmoo Choi ed, *Dangerous Women*, 박유미 옮김, 『위험한 여성』, 앞의 책, 35쪽.
46) 이병천, <꼬레 한국>, ≪세계의 문학≫, 1987, 가을, 이하 인용은 쪽수만 표시함.
47) 농촌 출신이었던 작중 주인물이 고향을 떠나 천대받는 노동자로 전락하고 그것도 모자라 카메룬이라는 낯선 곳으로 오게 된 근본적인 원인은 고향 마을을 군사 기지로 사용하는 미국(미군)의 존재 때문이었다.

인 노동자들은 그곳에서 여자와 술을 마음대로 취하거나 원주민에게 폭력을 행사하고, 그것도 모자라 '빠르똥'(주인님) 대접을 받으면서 식민의 아편에 심취해 간다. 그들에게 카메룬은 "이 땅에서 맛보던 음식들이 망라되어 진설되고, 여자들이 옹립해 있고, 그러면서 마지막이나마 새로운 호기심을 채워 줄 수 있는 곳"(70쪽)일 뿐이다.

> 김(金)이 무슨 생각에서였는지 그 노인을 손가락 하나로 불렀다. 그런데 노인이 잔뜩 겁먹은 표정으로 슬금슬금 뒷걸음치더니 어기적거리며 도망치기 시작하였다. 아마도 노인 특유의 호기심으로 외국인들을 그저 구경했을 뿐인데 우리가 오히려 관심을 보이자 두려운 마음이 앞섰을 것이다. 그러자 김이 뭐라고 쌍욕을 퍼부음과 동시에 노인을 뒤쫓아갔다.
>
> 열대 이국의 저녁을 하릴없이 무료하게 보내던 우리들은 한가로이 그런 모습들을 지켜보고 앉아 있었다. 머지않아 김은 노인을 따라잡았다. ……중략…… 김은 마치 무더운 열대의 저녁에 부당하게 기합이라도 받은 기분인지 씩씩거리며 노인을 일으켜 세우고는 공포에 질려있는 그의 얼굴에 다짜고짜 주먹을 올려붙였다.
>
> 우리들의 느낌이 그때 어떠했는지는 중요치 않을 것 같다. 누구는 그 광경을 보며 박수를 쳤던 것도 같고 누군가는 아주 잘 만들어진 코메디를 보면서 도대체 우스워서 죽겠다는 듯 박장대소를 했던 것 같다.(71쪽)

한국 기업과 노동자들은 작업 능률을 올린다는 명분으로 원주민들이 살고 있는 개인 소유지를 불도저로 밀어 버리고 그곳에다 새로운 주둔지를 마련한다. 게다가 그들은 걸핏하면 원주민을 향해 이유 없는 폭력을 행사한다. 원주민에 대한 폭행을 통해 한국 노동자들은 "이유없는 우월감"을 확인한다. 그런데 이러한 우월감은 앞의 예문에서 보듯 한국인 노동자들로 하여금 부당한 폭행을 제지하기는커녕 그들 모두를 공범자로 만들어 버리는 원인으로 작용하기도 한다.

민족적 우월감과 폭력은 한국 노동자들이 카메룬에서 그들만의 식민지를 건설하고 경영하게 하는 원천으로 작용한다. 그들은 원주민 편에서 한국인들의 잘못을 따져야 할 현지 경찰과 관리들을 매수하여 원주민의 항의를 잠재우는데 동원[48]하는 한편, 한국어를 구사할 수 있는 원주민들을 식당이나 작업 보조로 채용하는 등 포용과 배제의 방식을 적절히 활용하기까지 한다. 이 과정에서 한국어는 중요한 위치를 차지하는데, 식민지에서 제국의 언어가 권력 그 자체이듯 한국어는 어느새 새로운 권력으로 등장한다. 한국어를 배우겠다고 수많은 여성들이 몰려들고 그들에게 한국 노동자들은 욕설과 '빠르똥'이란 말을 '주인님'으로 바꿔 주며 마음껏 농락한다.

> 빅토리아나 두알라의 도시 처녀들이 우리들에게 합리적으로 접근해 오던 구실은 우리 문물과 우리 자신도 잘 알지 못하는 경제 기적과 우리 언어에 대한 배움이라는 것이었다. 그래서 우리가 알려줄 수 있는 것은 언제나 언어뿐이었다.(75쪽)

언어의 전파는 전형적인 식민화 방식이다.[49] 한국인 노동자들이

---

48) 이 모습은 남정현의 <糞地>의 한 장면을 연상케 한다. 미군에 의해 향미산에 포위된 홍만수는 출신 지역 민의원을 찾아가 자신을 대변해 줄 것을 요청하지만, 그 민의원은 오히려 미군에게 사과하고 '미국의 명예에 중대한 위협을 가한 자국민'을 오물로 규정하는 등 식민화된 인간형으로 묘사된다.

49) 이홍렬은 다니엘 디포의 『로빈슨 크루소』를 탈식민론적으로 읽은 피터 흄의 견해를 빌어 로빈슨이 프라이데이에게 영어와 성경을 가르치는 행위를 전형적인 식민화 방법으로 기술하고 있다.

원주민들에게 '빠르똥' 대신 '주인님'을 쓰게 하는 것은 원주민에게
지배언어로써의 한국어를 이식시키는 역할을 한다. 지배언어로써의
'주인님'의 습득은 원주민들로 하여금 한국인에 대한 저항을 무력하게
만들고 궁극에는 그들을 한국의 가부장적 문화에 동화되도록 하는
효과적인 기제로 작용한다. 따라서 언어의 전파는 한국인 노동자들이
생각하듯 단순한 유희나 우월감에 머무르는 것이 아니다. 그것은 원주
민들의 언어를 조종하는 정치적 행위이다. 한국 노동자들은 언어조종을
통해 표준과 변형이란 이분법적 구분을 만들어 식민지배 문화의 중심에
편입되기를 바라는 소수의 식민지 엘리트를 양산한다.50) 그런 의미에서
한국말을 자연스럽게 구사하며 구걸하듯 '한국인 2세를 사랑해 주세요'
라고 말하는 원주민 여인 헬렌의 존재는 '식민지에 여성성을 부여함으
로써 식민 지배자로서 성적 능력을 과시하는 욕망의 대상물'51)이자
식민지배 문화에 편입되기를 바라는 식민지 엘리트의 상징으로 읽힌다.

그런데 겉으로 드러난 이같은 식민주의의 욕망은 기실, 카메룬을
바라보고 있는 작가의 시선에 비하면 부차적이다. 보다 본질적인 문제
는 블라인드 뒤에 숨어 버림으로써 "자신은 관찰 당하지 않고 보는
특권"52)만을 누리는 시선에 있다. 등장인물(한국인 노동자)과 화자를 통

이홍렬, 「달콤한 유혹과 고통스런 버텨읽기: 탈식민주의적 책읽기의 한 방법」,
≪외국문학≫, 1992. 39쪽.

50) Bill Ashcroft, Gareth Griffith, and Helen, *The Empire Writes Back*; Routledge:
London, 1989, 이석호 옮김, 『포스트 콜로니얼 문학이론』, 민음사, 1996, 12쪽.

51) 최정무, *Sorcery and Modernity*, 최혜랑 역, 「경이로운 식민주의와 매혹된 관객들」,
현실문화연구, 『문화읽기-삐라에서 사이버문화까지』, 현실문화연구, 2000,
70쪽.

52) 자크 레에나르트 지음, 허경은 옮김, 『소설의 정치적 읽기』, 한길사, 1995,
74쪽.

해 각각 제시되고 있는 이러한 시선은 "오직 한 방향으로의 시선만을 허락"[53]함으로써 원시성과 근대, 신화와 이성이란 이분법적 구분을 강요한다. 그 결과 원시성의 상징인 자연은 노동자들이 보유한 근대성(자본주의적인 발전 경험)에 의해 극복되어야할 대상으로 전락하고 만다. 한국의 노동자들은 서구 제국주의 식민지 개척 일반이 그러하듯 블라인드에 뒤에 숨어서 원주민들을 '원숭이'로 명명하는 등 식민지 개척 욕망을 표출한다.

따라서 작품의 결말이 한국인 노동자들 향해 '양키 고우 홈! 양키들아 너희 나라로 떠나라'는 원주민들의 저항에 직면한 노동자들이 자신들 역시 미군과 다르지 않는 존재라는 인식에 다다르는 것은 현실과는 동떨어진 작가의 과도한 욕심으로 보인다.

5. 맺음말

필자는 한국문학이 일제 강점과 미국의 직·간접적 영향으로 인해 식민주의에 대한 양가성을 지니고 있다는 가설에서 출발하여 한국소설에 나타난 식민주의적 욕망을 탐색하였다. 그 결과 한국소설에는 다음과 같은 세 가지 방식의 식민주의 욕망이 드러나고 있음을 살필 수 있었다.

첫째, 『무궁화꽃』과 『한국인』을 통해 살폈듯 제국주의에 대한 저항

---

53) 위의 책, 86쪽.

담론으로써의 민족주의가 자민족 중심주의에 근거한 배타적 국수주의 내지 또 다른 식민주의의 전환 가능성을 내포하고 있다.

둘째, 외국인이 등장하는 소설의 경우, 이들 외국인들에 대한 형상은 실체로서의 인정이 아닌, 관념 속에서 조작된 존재로 등장한다. 이것은 필연적으로 배제를 낳는다. 그런데 타자에 대한 관념적 조작은 피부색이 다른 외국인에만 머물지 않고, 조선족 동포 등 민족 내부로까지 이어진다. 또한 <여우사냥>에서처럼 풍속과 자연으로까지 확대되고 있다.

셋째, 사회 구성원 내부에 잠재되어 있던 피해의식이 약자를 만나 공격적인 식민주의 욕망으로 발전한다. 이병천의 <꼬레 한국>은 경제적으로 한국보다 뒤떨어진 나라에 진출한 한국인들은 마치 식민지에 진주한 주둔군처럼 여자와 술을 마음대로 취하거나 원주민에게 폭력을 행사하는 모습을 그림으로써 우리 내부에 존재하는 식민주의 욕망을 가감없이 보여준다.

따라서 한국문학에 나타난 식민주의 극복을 위해서는 일방적으로 보는 시점(블라인드)만을 활용해 타자를 관리·분해·명명하는 방식이 아닌, 양면적 시선이 요구된다 하겠다. 여기서 말하는 양면적 시선이란 먼저 제국주의 담론 구조를 해체하는 것과 더불어 민족주의를 객관적으로 바라볼 수 있는 시선이자, 타자에 대한 인정을 통해 자신을 발견하려는 노력을 의미한다.

(『語文硏究』29집, 한국어문교육연구회, 2001)

반식민(Anti-Colonization)의 이중성을 넘어
―최인훈의 『태풍』을 중심으로

1. 개인적인 기억의 복원과 탈식민

캘리포니아 주립 어바인 대학에서 교수로 재직하고 있는 어느 한국
계 미국 시민권자의 다음과 같은 기억의 발설은 전형적인 탈식민적
글쓰기이자, 낙인처럼 남아 있는 식민지 경험을 보여준다.

> 태평양 연안 고속도로로 차를 몰고 가던 기분 좋은 어느 날 오후,
> 나는 백미러로 카키색 유니폼을 입은 한 젊은 미군이 군용 차량을 몰고
> 오는 모습을 보았다. 순간적으로 나는 누군가에게 잘 보이려는 듯 옷매무
> 새를 바로잡는 한편, 곧 등을 곧게 펴고 턱을 치켜 올리고 있는 자신의
> 모습을 발견하였다. ……중략…… "잠깐! 너는 이제 더 이상 이렇게
> 행동할 필요가 없어. 너는 이제 어린 소녀가 아니야. 넌 교수라구. 게다가
> 여긴 미국이잖아!"1)

1) Elaine Kim and Chungmoo Choi ed, *Dangerous Women*, 박유미 옮김, 『위험한

대단히 미묘하고도 모순적인 이같은 행동에 대해 그녀는 사람의 시선을 끌려는 동시에 "도전적인 저항의 제스처"[2]라고 생각한다. 물론 여기에는 한국 사람들을 향해 거침없이 식민 권력을 휘두른 미 제국주의의 모습과 이것을 어린 나이에 지켜봐야만 했던 여성 주체의 아픈 기억이 함께 하고 있다. 게다가 한국전쟁 후에도 여전히 계속되고 있는 차별적인 한미관계는 그녀를 비롯한 대다수의 한국인들에게 미국을 "저항할 수 없을 정도로 매혹적이자 동시에 거부하지 않으면 안 될 것"[3]으로 재현하게 만든다. 이 속에서 그녀는 미국에 대한 동경과 거부라는 분열증을 경험한다.

일본 제국주의의 식민정책이 극단으로 치닫던 1930년대 초반. 식민지 조선에서 태어나 학교를 통해 근대제도의 규율을 습득하고 식민체제가 요구하는 인간형으로 성장하길 요구받았던 작가 박완서는 해방이 된지 50년이 지나고 나서야 그때의 기억을 고백에 가까운 언어들로 복원한다.

> 화장실에 가는 것도 선생님한테 허락을 맡아야 됐다. 나는 선생님과 일대 일로 대화하는 걸 거의 병적으로 공포스러워 했기 때문에 오줌이 마려운 걸 어떡하든지 참으려고만 했다. 운동회의 마지막 순서는 전교생의 마스게임이었다. 나는 마스게임 도중에 드디어 참지 못하고 오줌을 싸고 말았다.[4]

여성』, 삼인, 2001, 23쪽.
2) 위의 글, 24쪽.
3) 위의 글, 25쪽.
4) 박완서, 「포스트식민지적 상황에서의 글쓰기」, 『경계를 넘어 글쓰기: 다문화세계 속에서의 문학』3, 2000 서울 국제문학포럼 자료집, 22쪽.

일제 강점의 실체는 여덟 살의 어린 박완서에게 하루아침에 한마디도 사용할 줄 모르는 이상한 언어를 사용해야만 하는 현실로 다가온다. 그것은 도저히 감당할 수 없는 것으로써 마치 수영을 못하는 사람이 누군가의 손에 이끌려 물 속으로 떠 밀렸을 때 겪는 것만큼의 필사적인 몸부림을 요구한 것이었다. 자연 그녀는 주눅이 들었고, 선생님이 자신에게 뭔가를 시킬까봐 눈치를 봐야만 했다. 그러다가 씻기 어려운 상처를 입는다.

박완서는 일본어를 못해 받았던 상처를 일본어인 국어를 잘한다는 표시로 '벚꽃문양 배지'를 가슴에 달고 나서야 비로소 해소할 수 있었다. 그런데 해방은 일본말을 섞어 써야만 의사소통을 자유롭게 할 수밖에 없는 처지로 전락한 박완서를 부끄럽게 한다. 해방은 박완서에게 자신이 쓰고 있는 국어(일본어)에 대해 망각을 강요했고, 그 극복까지를 요구한다.

그러나 해방과 미군정으로 이어지는 당시의 혼란한 현실은 망각하고 극복해야할 언어를 통하지 않고서는 세계의 문학과 접속이 되지 않는 아이러니를 연출한다. 즉 의식 한편에서는 일본어에 대한 강한 거부감이 일고 있었지만 이미 철저히 일본어로 길들여져 있던 문학적 감수성은 박완서를 아니러니컬하게도 도리어 일본의 사소설에 깊이 빠져들게 만든다. 그런데도 그녀는 정작, 서구인들로부터 영향을 받은 작가가 누구냐는 질문을 받을 때면, "식민지 백성의 열등감이 남아있어서인지 내가 가장 영향받은 일본작가의 이름은 슬쩍 건너뛰어 도스토예프스키와 채호프를"[5] 말한다고 고백한다. 박완서의 이 말에서 우리는 어렵지 않게 일제 식민지에 대한 그녀의 분열적 감정을 읽을 수 있다.

지금까지 필자는 각기 다른 두 가지, 지극히 개인적인 기억들을 불러냈다. 물론 이 둘은 상이한 기억이다. 일본과 미국이라는 대상의 차이, 강점에 의한 영토·공간의 분할과 탈영토와 탈공간이라는 지배 방식의 차이 등이 그것이다. 따라서 이들의 경험은 동일한 코드나 잣대로 평가할 수 없을지도 모른다.

그럼에도 불구하고 필자가 이 두 기억을 끄집어 낸 이유는 바로 이들의 기억과 체험이 우리의 사회적 담론에서 지극히 예외적이고 개인적인 사적 담론으로, 그동안 줄곧 제국주의와 지배 권력으로부터 망각을 강요당한 '부인된 기억'[6]이라는 점들 때문이다. 자신에게 불리한 기억들, 어느 누구에게도 발설해서는 안 되며 심지어는 망각하기 위해 몸부림쳤던 그러한 기억들을 복원해 냄으로써 우리는 비로소 공식 기억 속에 은폐되어 있는 개인적 실존을 맞이할 수 있게 되었다.

어쨌든, 이 기억들로부터 우리는 적어도 한 가지 사실만은 명시적으로 확인할 수 있는데, 직·간접의 식민 경험이 아직도 아물지 않은 상처처럼 우리 곁에 남아 있다는 것이 그것이다. 도대체 식민지 경험의 실체가 무엇이기에 50년이 지났는데도 아직도 그 그림자를 떼버리지 못한 것일까? 또한 제 1세계의 일원으로 담론 생산에까지 참여하면서도 한국계라는 존재 때문에 갖게 되는 부끄러움을 어떻게 이해해야 하는가?

이러한 물음에 대해 탈식민론은 풍부한 논의를 제공해 준다. 탈식민론의 장점은 대단히 많다. 탈식민론은 서구의 헤게모니와 식민지에서

---

5) 위의 글, 27쪽.
6) 탈식민주의 전략에서 '부인된 기억의 복원'이 갖는 의미에 대해서는 김동춘의 글(김동춘, 「한국 사회 과학에서의 탈식민의 과제」, ≪비평≫3, 2000.11)을 참조할 것.

해방된 이후에도 여전히 계속되는 다양한 '식민성'에 대해 관심을 표명할 수 있게 한다. 또한 지금껏 지녀왔던 피해자 의식에서 벗어나 비로소 제국에 의해 주변·타자화된 우리 스스로의 모습을 바로 볼 수 있는 가능성을 제공해 준다. 그러나 이러한 긍정성에도 불구하고 한국의 탈식민론은 '서구의 이분법적 사유체계'에 대해서만 비판할 뿐, 정작 그 속에 의식·무의식의 형태로 잠재된 반식민주의의 이중성을 용인하고 있다는 점에서 위험성을 내포하고 있다.[7]

이 글에서 필자는 우리 문학, 특히 소설 작품에 드러난 식민 극복 논리의 이중성을 문제 삼고자 한다. 이중성에 대한 명시적 이해와 반성이야말로 제국주의 지배 원리나 그것에 대항마로써 정립된 배타적 민족주의의 이항대립을 넘어 진정한 식민 극복의 가능성을 제공할 수 있기 때문이다. 그러기 위해서는 무엇보다도 식민지 시대에 대한 올바른 인식이 선행되어야 한다. 식민지에 대한 정치한 분석이 부재한 상태에서 논의되는 식민 극복 논리는 동어 반복에 그칠 뿐 그것을 넘어서는 것과는 거리가 멀다.

채만식은 식민지란 그 시대를 살아가는 사람들에게는 개인적인 특성을 떠나 그들 스스로의 힘으로는 거스를 수 없는 엄연한 '사실의 세기'요 '무가내한' 시대였다고 고백한 바 있다. 자기 변명적인 성격이 강하지만 이런 고백은 식민지라는 것이 '저항과 협력'이라는 이분법으로 쉽게 재단할 수 없는 복잡함을 갖고 있다는 것을 보여준다.

최인훈의 장편 소설 『태풍』[8]은 복잡하고 미묘한 식민지에 대한

------

7) 탈식민론의 이중성에 대해서는 강진구(「한국소설에 나타난 제국주의 욕망 연구」, 『어문연구』, 제 29권 1호, 2001)를 참조할 것.

이해와 그 극복 가능성을 보여주는 작품이다. 식민지 시대를 철저하게 식민주의자로 살았던 인물이 주인물로 등장하는 이 작품에서 우리는 작중인물의 변신과정을 통해 이른바 식민이념으로 통칭되는 식민지의 탄생과정을 살필 수 있을 것이다. 게다가 반식민주의자로 변신한 그의 다양한 행위들을 통해 식민지 극복의 가능성 또한 찾을 수 있을 것이다.9)

2. 제국을 향한 끝없는 동경 : 식민지인의 우울한 초상

일제 강점기 적(敵)과 아(我)를 구별하지 못한 채, 스스로 식민지 지배권력에 예속된 '전형적인 식민지 토착형'10) 인물이 등장하는 최인훈의 『태풍』은 "관념적이고 사변적인"11) 그의 작품 경향과 비교해 봤을 때 상당히 예외적인 작품이라 할 수 있다. 『태풍』은 작가 스스로 『광장』→『회색인』→『서유기』→『소설가 구보씨의 일일』→『태

------

8) 『태풍』은 1973년 ≪중앙일보≫에 연재된 최인훈의 유일한 신문 연재소설로 1978년 문학과 지성사에서 단행본으로 출간된다. 인용은 2000년에 간행된 재판(3쇄)에 근거한다.

9) 최인훈의 『태풍』에는 식민주의자로 변신한 인물(오토메나크)이 주인물로 등장할 뿐 아니라, 그가 식민 지배 이념의 허상을 깨닫고 방황하는 과정과 그 극복 논리를 제시하고 있다는 점에서 본질적으로 탈식민론의 가능성을 내포하고 있다.

10) 양윤모, 「최인훈 소설의 '정체성 찾기'에 대한 연구」, 고려대 박사학위논문, 1999, 55쪽.

11) 이인숙, 「최인훈 소설의 담론특성 연구-서술층위를 중심으로」, 고려대 박사학위 논문, 1998, 83쪽.

풍』으로 이어지는 5부작으로 선정해 의미를 부여했음12)에도 여타의 소설들에 비해 크게 주목을 받지 못했다.13)

식민지 지배 논리를 자기 것으로 수용한 식민지 청년이 식민지 지배 이념의 허상을 간파한 후, 겪게 되는 정체성의 혼란과 방황을 형상화한 이 작품에서 구체적 배경과 인물들은 아나그램(anagram)14)을 통해 제시된다.

주인공 오토메나크는 나파유(일본)의 식민지가 된 애로크(조선) 출신으로 친나파유파의 거물 정치인의 외아들이다. 나파유 유학을 통해

---

12) 최인훈은 『태풍』에 대해 "어느 나라 어느 이야기도 아니지만 모든 나라의 이야기이고, 어느 누구의 이야기도 아니지만 모든 사람의 이야기라는, <픽션>이라는 말을 가장 순수하게 실험조건으로 받아들이고 쓴 소설"이라고 밝히고 있다. 최인훈, 「원시인이 되기 위한 문명한 의식, 『길에 관한 명상』, 청하, 1989, 42쪽.

13) 한기는 최인훈의 5부작 중 『태풍』에 대한 관심이 제일 소홀하다고 지적하면서 이 작품이 비록 "우리의 역사적 체험과 거리가 있지만 식민지 경험의 보편적 의미화라는 각도에서 매우 소중한 작품이며 탈식민주의의 이론적 관심 시야에서 새롭게 부각될 것"이라며 『태풍』을 적극적으로 평가한다. 한기, 「인간을 생각하는 짐승! - 문학대담/최인훈」, ≪문예중앙≫,1999, 여름, 25쪽.
실제로, 100여편의 최인훈에 관한 석·박사논문 중에서 『태풍』에 대해 직·간접적으로 논한 것은 고작 4편에 불과하다.

14) 'Anagram'은 영어 철자의 위치를 바꾸어 새로운 의미를 만들어 내는 놀이로, 예를 들면 'Live→Evil'와 같은 것을 의미한다.
최인훈은 『태풍』에서 한국(KOREA→AEROK), 일본(JAPAN→NAPAJ), 중국(CHINA→ANICH)의 영어 철자를 뒤집어 놓았고, 아이세노딘은 인도네시아(INDONESIA→AISENODIN)를, 로파그니스는 싱가폴(SINGAPOR→ROPAGNIS)로 철자를 바꾸어 변형시킨다. 주인공의 이름을 오토메나크로 명명한 것 역시 창씨개명 때, 김씨 성을 가진 한국인들이 흔히 썼던 가네모토(KANEMOTO→OTOMENAK)의 영어 철자를 뒤집은 것이다.
이인숙, 앞의 논문, 92∼93쪽.

나파유 사상을 체득한 그는 나파유가 주장하는 '아시아 공동체' 건설에 복무할 것을 결심하고 군에 입대한다. 나파유의 육군 장교가 된 오토메나크는 니브리타의 오랜 식민지였다가 최근 나파유에 의해 국토의 서쪽이 장악된 아이세노딘에 파견된다. 식민지 군인으로서의 충성심을 인정받은 그는 아이세노딘 독립 운동가 카르노스에 대한 감시 임무를 부여받고 그것을 훌륭히 수행한다. 그러던 중 아버지의 친구 마야카(총독부 기관지 '반도일보'의 주필을 지낸 인물로 애로크—나파야의 동조동근(同祖同根)설을 주장한 친총독부 언론인)로부터 나파유가 전쟁에 지고 있으니 목숨을 보존하라는 아버지의 전갈을 듣게 된다. 이 일로 잠시 혼란에 빠지기도 하지만 오토메타크는 자신이 추종한 나파유주의에 대한 굳건한 믿음으로 그러한 혼란을 잠재운다. 그러나 오토메나크는 과거 아이세노딘 식민 지배의 산실이었던 니브리타의 비밀 창고를 우연히 발견하면서부터 어쩔 수 없는 식민지배의 역사적 실상과 마주하게 된다.

정체성에 대한 혼란을 겪던 오토메나크는 카르노스의 시중을 드는 아이세노딘 소녀 아만다와 사랑에 빠지고 그녀를 통해 자신이 어느덧 '실체는 사라지고 유령'으로만 존재하지 않는가 하는 불안에 휩싸이게 된다. 오토메나크는 이러한 불안감을 아만다의 육체를 탐하는 것으로 해소하려 한다. 그러나 오토메나크의 필사적인 노력은 차량 폭발 사고로 인한 헌병대 조사과정에서 나파유 출신 장교로부터 당한 인종적 모욕과 적과의 내통 혐의로 죄 없는 아니크게 아이세노딘인들에게 행해진 나파유의 인종말살 정책으로 물거품이 되고 만다. 결국 오토메나크는 지금껏 자신이 믿어왔던 나파유주의라는 것이 실상은 거짓된 포장에 지나지 않으며, 식민지인을 회유하기 위한 선전술에 불과하다는 사실을 깨닫는다.

포로들을 이동시키라는 상부의 지시를 받고 작전을 수행하던 오토메나크는 여성 포로들의 반란과 연이은 태풍으로 인해 배가 대파되어 12명의 여자 포로와 15명 남짓의 군인들과 함께 무인도에 표류하게 된다. 섬에 도착한 오토메나크는 무전기를 통해 나파유의 패전이 임박했음을 알게 되며, 멀리서 들려오는 비행기 소리로 점점 더 상황이 불리해지고 있다는 사실을 직시하게 된다. 오토메나크는 자신이 그곳에서 벗어날 수 없으며 요행 벗어난다고 해도 자신에게는 돌아갈 곳이 없다는 사실을 깨닫고는 함께 옥쇄하기로 결심한다. 고립무원의 불안감 속에서 군인들은 여자포로들과의 동침을 요구하게 되는데, 오토메나크는 그것을 허락하는 것으로 마지막 남은 나파유 군인으로서의 자존심마저 떨쳐 버린다.

큰 줄거리는 여기서 끝나지만 최인훈은 '로파그니스-30년 후' 라는 제목의 에필로그를 덧붙여 30년 후의 모습과 그간의 일들을 축약하여 서술한다. 카르노스를 만난 오토메나크는 아이세노딘의 독립을 위해 싸운 끝에 독립 유공자가 되고, 카르노스와 아만다는 각각 대통령과 영부인이 된다. 과거 포로수용소에서 만났던 니브리타 여성 메어리나를 만나 결혼한 오토메나크는 카르노스와 아만다 사이에서 낳은 딸을 카르노스가 죽자, 대신 키우면서 평화로운 삶을 산다. 게다가 애로크의 통일에 지대한 공헌을 하여 애로크 정부로부터 명예 총영사 자리를 위촉받지만 거절하는 것으로 작품은 끝이 난다.

필자가 여기서 작품의 줄거리를 장황하리만큼 서술한 것은 작중인물의 변화 과정을 좀 더 자세하게 살펴보기 위해서다. 식민주의자 집안의 장남으로 태어나 어떠한 과정들을 거쳐 식민주의자로 변화하게 되었으며, 식민주의자가 되어서는 무슨 일들을 했는가 하는 것들은 오토메나크를 이해하는 데 중요한 잣대가 된다. 이 작품은 작중 주인물의 변화과정을 사실적으로 드러내고 있다는 점과 '에필로그'의 존재로 식민주의자의 자기 고백처럼 보인다.

오토메나크는 나파유의 식민지 애로크 출신으로 "식민지 출신의 자격지심을 늘 지나칠 만큼의 군인정신으로 방어"(10쪽)하면서 "사관학교 출신보다 더 사관학교 출신다운" 식민지 출신의 나파유군 장교다. 그가 식민주의자로 성장하는 데는 두 가지 사실이 결정적인 역할을 하는데, 하나는 개인사요, 다른 하나는 전공인 나파유의 고전문학이다. 오토메나크가 합병 당시부터 유명한 친나파유주의자였던 조부와 당시 친나파유파의 좌장격인 부친의 직·간접적인 영향을 받았으리라는 점은 쉽게 짐작할 수 있다. 문제는 전공 학문인 '나파유 고전문학'이 그를 철저하게 나파유 정신의 소유자로 만든다는 것이다. 사회주의와 내셔널리즘 및 보수주의를 한데 묶은 나파유주의는 기본적으로 "유럽인에 대한 증오와 가족에 대한 안전"을 그 중심사상으로 내세운다. 오토메나크는 이같은 나파유주의에서 나파유 민족의 위대성을 노래한 고전문학들의 '시적 세계를 호흡'하게 된다.

> 그 '정신'만 익히면 그는 나파유 '사람'으로 거듭날 수 있었다. 오토메나크는 거듭났다. 나파유 정신이란 이름의 신화(神話)의 힘으로. 거듭난 사람의 눈으로 세상을 보니, 모든 국민이 너무나 비국민(非國民)으로 보였다. 오토메나크에게는 나파유인이든 애로크인으든 이 점에 대해서는 다를 것이 없었다. 생물학적 인종이 아니라, 정신적인 신앙이 문제였다.(13쪽)

나파유 고전문학은 오토메나크에게 나파유주의를 실어다 나르는 "사상의 운하"(16쪽)와 같은 역할을 한다. 그런데 일본 국문학의 성립 과정은 이런 오토메나크의 변화가 결코 개인적인 측면에서 이루어진 것이 아니라는 점을 보여준다.

근대 일본 국문학은 주로 동경대학 문학부와 그 후신인 제국대학 문과대학에 의해 형성·발전한다. 동경대학 화한문학과(和漢文學科)에 기원을 두고 있는 국문학은 메이지(明治) 22년 화문학과(和文學科)가 국어국문학과로 개칭되기까지 군국주의가 요구하는 이데올로기를 철저하게 반영한다. 이연숙에 따르면 일본 국문학은 첫째, 일본의 역사·언어의 변천을 역사적으로 해명할 것, 둘째, 국가의 요청에 따른 유용(有用)의 학(學)이어야 할 것, 셋째, 서양의 학문을 항상 염두에 둘 것, 넷째, 구전승에 대해서는 그 사실만을 밝히고 비합리적 설명을 부가하지 말 것 등을 목적으로 성립된다. 한마디로 '국민들의 심성을 전개시키는 것'15)을 목표로 성립되었는데, 이러한 국문학 이데올로기는 전형적인 식민지 지배정책의 일환이다. 국문학과 식민지 지배정책과의 관계는 영문학의 성립과 발달 과정을 통해 확인할 수 있다.16)

오토메나크는 군인으로 국가를 위해 복무하는 한편, 역사와 문학이 혼합된 일본 국문학을 통해 지배문화의 중심에 편입되고자 한다. 이러한 오토메나크의 행위는 언어 조정을 통해 식민지를 분할 지배하는 종주국의 지배전략17)을 내면화한 것으로 파농이 『검은 피부, 하얀

---

15) 일본에서 '국문학'이 성립되는 과정에 대해서는 이연숙의 「디아스포라와 국문학」(『민족문학사연구』 19호, 1999.12)을 참조할 것.

16) 김성곤, 「탈식민주의 Post-Colonialism 시대의 문학」, 《외국문학》, 1992, 여름, 18쪽 참조.

가면』에서 지적한 자신의 검은 피부를 표백해서라도 백인이 되려했던 아프리카 원주민들의 인종적 강박과 흡사하다. 즉 오토메나크는 나파유인들 스스로도 잘 모르는 그들의 문학을 식민지 출신이 전공했다는 사실에서 일종의 우월감마저 갖게 되는데, 이런 행위야말로 일본제국 형성18)의 바로미터다.

따라서 오토메나크가 식민주의자가 되는 과정을 '거짓 정보를 토대로 형성된 것'19)으로 파악하는 것은 단편적인 평가에 가깝다. 이같은 주장은 오토메나크가 '올바른 정보'를 접했더라면 식민주의자가 되지 않았을 거란 추론을 가능하게 만드는데, 이것은 전방위적으로 작동하는 식민지 지배전략을 너무 단순히 이해한 것에서 비롯된다. 식민주의자 마야카에서 보듯 식민주의자들은 스스로의 선택에 의해 제국의 중심으로 편입해 들어가면서 항상 스스로를 방어하는 논리 체계를 만든다.

> 사람이란 개인을 미워할 수 있듯이 민족도 미워할 수 있다. 그리고 남을 미워할 수 있듯이 자기도 미워할 수 있다. 자기가 피를 받은 민족이 광포(狂暴)하지 못했다는 사실에 화가 난 청년은 자기 민족을 미워했다. 그는 부끄러운 피를 스스로 바꾸기로 결심했다. '나파유 정신'을 자기

---

17) 언어의 조종을 통한 식민제국의 지배 방식에 관해서는 Bill Ashcroft, Gareth Griffith, and Helen의 책(*The Empire Writes Back;* Routledge: London, 1989, 이석호 옮김, 『포스트 콜로니얼 문학이론』, 민음사, 1996, 7~12쪽)을 참조할 것.

18) 일본의 제국화는 '열등한 아시아'에 대해 괴로워하면서도 동시에 아시아를 깔보는 '우월감'의 교차라는 이율배반성을 지니는데, 일본은 이것을 통해 서양에 대한 강한 흠모'와 배척을 기본 축으로 하는 자신만의 제국이념을 형성하게 된다.
박지향, 『제국주의-신화와 현실』, 서울대출판부, 2000, 272~278쪽 참조.

19) 양윤모, 앞의 논문, 56쪽.

피로 선택함으로써 그는 이 문제를 해결했다. 그리고 지금 나파유 정신이
란 다름 아닌 ‘전쟁 정신’이었다.(13쪽)

식민주의자로 변신한 오토메나크의 눈에 비친 애로크의 모습은 한마
디로 부끄러움 그 자체였다. 나파유군 장교로 아니크에 진출한 오토메
나크는 주변의 모든 민족이 한 번씩은 달려들어서 약탈한 땅을 오직
자신의 생물학적 모국인 애로크만이 칼을 들고 들어서지 못했다는
사실에서 견딜 수 없는 부끄러움을 느낀다. 그는 스스로의 의지로 선택
한 정신적 조국인 나파유의 일원이 되어 생물학적 모국에서는 꿈도
꿀 수 없었던 일들에 자신이 당당하게 참가한다는 사실에 자랑스러움마
저 느낀다. 새로운 식민지 개척이 가져다 준 자긍심에 심취한 오토메나
크는 이후 모든 사물을 식민주의자의 시선으로 바라보는 편향된 눈을
갖게 된다. 대표적인 것이 니브리타인들이 아이세노딘에서 행한 각종
문화적 침탈[20]에 대해 분노이다.

오토메나크는 니브리타인들이 떠난 집들마다 구비되어 있는 전시실
을 통해 식민주의자들의 악랄한 지배정책의 본질을 목도하게 된다.
니브리타인들은 아이세노딘 주민들이 사용하는 각종 생활 도구들을

----

20) 돔 형식을 기본으로 하는 식민지 총독부 건물과 아이세노딘의 궁궐을 박물관과
    동·식물원으로 개조한 것 등이 대표적인 예라 할 수 있다. 최정무는 이러한
    형태의 문화적 지배 방식을 “정복당한 국가의 육체를 옴짝달싹 못하게 하고
    있는 모습”으로 ‘정복자로서의 남성성을 내세워 식민지를 여성화하는 효과와
    동시에 식민 지배자의 남성적 성적 능력을 과시하는 결과를’ 낳게 된다고
    주장한다.
    최정무, *Sorcery and Modernity*, 최혜랑 역, 「경이로운 식민주의와 매혹된 관객들」,
    현실문화연구, 『문화읽기; 삐라에서 사이버문화까지』, 현실문화연구, 2000,
    69~70쪽.

수집·관찰한 후 한순간 과학이란 이름으로 명명하는데, 이렇게 획득된 과학이란 이름의 보편성은 아이세노딘 사람들로 하여금 자신들의 문화적 저열성을 확인하게 만드는 기제로 사용된다. 결국 아이세노딘 사람들은 니브리타 인들이 구축한 문화적 제국주의 질서 속에서 '전시실에 걸려 있는 바다거북과 같은 신세'로 전락하고 말았던 것이다.

니브리타 인들의 이같은 행위를 통해 식민지배의 실체를 확인한 오토메나크는 자신의 임무를 바다거북과 같은 신세로 전락한 아이세노딘을 해방시키는 것이라 규정한다. 그런데 이러한 그의 결심은 식민지 지배 일반으로까지 확산되지 못함으로써 '서양을 타자화'[21]하는 것을 통해 자신들의 논리 체계를 정당화했던 일제의 '대동아 공영권'[22]으로 수렴되고 만다. 즉 아이세노딘의 비참한 현실을 통해 한 민족이 다른 민족을 마음껏 명명하는 것이야말로 식민 지배의 원천이 된다는 사실을

....

21) 샤오메이 천은 서양이라는 타자를 구성함으로써 이루어진 담론을 옥시덴탈리즘
(Occidentalism)이라고 명명할 수 있다고 한 후, 이것은 어떠한 항구적이거나
본질적인 내용을 갖는 '개념 그 자체'가 아니라 '권력관계'로 파악되어야 한다고
주장한다. 따라서 옥시덴탈리즘은 "그 용어를 사용하는 사람들이나 듣고 수용
하는 사람들이 그것들을 어떻게 사용하느냐에 따라" 억압 내지 해방담론으로
사용될 수 있다.
샤오메이 천, 정진배·김정아 옮김, 『옥시덴탈리즘』, 강, 2001. 80~82쪽,
참조.
22) 대동아 공영권이란 일본인들이 서구 사회의 부정적 측면들에 대한 대립 개념으
로 설정한 것으로써 그들은 이것을 '이상화된 동양의 진수'라고 표현한다. 다시
말해 서양의 침입으로 인해 '쇠퇴와 동의어'로 변해버린 동양을 과거의 이상들
로 되돌리는 것은 아시아의 사상과 문화의 진정한 보고인 일본의 역할이며
서양에 대한 무력투쟁을 통해서라도 "아시아를 재생시키는 것이 일본의 운명"
이라고 규정하는 사상을 말한다.
스테판 다나카, 「근대 일본과 '동양'의 창안」, 정문길·최원식·백영서·전형
준 엮음, 『동아시아, 문제와 시각』, 문학과지성사, 2000, 188쪽.

직시하지만 정작 이 부당명명을 제거하는 방법을 전쟁으로 결론지음으로써 자기모순에 빠져들고 만다.

식민주의자로서의 오토메나크의 정체성은 밀실에서 발견된 기록문서들과 학살 현장에 대한 목격으로 결정적인 파국을 맞게 된다. 오토메나크는 일련의 사건들을 계기로 자기 자신이 나파유인이 아니라 애로크 사람이라는 인식을 갖게 된다. 또한 지금껏 최상의 가치라고 여겼던 제국의 모범적인 장교에서 벗어나 점차 카르노스에 근접하는 제 3세계적 시민의 형상을 갖추게 된다. 이 점에서 우리는『태풍』이 지니고 있는 미덕, 즉 '식민성의 진정한 극복'의 한 단초를 발견할 수 있게 된다.

하지만 오토메나크의 식민지 극복은 많은 한계점을 내포하고 있다. 그는 당시 민주주의의 꽃으로 추앙 받던 니브리타의 민주주의가 실상은 다른 민족을 노예로 삼은 결과이고, 나파유의 '아시아 공동체'가 허위의식에 불과 하다는 것을 깨닫는다. 하지만 극복방안으로 또 다른 주체를 설정함으로써 식민지 전반에 대한 부정으로 나아가지는 못한다. 오토메나크는 탈식민화 과정에서 기존과는 다른 타자(니브리타, 나파유 군인)에 대한 배제와 공격을 통해 자신의 존재를 확인하려 든다. 공격 대상들에 대한 이같은 끊임없는 '재연과 묘사 그리고 왜곡[23] 등은 식민주의 극복과는 아무런 관련이 없는 또 다른 식민주의 이념[24]일 뿐이다.

....

23) 샤오메이 천, 앞의 책, 81쪽.
24) 니브리타는 나파유에 의해 타자화됨으로써 나파유 국민들에게 우월감을 심어주는 역할을 함과 동시에 '아시아 공동체'를 이룩하기 위해 반드시 극복되어야 할 악의 존재로 재현된다.

3. 공격자와의 동일시 : 식민주의와 반식민주의 경계

오토메나크는 시종 누군가를 향해 공격성을 표출한다. 그는 인식의 변화에 따라 공격 대상을 달리하지만, 끊임없이 공격 대상을 찾아 헤매고 그 대상에 대한 공격을 통해 자기 행위의 정당성을 획득한다. 자기 민족에 대한 부정에서부터 시작된 식민주의자로서의 공격성은 모든 악의 근원인 니브리타와 아시아 공동체를 망각한 아이세노딘인들에게까지 치닫는다. 이같은 공격성은 반 나타유주의자로 변신한 후에도 여전히 지속된다. 식민주의의 허상에서 깨어난 오토메나크는 공격 대상을 바꾸어 자신을 유령으로 만들어 버린 가족(개인사적 상황)과 나파유에 대한 공격으로 나아간다. 그런데 여기서 한 가지 짚고 가야 할 것은 오토메나크의 공격성이 항상 자기방어를 위한 공격이기에 정당화된다는 점이다. 즉 오토메나크는 자신의 부정적인 행위에 대해 그 책임을 공격 대상자에게 돌림으로써 자신의 행동에 따르는 책임 문제로부터 자유로워지려는 경향을 보여준다.

> 니브리타라는 이름은 오토메나크에게 언제나 충분한 증오와 혐오를 불러내는 요술 부적 같았다. 붉은 헝겊을 본 스페인 투우 소처럼, 오토메나크라는 인간의 감정은 니브리타라는 이름에 늘 정직하게 반응했다. 반응은 늘 미움과 싫음이었다.(36-37쪽)

식민주의자 오토메나크에게 있어 니브리타는 반드시 극복해야만 하는 일종의 강박과 같은 대상이었다. 이것은 개화 이래로 가치기준의 전범으로 작용했던 니브리타 문화에 대한 동경과 하나의 민족을 자신들이 마음먹기에 따라 한 순간에 노예 신세로 만들 수 있는 엄청난 힘에 대한 피해의식이 복합되어 형성된 것이다. 진정한 식민주의자로 태어나기 위해서는 무엇보다도 이 강박증의 청산이 절실했다. 가슴 한편에 니브리타에 대한 열등감을 숨겨둔 채 식민주의자로 행세하는 것은 또 다른 열등감만을 양산할 뿐이다. 따라서 오토메나크는 어떠한 수단을 사용해서라도 반드시 니브리타를 극복해야만 했다. 이를 위해 오토메나크는 니브리타를 '세계의 온갖 악의 대명사'로 규정짓고 이에 대한 직접적인 공격을 감행한다. 오토메나크의 이같은 행위는 1940년대 일본에서 유행했던 '근대의 초극 논리'[25]와 그 형태와 방법이 흡사하다. 니브리타에 대한 공격을 통해 오토메나크는 지금껏 자신을 억눌러 왔던 집단적인 열등감을 해소하게 된다.

그러나 니브리타를 사탄으로 규정짓고 이에 맞서 싸우는 자신을 천사로 규정하는 이같은 방식이야 말로 식민주의자의 전형적인 세계 인식이다. 오토메나크의 공격성은 포로로 잡힌 니브리타인들에 대한 직접적인 분노와 함께 그들이 남기고 간 식민 문화로까지 이어진다.

....

25) 일본에서는 '국제연맹 지적협력회'를 모방하여 1942년 7월 23, 24 양일에 걸쳐 '지적협력회의- 근대의 초극'이란 대회가 개최된다. 이 회의에서 가메이 가쓰이지로우(龜井勝一郞)는 일본 정신을 '善玉'이라 주장한 반면 외래 사상을 '惡玉'이라 명명하면서 현시기 사상전의 최대 적은 근대라는 서양 말기문화라고 규정한다. 한편 하야시 후사오(林房雄)는 서구적 근대가 현대 일본 문화를 더럽히고 있으니 순수한 근황(勤皇)의 마음으로 이것을 배격해야 한다고 주장한다. 결국 근대 초극이란 서구의 합리주의에 기초한 과학주의의 산물인 근대를 일본고전에 담긴 고유 이념인 일본정신으로 극복해야 한다는 것인데 여기에서 우리는 어떻게든 서구문화에 대한 피해의식에서 벗어나고자 하는 일본 제국주의자들의 강박과도 같은 신경증을 엿볼 수 있다.
김윤식, 『한국 근대문예비평사 연구』, 일지사, 1979, 416~417쪽.

니브리타 문화에 대한 오토메나크의 공격은 전유라는 방식을 통해 이루어진다. 식민주의자들은 니브리타 인들이 남기고 간 온갖 물자들을 마음껏 쓰고, 즐기고 비웃는 공격적인 행동을 통해 정복자를 정복한 자로서의 우월감을 확인하려 한다. 한편 니브리타 포로들에 대한 공격성은 동양인을 과거 자신들이 지배했던 식민지인들로 밖에 생각하지 않는 니브리타인들의 식민주의적인 태도에서 비롯된다. 오토메나크는 감시자인 자신을 두려워하기는커녕 오히려 깔보는 듯한 표정을 짓는 포로들의 모습에서 정복자로서의 몸에 밴 교만을 발견한다. 그는 포로들의 행위 하나하나에는 "세계 어디를 가나 자기 나라 위세가 통하지 않는 데가 없"(119쪽)다고 생각하는 니브리타인들의 자기중심주의적 태도가 숨어 있으며 그것은 지난 백년간의 식민지 지배 경험에서 비롯된 것이라 판단한다. 이러한 인식이 결국 니브리타인들에 대한 직접적인 공격성으로 표출된다.

과거 식민지 지배 경험은 니브리타인들에게 '오직 자신들의 주장만이 옳고 남은 그르다'는 무의식적 자기중심주의를 심어주었는데, 동양인에 대한 경멸도 그 중 하나다. 오토메나크는 니브리타인들의 무의식 깊은 곳에 숨어 있는 자기중심주의를 무너뜨리지 않고서는 아시아 인종의 해방은 없다고 생각한다. 오토메나크는 니브리타인들에 대한 신체적 공격을 통해 그들 역시 물리적 힘 앞에서는 교육될 수밖에 없는 존재라는 사실을 각인 시키고자 한다. 이 과정에서 오토메나크는 복수의 쾌감을 만끽하는 한편 그동안 자신을 짓눌러 왔던 열등감에서 벗어난다. 그런데 이같은 오토메나크의 행위는 일종의 자기기만(自己欺瞞)에 해당하는 것으로 식민주의자가 자신의 행위를 합리화하기 위해 사용하는 "식민지국민의 일반적인 심리 특성"26)을 반영한 것이라 할 수 있다.

　니브리타인들에 대한 오토메나크의 공격이 분노를 기반으로 하고 있다면, 아이세노딘인들에 대해서는 생물학적 모국인 애로크와 마찬가지로 연민에 근거해 있다. 오토메나크는 아이세노딘 인들이 자신들의 적인 니브리타를 미워하기보다는 오히려 해방군으로 온 나파유군을 원망하고, 옛 지배자와 협력해 나파유 군을 공격하는 것에 대해 '아시아의 반역자'라는 공격을 퍼붓는다. 오토메나크는 아이세노딘에 대한 멸시와 공격을 통해 식민지 출신의 자격지심을 극복하는 한편 식민주의자로서 자신의 위치 또한 견고히 하게 된다. 그런데 타자에 대한 공격을 통해 유지되어왔던 오토메나크의 식민주의는 몇 번의 계기를 통해 그 허상이 드러나고 만다. 오토메나크는 자신이 믿었던 식민주의의 허상이 드러나면 날수록 그동안의 행위에 대한 반성보다는 또 다른 공격 대상을 찾아 공격하는 것을 통해 자기 합리화를 꾀한다.

　철저한 나파유주의자였던 오토메나크에게 나파유 이념이 허상일수도 있다는 사실은 한마디로 충격 그 자체였다. 지금껏 자신을 지켜주웠던 나파유주의란 울타리 속에서 누구보다도 행복했던 오토메나크는 자신에게 그런 울타리를 만들어준 아버지와 마야카로부터 나파유주의를 뒤집는 말을 듣고는 극심한 정신적 혼란을 겪게 된다. 나파유주의에 대한 혼란은 그동안 자신이 걸어왔던 길들을 되돌아보게 하는데, 이 과정에서도 그는 자신이 이미 건너갈 수 없는 강을 건넜기에 "인제

---

26) 우한용, 「허구적 상상력으로 역사 읽기-『태풍』, 『비명을 찾아서』, 『황제를 위하여』 등의 경우」, ≪문학정신≫, 1992. 9. 65쪽.

와서 어쩌는 도리가 없"(103)다며 계속해서 나파유주의를 밀고 나간다. 오토메나크는 자신이 살 수 있는 유일한 길은 오직 니브리타와의 전쟁에서 나파유군이 승리하는 길 밖에 없다고 생각한다.

그러나 이같은 믿음도 니브리타인들의 비밀 창고의 발견과 나파유군인들에 의해 자행된 인종청산 정책 속에서 마침내 깨어지고 만다. 이 과정에서 오토메나크는 자신을 나파유주의로 만든 제반 여건에 대한 원망과 공격성을 드러낸다.

> 그는 나파유주의자로서의 자기에게서 자기 것이 아닌 것을 될수록 많이 끌어대려고 애썼다. 아버지, 집안, 그가 받은 교육- 그리고 보니 오토메나크에게 남은 것은 아무것도 없었다. 모든 것이 자기 책임이 아니고 부친의, 교육의, 역사의 책임인 것처럼 보였다. 이전 같으면 모두 자기 재능이라고 치부할 것을, 거꾸로 남의 탓이라고 셈하고 보니 그는 책임없이 홀가분했다.(62쪽)

오토메나크는 자신이 식민주의자가 된 것은 자기 잘못이 아니라 부친과 식민지 교육, 그리고 애로크를 무력으로 합방한 나파유의 책임이라고 생각한다. 그러나 이같은 합리화에도 불구하고 자신이 "도둑놈 편에 들어온 것만은 움직일 수 없는 결과"(210쪽)라는 현실만은 부정할 수 없었다. 그는 "나쁜 줄 알고 한 일이 아니다라고."(209쪽)스스로를 위로하지만 그럴수록 자기모멸감만 가중시킨다는 것을 깨닫는다. 자기혐오에서 벗어나지 못한 오토메나크는 마침내 모든 공격의 포화를 나파유주의와 나파유인들에게 돌리는 파괴적인 모습을 띠게 된다.

나파유인들에 대한 오토메나크의 공격은 가학적인 형태를 띠고 있

다. 무인도에 불시착한 오토메나크는 지치고 병든 나파유 병사들 보면
서 "나파유놈들에게서 받은 것을 죽기 전에 나파유놈들에게 갚아"(333)
주는 방법의 하나로 황제 폐하를 위해 죽을 것을 명령한다. 물론 여기에
는 자신의 신분이 탄로나 나파유 병사들에 의해 죽임을 당할지도 모른
다는 두려움이 숨어 있다. 그렇지만 계급간의 위계질서를 유독 강조했
던 황군의 특성을 고려할 때, 오토메나크의 행위는 자신이 당한 피해의
식을 자신보다 더 약한 자들에게 전가시키는 것을 통해 해소하고자
하는 피해의식의 발현일 뿐이다.

> 열한 사람의 나파유 부하들이 이 섬에서 자기와 같이 죽는다는 일에
> 대해서도 오토메나크에게는 아무런 아픔이 없었다. 그들이 나파유 사람
> 이었기 때문에. 그들이야말로 망설임 없이 죽어야 할 사람들이었다.
> 자기 나라를 위해 그들이 죽는 것이 아닌가. 니브리타 여자들에 대해서는
> 더 말할 것도 없었다.(333쪽)

사회적 약자들과 피해의식에 사로잡힌 이들은 종종 자신을 '공격자
와 동일시'한다. 즉 오랜 동안 사회적으로 패배를 당한 이들은 "자신이
약하다는 공포에 대한 공포와 이러한 공포를 떨쳐 버려야 한다는 필연
성"으로 자신을 공격자에 복종시킴으로써 공격자로부터 그들에게 가해
지는 공격을 심리적으로 극복하려는 경향을 갖는다.[27] 따라서 식민주의
자 오토메나크가 나파유인보다 더 나파유인다운 행동으로 나파유주의
자가 되고자 했던 것은 스스로를 '공격자와 동일시'하려는 욕망의 발현

---

27) 홀거 하이데, 강수돌 외 역, 『노동사회에서 벗어나기』, 박종철출판사, 2000,
　　33～34쪽.

으로 볼 수 있다. 그런데 이같은 '공격자와 동일시'는 필연적으로 희생자를 만들어 자신이 당한 폭력을 더 약한 자에게 전가시키는 방식으로 전개된다는 점에서 문제가 있다.[28] 그러므로 오토메나크가 보여주는 다양한 방식의 나파유인들에 대한 공격은 자신이 당해 왔던 피해의식에 대한 전가일 뿐 그 자신이 주장하듯 반나파유에 대한 실천 행위와는 거리가 멀다. 오히려 자신의 피해의식에 대한 배타적인 대항논리로 재구성될 수 있다는 점에서 또 다른 식민주의일 뿐이다. 무인도에서 카르노스를 만나 구원되기 전까지 그가 행한 행동들은 오토메나그가 어느새 또 다른 식민주의자로 변해 있음을 보여주는 예에 가깝다.

4. 반식민의 이중성을 넘어 탈식민의 세계로

지금까지 우리는 작중 주인물인 오토메나크의 식민주의자로서의 모습과 그 극복 과정에서 보여준 일련의 행위들이 종국에는 또 다른 식민주의로 귀결될 위험을 지니고 있음을 살폈다.

최인훈은 이같은 문제점들을 카르노스란 인물에 대한 창조와 서술자의 직접적인 개입을 통해 넘어서려 한다. 서술자의 직접적인 개입은 최인훈의 여타의 다른 작품에서 좀체 볼 수 없는 것으로 '작중 주인물의 시선과 논리체계의 이중성을 폭로하는 한편 플롯 전개에 있어 중요한 구실'[29]을 한다.

....

28) 같은 쪽.
29) 『태풍』은 최인훈의 여타 소설들과 달리 서술자의 시선이 작중인물의 행위와

이 지역의 지리적 상황은, 근대에 비롯한 유럽 사람들의 항해 이래 알려진 것으로 되어 있다.

그들이 동쪽으로 동쪽으로, 신기한 물건을 찾아나선 뱃길를 끼고 수없이 산재한 크고 작은 섬들은, 유럽 사람들로 본다면 신기한, 약탈의 대상이었으나 그곳에 원래부터 사는 사람들에게는 예부터 살아오는 고장일 뿐이다.

어느 편이 야만인가는 그들이 만났을 때 어느 편이 싸움에 이겼는가로 정해진다. 배를 타고 온 그들이 이기고, 원래 살던 사람들이 연이어 졌다.(7쪽)

작품의 서문에 해당하는 부분으로 소설의 주요 배경이 되는 아이세노딘과 그 주변국들에 대한 설명이다. 서술자는 유럽과의 접촉 후 동양이 맞이하게 될 운명을 '어느 편이 야만인가는 그들이 만났을 때 어느 편이 싸움에 이겼는가로 정해진다'와 같은 간결하면서도 직접적인 논평으로 제시한다. 이같은 서술자의 직접적인 설명과 논평은 서사 진행과정에서 수시로 나타난다. 이 작품에서 서술자는 작중 주인물인 오토메나크의 시선과 행위, 그리고 논리 체계 속에 숨어있는 허위의식을 적나라하게 드러내는 역할을 한다.

아이세노딘에 부임한 오토메나크는 그동안 자신이 살아왔던 환경과는 너무나 다른 자연환경과 마주한다. 그는 자신이 살았던 곳(애로크와 나파유)의 식물들이 한결같이 생활에 찌들었거나 찌푸린 정신주의적인 느낌을 주는 데 반해 아이세노딘 식물들은 활달하고 덩치 큰 어린아이

<hr>

일직선상에 있음에도 불구하고 작품의 중요 국면에 서술자가 설명이나 논평 등을 통해 개입함으로써 플롯 전개의 중요한 일익을 담당하고 있다.
이인숙, 앞의 논문, 90쪽.

같은 데가 있다고 생각한다. 원주민들 역시 자연을 닮아 같은 느낌을 준다. 자연에 대한 이같은 인식은 식물들이 새로운 활력으로 되살아나는 밤에 대한 동경으로 이어지고 마침내는 어둠 속에서만 싱싱한 빛을 내는 로파그니스인들과 "황색 인종이나 백인종에게는 없는 원시적인 힘 같은 것이 팽팽한 소녀"(33쪽)에 대한 동경으로까지 확대된다. 오토메나크는 원시적 풍경을 통해 '정신주의-나파유/ 원시 물질주의-아이세노딘'이라는 이분법적 구분을 구축하는 한편, 정신이 원시 물질주의보다 우수하다는 인식을 자연스럽게 형성한다. 자연환경에 대한 자의적 구성을 통해 '지배/ 피지배' 관계의 유지를 정당화시키는 논리는 전형적인 식민주의 담론이라 할 수 있다.[30]

작가는 자연에 대한 관찰적인 시선이 지니고 있는 문제점들을 서술자의 개입을 통해 해소한다. 최인훈은 풍경에 대한 이분법적 구분에 대해 "이것은 오토메나크의 주관에만 관계되는 일이다. 나무나 들 자신에게 그런 성질이 있을 리 없었다. 이방인의 눈이 남의 나라의 풍경을 마음대로 보고 있는 것뿐이었다."(27쪽)라는 직접적인 서술자의 개입을 통해 그 문제점을 밝힌다.

이와 같은 서술자의 직접적인 진술은 『태풍』의 곳곳에서 등장한다. 자신을 사탄과 싸우는 천사로 규정하는 오토메나크에 대해 "사탄과 싸우는 것이 또 하나의 사탄일 수도 있다"(37쪽)고 지적한다거나, 나파유에 반대하여 게릴라 투쟁을 하는 아이세노딘인들을 아시아 변절자라고 분노하는 오토메나크의 행위에 대해서는 "오토메나크 중위는 옛 지배

---

30) 이석구, 「식민주의 역사와 탈식민주의 담론」, ≪외국문학≫, 1997, 봄호, 132~ 138쪽 참조.

자와 협조하고 있는 동부 아이세노딘 정부의 처사를 비웃는 제 마음의 모순을 알지 못했다."(28쪽)고 함으로써 오토메나크의 이중성을 여실히 드러낸다.

> 로마 철학에 미친 게르만 추장의 아들이었던 오토메나크가 나파유주의자가 된 것은 그 승리 때문이었다. 같은 게르만 민족의 한 부족이 로마를 쳐부순 데 감격해서 그는 승리한 부족의 일원이 되려고 하였다. 지파(支派)는 다를망정 같은 게르만 민족이기 때문에 그럴 수 있다고 생각하고 다만 한 가지 잘못은 로마를 쳐부순 부족은, 자기 부족을 쳐부수기도 했다는 것을 편리하게 잊어버렸던 것이다.(139쪽)

서술자는 오토메나크가 지니고 있는 식민이념과 그 극복 대안으로 형성한 반식민 담론에 숨어 있는 이중성을 직접적으로 폭로한다. 그런데 최인훈은 여기에 머무르기보다는 한 발 더 나아가 카르노스라는 인물 창조를 통해 작가 나름의 식민지 극복 방법에 대한 진지한 모색을 보여줌으로써 새로운 가능성을 제시하고 있다. 이것은 『태풍』에서 분명 평가받아야 할 부분이다.

카르노스는 아이세노딘 독립운동 역사에서 전설 같은 인물이다. 중립적이고 민족 주체적인 입장을 견지한 그는 니브리타 식민지배 시절부터 줄기차게 독립운동을 전개하여 수없이 투옥된 경력의 소유자다. 게다가 나파유와 니브리타 사이에서 벌어진 전쟁의 혼란을 틈타 북부지역에 임시정부를 세운 세력들의 정신적인 지도자이기도 하다. 니브리타로부터 당한 국민들의 원망과 원한의 대변자이자, 니브리타에 대한 무력 항쟁의 상징인 카르노스는 따라서 한 사람의 자연인이라기보다는 식민 지배에도 굴하지 않고 끝까지 독립을 위해 투쟁하는 독립 운동가 내지는 독립 운동 그 자체로 읽을 수도 있다.

조용한 성품의 카르노스는 자신을 가둔 지배자에 대해 비굴하거나 거만하지 않을뿐더러 과도한 공명심을 탐하지도 않는다. 그는 대부분의 독립 운동가들이 갖게 되는 지배민족에 대한 무차별적인 분노 대신 "모든 니브리타인을 적으로 생각하지는 않"고 그들 중 일부와 적극적인 연대를 추구한다. 그럼에도 그는 나파유가 자신들을 도와 니브리타와 싸우자고 제안하자 "우리 자신의 힘으로 우리를 해방해야 합니다"라며 일언지하에 거절한다. 이런 카르노스의 모습은 적이 아니면 내 편이라는 인식에 사로잡혀 있던 오토메나크에게는 유럽병에 걸린 패배주의자의 모습으로 보이기까지 한다.

> "그런데, 그들은 독립을 주기를 원치 않았고, 아이세노딘은 스스로를 해방할 힘이 없었습니다."
> "우리는 싸우고 있었습니다."
> "그 싸움을 나파유가 도와서 나쁠 리가 있겠습니까?"
> "중위, 사람은 자기 힘으로 자기의 주인이 돼야 합니다."
> "그러면 나파유가 아이세노딘을 도와서 니브리타와 싸워서는 안 된다는 말이 아닙니까."
> "나파유가 니브리타와 싸우는 것을 우리는 상관 않습니다. 아마 나파유 사람들이 니브리타인으로부터 해방되고 싶어서겠지요."(43쪽)

카르노스는 자기 민족 스스로가 주인이 되는 독립을 추구한다. 따라서 그는 자기만의 주인이 아닌 '공동의 주인'이라는 나파유의 아시아 공동체를 백인을 대신한 또 다른 식민주의로 간주한다. 뿐만 아니라 나파유가 니브리타와 싸우는 것은 아시아 공동체의 수호라기보다는 개항 이후 줄곧 계속된 니브리타인들에 대한 열등의식의 반영이거나 아시아 공동체를 빙자한 제국주의의 침탈로 인식한다.

따라서 그는 나파유와 니브리타 그 모두를 거부한 채 독자적인 방향으로 나아간다. 이러한 그의 노선은 지금껏 힘에 논리에 의해 이루어져 왔던 국제 정치 질서를 근본적으로 뒤집어 놓는데, 작가는 이러한 카르노스의 정치를 사자와 양을 통해 상징적으로 제시한다. 즉 사자와 양이 함께 살아야 하는 세상에서 양들이 사자의 먹이가 되지 않고 사자가 되는 방법을 고안하게 된다. 그런데 사자로 변신한 양은 본질적으로 육식을 못한다는 데서 이전의 사자들과는 근본적으로 구별되는 전혀 새로운 세계를 의미한다. 카르노스의 노력은 과거 식민주의자들에 의해 "바탕이 나쁘다느니, 뭉칠 힘이 없다느니, 게으르다니 하면서, 사람과 짐승의 종(種)을 뒤섞은"(349쪽) 민족으로 명명되었던 아이세노딘을 "이 지구 위 어디를 가나 그의 이름은 슬기와 착함이 보기 좋게 어울려 있는"(348쪽)곳으로 새롭게 태어나게 만드는 원동력이 된다.

결국 최인훈은 카르노스란 인물과 그의 정치사상을 통해 서구의 논리(식민주의)가 아닌 새로운 가능성의 세계를 적시했으며 식민주의자였던 오토메나크를 새로운 가능성의 세계에 참여하게 함으로써 '제 1세계와 제 2세계와도 다른 제 3의 길'을 모색하게 만든다. 이러한 작가의 인식의 근저에 1960년대 후반 결성된 '비동맹회의의 구성'이라는 역사적 사실이 개입하고 있음은 물론이다. 역사적 사실이 강요한 중압감은 새로운 가능성을 '에필로그' 라는 형식을 낳게 된다. 느닷없는 에필로그의 존재는 "구체적 형상 속에서 담보된 가능성도 아니고 합리적 논리 속에서 도달한 성취도 아"[31]닌 관념의 직접적 진술이라는 비판을 낳기도 한다. 하지만 바로 이 에필로그의 존재로 인해 최인훈은 『태풍』을 통해 제3의 가능성이라는 『광장』에서 이루지 못한 새로운 세계를 만들어 내는데 어느 정도 성공하기도 한다.

5. 『태풍』을 정리하며

『태풍』을 통해 우리가 읽을 수 있는 지점은 비교적 명확하다. 식민지 시대란 오늘날 우리들의 생각처럼 그렇게 단순하지 않다는 것과 올바른 탈식민을 이루기 위해서는 '식민주의자-악 /독립주의자-선'이라는 이분법적 가치 평가에서 벗어나야 한다는 점이 그것이다. 그런데 최인훈이 이 작품을 쓰면서 유독 '유럽문학의 바탕'을 머리에 그리면서 썼다는 언급은 『태풍』을 좀더 새로운 독법으로 읽을 것을 요구한다.

최인훈이 왜 연구자들로부터 문제작 내지 대표작으로 평가받은 『광장』이나 『회색인』이 아닌 유독 이 작품을 쓰면서 유럽문학의 바탕을 의식했던 것일까? 최인훈이 『태풍』을 ≪중앙일보≫에 연재한 후 곧장 희곡 창작에 몰두했다는 전기적 사실은 최인훈이 말하는 '유럽 문학의 바탕'이 셰익스피어로 대표되는 세계문학의 '고전'이 아닌가 하는 의문을 갖게 한다.[32] 물론 이것은 하나의 유추일 뿐이다. 그러나 작품 곳곳에

---

31) 서은주, 「최인훈 소설 연구-인식 태도와 서술 방식의 상관성을 중심으로」, 연세대 박사학위논문, 116쪽.
32) 최인훈이 셰익스피어의 『템페스트』를 접했을 가능성은 얼마든지 있다. 물론

산재해 있는 서술자와 작중인물들의 유럽 문명에 대한 직접적인 비판들…. 이것은 원주민에 대한 타자화를 통해 자신들의 식민주의를 정당화했던 유럽 식민주의자들의 뿌리 깊은 오리엔탈리즘을 유럽문명에 대한 전복을 통해 극복하고자 했던 작가 최인훈의 내면 의식의 표현이 아니었을까?

이 지점에서 우리는 식민 주체의 슬픈 운명을 다시금 보게 된다. 오리엔탈리즘에 대한 의도적인 타자화를 통해서만 비로소 탈식민을 논의할 수밖에 없는 현실. 또한 그렇게 선취된 탈식민 논의가 우리들로 하여금 피해자인 동시에 지배자일 수 있다는 사실을 일깨워준다는 점에서 더욱 그러하다. 오토메나크의 행위는 이러한 딜레마를 여실히 보여준다. 오토메나크는 아이세노딘의 피식민성을 새로운 시선으로 구성하면서도 정작 자신의 이중적 억압성에 대해서는 간과한다. 또한 아만다라는 피식민지 여성이 시종일관 남성의 시선에 의해서 구성[33]되고 있음에도 이에 대한 반성이 없다.

그러나 이러한 지점들이야말로 『태풍』의 한계인 동시에 우리가 새롭

최인훈 그 자신은 말할 것도 없거니와 선행 연구자들 역시 『태풍』을 『템페스트』와 관련지어 언급한 적은 없다. 그렇지만 '템페스트'와 '태풍'이란 제목의 동일성과 무력으로 자신의 나라를 빼앗긴다는 점, 배가 태풍을 만나 섬에 표류하는 상황 설정은 셰익스피어의 희곡 『템페스트』를 연상시킨다. 게다가 아만다를 연상하게 하는 미랜더, 카르노스와 닮은 프로스페로, 미랜더와 사랑에 빠진 퍼디넌드 등의 모습은 최인훈의 『태풍』을 『템페스트』에 대한 되받아 쓰기(Write Back)로 읽도록 유혹하기까지 한다.

33) 『태풍』에 등장하는 여성주체들은 인격체라기보다는 주인공인 오토메나크에게 육체적인 위안과 심리적 도피처로서 역할을 수행한다. 이런 측면에서 살펴봤을 때, 『태풍』이 추구하는 식민지 극복 논리가 근본적으로 남성중심주의에 근거하고 있다는 의심을 갖게 한다.

게 인식해야 할 '탈식민'의 가능성들이다. 따라서 탈식민은 바로 이 지점에서부터 시작되어야 한다. 즉 탈식민론 속에 혹여 있을지도 모르는 타자화된 기억들을 복원해 내는 작업과 그 작업이 의식하지 못하는 사이에 또 다른 오리엔탈리즘을 생산할 수 있다는 사실을 경계해야 한다. 이같은 끊임없는 반성과 경계야말로 전지구적으로 계속되는 제1세계의 식민정책에서 벗어나는 길이며 동시에 우리 스스로를 자유스럽게 만드는 첩경이다.

최인훈의 『태풍』이 '탈식민주의의 이론적 관심 시야에서 새롭게 부각'될 수 있는 것도 이 작품이 이같은 사실들을 가르쳐 주고 있기 때문이다.

(『탈식민의 텍스트, 저항과 해방의 담론』,이회, 2003)

'사실의 세기(世紀)'를 향한 웃음의 미학
―채만식 문학의 탈식민성

1. 문제제기

채만식은 식민지 시대란 그 시대를 살아가는 사람들에게는 개인적인 특성을 떠나 그들 스스로의 힘으로는 거스를 수 없는 엄연한 '사실의 세기'요 '무가내한' 시대라고 고백한 바 있다. 이를 백철은 '불안의 시대(不安의 時代)'[1]라고 명명하여 한마디로 단정 지을 수 없는 식민지 시대의 복잡 미묘함을 드러낸다. 이러한 발언들은 식민지 시대를 살아간다는 것이 "현대인들에게는 힐끗 시선을 던지고 넘어갈 문제가 당대인들에게는 삶과 죽음의 경계선이 될 정도로 절실한 문제로 다가"[2]올 수도 있다는 것을 가르쳐준다. 따라서 일제 강점기를 논하면서 대다수 조선 민중들이 명시적으로 일제에 저항했다거나, 비록 그 지배를 받고 있지

1) 백철·이병기, 『國文學全史』, 신구문화사, 1993(2쇄), 383쪽.
2) 류보선, 「1930년대 후반기 문학비평 연구」, 서울대 박사학위논문, 1996. 22쪽.

만 해방의 날만을 손꼽아 기다리고 있었을 것이라고 추론은 과도한 회구일는지도 모른다.

이 글은 바로 이 지점에서 출발한다. 그동안 우리는 일제 강점이 한국의 근대적 발전을 가로막고 민족에 대한 수탈을 강화해왔다는 논의에 익숙해 있었다. 그 결과 식민지 체제를 '객관적 실체'로 인정한다거나 기존 식민지 체제에 대한 가치 평가적 패러다임에 거리를 두는 논의들은 상대적으로 설 자리가 부족했다.

필자는 이 글에서 식민지 체제를 객관적 실체로 인정3)하는 속에서 당시 우리 문학의 다양한 변화를 채만식 문학을 통해 접근하고자 한다. 이것은 식민지 체제와 작가의 글쓰기는 어떤 관련을 갖는가? 라는 물음을 출발점으로 해 기존 근대 문학연구에 무의식적으로 작용했던 식민지 체제에 대한 가치평가적 패러다임에 대한 일정한 거리두기이다.

"개인과 신변일상에 함몰되었던 당대 문단에 사회적 관심을 환기시키고 리얼리즘의 새로운 지평을 열었"4)던 것으로 평가받는 채만식은 일제 강점기 내내 다양한 글쓰기 방식을 보여주는 작가다. <세길로>로 등단한 후 <농촌 스케치>(30년) 등의 희곡과 대화소설을 주로 창작했던 채만식은 <레디 메이드 인생>(34년) 이후 본격적인 소설 창작에

3) '식민지 체제의 객관적 인정'이라는 개념은 오해의 소지를 안고 있다. 이 주장은 어떤 식으로든 식민지 체제가 유지되었고, 근대화 과정이 진행되었다는 것을 인정하는 논리로 식민지 체제에 대한 정당성을 전제하는 위험이 가질 수 있기 때문이다. 이 글에서는 식민지 체제의 정당성에 대한 인정이 아니라 기존 식민지 담론에서 벗어나 보다 열린 시각을 견지하자는 의미로 기존의 용어를 빌어 사용한다.
식민지 체제 연구에 있어서 열린 시각의 중요성에 대해서는 『민족문학사연구』 13집 (소명출판사, 1998) 좌담을 참고할 수 있다.
4) 강진호, 「궁핍 속에 피어난 풍자문학」, ≪문화예술≫, 1992, 72쪽.

전념한다. 그러나 그의 소설은 <태평천하>(38년) 등에 나타나 있듯이 근대소설 문체에서 벗어나기도 하고, <여인전기>(44년)에서 볼 수 있듯 친일문학으로까지 변신한다. 채만식이 이토록 다양한 글쓰기를 시도한 이유는 무엇일까, 왕성한 창작욕의 발현이었을까? 그러나 단순한 창작욕으로 바라보기에는 그 폭과 경향의 차이가 너무나 크다.

　필자는 채만식의 이같은 변화를 식민지 체제와 어떤 식으로든 대응할 수밖에 없었던 피식민지 작가의 글쓰기에서 비롯된 것으로 파악한다. 왜냐하면 글쓰기라는 것은 본질적으로 "공공 영역과의 타협적인 공간"5)이기 때문이다. 글쓰기 공간에 대한 분석의 중요성을 강조한 최익현은 "개별 작가들이 어떤 방식으로 글쓰기에 나서는가가 쓰여진 작품보다 오히려 중요한 해석을 필요로 한다."6)고 주장한다. 그에 따르면 작가가 되어 글을 쓴다는 것은 어떤 식으로든 사회와 공적인 관계망을 형성하는 것이다. 그렇다고 했을 때 작가가 글쓰기를 하는 공간이 고도로 계획되고 훈련된 식민지 체제라면 작가는 어떤 형태로든 제국주의의 식민지 지배 규율과 직·간접적으로 관계를 맺지 않을 수 없다.

　식민체제와 작가의 글쓰기에 대한 탐구는 그동안 우리 근대문학 연구가 작가나 작품에 쏠림으로써 상대적으로 소홀히 다루어졌던 식민지 체제에 대한 보다 다양한 연구를 이끌어 낼 수 있을 뿐만 아니라, 그 극복 방안까지도 모색할 수 있는 가능성을 제공해 준다.

---

5) 최익현, 「이효석의 미적 자의식에 관한 연구-식민지 체제에서의 글쓰기 비판」, 중앙대 박사학위논문, 1998. 44쪽.
6) 위의 논문, 17쪽.

2. 식민지 지배 규율과 피식민지 작가 : 파생에의 몸부림

채만식 문학은 출발부터 식민지 체제와 깊은 연관 관계를 맺고 있다. 이것은 채만식 자신이 식민지 체제를 어쩔 수 없는 현실로 인정[7]했다는 고백과 전기적 사실 및 작품 등에서도 고스란히 드러난다. 채만식은 일제 강점이 맹렬한 기세로 진행되던 시기에 일본 유학을 통해 근대적인 선진 문물을 습득한 후 귀국해 동아일보 기자를 역임한다. 즉 그는 비록 피식민지인이었지만 '한 시대의 인식체계와 도덕적 문제들에 대해 더욱 민감한 반응을 보이는'[8] 인텔리였다. 따라서 그는 일반 민중들과 달리 식민지 지배체제의 전반적인 구조와 동학을 파악할 수 있는 가능성을 갖게 된다. 채만식은 피식민지 지식인이란 어려움에도 불구하고 인텔리 일반이 그러하듯 '정신의 광범한 활동을 통해 관념을 조직화하여 그 사회의 본질적이고 핵심적인 부분'에 접근해 들어간다. 그런데 앞서 잠깐 언급했듯이 글쓰기가 공적 영역이라는 점에서 그의 비극은 시작된다. 채만식은 당시 일본 유학을 통해 근대적 지식을 습득한 피식민지 지식인들이 통상 걸었던 길에서 벗어나 글쓰기를 선택함으로써 "작가의 권위"[9]를 획득하게 된다. 여기서 작가가 된다는 것은 그의

7) 등단작인 <세길로>(전집 6권)가 23행이나 검열에 의해 삭제 당한 채 발표되었다는 사실에서나, "지금의 심경을 가지고 그때 당시의 나의 그런 심경이나 행동을 곰곰이 객관을 하자면…… 나 혼자만이 유독 그렇게 약하고 용렬하였는지, 혹은 대체가 개인적이며 소극적이요 퇴영적이기가 쉬운 망국민족의 본성의 소치였는지 그 분간은 막시 모르되, 하여커나 그러첨약하고 용렬하였던 것이 사실이요. 겸하여 무가내한 노릇이었었다."
   채만식, <民族의 罪人>, 『전집 8』, 창작과 비평사, 1989, 419쪽.
8) 조남현, 「한국현대소설에 나타난 지식인상 연구」, 서울대 박사학위논문, 1983. 3쪽.
9) '작가의 권위'란 사이드에 의해서 제기된 개념으로 작가가 "관습을 지키고

글쓰기가 당시의 공적영역 – 식민 체제 – 에서 받아들일만한 제도화된 글쓰기로 편입되었다는 것을 의미한다. 그러나 피식민지인이라는 존재 조건은 채만식이 식민 제체에 편입되는 것을 쉽게 허락하지 않는다. 채만식은 자신을 비롯해 수많은 이들이 일제의 지배를 받는 상황에서 자연스럽게 피식민지 지식인으로서의 자신을 되돌아보게 된다. 이같은 현상을 사이드(Said)는 파생으로 설명한다. 즉 제국주의는 식민지 획득 과정에서 피지배 민족의 지식인들을 자신들의 문화와 사회 속에 편입시키는 이른바 제휴관계를 통해 식민지 민중들이 자신들의 지배를 자연스럽게 받아들이도록 하는 전략을 구사한다. 그러나 몇몇 피식민지 지식인들은 제국의 이런 전략에 굴복하기보다는 제국의 근대적 교육을 통해 얻은 지식을 발판삼아 오히려 자신들의 땅에 군림하는 제국의 존재와 입장에 대해 도전한다.

식민지 내의 초기 민족주의자나 자유투사들은 그들을 통제했던 제국의 지배자들에게 아무런 형태의 의무감도 느끼지 않았으므로 대단히 공격적인 진지함을 선보일 수 있었다. 그들에겐 그 외의 선택이 없었다. 그들 자신은 물론 그들의 인민들은 비가 내리치는 들판으로 뜨거운 해발이 이글거리는 광야로 내몰았던 질서에 저항하는 길이 그들에겐 진지함의 한 표현이었다. 그들은 싸웠고 몇 차례의 승리를 구가하기도 했다.[10]

....

패턴을 유지하면서 받아들여질 만한 제도화된 방식으로 사회의 과정을 글로 쓴" 것을 말한다.
에드워드 사이드, 김성곤·정정호 옮김, 『문화와 제국주의』, 창, 1995. 159쪽.
10) 치누아 아체베, 「식민주의 비평」, 이석호 옮김, 『제 3세계 문학과 식민주의 비평』, 인간사랑, 1999, 147쪽.

위의 인용문이 제시한 모습을 우리는 파농(Fanon)에서 발견할 수 있다. 그는 제국 프랑스에서 배운 지식을 바탕으로 알제리의 독립운동과 아프리카와 아메리카 흑인들 간의 연대를 모색하는 등 제국 프랑스에 반대한 알제리민족해방전선(FLN)의 이론적 지도자가 된다.

그런데 이같은 상황은 식민지 제국으로서는 생각지도 못한 일이었다. 자신들에게 협력해야할 피식민지 지식인들이 도리어 제국의 권위에 도전하는 형국을 창출한 것이다. 이 속에서 식민지 제국은 식민지 작가와 지식인들에 대한 체계적인 관리의 필요성을 깨닫게 된다. 왜냐하면 소설(글쓰기)이 본질적으로 '사회적 행위이며 그 뒤에 혹은 안에 사회와 역사의 권위를 가지고 있'11)기 때문이다. 따라서 식민지 지배체제는 소설(글쓰기)을 창작하는 작가에게 어떤 식으로든 식민지 지배 규율의 권위를 인정시켜야만 했다. 식민지 지배규율과 지식인은 글쓰기라는 공적 영역을 사이에 두고 갈등을 빚게 되는 바, 이 과정에서 피식민지 지식인들은 이른바 '파생'과 '제휴'12) 사이에서 극심한 내적 갈등을 겪게 된다.

일본 유학을 마치고 작가의 길로 들어선 채만식 역시 초기에 발표한 작품들을 통해 식민지 지배체제에 대한 강한 공격성을 드러낸다. 본격

---

11) 사이드, 앞의 책, 159쪽.
12) '파생과 제휴'란 사이드에 의해 제시된 개념이다. 사이드는 사람들이 태어나면서 주변의 것과 관계를 맺는 것을 파생으로, 후천적으로 주변상황과 관계를 맺는 것을 제휴라 부른다. 사이드는 많은 식민지 지식인들은 파생적 관계를 저버리고 제휴적 관계를 선택함으로써 안전하게 지배문화에 편입되어 결국 사회, 역사의 상황적 요구를 저버리게 된다고 주장한다.
Edward W. Said, *The Word, the text an critic*, Cambridge Mass; Harvard UP, 1983, 5∼22쪽 참조.

적인 소설 창작에 앞서 그는 주로 희곡, 대화소설, 촌극 등을 발표하는
데, <農村 스케치>, <米價 大暴落>, <監督의 안해>, <富村>,
<蒼白한 얼굴들> 등이 그것이다. 이들 작품에서 채만식은 당시 사회
를 매우 궁핍하고 부정적인 사회로 형상화 한다. 그는 특히 당시 산업의
근간이었던 농촌 문제를 집중적으로 다루면서 조선 민중의 비참함과
빈곤이 식민지 지배에서 기원하고 있음을 통렬히 비판한다.

11. 마을 동구에서
    도에서 온 사람: 이 마을이 몇 호나 됩니까?
    면장: 2백 호 가량 되는 대촌이올시다.
    도에서 온 사람: 흥! 거참 부촌(富村)인데 집집마다 저렇게 볏눌이
    있는 어려운 일이야! 부촌인데! 음력 섣달 그믐이니까 웬만한 소작인
    들은 타작을 다 해바렸을 땐데……부촌이야!13)

당시 농촌은 농사라고 지어 봐야 남는 것은 배고픔과 나날이 늘어나
는 빚뿐이었다. 대부분 소작농으로 전락한 농민들은 '바슴'(타작)마저
포기한 채 낟가리를 쌓아 두는 것으로 자신들의 불만을 토로한다. 그러
나 식민지 관리는 이같은 농촌의 실상을 외면한 채 오히려 부촌이라고
부른다. 현실을 도외시한 식민지 관리에 대한 풍자가 엿보이는 이 작품
에서 우리는 농촌의 궁핍상과 이를 방조하는 식민지 지배 권력의 모습
을 발견할 수 있다.

채만식은 당시 사회의 부정적 현실을 비판하면서 소설보다는 희곡과
대화소설이라는 장르를 사용한다. 이같은 글쓰기 방식을 어떻게 이해해

13) 채만식, <富村>, 『전집 9』, 앞의 책, 336쪽.

야 할까? 글쓰기를 시작한 지 얼마 되지 않은 신인작가의 한계로 봐야 하는가, 아니면 다른 목적이 숨어 있었던 것일까? 필자는 식민 지배체제로부터 '작가의 권위'를 획득하고자 했던 피식민지 지식인의 과잉된 자의식 표출이 이같은 글쓰기에 집착하게 만들었다고 생각한다. 왜냐하면 희곡과 대화소설은 무대라는 공간에 부정적인 현실을 직접 옮기는 것으로써 소설보다는 훨씬 현실에 대한 비판 강도가 강하다. 즉 채만식은 식민 지배체제와 대결하는 것을 통해 자신의 작가로서의 존재 조건을 찾고자 했던 것이다. 그러나 채만식의 이런 의도는 고도로 계획되고 훈련된 식민지 체제로 인해 어쩔 수 없는 한계에 부딪히고 만다.

일제는 조선을 식민화하기 앞서 그들의 식민지 정책을 철저하게 준비했는데, 이는 시사하는 바가 크다.14) 일제는 대만의 식민지 지배 경험을 바탕으로 조선에 대해서는 무력에 의한 직접적 지배방식과 각종 근대적 제도의 도입을 통한 간접적 지배방식을 병행한다. 일제에 의해 실시된 식민지배 정책은 그 외형적 형태의 변화에도 불구하고 '동화정책(同和政策)'이라는 일관된 흐름을 갖는다. 그 구체적인 형태가 식민주체의 탄생이었다. 식민주체의 탄생을 위해 일제는 식민지 지배규율을 강요하여 피지배 민족의 주민들이 스스로를 규율해 나감으로써 "식민지 체제의 전반적 구조와 동학을 잘 알 수 없도록 파편화시"15)키

---

14) 일본은 대만을 통해 이민족 지배형의 식민지에 대한 실험을 수행하는데, 그 실험 결과로 형성된 지배이념이 '동화주의(同和主義)'다. 이를 구체화하기 위해 일본은 영국과 프랑스로부터 법률자문을 구하는 등 서구의 경험을 참고하여 식민지 지배 정책을 정교화 한다.
　　김낙년, 「일본제국주의의 식민지 지배의 특질」, 강만길 외, 『한국사 13』, 한길사, 1994. 68~69쪽 참조.
15) 김진균·정근식, 「식민지 체제와 근대적 규율」, 김진균·정근식 편저, 『근대주

는 정책을 수행한다. 일제에 의해 도입된 공장, 학교 등 근대적 제도는 조선인들을 근대적 규율을 습득해야만 하는 '근대적 주체' 탄생을 강요한다. 그 결과 피지배 민족의 대다수는 식민지 체제가 요구하는 인간형으로 탈바꿈 하게 된다. 채만식 역시 이같은 일제의 식민지 규율화 과정에서 자유로울 수 없었다.

<監督의 안해>는 일제의 근대적 규율이 일상생활에 얼마만큼 깊이 침투해 있는가를 여실히 보여주는 작품이다. 이 소설에는 부인과 말다툼을 하던 남편 전이 "마침 어데서 울려오는 사이렌 소리에 움칫하여 시계를 꺼내 보고는 허둥지둥 돌아서서 일각문을 나가(309)"는 장면이 묘사되고 있다. 이같은 전의 행동은 당시 조선사회가 이미 신호체계를 통한 근대적 지배방식으로 바뀌었음을 보여준다. 약정된 질서 이외의 다른 의미를 갖지 않는 신호 체계는 직공 감독이었던 남편의 행동 방식들을 명령하고 규제한다. 일제에 의해 도입된 근대적 공장제도는 '강제와 일반화를 통해 일상을 단일 차원으로 조직화'16)시킴으로써 결국 전근대적인 자연 질서 속에 편입되어 있던 조선인들을 근대적 제도와 규율로 훈육한다. 식민지 지배 질서의 광범위한 진행과 전일화는 식민지 지식인이라는 혈연적 유대에 근거한 파생의 의무감을 뛰어넘는 현실적인 힘으로 작가를 위협한다.

피식민지 작가 채만식의 비극은 바로 여기서 비롯된다. 피식민지 지식인이란 혈연적인 유대에서 발생하는 파생적인 사명감은 거짓에 의해 이룩된 광명을 자신의 눈을 찔러 버리는 행위(『심봉사』)로 표출되기

체와 식민지 규율권력』, 문학과학사, 1997. 14쪽
16) 강수택, 『일상생활의 패러다임』, 민음사, 1998. 72쪽.

도 하지만, 식민 규율화의 급속한 진행 속에서 그는 절망하고 만다. 이 때의 절망감을 채만식은 「自作案內」에서 다음과 같이 토로하고 있다.

> …… 리힐리즘의 독한 호흡이다.
> 나는 그 요기(妖氣)에 지지 않으려고 발버둥을 치면서도 (마치 魔物에 홀린 듯, 정신은 말짱해 가지고도 부지불식간) 그리고 끌려만 들어가는 내 자신을 바라다보면서 몸을 떨고 있다.[17]

부정한 현실을 직시했음에도 채만식은 생존 문제[18]를 해결하기 위해 어쩔 수 없이 글쓰기를 수행해야만 했다. 그러나 이 글쓰기는 문단에 막 등단할 무렵의 초창기 글쓰기와는 분명 다른 성질의 길이었다. 왜냐하면 그는 이미 글을 막 쓰기 시작한 작가도 아니었고, 그렇다고 지배 권력에 대해 아무런 의무감을 느끼지 않아도 될 만큼 경제적으로 부유하지도 않았다. 식민체제 하에서의 글쓰는 피식민 작가인 채만식을 존재론적 고민에 빠져들게 한다. 채만식 앞에는 두 가지 길이 놓여 있었다. 지배 권력에 편입하여 생존문제를 해결하는 제휴적인 길과 피식민 작가로서의 파생적 길이 그것이었다. 어느 한 쪽을 선뜻 선택할 수 없었던 채만식은 결국 리힐리즘이라는 제 3의 길을 발견한다. 채만식의 일련의 지식인 소설은 바로 제 3의 길에 들어선 작가의 글쓰기 방식을 보여주는 작품들이다.

....

17) 채만식, 「自作案內」, 『전집 9』, 앞의 책, 519쪽.
18) 형님들의 사업 실패 이후 극심한 빈곤에 시달리던 채만식은 가족의 생계를 원고료에 의지하게 된다.

3. 사실에 대한 인정 : 식민지 근대를 바라보는 작가의 시선

지금까지 필자가 식민지 지배 규율과 작가의 글쓰기에 관해 살핀 것은 채만식의 지식인 소설을 이해하기 위해서였다. 초창기 희곡, 대화 소설 등을 통해 보편적인 소설 문법과 문체를 파괴하면서까지 현실과 대결했던 채만식은 1930년대 중반 들어 지금껏 자신이 보여준 작품 경향과는 사뭇 다른 지식인 소설을 창작한다. 그 원인에 대한 탐색은 채만식 문학을 해명하는 것은 물론이고 식민지 체제를 이해하는데 중요한 단서가 된다.

일제의 작가에 대한 통제는 광범위하게 이루어졌는데, 검열도 그중 하나이다. 총독부 경무국 도서과에서 담당한 검열은 작가들의 창작활동에 결정적인 영향을 미쳤다. 김동인은 '내 작품의 3분의 1분의 1쯤은 검열 때문에 잃어버렸다'[19]고 밝히고 있는데, 이것은 당시 검열이 얼마나 극심하게 이루어졌는지를 단적으로 보여준다.

> 그러나 현재 조선에 앉아서 그럴듯한 작품은 작가가 만 개를 썼자 독자의 앞에 한 개도 나올 수가 없다는 것을 염씨도 잘 알고 있을 것이다.[20]

일제의 검열 정책은 채만식을 "작자인 나로서는 그것이 검열에 통과된 것을 다행으로 여기"[21]게 만드는 지경으로까지 몰고 간다. 검열에 의한 작가의 통제는 채만식에게 현실에 대한 부정적 인식을 직접적인

19) 김동인, 「지난 시절의 출판물과 검열」(1946), 김지홍 편, 『김동인 평론선집』, 삼영사, 1984, 554쪽.
20) 채만식, 「作者의 辯」, 『전집 10』, 앞의 책, 16쪽.
21) 채만식, 「평론가에 대한 作者로서의 不服」, 앞의 책, 22쪽.

극(劇)양식으로 표현했던 30년대 초반의 방식에서 벗어날 것을 강제한다. 어떻게든 글쓰기를 계속해야만 했던 채만식은 "부정면을 통하여 기실 긍정면을 주장하기"[22) 위한 방법으로 변모를 꾀하는데, 이 과정에 지식인 소설이 위치해 있다.

채만식이 <세길로>를 통해 문단에 등단했다는 점은 채만식 문학을 이해하는 데에 여러 가지로 유의미한 단서를 제공한다. 하나는 이광수의 추천사에 드러나듯이 작가적 역량에 대한 확인이다. 이광수는 이 작품을 '재료의 취사며 심리의 묘사가 심히 익숙하게 되었을 뿐만 아니라, 평범한 재료를 취해가지고 그만큼 재미있게 그만큼 깊게 사람의 부끄러운 약점을 그려낸 것은 칭찬할 솜씨'[23)를 지니고 있는 것으로 평가한다. 이러한 평가는 채만식을 끊임없이 따라다녔던 '산문정신의 부재'가 작가적 역량의 부족에서 기인한다는 기존 견해들이 과장되어 있음을 보여준다. 다른 하나는 근대적 산물의 대표적 상징물이라 할 수 있는 기차라는 소재를 사용함으로써 식민지 근대를 바라보는 피식민지 지식인의 태도를 발견할 수 있다는 점이다.

<세길로>는 한 여학생을 사이에 두고 벌어지는 두 남자의 내면심리 상태의 변화과정을 사실적인 문체로 표현하고 있다. 채만식이 소설 창작에서 리얼리즘 정신을 중요한 기준으로 삼고 있었다는 것은 「小說 안 쓰는 辨明」 등의 글에 잘 드러나 있다. 이 글에서 채만식은 "소설이라는 것이 시대나 사회 즉 현실을 떠나 순전히 머릿속에서 장만한

---

22) 채만식, 「自作案內」, 앞의 책, 520쪽.
23) 이광수, 「추천사」, ≪조선문단≫, 1924.12.을 채만식, 『전집 6』, 410쪽에서 재인용.

이야기를 펜으로 그려놓은 것"[24]이 아니라, 시대의 드라마 희비극(喜悲劇)을 반영하는 예술로서의 문학이지 '개인으로서의 문학이 아니다'라고 주장한다. 그렇다면 채만식 문학의 약점으로 지적되는 '산문정신의 약화'는 어떻게 봐야 하는가? 이 문제를 이야기하기 전에 논의를 좀더 진전시켜 보도록 하자.

식민지 근대를 바라보는 작가의 태도가 잘 드러난 <세길로>에서 '나'는 기차 안의 안온한 기분에 말할 수 없는 친함을 느끼는 인물로 등장한다. 게다가 등장인물들 또한 행색과 관계없이 기차 안에서의 행동이 지극히 자연스럽다. 이들은 플렛폼에서 기차에 올라 자연스럽게 자신의 자리에 앉고, 지나가는 '벤토' 장사에게 도시락을 사서 먹는 등 기차라는 근대적 교통수단이 만들어낸 풍경에 익숙한 모습을 보인다. 근대적 사물에 대한 익숙한 태도는 일련의 지식인 소설이 그려내는 풍경들에서도 동일하게 나타난다. 첫 지식인 소설이라 할 수 있는 <蒼白한 얼굴들>에는 근대적인 풍경에 친숙한 지식인들이 사실적으로 그려져 있다. 이들은 실직 등으로 얼굴은 비록 창백하지만 리카도의 지대론을 읽고, 조금이나마 돈을 더 받을 수 있는 일본인 전당포에 시계를 맡기고, 명동 거리를 지나가는 신사와 숙녀들을 향해 "그래 모·보는 모·보야……단 조선놈 모·보는 Modern Yobo라는 모·보야, 하하."[25]라며 냉소를 보내기도 한다. 하지만 이들은 카페에 들러 아이스커피를 주문하는 등 식민지 근대가 초래한 일상적인 모습에 젖어들어 있다.

....

24) 채만식, 「小說 안 쓰는 辨明」, 『전집 10』, 82쪽.
25) 채만식, <蒼白한 얼굴들>, 『전집 7』, 앞의 책, 14~15쪽.

그러나 이같은 근대적 풍경에 대한 친숙한 인식은 식민지 현실과 결합되면서 더 이상 편안하고 안온한 기분만을 가져다주지 못한다. <레이디메이드 人生>의 P와 <明日>의 범수에 이르러서는 근대적인 제도와 풍경 그 자체가 식민지 지배 규율이라는 인식으로까지 발전한다.

이들 작품에서 작중 인물 P와 범수의 행위는 학교라는 근대적 제도가 명백한 권력으로 등장하고 있음을 보여준다. 이들은 자식들을 학교에 보내지 않는 것을 통해 근대적 제도가 낳은 부정적인 현실에 맞서려 한다. 하지만 그럴수록 이들은 <明日>의 영주26)가 보여주듯이 근대적 지배규율이 이미 거역할 수 없는 권력으로 등장해 자신들을 지배하고 있음을 확인할 뿐이다. 이같은 확인을 통해 피식민지 지식인들은 자신들이 그토록 힘들여 배웠던 제국의 근대적 문물과 교육이 기실은 배타적이고 소외된 자신을 비출 뿐이라는 사실을 자각한다. 또한 이들은 도무지 이해할 수 없는 방식으로 살아가는 '동포들에 대한 회의와 현실에 적응하지 못한 자신들을 비웃는 동포들의 시선 속에서 점차 현실에 대한 냉소'27)로 나아가게 된다.

<痴叔>과 『太平天下』는 피식민지 지식인의 냉소주의적 태도가

----

26) 영주의 행동을 통해 우리는 식민지 지배 규율이 당시 어떻게 피식민지 민중들에게 작용했는지를 살필 수 있다. 그녀는 실패한 인텔리를 남편으로 둔 처지임에도 오직 아이들을 교육시켜 '장래의 희망을 거기다가 붙이자는' 소망을 갖고 있다. 그녀는 이미 학교가 사람의 이후 지위를 결정하는 결정적 요소라는 사실을 알고, "하다 못하면 자기가 몸뚱이를 팔아서라도 아들의 뒤는 댄다"며 남편의 결정에 반대한다.
　　채만식, <明日>, 『전집 7』, 148쪽.
27) 치누아 아체베, 앞의 책, 126~127쪽.

풍자와 결합하여 웃음으로 발전한 형태다. 작중 인물인 '나'와 윤직원은 식민지 지배 규율에 의해 식민지적 주체형으로 탈바꿈한 인물들이다. 채만식은 이들의 형상을 통해 식민지 지배 규율의 작동메커니즘으로 인해 식민지 곳곳에서 일제의 요구에 부합한 식민지적 주체형이 탄생하고 있음을 보여준다.

> 내 이상과 계획은 이렇거든요.
> 우리 집 다이쇼가 나를 자별히 귀애하고 신용을 하니까, 이제 한 십 년만 더 있으면 한밑천 들여서 따로 장사를 시켜 줄 눈치거든요.
> ……중략……
> 나는 죄선 여자는 거저 주어도 싫어요.
> 구식 여자는 얌전은 해도 무식해서 내지인하고 교제하는 데 안됐고, 신식 여자는 식자나 들었다는 게 건방져서 못쓰고, 도무지 그래서 죄선 여자는 신식이고 구식이고 다 제바리여요. ……중략……
> 그리고 내지인 여자한테 장가만 드는 게 아니라 성명도 내지인 성명으로 갈고 내지인 이름을 지어서 내지인 학교에 보내고…… …중략…
> 그리고 나도 죄선말은 싹 거둬치우고 국어만 쓰고요.[28]

'나'의 모습을 한마디 정리하면 일제의 식민지 정책이 추구했던 '동화정책(同化政策)'의 결실에 해당하는 인물이다. 그는 조선이 일본의 지배를 받고 있는 현실은 인정하지만 그것이 한 민족에 의한 다른 민족의 배타적 지배라는 점은 부정한다. 돈을 벌어 일본인 여자와 결혼을 하고, 일본식으로 살겠다는 발언에서 우리는 그가 식민지라는 현실보다는 자본을 더 중요한 가치로 사고하고 있음을 발견할 수 있다. 그는 '지배(일

---

28) 채만식, <痴叔>, 『전집 7』, 267~268쪽.

본인)/피지배(조선인)'라는 구도가 자본에 의해 언제든지 역전될 수 있는 것으로 본다. 그러나 이같은 '나'의 꿈을 작가 채만식은 용납하지 않는다. 채만식은 '나'를 풍자함으로써 '나'의 꿈이 덧없는 망상임을 밝히고 있다. 다시 말해서 이 작품은 일제의 지배 규율에 스스로를 철저히 동화시켜 식민지 주체형 인간으로 완성되어 가는 피식민지인의 존재를 보여주고 있다는 점에서 리얼리티를 갖는다. 채만식은 이같은 인물을 <敗北者의 죽음>의 강진사나 『太平天下』의 윤직원을 통해 반복적으로 제시함으로써 식민 규율이 조선 사회를 전일적으로 지배하는 상황을 목격한다.

> "…… 자아 보소. 관리허며 순사를 월 죄선으로 많이 내보내서, 그 숭악한 부랑당놈들을 말끔 소탕시켜 주구, 그리서 양민덜이 그 덕에 편히 살지 않넝가! 그라구 또, 이번에 그런 전쟁을 히여서 그 못된 놈의 사회주의를 막어내주니, 원 그렇게 고맙구 장헐 디가 어디 있담 말인가……"[29]

윤직원은 일본의 지배를 고맙게 여기는 전형적인 식민지 인간형이다. 그는 일제 강점을 구한말의 혼란상을 관리와 순사를 보내 일소하는 것은 물론이고 사회주의 세력에 대해서는 전쟁까지 전개하여 막아주는 고마운 것으로 인식한다. 윤직원이 식민지 체제를 '태평천하'로 인식하게 되는 것은 일제에 의해 도입된 근대적 제도가 그에게 사유재산을 형성할 수 있는 계산가능성을 제시해 주었기 때문이다. 윤직원은 일제에 의해 도입된 근대적 제도를 효과적으로 이용함으로써 막대한

---

29) 채만식, <太平天下>, 『전집 3』, 109~110쪽.

부를 축적한다. 채만식은 윤직원과 같은 식민지 주체형 인물들을 등장시켜 명백한 실체로 등장한 식민지 지배 질서 아래에서는 이같은 인물의 탄생이 자연스런 현상임을 밝힌다. 하지만 채만식은 이들 역시 지식인인 인물들이 겪었던 것처럼 결국은 배타적인 타자일 수밖에 없음을 작중 인물의 기행적 행동이나 작자 또는 화자의 직접적 개입에 의한 비판, 극적 반전을 시도한 결말 등을 통해서 폭로하고 있다.

채만식은 식민 규율이 전일화 되는 현실 속에서 식민지적 주체형 인물을 전면에 내세우는 글쓰기 방식을 사용해 식민지 체제에 대한 비판과 피식민 작가에 대한 일제의 통제를 비껴가려한다. 그러나 채만식의 이런 노력도 30년대 후반에 들어서면서부터 급격한 변화를 맞는다. 1930년대 발표된 채만식 문학은 식민지 작가가 보여줄 수 있는 모든 면을 응축적으로 보여주고 있다.

> 그들은 (낡은 '전설'의 고향을 가진 순범 저와는 달리) 맹목적이요 무비판한 것이 오히려 유리하여, 세기의 '사실'을 솔직하게 호흡하는 생리(生理)의 소유자들이었었다.
> 그들은 그와 같이 아무런 주저도 회의도 불안도 없이 안심하고 그 세기의 사실을 호흡함으로써 그 속에 머금어 있는 새로운 생명의 원소(元素)를 섭취해가는 동안, 생리는 장차 오려는 세대(世代)에로 지양(止揚)이 될 것이었었다.[30]

<금의 정열>의 작중 인물 순범은 당대를 '사실의 세기'로 규정한다. 순범은 예전에는 그들(부르주아 - 필자)을 '경멸'했지만 지금은 오히려

---

30) 채만식, <금의 情熱>, 『전집 3』, 앞의 책, 339쪽.

'경의(敬意)'를 표하고 이들에 비해 "집도 터도 없어진 '전설'의 탑(塔) 속에서만 칩거하여 하릴없이 낡은 문헌(文獻)처럼 살"[31]았던 자신에 대해 '부끄러움'을 갖는다. 여기서 '집도 터도 없어진 전설의 탑'이 국권을 상실한 조선에 대한 은유이고 '낡은 문헌'이 이미 현실적인 실천을 상실한 글쓰기의 상징이라는 것은 어렵지 않게 파악할 수 있다.

여기서 우리는 한가지 의문을 갖지 않을 수 없는데, 채만식의 현실인식이 30년대 후반 들어 왜 이렇게 급격한 변화를 보이가 하는 점이다. 적어도 「自作案內」를 통해 "문학이 적으나마 인류 역사를 밀고 나가는 한 개의 힘일진대 한인(閑人)의 소장(消長)거리나 아녀자의 완롱물(玩弄物)에 그칠 수는 없을 것이라고 나는 목이 부러져도 주장"[32]했던 채만식이고 보면 이같은 변화는 쉽게 수긍되지 않는다. 사실의 세기. 채만식을 이처럼 변화시킨 것은 '사실'이다. 채만식은 1930년대 후반 들어 '사실의 세기'를 인정하게 되는데, 최근 몇몇 연구자들에 의해 논의되고 있는 '사실의 세기'[33]는 채만식 변화의 일면을 이해하는 데 중요한 단초를 제공한다. 식민지 문인들은 중일 전쟁을 계기로 일제의 식민규율을 실체로 인정[34]하면서 그 근거로 '사실의 세기'를 내세운다.

----

31) 위의 글, 340쪽.
32) 채만식, 「自作案內」, 『전집 3』, 앞의 책, 520쪽.
33) 류보선에 의하면 '사실의 세기'란 폴 발레리에서 비롯된 것으로 "질서를 찾아 볼 수 없는 시대, 혹은 법칙성을 찾아 볼 수 없는 시대"라는 개념이다. 그는 30년대 후반 문인들이 이 용어를 사용한 것은 당대를 "이해할 수 없는 시대로 인식하고 있었다는 사실을 말해주는 구체적인 지표라 할 수 있다."고 주장한다. 류보선, 앞의 논문, 31쪽.
하정일 역시 비슷한 견해를 제시하고 있다.
하정일, 「'사실' 논쟁과 1930년대 후반 문학의 성격」, ≪작가연구≫, 1998.6, 208쪽.

　　마호멧은 매우 친절하게, 코란과 또 한 가지 다른 명물을 내보이면서
어느 것이 마음에 드느냐고 종택더러 물었다.
　　종택은 둘 다 일 없으니, 좋은 낙타나 한 마리 주었으면 그놈을 타고
끄으덱끄으덱 세상 구경이나 다니겠노라고 대답을 했다.
　　마호멧은 무얼 그다지 겸사를 하느냐고, 정으로 주는 것이니 물리치지
말고 제발 둘 중에 한 가지를 골라 가져달라고 간곡히 권을 했다.
　　종택은 그래도 사양을 하니까, 마호멧은 필경 울면서 세 번째 졸랐다.
종택은 그러면 며칠 말미를 주면 집에 돌아가서 잘 생각해 본 뒤에
작정을 하겠노라고, 수유를 타가지고 돌아왔던 것이다.
　　무서운 진통의 사흘이 저물어 올 때, 오후에는 어떤 낯모를 신사의
방문을 받았다. 그리고 그날 늦어서, 불시로 출입을 한 종택은 영영
돌아오지 않고 말았다.[35]

　　위 인용문은 식민지지배 체제가 작가에게 강요한 것이 무엇이었는지
를 상징적으로 보여주고 있다. 잡지사 편집자인 종택은 식민지 체제를
어쩔 수 없이 인정한다. 하지만 식민체제에 협력할 수 없었던 그는
그저 ‘낙타를 타고 세상구경’이나 하겠다는 생각을 갖는다. 그러나 이러
한 계획마저 ‘영원히 피할 수 없는 강풍’[36]으로 비유된 현실 앞에 가로막
히자 그는 절망하고 만다. 종택이 보인 ‘낙타를 타고 세상구경’하겠다는
표현은 식민지 지배 방식을 비판하기보다는 그 작동 방식에 대해 눈을

---

34) 류보선, 위의 논문, 40쪽.
35) 채만식, <敗北者의 죽음>, 『전집 7』, 앞의 책, 391~392쪽.
36) 종택은 양행을 하라는 아내의 권유에 대해 “양행이나 하여 견문이며 학문쯤
　　조그만치 더 얻어 가지고, 한 이십 년 만에 돌아온댔자, 백 년을 가고도 남을
　　풍량인걸. …중략… 거추장스런 자기 분열은, 오늘 여기서도 짊어지고 있어야
　　하고, 내일 양행(-을 한다면) 거기서도 짊어지고 다녀야 하고, 그리고 모레
　　돌아와서도 끝끝내 짊어지고 살아야 할 것이 아니냐.”라면서 거절한다.
　　앞의 글, 391쪽.

감겠다는 표현이다. 그러나 이같은 종택의 바람마저 경제공황과 중일전쟁을 계기로 파쇼통치로 전환된 식민체제에 의해 무산된다. 오히려 식민 규율은 '낯모를 신사'의 방문에서 볼 수 있듯이 능동적인 식민지적 주체가 되지 않고는 생존할 수 없다는 것을 작가들에게 각인시킨다.

1930년대 후반 문단 전체를 강타한 전향문학 또한 이같은 '사실의 세기'에 대한 작가들의 인정에서 고구될 수 있지 않을까? 일반적으로 식민지 작가의 전향은 외부로부터의 협박과 개인의 자발성이라는 두 가지 측면이 결합되어 나타난다. 식민 지배 질서를 실체로 인정한다는 것은 파생적 상황이 강제하는 역할들-피식민지 지식인 작가에게 당위로 주어졌던 수많은 역할들-을 벗어던질 수 있는 자기근거로 활용된다. 결국 식민지 지배 권력은 작가에게 "현실을 극복대상이 아닌 존립근거로서 인정"[37]하게 함으로써 '내선일체'라는 '동화정책'으로 치닫게 만든다.

4. 웃음의 미학 : 식민지적 근대에 대한 저항방식

한국 근대문학은 보편적인 근대문학의 발전 형태와는 다른 기형적인 형태를 띠며 발전해 왔다. 이것을 평론가 임화는 '이식문학론'으로 명명했던 바, 한마디로 한국 근대문학은 일제의 식민 규율에 의해 왜곡된 한국 근대사 발전과정을 닮아 있다. 류보선은 한국 근대문학의 왜곡된 발전은 문인들의 사고를 "존재를 지향하기보다는 당위를 지향하게"

37) 김동환, 「1930년대 한국 전향소설 연구」, 서울대 석사학위논문, 1987. 39쪽.

만들었고 그 결과 우리문학은 '상상 속의 모범적인 세계를 관념적으로 구축'하게 되었다고 주장한다.38) 문인들이 보여준 이같은 모습을 '문사의식'으로 규정할 수 있는데, 채만식은 자신의 소설에 웃음의 미학을 접목시킴으로써 '문사의식'을 해체하려 한다. 채만식은 본격적인 소설 창작의 길에 들어서면서<세길로>에서 보여준 산문정신 대신, <痴叔>, <太平天下> 등에서 볼 수 있듯이 웃음의 미학을 사용한다. 채만식 문학에 나타난 웃음의 미학이 독특한 문체, 즉 판소리 서술형식과 닮아 있다는 주장은 나병철, 배봉기, 우한용, 박명진 등39)에 의해서 밝혀진 바 있다. 그렇다면 <貨物自動車>나 일련의 지식인 소설을 통해 산문정신의 구현을 보여주었던 그가 왜 1930년대 후반에 들어서면서 판소리의 서술형식을 차용한 웃음의 미학에 집착하게 되는 것일까? 일본 유학을 통해 근대문학의 제 요소를 체득했고40) 근대적 문학정신이 당시의 주도적 흐름이었음에도 굳이 판소리 서술형식을 차용하여 요설적이고 서술적이며 산만하다는 비판41)을 받아야만 했던 이유는

....

38) 류보선, 앞의 논문, 49쪽.
39) 이들 연구는 다음과 같다.
　　나병철, 「1930년대 후반기 도시소설 연구」, 연세대 박사학위논문, 1989.
　　배봉기, 「채만식 문학의 인물 특성과 형상화에 대한 연구」, 연세대 박사학위논문, 1992.
　　우한용, 『채만식소설 담론의 시학』, 개문사, 1992.
　　박명진, 『한국 희곡의 이데올로기』, 보고사, 1998.
40) 이 점은 그가『금의 정열』을 통해 당시 지식인의 일반적인 독서 경향을 보여주는 것에서도 명확하게 드러난다.
41) 채만식 문학에 대한 평가는 초기부터 그의 문체에 집중되어 왔음을 우한용은 밝히고 있다. 대부분 논자들은 채만식의 문체를 요설체 내지 서술체로 규정하면서 이런 문체가 '사물의 추상적 전달에 머물 수밖에 없다는 약점'을 지니는 것으로 파악했는데, 대표적인 논자로는 백철, 정한숙, 천이두, 나병철, 홍기삼,

무엇일까? 필자는 식민지 지배 권력이 작동하는 공적 영역에서의 글쓰기가 웃음의 미학이라는 독특한 형식의 글쓰기를 고안하게 만들었다고 생각한다.

> 초리가 길게 째져 올라간 봉의 눈, 준수하니 복이 들어보이는 코, 부리가 추옥처진 귀와 큼직한 입, 다아 수부귀다남자(壽富貴多男子)의 상입니다.
> 나이? ……올해 일흔 두 살입니다. 그러나 시삐 여기진 마시오 심장비대증으로 천식(喘息)기가 좀 있어 망정이, 정정한 품이 서른 살 먹은 장정 여대친답니다. ……중략……
> 그 차림새가 또한 혼란스럽습니다. 옷은 안팎으로 윤이 지르르 흐르는 모시진솔 것이요, 머리에는 탕건에 받쳐 죽영(竹纓)달린 통영갓(統營笠)이 날아갈 듯 올라앉았습니다.42)

인용문에서 알 수 있듯이 화자에서 비롯된 처음의 웃음은 점차 작중 인물의 부정적인 행위로까지 나아간다. 화자는 윤직원의 외모를 요설적이고 희화적인 어조로 설명하면서 웃음을 유발하는데, 이같은 설명방식은 판소리에서 창자(唱者)가 청중을 상대로 이야기의 세계를 설명하고 자유자재로 개입하여 서술하는 양식과 흡사하다.43) 채만식은 식민지 지배 규율이 전일화되는 과정에서 판소리 서술과 같은 요설적이고 서술적인 진술을 통한 풍자가 기존에 자신이 수행했던 직접적인 비판보

구인환 등이 있다.
우한용, 앞의 책, 22~23쪽.
42) 채만식, <太平天下>, 앞의 책, 10~11쪽.
43) 배봉기, 앞의 논문, 100쪽.

다 더 강력하다는 사실을 인식하게 된다. 그리고 이 웃음을 무기삼아 식민지 근대 규율에 대한 정면충돌로까지 나아간다.

따라서 채만식이 보여준 판소리 차용이나 고전의 패러디를 '식민지적 근대의 종언[44]'으로 인한 고전으로의 회귀를 통한 현실 도피나 상고주의 취미 등으로 파악하는 것은 위험하다. 왜냐하면 채만식 글쓰기에 나타난 고전적 글쓰기의 차용은 근대적 산문정신의 바탕이 되었던 식민지적 근대에 대한 반정립을 통한 비판적 거리두기의 성격이 강하기 때문이다.

> "이 동물아! 내가 이렇게 꼼짝 않구서 처박혀만 있으니깐. 아무 내력 없이 그러는 줄 알아? 나는 이게 싸움이야. 이래 뵈두. 더위가 나를 볶으니까. 누가 못견디나 보자구 맞겨누는 싸움이야 싸움!"[45]

이 작품에서 웃음은 여름철에 동복을 입는 '남편'의 기행에서 발생한다. 작중 인물은 자신을 억압하는 식민지 현실을 기행과 침묵을 통해 살아가는 방식을 발견해 낸다. 그는 모든 사람들이 항복의 상징으로 엷고 시원한 옷을 입는데 반해 겨울옷을 입는 기행적인 행위를 통해

---

44) 식민지 근대에 대한 종언은 김기림에게서 엿볼 수 있다. 김기림은 30년대 전반기까지만 해도 "역사를 발전하는 것이라고 믿는 사람들에게는 문명은 절망을 교사하지는 않는다. 그것은 다음 단계로의 발전을 확신시킨다."는 식으로 근대에 대한 긍정적인 역사인식을 갖지만, 30년대 후반에는 "조화있는 인간이나 조화있는 문명은 도저히 현실의 것일 수 없었다."라며 근대에 대한 비관론을 피력하고 있다.
  김기림, 「고전주의와 낭만주의」, 『김기림전집 2』, 심설당, 1988. 165쪽과 「시와 르네상스」, 같은 책, 122쪽.
45) 채만식, <少妾>, 『전집 7』, 앞의 책, 346쪽.

지금껏 느끼지 못한 통쾌한 맛을 느낀다. 이 통쾌한 맛으로 인해 그는 지금껏 경험하지 못한 '해방의 유쾌한' 기분까지 맛본다.

그런데 이같은 기행적 행동에서 비롯된 웃음은 파시즘의 지배체제가 극단적으로 강화되던 시기로 접어들면서 더욱 구체적이고 치열한 양상을 띤다. <敗北者의 죽음>에서 급행열차에 몸을 던진 종태의 행위는 이같은 작가의 싸움이 식민지 지배 규율의 근저로까지 발전하고 있음을 보여주고 있다. 근대적 산물인 기차에 대한 친근감을 표시했던 채만식은 이 작품에 이르러서는 무서운 가속력으로 달려오는 기차에 정면충돌하는 것으로 대결한다. 종태의 행위는 작가에게 식민지 규율로 상징되는 근대가 더 이상 친근함의 대상으로 다가오지 않는다는 것을 보여준다. 채만식은 일제의 식민지 지배를 고전을 차용한 웃음과 기행적인 인물 설정을 통한 웃음으로 극복하려 하는데, 이것은 부정할 수 없는 사실로 존재하는 '사실의 세기'에 대한 작가 나름의 거리두기이다.

식민 규율의 전일화와 검열제도의 강화는 피식민지 작가들의 글쓰기를 심각하게 왜곡한다. 채만식 역시 <明日>의 검열에서 보듯이 일제의 검열 때문에 근대적 산문정신에 근거한 현실 비판이 더 이상 가능하지 않다는 것을 깨닫게 된다. 결국 채만식은 웃음의 미학을 통해 탈사회적이고 순수문학 쪽으로 기울던 당대 문단에 사회적 관심을 환기시킬 뿐만 아니라 '사실의 세기'와 끈질기게 대결함으로써 식민규율을 조롱하고 비웃는다. 채만식 문학의 탈식민성은 여기서 비롯된다. 그러나 채만식은 일제의 강도 높은 황민화 정책과 생계 문제46) 등으로 친일의

---

46) 채만식은 경제적 어려움 때문에 극심한 고통을 받았다.
  "야박스럽고도 절박한 게 무엇이냐 하면 구복(口腹)의 전령의 급함이다.

길로 들어서게 됨으로써 탈식민성을 더 이상 끌고 나가지 못한다.

5. 맺으며

식민지 작가에게 글쓰기란 양면적일 수밖에 없다. 식민지 작가들은 피식민지 작가로서의 사명감과 식민지 지배체제로의 편입이라는 글쓰기의 속성 때문에 존재론적 고민에 빠져든다. 채만식 문학에는 이같은 존재론적 고민이 응축적으로 나타나 있다. 일본 유학을 통해 근대 문물의 위력을 실감한 채만식은 식민지 지배 규율이 일상생활 하나하나까지 파고드는 상황에서 본격적인 글쓰기를 시작한다. 채만식은 피식민 작가라는 파생적 관계에서 현실에 대한 직접적이고도 강도 높은 비판을 수행하지만 얼마 지나지 않아 일제 식민지 지배를 영원히 사라지지 않는 '사실'로 인정하고 만다. 그는 스스로 식민 규율에 동화되지 않으면 존재할 수 없었던 상황에서도 지식인 작중 인물을 통해 현실을 날카롭게 비판한다거나 웃음의 미학을 통해 식민 지배 규율을 넘어서려한다. 그러나 이러한 그의 노력도 결국 실패로 끝나고 마는데, 이같은 채만식의 모습은 피식민 작가의 글쓰기가 얼마만큼 어려운 일인가를 역설적으로 보여준다.

금붕어라고 물로만 살 수는 없고, 자행거(自行車) 바퀴라고 바람으로만 제 노릇을 할 수는 없다는 것, 최대한도의 의식주를 문학에다가 탁(託)해야 하겠는데, 그 최소한도의 실비를 얻기에는 내 몸뚱이가 가진 최대한도의 노력을 들여야만 하겠고, 그렇게나마도 실상은 불급(不及)이다."
채만식, 「自作案內」, 앞의 책, 517쪽.

채만식의 글쓰기는 식민체제와 불가분의 관계를 맺고 있다. 채만식은 1930년대 초기 작품에서 보듯 현실에 대한 직접적인 비판을 수행함으로써 파생에 기초한 피식민지 작가의 보편적인 모습을 보인다. 그러나 일제의 식민지적 근대화가 전일화되면서 그는 변화를 맞게 된다. 즉 일제의 파쇼 통치가 본격화되면서 채만식은 식민지적 지배 규율이 당대 사회를 전일적으로 지배하고 있을 뿐 아니라, 이 체제에 스스로 동화되지 않으면 생존할 수 없다는 사실을 자각하기에 이른다. 그런데 이같은 '사실'에 대한 인정은 역설적이게도 채만식을 식민지 근대 자체에 대한 본질적인 회의까지로 밀고 간다. 일련의 지식인 소설에서 학교라는 근대적 제도를 공격한다거나 <패배자의 죽음>에서 보여주듯 근대문물의 상징인 기차와 정면충돌한 것 등이 그것이다.

또한 그는 식민지 근대에 대한 부정적 인식을 바탕으로 근대적 글쓰기 방식을 심문한다. 채만식은 판소리의 이야기 방식과 요설적인 문체 및 전근대적인 플롯체계를 글쓰기에 도입한다. 심지어는 『심봉사』에서 보듯이 고전을 직접적으로 패러디하기까지 한다. 이같은 글쓰기 방식은 채만식에게 근대란 이제 더 이상 인간의 가치 실현이나 삶의 진지함을 추구할 수 있는 대상이 아니라 '웃음'을 통해서라도 비웃고 싶은 대상으로 전락했음을 의미한다.

따라서 채만식이 1930년대 들어 보여준 일련의 글쓰기 양식의 변화는 식민지 체제란 특수한 상황에서 글쓰기를 통해서나마 식민지 근대 규율에 맞서 싸우려 했던 작가의 처절한 저항이자 식민지를 극복하는 방식이었던 것이다. 비록 그가 일제의 황민화 정책이 본격화된 시기에 친일의 길에 들어서지만, 적어도 식민지 현실을 사실로 인정하고, 그

'사실'을 글쓰기 방식의 변화를 통해 극복하려 했다는 점에서 채만식 문학의 탈식민성은 여전히 유효하다 하겠다.

(『1930년대 문학과 근대체험』, 이회, 1999)

제2부
역사와 현실

문학 텍스트의
정전화 과정과 문학권력
―미군정기 중등국어 교과서의 선택과 배제를 중심으로

1. 문제제기

춘원 이광수가 스물 다섯의 젊은 나이에 「문학이란 何오」[1]를 발표한 것은 지금으로부터 정확히 87년 전인 1916년 11월이었다. 그는 당시 학문일반을 지칭하여 사용되던 문학이란 용어를 서양식의 'Literature'로 규정하여 전통적인 문학관으로부터 분리해 낸다. 그 후 87년간 우리 문학에서 '문학'이란 어휘는 시, 소설, 희곡, 수필, 평론 등 장르를 총칭하는 개념으로 사용되었으며 이것은 현재도 마찬가지다.

그동안 우리 문학은 '조선문학은 과거는 없고 오직 장래가 유할 뿐'[2]이라는 이광수의 단언을 증명하기라도 하듯 양과 질에서 괄목할

---

1) 이광수, 「문학이란 何오」, 『이광수전집』1, 삼중당, 1966.
2) 이광수는 조선의 문학은 오직 장래만이 있을 뿐이라며 다음과 같이 말한다. "朝鮮人의 過去에는 文藝라고할만한 文藝가 업다 工藝비슷한 것은 多少

만한 발전을 이룩했다. 이러한 사실은 근 40여권에 달하는 '문학사'[3] 서적을 통해서도 여실히 드러난다. 이것은 다음 두 가지 점에서 새로운 관심을 요한다. 하나는 우리 문학이 40여권의 서로 다른 문학사를 구성할 만큼 양적인 면에서 성장했다는 것을 의미하는 것이요, 다른 하나는 수많은 문학 작품과 작가들이 '문학사'란 특정한 형식으로 인해 어쩔 수 없이 선택되거나 배제되었다는 것이다. 이 과정에서 몇몇 작가와 작품은 문학사에서 빠져서는 안 될 중요한 작품이 되고 나머지 대다수의 작가와 작품들은 문학사에 명함 한번 들이밀지 못하고 사라진다.

통상적으로 어떠한 문학 텍스트가 문학사가에 의해 문학사에 편입된다는 것은 그것이 다른 것들보다 더 보존할 가치가 있기 때문이라고 생각하기 쉽다. 게다가 문학사가들는 자신이 문학사에 편입시킨 그 텍스트가 "연속적인 세대를 통해서, 가능하면 많은 세대를 통해서, 독자들이 계속해서" 위대한 작품으로 인정해 주길 원한다.[4] 필자는 문학사가나 문학사에서의 이러한 선택과 배제를 문제 삼을 생각은 없다. '문학사'는 그 특성상 모든 문인과 그들의 작품을 다 수록할 수도 없을뿐더러 수록해서도 안 되기 때문이다.

다만, 40여종에 달하는 문학사가 다소간의 차이는 있지만 텍스트 선정에서 일정한 틀을 공유하고 있다는 점을 문제 삼고 싶을 뿐이다.

··

잇섯겟지마는 詩도 업고 小說도 업고 劇도 업다. 精神文明의 象徵이라고할 것은 全無하다."
이광수, 「부활의 서광」, ≪청춘≫, 1918, 12호, 19쪽.
3) 국회도서관 소장 도서목록을 검색하면 '~문학사'란 이름으로 현재까지 37종의 서적이 출판되었음을 알 수 있다.(고전문학사 제외)
4) 존 길로리, 박찬부 역, 「정전」, 프랭크 렌트리키아·토마스 맥로프린 공편, 정정호 외 공역, 『문학연구를 위한 비평용어』, 한신문화사, 1996(2쇄), 307 쪽.

즉 문학사가의 사관에 따라 선택된 작가와 텍스트 목록들은 약간의 차이를 보이지만 핵심적인 텍스트에 대해서는 평가의 호불호(好不好)를 떠나 대동소이하다. 이러한 사실은 한국문학에서 적어도 몇몇 작가와 텍스트들은 이미 '정전'이 되었거나 정전화 단계에 도달하고 있음을 보여주는 것이라 하겠다. 이 점에서 우리는 한 가지 의문을 가질 수밖에 없었는데 오늘 날 우리들이 보고 있는 지금과 같은 형태의 한국문학사는 언제, 누구에 의해, 어떠한 역사적 상황 속에서 만들어졌는가 하는 점이다.[5)]

이 글을 통해 필자는 문학텍스트의 정전화 과정과 그 속에 숨어 있는 권력의지를 밝히고자 한다. 이를 위해 필자는 미군정기 중등국어 교과서의 문학 텍스트 선정 방식을 탐구 대상으로 삼았다. 그 이유는 40여종에 달하는 각각의 '문학사'를 비교 검토하는 작업이 필자의 능력을 벗어나는 일이라는 점, 일반적으로 오늘날 정전이란 용어가 "학교 교육과정 속에서 공인된 텍스트"[6)]를 뜻한다는 점, 그리고 한국문학에 있어 정전 형성은 문학사적 평가에서 비롯된 것이 아니라 학교라는 제도를 통해 시작되었다는 역사적인 사실 때문이다.

------

5) 이러한 필자의 문제 의식은 『창조된 고전: 일본문학의 정전 형성과 근대 그리고 젠더』에 의해서 더욱 촉발되었다. 이 책의 저자들은 "현재 '일본고전문학'이라고 생각되는 것의 절반 이상은 근대 이후에 고전으로 정착된 것"으로 일본이 근대국가체제로 확립되는 과정에서 일본문학사가 요구되었고, 국민·국가의 정체성 창조와 깊은 연관 속에서 일본고전문학이 편성 또는 재편성되었다고 주장한다.
하루오 시라네·스즈키 토미 엮음, 왕숙영 옮김, 『창조된 고전: 일본문학의 정전 형성과 근대 그리고 젠더』, 소명출판사, 2003, 2쇄, 5쪽.
6) 위의 책, 18쪽.

개개의 작품의 가치나 보존의 적합성을 판단하는 일은 항상 학교와 학교가 필요로 하는 것, 그리고 학교의 사회적 기능이라는 제도적 맥락 속에서 이루어졌다. 더구나, 학교는 작품을 보존하는 기관으로서 부상했던 것만은 아니다. 오히려 학교는, 무엇을 읽고 쓸 것인가에 대한 것뿐만 아니라 어떻게 읽고 쓸 것인가에 대한 지식을 포함한 다양한 종류의 지식을 전파하는 전반적인 사회적 기능을 부여받았다.[7]

개별 문학텍스트의 문학적 가치는 학교로 상징되는 교육제도의 요구에 의해서 부여된다. 게다가 학교는 텍스트의 목록뿐만 아니라 구체적으로 읽는 방법까지를 제시함으로써 텍스트의 가치를 재생산하기까지 한다. 따라서 해방 후 미군정기 중등국어 교과서에 대한 분석은 학교라는 제도를 통해 개별 문학 텍스트들이 어떻게 한국문학의 정전으로 구성되는가 하는 점을 밝히는 중요한 열쇠라 하겠다.

2. 한국문학이라는 개념 : 보편적인 문학 가치에 감춰진 권력의지

한국인 작가에 의해 생산된 문학 텍스트에 대한 연구와 강의는 이제 엄연히 하나의 독립된 학문으로 자리 잡고 있다. 이것을 우리들은 한국문학[8]이라고 부른다. 그런데 이러한 사실은 한국문학이 문학 일반으로

7) 존 길로리, 박찬부 역, 「정전」, 앞의 책, 312쪽.
8) 여기서 필자는 의도적으로 '한국문학'과 '우리 문학'을 구분하여 사용하고 있다. 이것은 한국문학이란 개념의 사용을 보다 엄밀히 하기 위해서이다. 필자는 한국문학을 오직 해방 이후 이루어진 우리 문학에 대한 일체의 논의와 그 대상이 되었던 텍스트를 지칭하는 데만 사용하고자 한다. 따라서 일제 강점기의

이미 제도적 차원에서 보장받고 있는 동시에 보편적인 문화가치를 지닌 것으로 인정받고 있음을 의미한다. 또한 이것은 궁극적으로 한국문학이 우리 사회의 공동체 이념을 내포하고 있다는 것을 전제하는 것이기도 하다. 이러한 인식은 한국문학에 대한 교육과 보존을 당연히 한국사회라는 공동체가 담당해야 할 몫으로 규정하게 만든다. 왜냐하면 공동체의 이념은 시대를 초월해 계속해서 이어져야만 하고 그러했을 때에만 그 공동체는 유지·발전할 수 있기 때문이다. 따라서 한국문학 교육은 공동체의 이념을 가르치는 것이기에 '가치중립'적인 일이며, 보편성과 객관성을 지닌다는 논리적 정당성을 획득하게 된다.

이와 같은 논리는 일견 매우 타당해 보인다. 그러나 공동체의 이념을 내포하고 있는 것으로 인정된 문학 텍스트가 누군가의 선택에 의해 공동체의 이념을 대표하는 것으로 구성된다는 점에서 이 문제는 그리 간단하지 않다. 엄밀한 의미에서 '한국문학'이란 개념은 문학텍스트의 선정이 누구에게나 적용될 수 있는 객관적이고 보편적인 원리와 기준에 의해서 선택되었다는 것을 무의식중에 전제하고 있다. 이것은 '한국문학'을 고정된 실체로서 규정하는 것으로 필연적으로 그 '기원에 대한 은폐'9)를 동반하게 된다. 아직까지 '한국문학'이란 개념이 역사적 구성

논의와는 구별되는 개념이다.

9) 가라타니 고진(柄谷行人)은 보편적 이론이 성립되면 곧 바로 그 기원이 은폐되는 현상을 '풍경의 발견'으로 설명한다.

"풍경이란 일단 성립되면 그 기원은 잊혀져버린다. 그것은 처음부터 외부에 존재하는 객관물object처럼 보인다. 그러나 객관물이라고 불리는 존재는 거꾸로 풍경 안에서 성립한 것이다. 주관 또는 자기 자신 역시 마찬가지다. 주관(주체)/객관(객체)이라는 인식론적 공간은 <풍경>에 의해 성립된 것이다."

가라타니 고진(柄谷行人), 박유하 옮김, 『일본근대문학의 기원』, 민음사, 2001(3쇄), 48쪽.

물-역사화 된 개념-이라는 명시적인 연구가 미미한 상태에서 속단하기는 어렵지만, 영문학과 일본문학에 대한 선행 연구10)들은 '한국문학'이란 개념 역시 '역사화 된 개념'이라는 점을 시사해 준다. 물론 한국문학은 과거 제국주의와 함께 발전한 영문학 및 일본문학과는 그 성격이 판이하다. 그러나 이들 문학들이 비록 특수한 정치·사회적 상황에서 구성되었다고 하더라도 그 구성이 그 사회가 요구했던 공동의 이념을 내포한 것으로 평가받는 문학 텍스트를 중심으로 이루어진다는 점에서 동일한 양상을 띨 수밖에 없다.

일제에 의해 철저히 주변부 문학 내지 말살의 대상이 되었던 조선문학은 해방과 더불어 '민족에게 열렬한 애국심과 충성심을 고취하여 전 인민을 위한 조국 건설의 도구'로 부활한다. 그러나 사회 시스템 전체가 일제 식민지 체제로 구성되어 있던 상황에서 당시 문학계는 한동안 방향을 상실하고 만다. 저마다 일제를 척결하고 "신조선의 조선인을 위한"11)정책을 수립하려 했지만, 구체적으로 어떤 방식으로 그것을 이룩해야 하는지에 대한 사회적 합의가 전무했다. 이러한 현상은 한국문학 역시 마찬가지였다. 과거 카프 진영이 '조선프롤레타리아문학동맹'과 '조선문화건설본부'로 분리된 것은 물론이고 우파진영 역시

---

10) 영문학과 일본문학에서 그 기원을 탐색한 연구들로 다음을 참고할 수 있다.
　　테리 이글턴, 김명환·정남영·장남수 공역, 『문학이론 입문』, 창작과 비평사, 1986.
　　송무, 「영문학 교육의 정당성과 정전의 문제」, 고려대 박사학위논문, 1994.
　　가라타니 고진(柄谷行人), 박유하 옮김, 『일본근대문학의 기원』, 민음사, 2001(3쇄).
　　하루오 시라네·스즈키 토미 엮음, 왕숙영 옮김, 『창조된 고전: 일본문학의 정전 형성과 근대 그리고 젠더』, 소명출판사, 2003(2쇄).
11) 中央大學校附設 韓國敎育問題硏究所, 『文敎史』, 中央大出版局, 1974, 81쪽.

'전국문필가협회'를 결성하여 심각한 이론 투쟁을 전개하였다. 이희복은 당시의 상황을 "朝鮮語에서 國語로의 歷史的 轉換은 되었으나, 實質的인 國語敎育의 길은 遙遠하"였으며 "뚜렷한 目標와 方法을 세우지 못하고, 오직 每日每日의 隋性을 繼續 維持해 나가는 面이 많"12)았다고 평가한다.

이와 같은 상황에서 한국문학은 자신의 정체성을 증명할 수 있는 문학텍스트를 선정하고 그것을 중심으로 하나의 체계를 구성하려 한다. 식민지 지배로부터 벗어난 신흥민족국가의 경우 어떻게든 자신들을 기존의 식민지와 구별해야만 하는 절대적인 과제를 안게 되기 때문이다. 이를 위한 방식의 하나로 민족 정체성이 활용된다는 것은 이미 역사적으로 증명된 사실에 속한다. 민족 정체성 형성에 정전 구성이 결정적인 역할을 담당함은 물론이다.13)

한국문학의 정전 형성은 문학사 기술에 의해 만들어지기 보다는 학교제도를 통해 먼저 구성되는데, 가람 이병기에 의한 중등국어 교과서에서부터 시작되어 김동리로 대표되는 문협정통파를 거치면서 더욱 강고해 진다.

일반적으로 '정전'이란 측정의 도구로 사용된 '갈대'나 '장대'를 의미하는 고대 희랍어 'kanon'에서 유래한 것으로 '규칙' 혹은 '법'을 뜻한다. 보존하거나 학습할 가치가 있는 텍스트나 작가의 목록을 말했던 정전은 고대에는 읽어야 할 신학의 경전이 중심이었지만 근·현대로 접어들면서 위대한 책(古典)과 그것을 선정하는 분야로까지 확대되었다.14) 그러

---

12) 李熙福, 『國民學校 國語敎育의 理論과實踐』, 建文社, 1948, 5쪽.
13) 하루오 시라네, 앞의 책, 42쪽.

나 1970년대 들어 영문학에 가해진 무차별적인 비판은 정전 개념에 대해 근본에서부터 다시 생각하게 만든다. 즉 영문학을 구성하고 있는 정전에는 '죽은 백인 남성(dead white males)'밖에 없으며 영문학은 본질적으로 제국주의와 인종주의에 근거하고 있다는 비판이 그것이다. 비판론자들은 정전이 대표적인 종족의 문화적 특성을 전경화시키고 다른 종족 구성원의 문화적 특질을 억압하는 방식을 통해 소수종족의 문화를 부당하게 왜곡하고 있다고 주장한다.[15]

이러한 비판의 결과 현재의 정전 논의는 정전을 단순히 '미학적인' 근거에 의해서만 판단할 수 없으며, 정전의 형성 과정이 항상 힘 있는 자들의 관심에 의해서 결정되어 왔다는 것을 고려해야 한다는 것을 전제로 한다. 이런 점에서 정전 연구는 정전의 가치가 누구에 의해 어떤 목적으로 어떻게 생성되고 보존되며 전달되는가 하는 과정을 밝히는 것을 우선적으로 해야한다.

정전에 대한 이와 같은 논의는 '한국문학' 논의에 있어 많은 유익함을 주지만 곧바로 한국문학과 등치시킬 수는 없다. 왜냐하면 제국주의와 인종주의 같은 개념은 비록 논란의 여지가 없는 것은 아니지만 외형적으로 봤을 때 한국문학에서는 부차적인 문제이기 때문이다.

필자는 이 글을 통해 중등국어 문학텍스트의 선정 과정에 나타난 권력의지와 한국문학을 구성하고 있는 핵심 텍스트들이 누구에 의해 어떤 목적으로 구성되었는가를 밝히고자 한다. 이것은 '정전'이 특정한 역사적 산물이라는 점과 그럼에도 그것이 자명한 질서나 기준처럼

14) 존 길로리, 박찬부 역, 「정전」, 앞의 책, 303쪽.
15) 송무, 앞의 논문, 101~103쪽.

제시되고 있는 현상에 대한 비판인 동시에 그 속에 숨어 있는 권력 의지에 대한 탐구를 의미한다.

3. 나라 만들기와 정전 구축 : 편수 책임자 가람의 역할과 의미

최초 한국문학의 정전화 과정은 일제 식민지와 구별되는 민족 정체성 형성과 한국어 교육문제 해결이라는 이중적인 성격에서 출발한다. 1945년 9월로 접어들면서 각급 학교가 개교되었지만 해방된 국가의 학생들에게 맞는 교육 내용과 교과서는 존재하지 않았다.[16] 따라서 학생들은 특별한 교과서 없이 매일 4시간씩 한국문화사, 국사개요, 한글 철자법 및 일상 회화, 애국가와 창가 등을 배우는 이른바 '국민강좌' 교육을 받아야만 했다.[17] 교사와 학생 모두에게 해방된 국가에 맞는 교과서의 필요성은 절대적인 것이었다.[18] 교과서에 대한 관심은 본격적인 미군정이 시작되기 이전에 이미 조선어학회에서 임시 국어 교과서를 엮어 사용한 것에서도 드러나는데, 이러한 교과서에 대한

16) 교재 부족으로 한글을 배우고 싶어도 배울 수 없었던 암담한 현실을 폭로한 기사들이 당시 신문들에 자주 등장한다. 참고로 「배우려도 책없는 설움」,(≪한성일보≫, 1946.3.4)은 당시 상황을 이해할 수 있는 좋은 참고가 된다.
17) 정재찬, 「현대시 교육의 지배적 담론에 관한 연구」, 서울대 박사학위논문, 1996, 22쪽.
18) 교과서 문제가 얼마나 심각하고 긴급한 문제였는가 하는 점은 문교부장 이었던 유억겸이 당시 교육의 가장 큰 문제로 교과서의 원활한 공급 부족을 꼽고 있는 점에서도 여실히 드러난다.
유억겸, 「朝鮮敎育槪況」, ≪민주경찰≫제 1권 제 2호, 1947.8.

열망은 "일본의 제도를 없애고 미국의 교육제도로 대체시키"[19]고자
했던 미군정의 정책과도 맞아떨어지는 것이었다.

　미군정청은 오천석의 도움으로 김성달(초등교육), 현상윤(중등교육), 유
억겸(전문교육), 김성수(고등교육), 백낙준(교육전반), 김활란(여자교육), 최규
동(일반교육) 등 미국에 우호적이거나 미국 유학파들로 조선교육위원회
를 조직하였다. 조선교육위원회는 비록 형식상 자문기관에 불과했지만
실질적으로는 교육의 모든 부분에 걸쳐 중요한 문제를 심의·결정하였
을 뿐만 아니라 각 도의 교육책임자, 기관장과 같은 주요 인사문제를
다룰 정도로 막대한 권한을 지닌 기관이었다. 이 단체는 1945년 11월
23일 교육계와 학계 권위자 100명이 참여하는 '조선교육심의회'로 확대
재편된다. 세부 구성을 살펴보면 교육이념을 담당했던 제 1분과에서부
터 의학교육을 담당하는 10분과로 되어 있다. 안재홍, 하경덕, 백낙준,
김활란, 홍정식, 정인보 등이 참여한 제 1분과는 해방된 국가의 교육이
념으로 '홍익인간'을 선정한다.[20]

> 홍익인간의 건국이념에 처하여 인격이 완전하고 애국심이 투철한 민주
> 국가의 공민을 양성함을 교육의 근본이념으로 함.
> 위의 이념관철을 위하여 하기(下記) 교육방침을 수립함.
> ①민족적 독립자존의 기풍과 국제우호·협조의 정신이 구전(俱全)한 국
> 　민의 품성을 도야함.
> ②실천궁행(實踐躬行)과 근로역작(勤勞力作)의 정신을 강조하고, 충실한

---

19) 김동구, 「미군정기간중 천원의 교육활동」, ≪교육발전≫ 제 19집 1호, 2000.2,
　　8쪽.
20) 박호근, 「한국 교육정책과 그 유형에 관한 연구(1945~1979)」, 고려대 박사학
　　위논문, 2000.6, 64~66쪽.

　책임감과 상호 애조의 공덕심을 발휘케 함.
③고유문화를 순화앙양(醇化昂揚)하고, 과학기술의 독창적 창의로써, 인
　류문화에 공헌을 기함.
④국민체위의 향상을 도모하며 견인불발(堅忍不拔)의 기백을 함양케 함.
⑤숭고한 예술의 감상, 창작성을 고조하며 순후(醇厚) 원만(圓滿)한 인격
　을 양성함.21)

　교육이념을 '홍익인간'으로 정하는 데는 논란이 따랐다. 당시 제2분과와 제3분과에 참여했던 백남훈, 오천석, 허현 등은 일제가 조선인들을 일본인화 하는데 즐겨 사용되었던 '八宏一宇'라는 말과 '홍익인간'이 비슷한 냄새를 피운다는 점을 들어 반대하였다. 하지만 정인보, 현상윤, 하경덕, 안재홍, 안호상, 손진태 등 대부분의 위원들이 찬성함으로써 '홍익인간'은 한국의 교육이념이 된다.22) 이렇게 형성된 교육이념을 구체화시키는 역할은 교과서를 담당했던 제 9분과 위원의 몫이었다. 최현배(조선어학회), 장지영(조선어학회), 조진만(변호사), 조윤제(조선어학회), 피천득, 황신덕, J.C.Welch(미군 중위) 군정청 학무국 직원 등으로 구성된 제 9분과 위원회는 학무국장 유억겸 체제하에서 각각의 교과서 편찬에 참여하게 된다. 중등국어교과서의 발간은 편수국장 최현배, 편수과장 웰치 밑에 국어교과서 편수관으로 이병기가 취임하면서 본격화 된다.

　해방된 나라의 새로운 국어교과서를 만드는 것은 그리 간단한 일이 아니다. 왜냐하면 "教科書는 한나라의 文化發展의源泉"23)이며, 그

---

21) 오천석, 『한국신교육사』, 현대교육총서, 1964, 401쪽.
22) 홍익인간을 둘러싼 논쟁에 대해서는 박호근의 앞의 논문을 참조할 것.
23) 尹奭起, 「朝鮮敎育의 當面課題」, ≪人民≫, 1946.1.2호 합호, 이길상·오만

중에서도 "國語는 民族精神의 表現"[24]이기 때문이다. 따라서 이러한 책무를 짊어진 이병기에게 그 일은 보통의 일이 아니었을 터이다. 이병기는 국어교과서 편수 주임으로 임명되자 곧바로 문화건설협회에 가서 이원조와 교과서 문제를 상의한다. 가람이 이처럼 교과서 문제를 가지고 상의할 수밖에 없었던 것은 적어도 '나라 만들기' 과정에서 국어가 차지하는 의미가 "單純이 學科만이 아니라, 愛國的 情熱이 흐르고 民族的 意識이 모이는 그것인 것"[25]이라는 인식을 하고 있었음을 의미한다. 즉 국어의 목적은 "國民精神의 涵養에 그칠것이 아니고, 國民精神을 通해 民族文化의 創造에 있"는 것이며 국어 교과서는 "文學的 文章에 둔다고 하였으나, 이는 純粹文學이라는 것 보다는, 廣義의 文學으로 國民的 氣質, 趣味, 理想을 內容으로 하며, 國民生活이나 社會生活의 角度로 보아, 實用的인 同時에 語學을 배우는 基礎가 되는 것"[26]이라는 당시의 논의 구조로부터 자유로울 수 없었다는 것을 보여준다.

이병기는 이원조의 추천으로 국어과 편찬위원으로 임화, 이태준, 김남천과 손진태, 박노갑 등을 추천 받는다.[27] 가람은 이들과 함께

....

석 공편, 『한국교육사료집성-미군정기편 Ⅱ』, 한국정신문화연구원, 1997, 103쪽.
24) 이희승, 「國語敎育의 當面課題」, ≪조선교육≫,1947.4, 위의 책, 63쪽.
25) 李熙福, 앞의 책, 3쪽.
26) 위의 책, 48쪽.
27) "국어교과서 중학교의 것은 내가 편수의 주임을 맡았다. 초등, 중등 기타 국어 교과서 편수(編修)에 대한 토의를 문예, 학술, 교육단체를 망라하여 하자 하고, 나는 문화건설협회(文化建設協會)에 가 이원조(李源朝)군을 보고 상의하니, 게서 여러 문화단체와 이미 이 문제를 의논하고 건의문(建議文)을 지었다 하며 그 건의문을 낭독하여 들린다. 그 취지가 편수과(編修課)의 생각과 부합하였다. 서로 좋다 하고 나는 게서 위원 다섯만 추천해 달라고 부탁하였다."

새로운 중등국어 교과서 편찬 작업에 착수하게 되는데 여기에는 적지 않은 문제들이 있었다.

우선은 비록 국어교과서는 객관적이고 보편적인 원리와 기준에 의해서 구성된다는 합의에도 불구하고 어떤 텍스트가 공동체의 이념을 대표하고 있는가를 선택하는 것이 일차적으로 편수관의 가치관에 의지할 수밖에 없다는 점이다. 다음으로 교과서는 편수관이 어떤 사람이었으며 그가 어떤 이념적 지향에 서 있는가에 따라 질적인 변화가 심각하다는 것이다.28) 이상의 두 가지 문제점 때문에 우리는 편수 책임자 이병기에 대해 관심을 다시 돌리지 않을 수 없게 된다.

'조선어학회' 핵심 멤버였고 『가람시조집』을 편찬한 시조시인으로, 그리고 ≪문장≫지 창간부터 함께 참여했던 이병기가 왜 자신과는 다른 길을 걸어왔던 '문학가동맹'과 교과서 편찬에서 생각이 일치했냐는 점이다. 비록 해방이란 특수한 상황에서 과거 계급문학을 주장했던 문학가동맹이 계급주의 대신 민족문학을 주장하고 나섰고, 이병기가 해방 후 '문장파' 시절 제기했던 순수문학론보다는 진단학회의 이념적 지표였던 '신민족주의'29)에 경도되었다는 저간의 사실을 인정한다고

-1945년 11월 2일-, 李秉岐 著, 金炳昱·崔勝範 編,『가람 日記 Ⅱ』, 新丘文化社, 1976, 562∼563쪽.

28) "교과서의 질적변화를 가져오는 요인으로는 國語科 編修官이 누가 되며 또 그 사람이 무엇을 전공했느냐가 약간의 영향을 가져 온다. 즉 전공이 文學이냐 語學이냐에 따라 양대분야에 단원 비중이 달라지며, 문학중에서도 시, 소설, 수필중 어느 것을 전공했느냐 라든가 語學內에서도 약간의 기호적 경향에 따라 나타난다는 것이다."
박붕배, 「광복이후 중등국어교과서사 개관」, 『광복40년의 교과서 2 소설』, 나랏말쏘미, 1987, 389쪽.

29) 안재홍 등에 의해서 제창된 '신민족주의'는 '민족통일국가 건설'을 당면 목표로

하더라도 이들이 교과서 문제에서 생각이 쉽게 일치했다는 것은 분명 간단히 넘길 일이 아니다. 이 문제의 해명을 위해서는 이병기가 어떠한 과정을 거쳐 국어교과서 편찬이란 막중한 업무를 맡게 되었는가 하는 점에 대한 이해가 선행되어야 한다. 가람이 국어교과서 편수 책임을 맡게 된 상세한 기록은 남아 있지 않다. 가람은 자신이 편수관이 된 경위를 학무국에서 국사편찬 일을 맡고 있던 이병도가 제의해 옴에 따라 조선어학회와 진단학회에서 활동했던 동료들과 상의한 후 받아들였다는 식으로 짤막하게 기술하고 있다. 그런데 그 당시 미군정에서 교육을 담당했던 인물들의 면면을 살펴보면 그의 편수관 등용은 결코 우연이라 할 수 없다.

당시 학무국에는 박종현, 이숭녕, 이희승, 조윤제, 이병도 등 과거 가람과 함께 활동했던 지인들이 직·간접적으로 일을 하고 있었다. 막강한 권력을 행사했던 조선교육위원회의 초대 회장이 조선어학회 사건으로 함께 고초를 겪었던 안호상(초대 문교부 장관)이었다. 게다가 교과서 편찬의 전권을 쥐고 있었던 유억겸은 가람을 편수관으로 추천했던 편수국장 최현배를 연희전문학교 교수로 채용한 장본인이며, 당시 연희전문학교 학감이자 조선교육위원회의 핵심멤버였던 백낙준(2대 문교부 장관)을 교수로 채용한 인물이기도 했다. 이러한 사실로 미루어 봤을 때 교과서 편찬의 책임 맡고 있었던 학무국은 물론이고 교육계 인물 전반이 가람과 일정한 인적 네트워크를 맺고 있었음을 알 수

제시한 이념이었다. 신민족주의자들은 좌우 양극단을 배제하고 민족주의와 사회주의의 이념을 적절히 조합하여 좌우협력을 통해 민족적 단합을 도모하는 한편 몰아적(沒我的)인 국제추수주의를 배격하는 동시에 대외배타성을 지양하는 조화로운 민족국가 건설을 꿈꾸었다.

있다.

교과서 편찬을 책임졌던 제 9분과의 경우는 유억겸과 최현배를 중심으로 한 연희전문[30]내지 범 유억겸 인맥[31]으로 구성되었다. 가람이 유억겸의 전폭적인 신임을 받고 있었던 최현배 밑에서 편수 일을 맡았다는 것은 최현배와 함께 진단학회와 조선어학회에서 함께 활동했다는 개인적인 친밀감과 함께 그가 당시 교육계의 한 축을 장악하고 있었던 범연희전문의 인맥 풀 안에 편입되었음을 의미한다.

미군정하 교육에서 유억겸으로 대표되는 연희전문의 인맥 못지않게 중요한 또 하나의 변인은 안호상, 손진택 등으로 대표되는 진단학회 내지 범보성전문 인맥의 이른바 '신민족주의'를 들 수 있다. 미군정시절 조선교육위원회 초대 회장을 지냈고 대한민국 정부 수립 후 초대 문교부 장관이었던 안호상 등은 해방과 더불어 찾아온 극심한 좌우익의 대결을 민족의 존망과 직결되는 문제로 인식하면서 약소민족의 생존을 위한 유일한 방안을 '민족주의'에서 찾는다. 그들은 소련과 미국으로 대표되는 '계급적 민주주의'나 '개인적 민주주의'가 나름의 합리성을

....

30) 장지영과 최현배는 주시경 선생에게서 직접 한글을 배웠던 동문수학한 사이였고, 후에 유억겸과 최현배의 권유로 연세대학교 교수가 되어 정년을 맞게 된다.

31) 황신덕은 황국신민화가 강화될 무렵인 1938년 일제의 국방 헌금 모금운동에 참여한 뒤, 1940년에는 중앙여고를 설립하고 교장에 취임한 인물이다. 그녀는 그해 10월 친일단체인 국민총력조선연맹(國民總力朝鮮聯盟) 후생부위원을 거쳐 1941년 10월에는 조선임전보국단(朝鮮臨戰報國團) 평의원이 되었는데, 이 단체 활동을 통해 유억겸, 김성수, 백낙준, 김활란 등과 함께 교육계의 친일인맥으로 활동한다. 유억겸으로 대표되는 조선임전보국단에서 활동했던 교육자들은 해방 후 교육전문가로 활동할 수는 있었지만 친일의 논란에서 자유로워지고자 적극적으로 자신들의 친일행위를 은폐한다.

갖추고 있지만 일제로부터 해방된 지 얼마 되지 않는 상황에서 어느
한쪽만을 주장하는 것은 결국 민족을 팔아먹는 매국자(친미주의자-필자)
와 민족 분열자 내지 파괴자(계급주의자-필자)에 불과하다고 주장한
다.32) 그러면서 이들은 민족을 제일의 가치로 내세운 교육의 중요성을
강조하는데 그것이 이른바 '민주주의 민족교육'이다.

> 우리三千萬의 모든 努力과 일함은 항상 우리 民族全體를 目的하지
> 아니하면 아니된다. 모든 努力과 일함이 그러함거든, 어찌, 아물며 모든
> 努力과 일을 가르치는 그 敎育的努力과 일이리요. 敎育은 반드시 民族
> 的이라야만 한다. "民族敎育"이 없이는, 모든 다른 努力과 일을 民族的
> 이 되게스름 가르처줄수 없다. 民族을 위하여 일하게스름 가르처주는
> "民族敎育"이 없이는 民族은 멸망한다.33)

민주주의 민족교육론이 미국식 '개인적 민주주의'와 일정부분 거리
를 두고 있는 점도 흥미롭지만, 한발 더 나아가 미군정과 미국식 민주주
의를 소련과 동일한 세계지배 전략으로 인식한다는 점은 자못 놀랍기까
지 한다.

안호상과 함께 초대 문교정책을 이끌었던 손진태(초대 문교부 차관)는
소련의 '계급적 민족주의'가 정치적으로 강자가 약자를 지배하려는 전
략이라면, 미국의 '개인적 민족주의'는 경제적으로 약자를 지배하려는
것으로 본질적으로 양자가 동일하다고 주장한다. 약소민족인 한국의
처지에서 가장 필요한 것은 민족이 단결하여 강자의 지배를 벗어나는

....

32) 안호상, 「民族敎育을 외치노라」, 《새교육》, 창간호, 1948.7, 22쪽.
33) 같은 쪽.

것인데 이들 이념은 오히려 민족의 단결을 방해한다는 것이다. 따라서 그는 민족의 단결을 위해서는 오직 "民族 內部에 顯殊한 不平等을 없이하는데서만 얻을 수 있는 것"[34]이라고 전제한 뒤 민족 내부의 정치적·경제적·사회적 불평등을 해소하는 방안의 하나로 '민주주의 민족교육'을 제시한다. 손진태는 민주주의 민족교육론을 다섯 가지로 정리하였는데 이를 살펴보면 다음과 같다. 첫째, 민족자주의적이여야 할 것. 둘째, 자주적이지만은 배타적 독선적 국수적이어서는 안될 것. 셋째, 민족자주적이면서도 국제협력적이어야 할 것. 넷째, 개성을 존중할 것. 다섯째, 민족내부의 계급투쟁을 거부할 것 등이다.[35]

결국 안호상 등으로 대표되는 '민주주의 민족교육론'은 당시 첨예하게 대립되었던 계급과 개인 및 세계사적인 문제를 민족의 입장에서 포섭 정리한 것이라 할 수 있다.

이러한 민주주의 민족교육론은 몇몇 친미주의 교육자들을 제외하고 분열 없는 통일 민족국가의 건설과 민족적 단합을 도모하고자 했던 대부분의 인사들의 공감을 얻은 것으로 보인다. 특히 과거 진단학회와 조선어학회에서 활동했던 이들은 적극적으로 이 이념을 주도하기까지 하는데, 가람 역시 마찬가지였다.

그러므로 국어 교과서 편수 책임자로서의 가람의 존재는 민족을 제일의 가치로 내세운 신민족주의 세력(보성전문)과 학무국 실세인 이른바 유억겸 사단으로 분류되는 연희전문 세력의 절충 내지 타협의 결과

---

34) 손진태, 「民主主義民族敎育-民主主義 民族敎育論의 理念」, ≪새교육≫, 제 4호, 1949, 10쪽.
35) 민주주의 민족교육론에 대한 자세한 사항은 위의 글, 10~12쪽 참조.

라 할 수 있다. 가람은 두 세력의 경계에서 국어교과서를 편찬해야만 했다. 민족 우선과 계급투쟁의 배제, 그러면서도 동시에 민족의 분열을 막고 단합을 꾀하고자 했던 염원과 교육계 실세들의 바람마저 충족시켜 줘야했던 교과서가 바로 가람의 중등국어 교과서였다.

이병기가 그들 모두의 염원을 수렴했는가는 조선어학회를 저자로 군정청 학무국을 발행자로 하여 발간된『중등국어교본』에서 찾을 수밖에 없다. 상·중·하 3권 3책으로 되어 있는 '중등 국어교본'은 1946년 9월 1일 상권 발간을 시작으로 1947년 1월 10일에 중권을, 1947년 5월 17일에 하권을 발행한다. 이것으로 편수관 이병기의 임무도 끝이 난다.

4. 국어교육 이념 : 너무나 정치적인 정전구축

해방 후 중등교육을 위해 만들어진 중등국어교과서는 앞에서 지적한 바와 같이 단순히 국어과라는 특정한 학과를 위한 교재로써의 의미만을 지닌 것이 아니었다. 그것은 애국적 열정이 흐르고 민족적 의식이 모이는 그 무엇인 동시에 새로운 국가의 미래를 짊어진 후속 세대들을 키우는 양식이었다. 따라서 교과서에 실린 텍스트는 당연히 당시 시대 상황과 사회 공동체가 요구하는 이념을 대표하는 텍스트들로 채워지거나 최소한 누구에게나 적용될 수 있는 객관적이고 보편적인 원리와 기준에 의해서 선택된 것들로 구성되어져야 한다. 중등 국어 교본에 실린 문학 텍스트를 도표로 표시하면 다음의 표와 같다.

권수	항목	작품	작가	장르	지속여부	작품별 게재수
상권 1946.9.1		금강	채만식	소설	48년	11
		빗소리	주요한	시	47년	9
		나막신	이병철	시	48년	3
		비갠 여름 아침	김광섭	시	48년	13
		복종	한용운	시	48년	17
		파초	김동명	시	47년	30
		난초	정지용	시	47년	2
		원터	이기영	소설	48년	3
		엄마야 누나야	김소월	시	48년	22
		경이	조명희	시	47년	2
		가을	이병기	시조	47년	2
		가고파	이은상	시조	50년	20
		바다	김동명	시	48년	3
		향수	김기림	시	47년	2
		벗들이여	변영로	시	50년	5
		우리오빠와 화로	임화	시	47년	2
중권 1947.1.10		마음	김광섭	시	49년	18
		아차산	이병기	시조	48년	20
		녹음 애송시	정지용	시	48년	2
		산촌 모경	백기만	시	48년	2
		선구자	양주동	시	49년	3
하권 1947.5.17		그대들 돌아오시오	정지용	시	48년	2
		석탑의 노래	오장환	시	48년	2
		초혼	김소월	시	48년	2
		마음의 태양	조지훈	시	47년	2
		가신 님	정인보	시조	48년	2

<한국국어교육 전사 및 광복 40년의 교과서 小說 및 詩表 참조>

53 단원 199쪽으로 발간된 중등국어 교본 상권[36]에는 위의 표에서

볼 수 있는 바와 같이 소설 2편과 시 14편 등 모두 16편의 문학작품이 실려 있다. 이 교과서는 이기영, 이병철, 임화, 조명희 등 구 카프 계열과 문학가동맹 회원들의 작품이 실려 있다는 점에서 이후 다른 국어교과서들과 구별되는 특징을 지닌다. 이병기에 의해 편찬된 국어 교과서가 다수의 문학가동맹 작가들의 작품들로 교과서의 한 축을 구성하고 있다는 것은 작가의 선정에서 만큼은 양자의 생각이 일치했음을 보여준다. 그러나 이러한 일치는 작가 선정에만 국한된다. 즉 실제 교과서에 실린 텍스트를 살펴보면 임화의 <우리오빠와 화로>를 제외하고는 이기영의 <원터>나 이병철의 <나막신>, 조명희의 <경이> 등에서 볼 수 있듯이 옛 카프나 문학가동맹 작가들이 제기한 계급주의적인 경향이 완전히 제거되어 있다.

　　　은하 푸른 물에 머리 좀 감아 빗고/ 달 뜨걸랑 나는 가련다./ "목숨수"자 박힌 정한 그릇으로/ 체할라 버들ㅅ잎 띄워 물 좀 먹고/ 달 뜨걸랑

------

36) 참고로 중등국어 교본 상권의 목차는 다음과 같다.
1.무궁화 2.청년 3.청년이여 앞길을 바라보라 4.어린이 예찬 5.아버님전상서 6.봄ㅅ비 오는 소리 7.비ㅅ소리 8.발명가 에디슨 9.자연물의 이용 10.화단을 바라보면서 11.고시조 12.금강 13.첫여름 14.나막신 15.힘을 오로지함 16.비 갠 여름 아침 복종 17.농업 18.금일 19.파초 난초 20.사회의 조직 21.향토기 22.우리집 정원 23.원터 24.용기 25.부지런 26.주시경 27.고시조 28.어머님께 올리는 글월 29.혜촌 일지 30.엄마야 누나야 경이 31.공중의 경치 32.가을 33.낙엽 34.벌레소리 35.소 36.가고파 바다 37.일초일목에의 사랑 38.시선에 대하여 39.팔월 십오일 40.활발 41.성공 42.게으른 물장수 43.친목과 경쟁 44.음악 45.도덕과 법률 46.설처녀의 정절 47.향수 벗들에게 48.온돌과 백의 49.운명과 노력 50.우리 오빠와 화로 51.의복과 색채 52.사회의 질서 53.네개 화살.
朴鵬培, 『韓國國語教育全史』(개정판) 上, 大韓教科書株式會社, 1992, 550 ～551쪽.

나는 가련다./ 삽살개 앞세우곤 좀 쓸쓸하다만/ 고운 밤에 딸그락 딸그락/ 달 뜨걸랑 나는 가련다.(이병철, <나막신> 46~48쪽)

　　어머니, 좀 들어주셔요/ 저 황혼의 이야기를,/ 숲 사이에 어둠이 엿보아 들고,/ 개천 물ㅅ소리는 더 한층 가늘어졌나이다./ 나무나무들도 다 기도를 드릴 때입니다.(조명희, <경이> 1연, 46~48쪽)

　　위의 시들에서 우리는 "저 - 동쪽 하늘에서 붉은 피로 물들인 태양을 떠받치여 올릴 것을 / 거룩한 프로레따리아트의 새날이 올 것을 굳게 믿고 나아간다!"(<짓밟힌 고려>)며 사회주의 혁명을 통한 식민 지배 현실을 극복하고자 했던 조명희의 열망도 "왜놈들과 왜놈들의 붙이는 아주 사뭇 쫓아버리고 /봄이 오면 틀림없이 이 땅에 봄이 오면, /이불봇짐과 함께 가지고 오신 어머니의 씨앗을 갈아 꽃 피우겠습니다"(<哭-嗚呼哀哉>)는 이병철의 결연한 의지와 투쟁 정신도 찾아 볼 수 없다. 계급성은 물론이고 시적 자아의 결연한 의지마저도 배제된 채 서정성 깊은 시어로 이루어진 시를 통해 학생들은 비로소 우리말로 된 시의 전형을 체득37)하게 된다.

　　그런데 이러한 과정은 학생들에게 일제의 조선어 말살과 일본어에

----

37) 일제하 조선어 교육은 1938년 3월 3일 '조선교육령'이 발표된 이래 파행적으로 진행되다가 1943년 '교육에 관한 전시 비상 조치령'으로 인해 금지된다. 따라서 해방이 되기까지 8년 동안이나 조선어 대신 일본어를 국어로 교육받아왔던 학생- 해방 당시 중등학생들이 우리말 시에 대한 체계적인 인식을 갖고 있었다고 보기는 어렵다. 아울러 이병기는 일제시대 우리말이 얼마만큼 말살되었는가 하는 점을 다음과 같이 단적으로 보여주고 있다.
"우리말 講習은커녕 新聞雜誌도 다 없어지고 그뿐만 아니라 우리가 우리말을 한번도 아니쓴다는걸 도리어 자랑하고 지내던 분들도 없지 않았다."
이병기, 「해방후 국어교육」, ≪새교육≫, 2호, 1948, 34쪽

오염된 한글을 바로 잡고 한글의 아름다움을 적극적으로 전파하고자
했던 '조선어학회'와 편수관들의 '美文의 관념'[38]을 아무런 비판 없이
습득하게 만든다. '국어의 부활'과 '숭고한 예술의 감상을 통해 순후(醇
厚) 원만(圓滿)한 인격의 양성'을 꾀하겠다는 당시 국어 교육의 목표는
종국에는 텍스트 감상에서 비판의식을 제거함으로써 문학적 논리라기
보다는 차라리 정치적 논리에 가깝게 된다. 이것은 문학 장르의 본래적
향유 방식마저도 왜곡하게 만드는 일이었다.

    금강(錦江)………….
    이 강은, 지도를 펴 놓고 앉아 가만히 들여다보느라면, 물줄기가 중간
쯤에서 남북으로 납작하게 퍼져 가지고는 그것이 아주 재미있게 벌어져
있음을 알 수 있다. 한번 비행기라도 타고 강줄기를 따라 가면서 내려다
보면 또한 훌륭한 경치일 것이다.
    저 험준한 소백 산맥(소백산맥)이 제주도(제주도)를 건너다보고 뜀을
뛸 듯이, 전라도의 뒷덜미를 급하게 달리다가 우뚝……, 또 한번 우
뚝……, 높이 솟구친 갈재와 지리산 두 산의 산협 물을 받아 가지고
장수로 진안으로 무주로 이렇게 역류하는 게 금강의 남쪽 줄기다. 그놈이
영동 근처에서는 다시 추풍령과 속리산의 물까지 받으면서 서북으로
좌향을 돌려 충청 남북도의 접경을 흘러 간다. ……중략……
    강안으로 뻗친 찻길에서는 꽁지 빠진 새같이 방정맞게 생긴 기관차가
경망스럽게 달리면서 빽빽 성급한 소리를 지른다. 그럴라치면, 까마득한
강심에서는 커다랗게 드러누운 기선이, 가끔가다가 "우" 하고 내흉스럽
게 대답을 한다.
    준설선이 저보다도 큰 크레인을 무겁게 들먹거리면서 시꺼먼 개흙을
파 올린다.

....
38) 崔台鎬, 「編修秘話」, ≪敎壇≫39, 1970.3, 13쪽.

마트로스의 정취는 없어도 항구는 분주하다.(<금강>, 『탁류』, 『해방
후 40년 교과서』, 16~18쪽)

위의 인용문은 채만식의 장편소설 『탁류』의 한 장면이다. 가람을
비롯한 편수관들은 채만식의 장편소설 『탁류』를 <금강>이란 제목으
로 싣고 있다. 발표 당시부터 "가난한 서민들의 욕망의 엇갈림이 빚어내
는 도덕적 타락상"[39]을 절묘하게 묘파한 작품으로 의의를 인정받았던
채만식의 『탁류』가 교과서에 게재되면서 <금강>이란 이름으로 제목
까지 바뀌었다는 것은 그것이 이미 소설 『탁류』와는 별개의 독립된
텍스트로 취급되었다는 것을 의미한다. 그렇다면 편수관들은 왜 이렇게
제목을 바꾸어 게재했을까? 필자는 가람을 비롯한 편수관들이 『탁류』
를 소설이란 문학적 장르의 중요성보다는 학생들에게 한글의 다양한
활용 모습을 가르치기 위한 적당한 산문이란 측면에 더 많은 관심을
기울였기 때문이라고 생각한다. 다시 말해 그들의 관심은 소설이란
문학 형식이 아니라 한글로 대상을 명확하게 표현할 수 있느냐에 있었
다. 그렇기 때문에 소설 장르가 갖고 있는 본원적 특성의 하나인 서사부
분이 배제된 장면묘사만을 끌어오게 된다. 때문에 이 부분을 게재하면
서 굳이 『탁류』라는 소설을 연상시키는 제목을 쓸 하등의 이유가 없었
던 것이다. 이러한 경향은 소설 『고향』의 공간적 배경인 '원터'를 묘사
한 이기영의 <원터> 역시 마찬가지다.[40]

장면묘사로 일관된 위와 같은 부분에서 소설 장르가 갖고 있는 특성

----

39) 申東旭, 「蔡萬植의 小說研究」, 『동양학』, 12집, 1982. 49쪽.
40) 실제로 박봉배는 이기영의 <원터>와 채만식의 <금강>을 소설이 아닌 수필로
　　분류하는 실수를 범하기도 한다. 박봉배, 앞의 책, 참조.

과 묘미를 발견할 수 없다는 것을 가람과 이태준, 김남천, 박노갑 등 당시 편찬 위원들은 누구보다도 잘 알고 있었을 것이다. 이것은 편찬 위원들이 소설가이기 때문에 그러했을 것이란 단순한 추측에 근거한 것이 아니다. 이들이 교과서를 편찬하면서도 소설의 장르적 특성을 염두에 두고 있었다는 것은 동일한 편찬자들에 의해 같은 교과서에 실린 앙드레 지드의 <온실>을 살펴보면 명확해진다. 우선 <원터>와 <금강>이 기본적인 서사구조마저 파악할 수 없을 만큼 짧은 분량인데 반해 <온실>은 거의 다섯 배에 달한다. 따라서 <온실>은 앞의 두 작품에서 발견할 수 없었던 서사구조가 뚜렷하다. 다음으로 장면묘사로 인해 화자의 모습이 감추어졌던 두 작품과 달리 <온실>은 시종일관 작중 화자인 '나'에 의해서 서사가 전개된다. 이러한 점들로 인해 <온실>은 학생들에게 <금강>과 <원터>와는 다른 최소한 일정한 서사를 갖고 있는 텍스트로 인식되었을 것이다.

결국 편찬위원들이 『탁류』의 일부분을 <금강>이란 이름으로 게재한 것은 그들이 이 텍스트 -교과서에 실린 부분-를 소설의 장르적 특성에 근거한 텍스트로 인식했기보다는 국어 교육을 위한 하나의 도구쯤으로 여겼다는 것을 보여주는 것이라 하겠다. 따라서 소설 장르의 제반 특성이 사라진 위와 같은 텍스트를 통해 감상과 그것을 통한 인격의 완성을 이룩하겠다는 교과서 발간의 목적은 국어교육 이념에 의해 처음부터 일정한 한계에 부딪칠 수밖에 없었다.

그렇다면 편찬위원들은 왜 이런 방식을 사용하면서까지 교과서를 만들었을까? 이 지점에서 우리는 앞서 논의한 가람의 위치로 다시 돌아갈 필요가 있다. 가람에게 좌익작가들은 결코 배제의 대상이 될 수 없었다. 왜냐하면 좌익을 배제한 채 민족적 단합을 주장할 수는 없었기 때문이다. 그렇다고 이념적으로 사회주의에 가깝다는 의심까지 받았던 가람이 '좌익과의 조화'라는 명목 하에 무작정 좌익작가를 포섭할 수도 없는 일이었다. 따라서 가람은 민족의 단합이라는 대 명제에서 벗어나지도 않으면서 좌익에 경사 되지도 않는 방법을 추구할 수밖에 없었다. 그 결과 "좌익작가의 작품은 실려 있으되, 좌익작품은 거의 실리지 않"[41)는 국어교과서가 만들어진다. 이 속에서 채만식의 <금강>과 이기영의 <원터>는 장르 자체가 갖고 있는 본원적 속성마저 왜곡 당한 채 실리기까지 한다.

그런데 이러한 이병기의 노력에도 불구하고 해방 후 불안한 정세는 그와 그 교과서를 사상성의 시비에 휘말리게 한다.[42) 계급성은 물론이고 시적 자아의 결연한 의지마저도 배제된 채 서정성 깊은 시어로 이루어진 시 텍스트와 장르 자체의 특성마저 왜곡시키면서까지 순수문학 텍스트들로만 구성된 교과서에 대해서마저 사상성을 문제 삼는 당시의 상황을 비춰봤을 때 필자는 한 가지 의문을 갖지 않을 수 없다. 적어도 임화, 이태준, 김남천 등 문학가동맹 계열의 편찬위원들은 교과서가 발간되면 자신들의 작품이 실렸다는 것만으로도 어느 정도 탄압을 예상했을 터인데도 왜 좀더 적극적으로 자신들의 문학적 경향을 주장하

---

41) 정재찬, 앞의 논문, 31쪽.
42) "문교부 국어교본(國語敎本)에 넣은 작자 가운데 좌익이 있다 하여 공보처(公報處)서 지적하여 빼기로 하여 큼 문제가 되었던 모양인데, 고등교육국장(高等敎育局長) 사공환(司空桓)은 내가 문학가동맹(文學家同盟) 부위원장이라고 또한 말썽을 부려 왜 서명서를 아니 내는가 하였다 한다. 그러나 공보처서는 좌악을 A 중간을 B 우익을 C로 표시하여 문교부에 보낸 바 나는 C로 하였다고 한다."- 1949년, 9월 18일. 이병기, 『가람일기』, 앞의 책, 616쪽.

지 않았냐는 점이다.[43] 여기에 대해 두 가지를 유추해 볼 수 있다. 하나는 문학가동맹 계열의 편찬위원들 마저도 새로운 교과서는 오염된 국어를 바로잡아 '국어를 부활'시키는 원천이 될 것이라는 국어교육 이념을 무비판적으로 수용했을 것이라는 점이고, 다른 하나는 교과서와 그것을 둘러싼 권력 그 자체에만 관심을 집중했을 것이라는 점이다. 만약, 이들이 첫 번째에 관심을 두었다면 <나막신>과 <경이>와 같은 텍스트는 국어의 아름다움을 충분히 드러낼 수 있는 것들이기에 그들로서는 만족할 수 있었을 것이다. 반면 후자에 관심을 집중했다고 하더라도 그들로서는 크게 문제 삼을 필요가 없었다. 왜냐하면 해방 후 새로운 나라만들기의 한 과정으로서 교과서 제작에 자신들이 참여하였고 그렇게 만들어진 교과서에 자신들의 작품이 어떤 식으로든 게재되었다는 것은 이미 그들 스스로가 교과서로 대표되는 권력 속에 포함되는 것을 의미하기 때문이다. 교과서에 텍스트가 실림으로써 그들은 자신들의 문학적인 역량을 공인 받게 되었고, 이것은 문학가동맹원의 조직원으로서의 활동을 하는데도 나름대로 도움을 주었을 것이다.

가람의 중등국어 교과서는 신민족주의 노선을 견지했던 가람과 문학가동맹의 이해관계가 국어교육이란 점에서 어느 정도 일치하여 만들어진 것으로써 우파진영의 반발은 필연적이었다. 교과서 발간시부터 제기되었던 좌익계열 작가들에 대한 논란은 1948년 대한민국 정부 수립 후 더욱 가속화되다, 1949년에 이르러서는 거의 정점에 다다른다. 문학

43) 당시 좌익계 인사들은 교과서는 "무엇을 읽히고 무엇을 씨울 것 인가하는 素材의 選擇에있어서 이미 政治性을 띠게된다"고 주장하면서 교과서는 현실의 실제생활을 토대로 해야 하는데 현행 교과서는 그렇지 못하다고 비판한다. 尹喜起, 앞의 글, 103쪽.

가동맹은 정부의 체포령에 따라 거의 궤멸되다시피 하였고 좌익 문인에 대한 자수 권유(11.5)와 각종 저작 활동 및 저서 판매금지(11.8) 등은 교과서에서 좌익 작가의 작품을 삭제하게 만든다. 이 과정에서 가람은 공안 당국의 조사까지 받게 된다.

가람과 국어교과서에 대한 이와 같은 논란에 대해 김윤식은 순전히 '정치적 감각'에 의한 구분이라고 일축한 뒤, 정작 가람 교과서에서 문제 삼아야 할 것은 좌익 작가들의 포함 여부가 아니라 "국어교과서가 보편적인 이념이나 원칙에 의해서 만들어진 것이 아니라 철저하게 이병기를 둘러싸고 있는 문장파 이데올로기에 의해서 만들어졌다는 점"44) 이라고 비판한다. 그는 이병기를 비롯한 문장파의 미학을 "반근대적인 폐쇄적 퇴영적인 미학"이라고 규정한 뒤 문장파의 미학은 일제 말기라는 특수한 상황에서는 일제에 대한 저항이라는 측면에서 나름대로 의의가 있었지만 새로운 나라를 만드는 '나라만들기' 과정에서는 유효하지 않다는 견해를 제시한다. 즉 나라의 기틀을 다져나가는 시기에는 반근대적이고 퇴영적인 미학보다는 현실과 역사의 방향성에 대한 적극적인 관심을 갖는 산문적 미학이 요구되었음에도 이병기가 여전히 과거 문장파의 미학을 고수함으로써 종국에는 오히려 문협정통파의 미학만을 과장하게 만드는 계기가 되었다는 것이다.45)

김윤식의 이와 같은 지적은 가람 교과서를 구성하고 있는 텍스트들에 대한 분석과 이후 발간되는 국어 교과서를 살펴보면 상당한 설득력

---

44) 김윤식, 「문학교육과 이데올로기(국어교과서의 역사성 비판)-」, 蘭臺 李應百博士 古稀紀念論文集 刊行委員會 編, 『蘭臺李應百博士古稀紀念論文集』, 한샘출판사, 1992, 181～183쪽.
45) 위의 글, 183～184쪽.

을 지닌다. 그러나 다음 두 가지 지점에서 혼란과 개념의 충돌 등 여전히 해결되지 않는 문제들을 남겨놓고 있다. 첫째, 국어교과서는 보편적인 이념이나 원칙에 의해서 만들어져야 한다는 견해를 제시하고 있는데 이것은 그 자신이 교과서의 '역사화 과정'을 통해 비판했던 것을 뒤집는 것으로 교과서가 보편적인 이념이나 원칙에 의해 마련되는 것이라는 그릇된 견해를 유도한다. 둘째, 이병기가 산문정신에 입각한 교과서를 만들지 않았기 때문에 이후 간행된 교과서가 문협정통파 중심으로 흘러갔고 결과적으로 그들의 미학을 강화시켰다는 주장은 어디까지나 결과론적인 추론에 불과하다. 왜냐하면 이 주장은 이병기가 산문정신에 입각해 교과서를 편찬했다면 이후 발간된 교과서들은 문협 정통파 중심으로 흘러가지 않았을 것이라는 역추론 또한 성립하는데 이것은 순전히 김윤식 개인의 열망에 지나지 않는다. 아마도 여기에는 이병기를 대신한 새로운 편수책임자들이 이병기가 이룩해 놓은 모범을 참고삼아 교과서를 편찬했기에 큰 변화가 있었겠냐는 김윤식 나름의 판단이 작용하고 있는 것으로 보인다. 그런데 이러한 추론은 이병기에 대한 조사와 편수관 전원에 대한 사표 종용 등에서 볼 수 있듯 급변한 해방정국의 정치적 상황을 고려하지 않는 것이다.[46] 그런데도 김윤식이 이렇게 주장한 것은 그가 교과서를 역사화 된 개념으로 인식했음에도 불구하고 실제 논의에서는 객관화된 실체로 인정하는 데서 발생하는 개념의 충돌 때문으로 보인다. 즉 그는 교과서의 구성이 "문학적 심급과

------

46) 남로당원인 선생들이 국민학생을 가르치는 것을 '학원을 적화'하려는 계획 하에서 이루어진 것이라며 전원 검거한 사건 등을 미루어 볼 때, 당시 좌익에 대한 탄압이 얼마나 강도 높게 진행되었는가를 알 수 있다.
「學園 赤化 事件 永登浦서 또 發覺」, ≪동아일보≫, 1947.9.16.

정치적 심급이라는 중층적인 결정심급을 내포하고 있"[47]음을 인정함에도 정작 논의과정에서는 정치적 심급을 애써 생략하고 있는 것이다. 이 지점에서 우리는 텍스트의 정전화 과정을 보다 면밀히 공구하기 위해서는 이에 작용하는 정치적 심급에 대한 검토가 절실하다는 것을 알 수 있다.

5. 문단권력과 텍스트 선정 : 김광섭의 경우

굳이 보편적인 정전 개념을 도입하지 않더라도 흔히 국어교과서는 적어도 문학사적으로 가치가 있거나 문학성이 뛰어난 텍스트들로 구성될 것이라고 생각하기 쉽다. 그러나 지금까지 살펴본 바에 따르면 가람에 의해 만들어진 국어 교과서에 실린 문학 텍스트들은 한국문학의 문학사적 평가와는 거리가 있다는 것을 알 수 있다. 이것은 당시 우리 문학이 엄밀한 의미에서 '한국문학'에 대한 문학사를 가지고 있지 않았기에 문학사적으로 의미 있는 텍스트로 교과서의 텍스트를 구성할 수 없었다는 역사적 사실만을 의미하는 것은 아니다. 문제는 당시 교과서에 실린 텍스트들이 과연 공동체의 보편적 이념을 대표하는 텍스트였는가 하는 점이다.

다시 가람 교과서로 되돌아가자. 상권에 실린 작품(표 참조)들을 살펴보면 앞에서 언급한 카프계열 작품을 제외하고도 이병기와 이은상으로

---

47) 정재찬, 앞의 논문, 1쪽.

대표되는 시조 작품이 문학 텍스트의 한 부분을 이루고 있다. 김소월, 한용운 등 작고 문인을 제외할 때, 김광섭과 김동명이 단연 주목되는 시인이라 할 수 있다. 그 결과 김광섭은 최초로 가람교과서에 텍스트가 실린 이래, 1987년까지 국정 국어교과서에 총 50회에 걸쳐 <비갠 여름 아침>, <마음>, <조국>, <민족의 축전>, <생의 감각> 등의 작품이 게재됨으로써 1970년대 이후 집중적으로 작품이 실린 청록파와 생명파에 비견될만한 시인으로 부상한다.

㉠비가 갠 날/ 맑은 하늘이 못 속에 내려와서/ 여름 아침을 이루었으니,/ 녹음이 종이가 되어/ 금붕어가 시를 쓴다.(김광섭, <비갠 여름 아침>, 46년, 74년, 13회)

㉡나의 마음은 고요한 물결./ 바람이 불어도 흔들리고,/ 구름이 지나가도 그림자 지는 곳.//(김광섭, <마음> 1연, 47년, 52년, 18회)

㉢반만 년의 역사가 바다가 되고, 혹은 시내가 되어,/ 모진 바위에 부딪쳐 지하로 숨어 드어갈지라도,/ 이는 나의 가슴에서 피가 되고, 동맥이 되는 생명일지니,/ 나는 어디로 가나 이 끊임 없는 생명에서 큰 영광을 찾아. 남북으로 양단되고 사상으로 분렬될 나라일 망정, /나는 좀처럼 이 무거운 나라를 끌고 신성한 곳으로 가리니//(김광섭, <조국> 3연, 48년, 1회)

㉣오, 삼천만 민족! / 역사의 손길로,/ 눈물을 씻고,/ 마음을 가다듬어,/ 오늘 저 붉은 태양과, 새로운 인연을 맺고, 무궁한 화환으로 향하여, 나아가자 나아가자.//(김광섭, <민족의 축전>마지막 연, 49년, 1회)

가람의 교과서부터 1987년까지 교과서 실린 김광섭의 작품 일부를 옮겨 놓았다. 위에서 확인할 수 있듯 김광섭은 가람 교과서에 실린 것은 물론이고 새롭게 교과서가 만들어질 때마다 텍스트가 실리게 된다. 전통적인 정전 개념에 입각한다면 김광섭의 작품이 교과서에 실린 것은 그의 작품이 문학사적으로 여타의 다른 작가들의 작품보다 가치가 있거나 아니면 적어도 공동체의 이념을 적절히 대표하고 있기 때문일 것이다. 그러나 필자는 이러한 견해에 동의하지 않는다. 왜냐하면 교과서에 실린 <비갠 여름 아침>이 상재된 시집『동경』(1938)을 발표할 당시에는 김광섭의 시문학에 대한 적절한 문학사적 평가가 이루어지지 않았고 그가 시작활동보다는 연극관련 비평활동에 주력한 시기이기 때문이다. 즉 그의 시 작품이 비록 발표 당시 문단의 호평을 받았지만 당시 김광섭은 시인으로서보다는 해외문학파의 비평가로서 더욱 주목을 받았었다.48) 게다가 <비갠 여름 아침>이나 <마음>등 가람에 의해 교과서에 실린 작품들은 아무리 살펴봐도 일제 식민지 잔재 청산과 '분열 없는 통일 민족국가 건설'이라는 시대적 이념을 포함하고 있다고 보기는 어렵다. 다시 한 번 김윤식의 표현을 빌리자면 '현실과 역사의 방향성에 대한 적극적인 관심을 갖는 산문적 미학'의 요구에서 한참이나 떨어져 있는 작품들이다.49) 그런데도 그의 작품이 가람을 비롯한 편수관들에 의해 교과서에 실렸다는 것은 적어도 교과서 를 만들 당시 편수관들에게 <비갠 여름 아침>이 그들의 편수 정책에 부합한 텍스트였거나 아니면 김광섭이 그들로서는 간단히 무시할 수

---

48) 김윤식은 해외문학파는 서구 문학이론의 소개라는 자신들의 활동이 한계에 부딪치자 점차 시작, 평론, 수필, 희곡 등으로 자신들의 활동방향을 변화시키는 데, 김광섭 역시 시와 비평 쪽으로 나아갔다고 주장한다.
김윤식, 앞의 책, 158쪽.
49) 시집『동경』에는 일제 식민지의 '질식할 상황과 고민'을 폐병환자의 심정으로 그린 <자화상37년> 같은 작품 등이 있어 굳이 <비갠 여름 아침>이 아니더라 도 얼마든지 김광섭의 문학 세계를 보여줄 수 있는 작품들이 있었다.

없는 존재였을 거라는 추측이 가능하다. 필자는 그의 작품이 새로운 교과서가 편찬될 때마다 그것도 텍스트를 바꿔가며 교과서에 실린 것으로 보아 후자가 더 큰 변인으로 작용했을 것이라고 생각한다.

그렇다면 김광섭이 이 처럼 해방 후 갑자기 부상한 이유는 어디에 있을까? 필자는 김광섭이 일제 말기 옥중생활을 했다는 전기적 사실과 해방 이후 그의 행적과 관련된 것으로 순전히 문학적 평가보다는 오히려 당시 문단에서 차지하고 있는 그의 위치, 정치적 평가에서 기인한 것이라고 판단한다. 김광섭은 가람의 교과서에 함께 실린 여타의 문인들과 달리 일제의 황민화 정책이 강화되는 시기인 1941년 "민족의식을 포회(抱懷)하여 조선독립을 의도한"[50] 죄로 만 3년 8개월간 감옥 생활을 한다. 조선총독부 판사 오다 모토히라(小田基衡)에 의해 작성된 예심판 결문에 의하면 김광섭은, 첫째 내선일체에도 불구하고 여전히 조선인은 차별 받고 있으며, 둘째 조선어과목폐지는 조선어의 말살을 목표로 하는 정책이라고 비판했고, 셋째 이광수와 이태준을 조선의 민족주의자로 소개하면서 그들의 작품을 읽으라고 권유했으며, 넷째 조선일보와 동아일보의 폐간은 조선문자를 근절시킬 것을 목적으로 한 것으로 조선인을 문맹케 하는 제 일보라고 주장했다는 것이다.[51]

이러한 김광섭의 행동은 "조선문인 보국회(報國會)의 출발점은 만인(萬人)에게 빛을 줄 것"이기에 시를 쓰는 시인들은 "국어를 능숙하게 구사"하여 "국민문학"으로 나아가야 한다고 주장한 주요한[52]은 물론이고

---

50) 김광섭, 『나의 獄中記』, 창작과비평사, 1976, 329쪽.
51) 위의 책, 14쪽 참조.
52) 주요한, 「이기지 않으면 안된다」, 김상웅 편저, 『친일파 100인 100문; 친일의 궤변과 매국의 논리』, 돌베개, 1996, 52~53쪽.

“동생아 적국을 두들겨 부숴라! 미·영을 두들겨 부숴라! 불구대천의 원수를 두들겨 부숴라! 대동아 10억의 주인이 되거라!”라며 학병 참여를 적극적으로 권유한 박종화53)나 학병 참여를 “정의의 대로”로 나가는 것이며 학병에 참여한 그 순간 “폐하의 충량한 신자요, 국가에는 튼튼한 간성이요, 사회에는 거룩한 질서보호자가 된다”고 설파한 김동인54) 등과는 분명 다른 것이다.

해방 후 일제의 식민지 교육을 청산하고 민족정신을 함양하여 민족문화의 창조를 이루고자 했던 편수관들에게 일제 말기 몸으로 일제에 항거했던 김광섭의 존재는 그들의 활동에 정당성을 부여해 줄 수 있는 최상의 카드였을 것이다. 게다가 당시 김광섭이 문단 내외에서 차지하고 있었던 위치 또한 그들로서는 무시할 수 없었다.

해방은 극심한 좌·우익의 대립을 초래하였다. 좌익진영은 해방이 되자마자 임화, 김남천, 이원조 등 구 카프계열 작가들이 중심이 되어 문장파의 정지용, 이태준 등을 포함한 ‘조선문화건설 중앙협의회’(1945. 8.16)를 결성한 후 문단의 주도권을 확보해 나간다. 여기에 이기영, 송영, 윤기정 등이 중심이 된 ‘조선프롤레타리아 예술가 동맹’(1945.9)까지 합세하여 결국 ‘문학가동맹’(1945.10)을 결성하는 등 공격적으로 자신

---

53) 박종화, 「입영의 아침」, 위의 책, 206쪽.
   박종화와 같은 경우는 다른 작가들에 비해 적극적으로 친일활동에 나선 것은 아니다. 그는 창씨개명은 물론이고 문인보국대에도 참여하지 않았는데 일제가 그를 회유하기 위해 명월관에 초대했을 때 그곳에서 보국대에 참여했던 문인들과 주먹다짐을 벌이기도 하였다. 그러나 이러한 박종화도 문화전선 총공세를 위해 1944년 8월 부민관에서 「애국시」를 낭송했으며 1944년 1월 21일자《매일신보》에 「입영의 아침」을 발표하였다.
54) 김동인, 「일장기의 물결」, 위의 책, 260~261쪽.

들의 세력을 넓혀간다. 이에 위기감을 느낀 우익 진영은 '중앙문화협회'(1945.9.18)를 결성하는데, 이 단체의 결성에 주도적인 역할을 한 이가 바로 박종화와 김광섭이었다. 김광섭은 자신들이 '중앙문화협회'를 결성한 것에 대해 "우익진영 문화도 있다는 것을 과시(誇示)하고자 했기 때문"[55]이라고 밝히고 있는데 여기에는 좌익진영에 비해 도덕적으로 우월하다는 자의식이 스며들어 있다. 한마디로 김광섭의 해방 후 활동은 언론인이자 조선문필가협회(총무부장), 전국문화단체 총연합회(출판부장), 한국문학가협회(외국문학분과 위원장) 등의 활동에서 보여주듯 '좌익과의 투쟁에서 우익진영의 전위대'[56]역할을 담당한다. 뿐만 아니라 그는 미군정청 공보국장(1948년)과 이승만 대통령 공보비서관을 역임하기까지 했다.

일제 강점 말기를 옥중에서 보낸 독립투사이자, 당시 우익진영을 대표하는 핵심적 문인으로서 문단과 언론은 물론이고 관계에까지 상당한 영향력을 행사했던 김광섭은 편수관들이 쉽게 무시할 수 있는 존재가 아니었을 것이라 추정된다. 이러한 추정이 전혀 근거가 없는 것은 아닌데, 정부수립(1948.8.15) 직후부터 편수관으로 참여했던 최태호에 의하면 교과서 편찬에 있어 권력은 직·간접적으로 편수관들을 압박[57]했음을 알 수 있다. 게다가 김광섭이 지향하는 문학이 문학의 순수성보다는 민족을 제일의 가치로 내세운 문학이고 보면, 교과서 편찬에서

---

55) 김광섭, 앞의 책, 330쪽.
56) 손종호, 「김광섭 문학연구」, 충남대 박사학위논문, 1988, 20쪽.
57) 최태호는 박모라는 작가의 작품이 기준에 미달하여 제외했더니 문단 원로 문인의 작품을 교과서에서 제외했다고 호된 질책을 받았다고 술회하고 있다. 崔台鎬, 「編修秘話」, 앞의 글, 14쪽.

민족을 제 1의 가치로 내세운 편수관 이병기의 입장에서도 김광섭은 충분히 수긍이 가는 인물이었을 것이다.

> 文學을 하는 사람 가운데는 자기의 作家的 氣質이나 感興에만 의거하야 文學을 創作하는 사람도 있고 革命과 鬪爭을 爲하여서만 文學을 創作하는 사람도 있으나 ……중략…… 文學은 民族全體를 한 개의 共同된 運命體로 인식하고 그 知性과 感性을 다하야 民族이 當面한 危機를 극복하여야 할 것이다.[58]

작가적 기질이나 감흥에 의한 문학을 하는 사람들이 누구를 지칭하는 것인지 명확하지 않다. 하지만 혁명과 투쟁을 위한 문학을 계급문학이라고 상정한다면, 아마도 계급문학과 치열한 이론적 투쟁을 벌인 '조선청년문학가협회'의 작가들을 가리키는 것으로 보인다. 김광섭은 해방정국이라는 혼란한 시기에는 계급문학뿐만 아니라 이른바 '문학을 위한 문학'마저도 문제가 있는 것으로 파악하고 있는데 이러한 그의 문학관은 당시 교육계의 한 축을 담당하고 있었던 이른바 '민주주의 민족교육'과도 흡사하다.

6. 정전구축의 파급력 : 이광수와 김동인

지금까지의 논의를 통해 우리는 가람 교과서의 텍스트 선정이 문학사적 평가나 공동체의 이념을 대표한다는 정전이론보다는 오히려 문단

---

58) 김광섭, 「民族文學을 위하야」, ≪白民≫, 14호, 1948.5, 29쪽.

권력 및 교과서를 구성하는 정치적 심급에 의해서 이루어졌다는 사실을 알 수 있었다. 그런데 이와 같이 텍스트 선정에서 문단권력이나 정치적 심급이 중요한 변인으로 작용한 것은 비단 가람의 교과서에만 있었던 일은 아니고 이후 교과서에서도 빈번히 발생한 일이었다. 대표적인 텍스트가 김동인의 <조국>과 강소천의 <방패연>을 들 수 있는데, 여기서는 김동인의 경우만을 살펴보기로 하자.

김동인의 경우 가람의 교과서에는 실리지 않았으나 대한민국 정부가 수립되면서 새롭게 재편된 교과서에는 1932년 ≪삼천리≫ 25호에 발표한 <붉은 산>이 <조국>이란 제목으로 실리게 된다. 춘원과 함께 한국 근대 단편소설을 개척한 공적을 염두에 둔다면 그의 텍스트가 교과서에 실린 것은 하등 놀랄만한 일이 아니다. 필자가 이 작품을 눈여겨보는 것은 이 텍스트가 기존의 교과서에 실린 여타의 다른 소설들과는 다른 방식59)으로 게재된다는 점과 왜 하필 <조국>이냐는 점이다. 이광수류의 계몽주의 문학을 거부하고 문학의 독자성을 주장했던 김동인의 문학관에 비추어 볼 때 <조국>이라는 작품을 교과서에 실어 의도적으로 부각시키는 것은 어떤 의미에서 김동인 문학에 대한 왜곡이라고도 할 수 있다. 이것은 김동인 스스로가 '완전한 의미에서 자신의 최초의 단편소설이자 조선 최초의 단편소설'로 칭했던 <배따라기>나 '동인미'에 도달한 작품으로 꼽은 <명문>과 <감자>에 비교해 봤을 때도 마찬가지다. 그런데도 왜 교과서 편수자들은 <배따라기>와

----

59) 이기영의 <원터>나 채만식의 <금강>이 소설 장르가 갖고 있는 본원적 특성의 하나인 서사부분이 배제된 장면묘사만으로 일관된 데 반해 김동인의 <조국>은 뚜렷한 서사를 지니고 있어 소설의 특성을 알 수 있게 한다.

같은 작품이 아닌 <조국>을 실었을까?

> "보고 싶어요. 붉은 산이……. 그리고 흰 옷이……."
> 아아, 죽음에 임하여 그는 고국과 동포가 생각난 것이었다. 여는 감았던
> 눈을 고즈너기 떴다.
>   ……중략……
> "선생님, 노래를 불러 주셔요, 마지막 소원…… 노래를 해 주셔요 동해
> 물과 백두산이 마르고 닳도록……."
> 여는 머리를 끄덕이고 눈을 감았다. 그리고, 입을 열었다. 여의 입에서는
> 창가(唱歌)가 흘러나왔다. 여는 고즈너기 불렀다.
> "동해물과 백두산이……."
> 고즈너기 부르는 여의 창가 소리에, 뒤에 둘러섰던 다른 사람의 입에서도
> 숭엄한 노래는 울리어 나왔다.
> "……무궁화 삼천리
> 화려 강산……."[60]

일제 치하 만주로 이주한 동포들의 수난사를 '삵'이라는 특이한 인물
의 삶을 통해 형상화한 <조국>은 붉은 산과 백두산이 상징하듯 조국
에 대한 애정과 향수를 그린 작품이다. 이 작품에서 국토와 동포에
대한 사랑의 감정을 일깨우는 것은 그리 어려운 일이 아니다. 충분히
애국심을 고취할 수 있다는 얘기다. 이러한 애국심은 비록 김동인의
작품세계에서는 매우 이질적인 요소지만 대한민국 정부를 막 건국하고
그 기틀을 잡아나갔던 정부 당국의 처지에서는 매우 유용한 기제였을
것이다. 단정 반대라는 극심한 반대를 극복하고 사회 곳곳에서 활약하

---

60) 김동인, <조국>, 광복40년 교과서 편집위원회, 『광복 40년의 교과서2; 소설』,
앞의 책, 32~33쪽.

던 좌익세력마저 제거[61]한 정부로서는 애국심이야말로 취약한 정권을 유지하는 근본적 이념이었을 터이다.

　<조국>이 애국심 고취라는 편수관들의 의도에 의해서든 아니든 간[62]에 교과서에 실렸다는 것은 김동인에게는 또 다른 의미로 다가온다. 교과서를 통해 처음으로 김동인을 접한 학생들에게 김동인의 이미지는 <조국>의 작가로 인식될 것이다. 이것은 작가 김동인에게 매우 중요한 의미를 지니는데, 두 가지 지점에서 그렇다. 하나는 김동인은 역시 단편소설의 개척자 내지 귀재라는 식의 문학적 권위를 부여한다는 점이다. 앞서 살펴봤듯 김동인 이전에 교과서에 실린 소설 텍스트들은 기본적인 서사구조가 생략된 것들이 대부분이었다. 그런데 <조국>은 뚜렷한 서사는 물론이고 시종일관 '여'라는 관찰자를 통해 사건을 전개시키고 있어 <온실>과 외형적으로 비교했을 때 큰 차이를 발견할 수 없게 한다.

　다른 하나는 <조국>을 통해 일제 강점기의 반민족적 행위를 변제받는다는 것이다. 식민지라는 암울한 상황에서도 애국심을 고취하는

---

61) 대한민국 정부 수립과 동시에 교과서에서도 좌익작가들의 작품이 제거되는데, 월북한 이기영, 임화, 이병철 등은 물론이고 보도연맹에 가입한 정지용 등이 교과서에서 완전히 배제된다. 그 빈자리를 소설가로는 김동인과 김동리가 시인으로는 서정주, 박두진, 유치환 등이 차지한다.

62) 김동인의 작품이 교과서에 실린 정확한 이유는 찾을 수 없다. 다만 유추할 수 있는 것은 편수관 이병기가 가람 교과서의 좌익작가 문제로 사임을 하고 서울대학교 교수직으로 자리를 옮긴 후에도 여전히 국어과 편수관으로 있었던 전영택(평양), 박창해(함흥), 최태호, 홍웅선(평양) 등 다수의 북한출신 편수관들과의 관련성 정도를 생각할 수 있다. 게다가 편수관 전영택의 경우 김동인과 함께 ≪창조≫의 동인활동을 했는데, 이러한 지역적 친밀감과 동인의식이 어느 정도 영향을 미쳤을 것으로 보인다.

작품을 발표했던 김동인이 일제 말기 반민족 행위를 한 것은 강요에 의한 어쩔 수 없는 선택이었을 것이란 이해를 조장하는 데에 이 작품은 적지 않는 영향을 미친다. 결국 김동인은 애국심을 강조한 <조국>을 통해서 반민족 행위에 대한 면죄를 사회적으로 공인 받는 셈인데, 이것은 당시 친일의 문제로부터 자유롭지 못했던 교육당국은 물론이고 문인들에게도 공통된 관심사였다고 판단된다.

여기서 우리는 한 가지 의문을 제기하지 않을 수 없다. 대한민국 정부 수립 이후 문단 권력은 외형적으로는 한국문학가협회(문협)가 주도권을 잡지만 실질적으로는 김동리가 회장으로 있었던 청문협쪽으로 기운다. 청문협의 좌장이었던 김동리는 좌익문학은 물론이고 민족문학에 대해서도 일정한 거리를 둔다. 그는 '순수 문학이야 말로 문학 정신의 본령'이라고 전제한 후 '개성 향유를 전제한 인간성의 창조'에 근거한 휴머니즘이 순수문학의 본질이라고 규정[63]하면서 일체의 이념적 색채를 배제한다. 그러한 그의 입장에서 보면 애국심을 강조한 <조국>은 분명 문제가 있는 작품이었을 터이다. 그런데도 김동리를 비롯한 문협 정통파에서 김동인의 <조국>을 문제 삼지 않은 것을 보면 교과서에 선택된 텍스트들은 문학적 논리나 문학사적 평가 또는 문단의 권력관계보다는 정치적 심급에 더 많은 영향을 받는다고 할 수 있다.

이 지점에서 우리는 똑같이 우리 문학의 개척자의 한 사람이었는데도 불구하고 한국문학 정전의 원형이라고 할 수 있는 교과서에 실리지 못한 춘원과 김동인을 비교하지 않을 수 없게 된다. 춘원의 문학사적

---

63) 김동리, 「순수문학의 진의- 민족문학의 당면 과제로서」, 유종호, 김윤식, 이문구, 『김동리 전집 7권- 문학과 인간』, 민음사, 1997, 79쪽.

공적은 김동인은 물론이고 교과서에 실린 어느 누구에 비해서도 결코 뒤떨어지지 않는다. 그런데도 춘원은 가람의 교과서에는 물론이고 1987년도 국정교과서에까지 단 한 번도 작품이 실린 적이 없다. 춘원이 대표적인 반민족주자였기에 그의 작품을 교과서에 실을 수 없다는 논리는 왜소해 보인다. 왜냐하면 춘원 못지않게 반민족주의 행위를 했던 주요한이나 모윤숙 등의 작품이 별다른 비판 없이 실린 것을 보면 과거 친일을 했기 때문에 배제되었다는 것은 아무래도 설득력이 없다. 춘원이 교과서에서 배제된 원인은 다음 몇 가지 지점에서 유추해 볼 수 있다.

첫째는 속죄양을 만들어 자신들의 과거 행적을 지우고자 했던 교육계 및 문단의 공모관계에서 비롯되었을 것이라는 가능성, 둘째는 해방 후 춘원이 보여줬던 일련의 행적이 문단의 중심과는 거리가 멀었다는 점, 셋째는 춘원이 추구했던 계몽주의적 문학관이 당시 문단권력을 장악하고 있었던 문협정동파의 순수문학론과 맞지 않았다는 점 등이다.

춘원을 속죄양으로 만들어 과거 자신들의 행위에 대한 면죄부를 얻고자 했던 행위는 해방과 더불어 곧바로 진행된다. 해방 후 최초의 문인단체를 결성하고자 했던 임화와 이원조 등은 '조선문화건설 중앙협의회'(1945.8.16)를 결성하면서 다른 모든 문인들은 참여할 수 있지만 이광수 만큼은 제외해야 한다고 주장하여 결국 관철시켰는데, 이러한 이들의 행위는 대표적인 민족반역자를 속죄양으로 하여 자신들의 과거 행적에 대한 면죄부를 얻으려 한 것이다. 이러한 속죄양은 교육계에서도 마찬가지인데, 당시 교과서 편찬의 총 책임자였던 유억겸의 경우 교과서 편찬의 원칙으로 '친일민족반역자의 척결'을 내세워 그 자신에게로 향했던 친일논란[64]으로부터 자유로워지고자 한다. 다음으로 춘원은 해방과 더불어 여타의 문인들이 서울에서 활동했던 것과 달리 삼종제인 이학수가 기거하고 있었던 봉선사에 칩거함으로써 문단과는 거리를 두었는데 이 점도 직·간접적으로 영향을 미쳤을 것으로 사료된다.

마지막으로 춘원이 추구했던 계몽주의 내지 민족주의 문학론은 해방정국이 요구하는 산문미학에 가장 근접한 문학론이었다는 점이다. 그러나 이러한 문학론은 좌·우 대립이 극심했던 당시의 상황에서 필연적으로 양자의 대결을 더욱 가열시켰을 것이다. 좌우대립을 극복하고 민족단결을 제 1의 가치로 내세운 가람에게도 춘원은 부담스러운 존재였을 것이고, 이후 순수문학론을 주장했던 문협정통파에게도 춘원의 문학론은 어떻게든 극복해야 할 난제였을 것이다. 이들은 춘원을 민족반역자로 규정하고 그의 문학을 철저히 무시함으로써 그의 문학 작품이 교과서에 실려 불러일으킬지도 모르는 파장들을 미연에 방지한 것으로 보인다.

이상의 김동인과 춘원을 통해 우리는 가람의 교과서를 비롯한 미군정기에 발간된 교과서의 텍스트 선정이 문학사적 평가나 공동체의 이념에 근거한 것보다는 정치적 심급 내지 문단권력에 의해 선택된 것임을 살필 수 있었다.

---

64) 당시 좌익계열의 신문≪노력인보≫(1947.6.22)는 문교부가 "유억겸 등 친일파 민족반역자 계열에 점령되어 있어" 결국에는 "일제와 같은 노예 교육을 강제"한다고 주장한다.

7. 논의를 정리하며

지금까지 필자는 문학텍스트의 정전화 과정과 그 속에 숨어 있는 권력의지를 미군정기에 발간된 중등국어 교과서의 문학 텍스트 선정 방식을 중심으로 탐구하였다. 일반적으로 국어교과서의 텍스트 선정은 객관적이고 보편적인 원리와 기준에 의해 이루어 질 것이라고 생각한다. 그러나 이 연구를 통해 우리는 이러한 생각이 학교 교육을 통해 제도화된 고정된 실체에 불과하며 교과서 텍스트 선정 과정에 대한 은폐를 통해 이루어진 것이라는 결과라는 사실을 인식하게 되었다.

미군정청에 의해 발간된 '가람 국어교과서'는 편수 책임자로 가람이 선택된 것부터 문학적이기보다는 정치적인 것이었다. 편수 책임자 가람은 민족을 제일의 가치로 내세운 신민족주의 세력(보성전문)과 학무국 실세인 이른바 유억겸 사단으로 분류되는 연희전문 세력의 절충 내지 타협의 산물이었다. 따라서 그는 교과서 편찬 과정에서 이들 양 세력의 요구 조건을 충족시켜 줘야했다. 그 결과 다음과 같은 문제점을 낳게 되었다.

첫째, 국어교과서의 문학 텍스트 선정이 국어교육 이념에 종속되었다는 점이다. 이것은 일제 강점과 해방이라는 특수한 상황에서 '한글을 부활' 시켜야만 한다는 어쩔 수 없는 시대적 한계 속에서 발생한 것이다. 그러나 이것은 이른바 '미문의 관념'이 교과서의 문학 텍스트를 지배하게 만드는 원인이 되기도 한다.

둘째, 교과서 텍스트 선정이 공동체의 보편적 이념이나 문학사적 가치보다는 당시 문단권력의 영향으로부터 자유로울 수 없었다는 점이다. 김광섭의 경우에서 볼 수 있듯 문단권력은 편수관들의 텍스트 선정에 일정한 영향을 미치게 된다. 이것은 텍스트 선정이 실제로는 문학사적 평가나 공동체의 이념을 대표하는 것이란 기왕의 정전 논리와는 일정한 거리를 두고 있다는 것을 보여주는 예라 할 수 있다.

셋째, 김동인의 <조국>에서 볼 수 있듯 교과서의 텍스트 선정이 정치적 요구에 의해 지배된다는 점이다. 애국심 고취를 필요로 했던 정권의 요구에 부합했던<조국>이 교과서에 실림으로써 김동인은 반민족 행위에 대한 면죄를 사회적으로 공인받고 문인으로서의 권위 또한 인정받는다. 그러나 이광수는 속죄양을 통해 자신들의 과거 행적을 은폐하고자 했던 교육계 및 문단의 공모관계에 의해 교과서에서 배제됨으로써 끝내 민족반역자로 전락하고 만다.

이상의 논의를 통해 우리는 국어 교과서의 텍스트 선정과 이를 통한 정전의 구축이 엄밀한 의미에서 문학적이기보다는 정치적인 구축이라는 사실을 알 수 있었다.

(『한국문학권력의 계보』, 한국출판마케팅연구소, 2004)

역사와 현실

1970년대 역사소설론

1. 머리말

한국 소설사를 일별하다보면 흥미로운 사실 하나를 발견하게 되는데 역사소설이 그것이다. 역사소설은 신문학 초창기부터 현재까지 줄기차게 그 생명력을 이어 올뿐만 아니라 '특정의 시기를 중심으로 급격하게 발흥한다'는 점에서 우선 흥미를 끈다. 특정 시기에 특정한 문학 양식이 현저하게 증가한다는 것은 작가들의 유별난 취향이나 문단의 유행쯤으로 취급할 수는 없다. 왜냐하면 '특정한 시대의 특정한 사회 현실을 총체적으로 형상화하는 것이 소설'[1]이라고 할 때, 어느 한 시기에 역사소설이 다수 창작된다는 것은 그 시대의 독특하고 구체적인 분위기를 그대로 드러내야만 하는 뭔가가 존재한다는 것을 의미한다.

일반적으로 역사소설은 민족주의, 산업화, 그리고 혁명 시대의 결과적 산물로 발생한다.[2] 이같은 견해는 1970년대 역사소설을 논의하는데

---

1) 루카치, 이영욱 역, 『역사소설론』, 거름, 1987, 192쪽.
2) Avorom Fleischman, *The English Historical Novel*(2쇄), The John Hopkins UP,

있어서도 여전히 유효하다. 흔히 '어둠의 시대'라고 명명되는 70년대는 크게 두 죽음으로 상징화 될 수 있다. 경제개발과 산업화 과정에서 분신한 전태일이 70년대 시작과 유신체제의 위기를 알린다면 긴급조치와 유신체제라는 절대 권력의 정점에서 절명한 박정희의 죽음은 그 종말을 의미한다. 그러므로 이들 죽음은 그 시간의 차보다도 더 큰 엄청난 사회, 경제적 변화를 동반하고 있다.

박정희 정권의 경제개발로 인한 산업화는 기하급수적인 매스미디어의 확산과 대중문화의 팽창을 가져왔다. 이같은 사회적 변화는 문단에도 일정한 영향을 미치게 되는데, '베스트 셀러'의 양산도 그중하나다. 1970년대에 접어들면서부터 나타나기 시작한 베스트셀러의 출현은 도제적(徒弟的) 작가 양성의 전근대적인 구습을 흔들었을 뿐 아니라, 대중과 무관하게 명예와 영향력을 행사하고 있던 원로 문인들이 젊은 작가들에 의해서 압도당하는 현상을 낳게 된다.3)

한편, 산업화의 외형적 성공으로 인해 한국 사회는 절대빈곤으로부터의 해방이라는 오랜 숙원을 달성하게 된다. 빈곤으로부터의 탈출은 국가 권력에 자신감을 심어주기에 충분했다. 이같은 자신감은 권력 내부뿐만 아니라 지성계 전반으로 확산4)되어 '주체적 민족국가 건설'이라는 근대화론으로까지 발전한다. 그러나 권력에 의해 진행된 근대화론은 민중들의 저항에 부딪치게 된다. 재벌위주의 성장정책과 탈법적인

<hr>

1972, 17쪽.

3) 최재봉, 「베스트 셀러의 역사」, ≪소설과 사상≫, 1995년 여름, 280쪽.

4) 역사학에서 시작된 식민사관 극복 운동과 김현(「한국문학의 가능성」, ≪창작과 비평≫, 1970년 봄호) 등에 의해 제기된 한국문학 주체성 논쟁 등은 이런 자신감의 대표적인 사례라 할 수 있다.

권력 쟁취에 대한 민중들의 저항은 전태일의 죽음과 광주 대단지 사건 등에서 보듯 민중의 성장이라는 기존에 경험하지 못한 새로운 충격으로 지성계를 강타한다. 이같은 사회 전반의 급격한 변화는 작가들을 자신이 발 딛고 있는 사회적 현실에 대한 자기인식과 '역사적 사고에 대한 관심으로 이끌었고'5) 그 결과 역사소설 창작의 붐이 형성된다. 1970년대 들어 우리 문단에서는 박경리의 『토지』, 유현종의 『연개소문』·『들불』, 황석영의 『장길산』, 김주영의 『객주』, 박연희의 『홍길동전』·『여명기』, 박종화의 『세종대왕』, 유주현의 『황녀』·『파천무』 등의 장편 역사소설이 창작된다. 또한 기존에 발표된 안수길의 『북간도』, 유주현의 『조선총독부』·『대원군』, 김성한의 『이성계』, 최인욱의 『만리장성』·『전봉준』·『임꺽정』 등이 단행본으로 발간되는 등 역사소설은 새로운 전기를 마련하게 된다.6) 이 글에서 필자는 1970년대 역사소설 발흥 이유와 그 특징에 대해 살펴보고자 한다.

2. 1970년대 역사소설론

일반적으로 역사소설은 역사적 인물이나 사건을 소재로 하여 작가의 상상력이 덧붙여진 소설을 일컫는다. 그런데 이같은 구분 방식은 다분

5) 이재선, 『현대한국소설사』, 민음사, 1994(3쇄), 321쪽.
6) 70년대 중앙 6대 일간지 연재소설 중 역사문학 내지 역사 소설은 총 86편의 연재 중 33편이나 차지하고 있다.
박철우, 「1970년대 신문연재소설 연구」, 중앙대 박사학위논문, 1996, 14~15쪽 참조.

히 소재적인 측면에 근거한 것으로써 오히려 역사소설에 대해 "아무런 의의도 찾아 낼 수 없"[7]게 만든다. 그럼에도 한국 근대 문학에서의 역사소설에 대한 연구는 주로 소재적 개념에 치우쳐왔다. 그 결과 역사소설의 내·외적 규정성을 밝히지 못했을 뿐만 아니라 더 나아가서는 역사소설이 당시의 문학 속에서 작동하는 방식에 대한 설명을 가로막기까지 했다.[8]

소재차원이 아닌 문학양식으로서의 역사소설에 대한 접근은 루카치에 의해 일반화 되었다. 그는 역사소설을 '역사'라는 개념을 통해 설명한다. 루카치에 따르면 역사소설의 궁극적 목표는 특정한 시대의 특정한 사회 현실을 그 시대의 독특하고 구체적인 분위기를 지닌 그대로 나타내는 데 있다. 따라서 당시 사회의 제반 특징들을 구체적인 현재의 삶에 연결하는 것이 무엇보다도 중요하다. 루카치는 이를 위한 구체적인 방법으로 역사를 사용한다. 한마디로 역사소설에서의 역사라는 것은 현재 역사의 구체적 전사(前史)로서의 역사인 동시에 과거를 현재의 전신(前身)으로 파악하는 정신에 의해서 인식된 역사[9]이다.

그러므로 역사소설은 '역사'라는 매개를 통해 단순히 역사적 진실만을 밝히는 것에서 벗어나 특정한 사회 경제적 토대에 의해 파생되는 당대 사회의 제반 특징들을 구체적인 현재의 삶에 연결함으로써 문학적 생동감을 부여하는 것이라 할 수 있다. 그런데 여기서 문제가 되는 것은 문학적 생동감을 어떻게 부여하느냐다. 루카치는 역사소설이 문학

7) 金允植, 「歷史와 歷史小說의 한 樣式」, ≪신동아≫, 1972.4, 362쪽.
8) 洪禎云, 「韓國 近代歷史小說 硏究」, 동국대 박사학위논문, 1987 참조.
9) 루카치, 앞의 책, 76쪽.

적 생동감을 갖기 위해서는 세계를 총체적으로 인식하고 표현하는 리얼리즘과 역사적 진실 규명을 위한 중도적 인물의 창조가 필수적임을 지적한다.

이같은 루카치의 역사소설론은 백낙청10)에 의해 1960년대 말 국내에 소개된 후 황석영에 이르러 구체화된다. 먼저 백낙청은 당시 우리 문단의 역사소설에 대한 관심에 대해 "과거 어느 때보다 더한 <역사적 격변기>로 자처하는 우리 시대니 만큼 역사물에 대한 사회의 이러한 관심은 당연한 것인지도 모른다"라고 전제한다. 그러면서 "우리 주변에서 쓰여지고 읽혀지는 역사물들은 어느 정도의 예술적 정열과 역사의식을 드러내고 있"으며 과연 몇 작품이나 "역사소설이라 이름하여 부끄럽지 않"11)느냐고 힐문한다. 백낙청의 이같은 지적에서 우리는 역사소설이 많은 독자들로부터 사랑을 받고 있다는 것과 함양미달의 역사소설에 열광하는 독자들에 대한 백낙청의 부정적인 인식을 엿볼 수 있다. 백낙청은 이광수와 김동인의 역사소설을 검토하면서 이들 작품들이 올바른 역사의식은 물론이고 현실감각마저 상실한 것으로 평가하고 있다. 그런데 이같은 평가의 근저에는 루카치의 역사소설론이 자리 잡고 있다. 즉 백낙청은 루카치의 역사소설 개념을 끌어들여 서구에 비해 "상대적으로 열악하고 뒤처진 한국 사회의 후진적인 사회 조건과 그 여건 구비를 위한 문학적 노력의 필요성"12)을 제기하고 있는데, 그 정점에 김성한의 장편 역사소설 『이성계』(지문각, 1966)가 놓여 있다. 그는 김성

---

10) 백낙청, 「역사소설과 역사의식」, ≪창작과 비평≫, 1967년 봄호 참조.
11) 위의 글, 5쪽.
12) 전상기, 「1960·70년대 한국문학비평 연구」, 성균관대 박사학위논문, 2003, 27쪽.

한의 소설 『이성계』를 한마디로 "역사의식의 쇠퇴"라고 규정하면서 이것은 "역사를 이해할 수 있다는 自身의 상실"[13]이며 역사가 우리에게 주는 긍정적인 의의와 성과에 대한 믿음의 상실이라고 꼬집는다.

역사소설의 가능성을 굳게 믿었던 백낙청은 역사소설을 통해 당대의 현실을 되돌아보고 그것을 통해 한국 사회의 미래에 대한 발전 전망을 그린 셈이다. 하지만 안타깝게도 당시의 역사소설들이 이런 그의 요구 조건을 충족시키지는 못했다.

백낙청이 역사소설의 가능성에 주목했다면 김현은 당시 유행했던 역사소설 및 역사물에 대해 대부분이 함량미달일 뿐만 아니라 작가들이 역사소설을 쓰는 것을 퇴행이라고까지 주장한다. 그는 역사소설을 통해 현실을 비판한다거나 이해할 수 있다는 주장에 대해 "한 가지 확실한 것은 역사소설로 퇴각하지 않고서도 현실의 비판·이해라는 어렵고 힘든 문학 본래의 작업을 성실하게 행하고 있는 많은 작가들이 아직 있다"[14]며 부정적인 인식을 드러낸다. 김현이 이 처럼 역사소설에 부정적인 인식을 보인 것은 당시의 많은 역사소설들이 "역사 속에서 현재의 사실에 대한 날카로운 비판을 얻어"[15]내야 하는데, 그렇지 못하다는 인식 때문이었다.

그러나 1970년대 역사소설은 이러한 논란에도 불구하고 지속적으로 창작되었을 뿐만 아니라, 평론가들에 의해 약점으로 지적되었던 부분들을 보완하기에 이른다. 황석영은 1970년대를 대표하는 역사소설 『장길

13) 백낙청, 「小說『李成桂』에 대하여」, ≪창작과 비평≫, 1976년 가을호, 467쪽.
14) 김현, 「역사소설의 문제점들」(1971), 『행복한 책읽기 : 문학단평 모음』(전집 15권), 문학과 지성사, 1993, 287쪽.
15) 위의 글, 286쪽.

산』의 연재에 앞서 자신이 생각하는 역사소설에 대한 견해를 다음과
같이 밝힌다.

> 소설가가 선택한 특정의 시대, 사건, 인물들은 오직 지금 이때의 눈을
> 통해서이다. 역사소설은 그것이 씌어지는 당대를 지나서 後世에 이르면
> 그 소설 속에서 다루던 시대가 문제되는 것이 아니라 그 소설이 씌어지던
> 시대가 문제로된다는 것이다.[16]

역사소설에서 중요한 것은 소설이 다루는 시대보다는 그 소설이
쓰여진 시대라는 황석영의 인식은 '역사를 현재 역사의 구체적 전사(前
史)인 동시에 과거를 현재의 전신(前身)으로 파악'하고자 한 루카치의
견해와 일맥상통 한다. 또한 백낙청과 김현 등에 의해 제기되었던 한국
역사소설의 문제점에 대한 작가 나름의 답변이라 할 수 있다.

한편 이재선은 루카치의 역사소설론을 전제하면서도 역사소설을
"소설의 허구적 인물들이 역사적 (실존)인물과 같은 세계"[17]에서 생활함
으로써 실존 인물과 허구적 인물이 동시적으로 등장할 수 있는 개연성
을 갖는 장르라고 규정[18]한다. 이러한 이재선의 견해는 역사소설의
논의 지점을 의사(疑似) 역사소설까지 확장시키는 것으로 의의가 있다.

이상의 논의를 통해 우리는 1970년대 역사소설은 당시 문학의 중심
에서 그 가능성을 타진하고 있었다는 것을 알 수 있다.

---

16) 황석영, 「역사소설의 문제점」, ≪한국일보≫, 1976.1.8.
17) 이재선, 앞의 책, 323쪽.
18) 같은 글.

3. 역사의 재발견과 상업주의, 그리고 삶의 문제

1970년대는 '유신'으로 대표되는 10년간의 시간을 의미한다. 하지만 사회·경제학적 관점에서 살펴보면 이른바 근대화론 모델에 입각해 한국 사회 전체가 근본적으로 재편되었던 시기이기도 하다.[19] 1970년대 들어 본격화된 사회 재편은 우리 사회가 개인의 삶과 역사를 총체적으로 인식해야 할 만큼 복잡하고 다양화되었음을 의미한다. 문학 역시 이같은 사회적 변화에 대응할 수밖에 없었는데, 소설에서는 복잡하고 다양한 사회를 총체적으로 인식할 수 있는 더욱 '포괄적인 상상력이 필요'[20]하게 되었다. 그 구체적인 형태가 1970년대 들어 급격히 증가한 장편소설 창작이다. 또한 산업 발달로 인한 대중문화의 급격한 성장은 작가들에게 기존의 글쓰기 방식에 대한 부단한 변화를 요구했다.[21]

한편, 유신으로 대표되는 사회 각 영역의 폭력적인 재편 - 부당한 정권창출을 정당화시키기 위한 역사 왜곡과 긴급조치로 명명된 각종 사회적 금기들 - 은 작가들에게 현재에 대한 구체적 구명(究明)을 요구하게 된다. 1970년대 역사소설은 한국사회와 문학지형 변화의 정점에 위치하고 있다.

1970년대 역사소설은 크게 정권에 의해 일관되게 진행되었던 국가적 민족주의에 상업주의가 결합된 한 축과 이에 저항하는 민중들의 역사 인식을 대변하는 축으로 크게 양분된다. 따라서 1970년대 역사소

---

19) 이동하, 「유신시대의 소설과 비판적 지성」, 문화사와비평연구회 편, 『1970년대 문학연구』, 예하, 1994, 14쪽.
20) 권영민, 「90년대를 향한 소설적 도전」, ≪소설과 사상≫, 창간호, 1992. 240쪽.
21) 우한용, 「소설문체의 사회시학적(社會詩學的) 궤적(軌跡)」, ≪소설과 사상≫, 1995년 여름호 참조.

설을 논의하는데 이같은 사실을 간과한 채 이른바 '민족문학의 성과물'로 평가되는 작품들만을 대상으로 삼는 것은 무리가 따른다.

이 글에서는 1970년대 역사소설을 ① '국가적 민족주의'[22] 계열의 작품, ② 민중적 세계관을 반영한 작품, ③ 삶과 생명 문제를 다룬 대화소설로 분류하여 살펴보고자 한다.

1) 상업주의와 '국가적 민족주의'의 행복한 만남
: 전후세대 작가군의 역사소설

70년대 역사소설의 첫 머리에 유주현을 배치하는 것은 결코 놀라운 일이 아니다. 유주현은 70년대에 들어서면서부터 기존의 소설 쓰기에서 벗어나 역사소설 창작에만 몰두한다. 그런데 이같은 그의 행위는 60년대 중반부터 일련의 중견 작가들에 의해 시도된 장편 역사소설 창작과 궤를 같이 한다.

1948년 <번요(煩擾)의 거리>로 ≪백민≫을 통해 등단한 유주현은 <장씨일가(張氏一家)>, <허구(虛構)의 종말(終末)>, <육인공화국(六人共和國)>, <잃어버린 여정(旅情)> 등에서 볼 수 있듯이 풍속 묘사와 환상적인 유토피아 추구, 극한 상황에서의 인간 윤리 문제 등을 주로 취급했다. 이것은 전후 문학의 한 특징인 실존주의 문학과 궤를 같이한 것으로 일정한 문학사적 위치를 점한다. 그러던 그가 1960년대 중반에 들어서면서 돌연 『조선총독부(朝鮮總督府)』를 비롯해 『대원군(大院君)』,

---

22) 강만길(「민족사학론의 반성」, ≪창작과 비평≫, 1976년 봄호)에 의해 제시된 개념으로, 그는 70년대 일련의 역사주의 흐름을 '국가적 민족주의'와 '민족적 민족주의'로 개념화한다.

『대한민국(大韓帝國)』, 『통곡(慟哭)』, 『황녀(皇女)』, 『파천무(破天舞)』 등의 역사소설을 줄기차게 창작하였고, 그 공로로 '대한민국문화예술상'까지 수상하게 된다. 여기서 우리는 한 가지 의문을 갖지 않을 수 없는데, 실존주의 문학을 추구했던 그가 어떤 이유로 역사소설 창작의 길로 들어섰느냐는 것이다. 신세대 작가들의 급격한 등장으로 인한 발표 지면의 상대적 소외 등 다양한 이유를 들 수 있겠지만, 필자는 60년대 후반부터 유행처럼 번지기 시작한 민족적 역사주의에 대한 관심이 적지 않은 영향을 미쳤다고 판단한다.

민족적 역사주의는 역사학계의 소장 학자들로부터 비롯된 이른바 '식민사관' 극복 운동에서부터 시작되었다. 처음에는 역사학계에만 영향을 미쳤던 민족적 역사주의(민족사관)는 지성계에 엄청난 파장을 몰고 오는데, 문학 역시 예외 일수는 없었다. 김현·김윤식의 『한국문학사』는 당시 문학계를 강타한 민족적 역사주의의 영향을 단적으로 보여주는 저서이다. 백낙청의 「역사소설과 역사의식」(≪창작과 비평≫, 1967년 봄호)과 유주현의 「문학에 있어서의 역사성」(≪문학사상≫, 1957.7) 등도 빼놓을 수 없는 논의들인데, 이러한 논의들을 통해 우리는 역사주의가 하나의 사회적 풍조였음을 엿볼 수 있다.

한편, 박정희 정권은 사회 전반으로 확산되는 이같은 민족적 역사주의 흐름을 문화산업과 결합시켜 강력한 통치 이데올로기로 삼는 것을 통해 '국가주의적 민족주의'로의 변화를 꾀한다.[23] 탈법적인 권력쟁취

....

23) 박정권에 의한 국가적 민족주의의 대표적인 조치는 73년 말에 공표 된 문예진흥 5개년 계획으로, 올바른 민족 사관 정립과 새로운 민족 예술 강조 및 예술의 생활화와 대중화로 국민의 문화수준 향상 등을 내용으로 하고 있다.
강현두, 「현대 한국사회와 대중문화」, 강현두 편, 『한국 현대사회와 대중문화』,

라는 생태적인 약점극복과 '반공·근대화'란 지배 이데올로기의 취약성에서 출발한 박정희 정권은 자신에 저항하는 민중들의 투쟁을 목격하면서 당대 지성계의 하나의 흐름이었던 민족적 역사주의를 상업화와 접목시킨다. 그 결과 박정희 정권은 지배 이데올로기 정당화와 민중투쟁의 극소화라는 이른바 '견인과 배제'의 이중정책을 통해 권력을 유지하게 된다.

유주현의 역사소설은 바로 지배 계급의 국가주의적 역사주의와 상업주의가 결합한 정점에 위치해 있다. 즉 그는 급격한 경제 성장으로 만들어진 대중문화의 공적 영역의 하나인 신문 연재소설을 통해 민족적 역사주의와 대중문화의 결합을 시도한다.[24] 신문 연재를 통한 소설 창작은 지금까지와는 다른 독자층과 전달 매체의 특성으로 인해 상업화 내지 장편화로 나아갈 수밖에 없었는데, 역사소설은 신문 매체가 요구한 이런 상업화와 장편화란 요구조건을 훌륭히 수행함은 물론 대중적인 성공까지 거두게 된다.[25]

유주현 역사소설에 나타난 특징은 역사적으로 존재했던 사실이나 인물에 대한 새로운 해석을 통해 역사적 진실을 독자에게 전달하는 것에 있다. 그는 역사라는 거대한 흐름 속에서 실존적 고뇌를 겪었던 영웅적인 인물을 그림으로써 국가적 민족주의의 이념에 맞는 인물을 창조한 후 그 인물의 이면에 감추어진 진실과 사회상을 세세하게 전달

나남, 1991 참조.

24) 金炳翼, 「70年代 新聞小說의 文化的 意味」, 『신문연구』, 1977. 45쪽.
25) 유주현은 상업성에 타협을 하면서도 꾸준히 역사 속에서 소재를 발굴하여 민족문학의 세계를 다지고 독자들에게 충족감을 주었다.
오인문, 「新聞 連載小說의 變遷」, 『신문연구』, 1977. 68쪽.

함으로써 독자들을 역사소설의 묘미에 빠져들게 만든다.

> 왕은 이제 괴로운 표정도 회한어린 낯빛도 아니었다. 그런 것이 한데 엉켜진 화석과 같이 무표정한 얼굴로 눈을 감고 있었다. 입마구리로 침이 흘러내리는 줄조차 모르는 것을 보면 감각을 잃은 사람이다.
>
> (『군학도 Ⅱ』, 436~437쪽)

유주현은 고뇌에 빠진 영웅적인 인물을 통한 역사 재현이란 독특한 형식의 역사 소설을 창작한다. 인용문에서 보듯이 유주현은 자식인 사도 세자를 뒤주에 가둬 죽인 영조를 내세워 아버지와 왕으로서 겪어야만 했던 갈등과 고뇌를 사실적으로 드러낸다. 이같은 방식은 그의 대표적인 역사소설이라 할 수 있는 『대원군』에서도 잘 드러나고 있다.

> 최근 백년대의 인걸 중에서 대원군 이하응에게 가장 큰 관심을 가져왔다. 그의 생애는 우리 현실의 심볼이었다. 그의 의욕과 꿈과 과단성과 운명을 가로막았던 벽은 오늘에도 그대로 남아 있다. 그가 고민한 수많은 문제들은 현시점에도 우리의 고민이다. (『대원군』, 서문)

대원군이 집권했던 시기를 우리 근세 백년사에서 더없이 중요한 역사적 시기로 규정한 유주현은 서구근대 문물의 도입이라는 미증유의 사태에 직면해 그것과 대결한 대원군의 갈등과 고뇌를 형상화 한다. 그는 대원군에 대한 영웅적인 인물 형상화를 통해 우리 역사가 현재까지 어떻게 이어져 왔는가를 살피고 있다. 유주현이 비슷한 시기에 일제의 조선 강점을 다룬 『대한제국』과 『조선총독부』를 집필했다는 사실은 그가 단순히 역사적 과거를 형상화 하는 데에만 그치지 않고 그것을 통해 우리 민족이 나아가야만 할 미래를 밝히려 했다는 점에서 국가적 민족주의와 맥을 같이한다고 하겠다. 박 정권에 의해 제창된 국가적 민족주의는 민족을 제 1의 기치로 삼아 그 안에 내재한 다양한 모순을 얼버무리는 역할을 수행26)하는데, 유주현의 역사소설 또한 이런 혐의로부터 자유로울 수 없다. 즉 유주현은 분할과 배제를 통한 유신체제의 유지라는 지배 이데올로기의 통치 방식에 역사소설을 통해 일정부분 기여했을 뿐만 아니라 상업주의 논란에 휩싸이기도 한다. 그러나 이같은 한계에도 불구하고 유주현에 의해 정착된 역사소설(실록형의 역사소설)은 이후 박연희, 유현종 등의 작가에 의해 더욱 다양한 방식으로 발현되는 밑거름이 된다.

2) 역사주체로서 민중의 발견 - 『들불』, 『장길산』

모두에서 필자는 70년대를 두 개의 죽음으로 상징화 할 수 있다고 밝혔다. 이 말은 70년대가 산업화로 인한 급격한 소득상승과 함께 각종 사회적 문제들로 몸살을 앓았던 시대임을 의미하기도 한다. 실제로 1970년대는 도시와 농촌, 자본가와 노동자, 부유층과 빈민층의 극단적인 양극화로 인한 각종 사회적 문제들이 표출된 시대였다. 유현종의 『들불』과 황석영의 『장길산』은 양극화의 그늘에서 감추어져 있던 민중들의 시선으로 역사를 바라보려 한 작품이다.

『들불』에는 강한 민중 지향성이 엿보인다. 유현종은 작가의 말을 통해 "가장 무지하고 허약한 자들로 이루어진 것이 민중이라 하지만 이들이 모여서 내는 목소리는 가장 정직하고 진실된다는 것을 민중

------

26) 강만길, 앞의 글, 326쪽.

스스로 체험하고 자각하는 것"27)을 쓰고 싶다고 밝힌다. 이러한 작가의 의지에서 우리는 70년대 역사소설의 독특한 또 하나의 축을 만날 수 있다. 『들불』은 유주현 등으로 대표되는 기존의 정사 중심의 역사 형상화 방법과 일정한 거리를 두면서 민중적 관점에서 동학혁명을 다룸으로써 이후 민중적 역사소설 창작에 적지 않은 영향을 끼친다.

1972년 ≪현대문학≫에 연재된 장편 역사소설 『들불』은 판소리의 마당개념을 차용한 작품이다. 전체 25마당으로 구성된 이 작품에서 작가 유현종은 임여삼이라는 농투성이가 탐관오리의 횡포와 비참한 농민들의 참상을 목격하고는 동학에 가입하여 우금치 전투 등을 겪으면서 새로운 인간으로 변화하는 과정을 그리고 있다. 『들불』은 동학혁명을 형상화 하면서도 농민군 지도자가 아닌 임여삼이라는 빈농하층민을 내세웠다는 점에서 문제적이다. 이것은 작가가 변혁운동의 기본 동력을 빈농하층에 두고 있음을 보여주는 것이다. 유현종은 민중들의 삶을 통해 역사적 진실에 접근하려 한다.

> "상놈들이 혼불이 뙤어갖고 들녘으로 나가면 한이 맺혀서 들불이 되는 게라! 그것도 시절이 하수상하면 들녘 곳곳에서 들불이 모인다네"
> ······중략······
> 한과 원이 맺힌 백성들의 혼불은 바로 방방곡곡에서 일어났고, 지금 십수만이 도도히 움직이고 있었던 것이다.
> '이젠 원과 한은 풀린다! 그것을 풀려고 이렇게 벌떼처럼 일어난 것이다' (1부 하 220쪽)

27) 유현종, 「작가의 말」, 『들불』, 세종출판사, 1976, 12쪽.

작가 유현종이 바라보는 민중관은 무척 흥미롭다. 그는 민중에 대한 과도한 애정도 그렇다고 비판도 보여주지 않는다. 그저 자신의 터전에서 하루하루를 살아나가는 이들이 민중임을 보여줄 뿐이다. 때문에 민중들은 간혹 극단적인 이기주의자의 모습을 띠기도 하지만 들불처럼 걷잡을 수 없는 존재이기도 하다. 유현종은 이같은 자신의 민중관을 임여삼이라는 인물을 통해 형상화하고 곽성출, 이진악 등 당대를 대표하는 전형적인 인물을 통해 한 시대를 상상력으로 재구성해 낸다.

곽성출이 개화기라는 시대적 격변 속에서 충분히 탄생할 수 있을 법한 변절자를 전형적으로 형상화 한 인물이라면 이진악은 격동기를 살았던 지식인의 전형이다. 작가는 이같은 전형적 인물을 통해 동학혁명이라는 역사적 사건 속에 감추어진 개인의 삶과 역사적 진실 등을 문학적으로 형상화 한다. 그러나 민중의식의 성장 과정이 구체적인 생활상과 결합되지 못함으로 인해 이들의 행위가 "집단적 한풀이"[28]이상의 의미를 띠지 못한다는 비판을 받기도 한다.

『들불』이 민중의 편에 선 역사의 재구성이라면 황석영의 『장길산』은 민중에 의해 진행되는 구체적인 변혁을 드러내고 있다는 점에서 박정희 정권에 저항하는 작가의 의지를 담고 있다. 이것은 '역사 속의 시대가 아닌 현재의 시대'로 봐 달라는 작가의 주문에서 확인할 수 있듯이 『장길산』은 유신체제와 대결하는 민중의 모습을 역사소설이란 매체를 통해 형상화 하고 있는 것이다.

....

28) 『들불』에 대한 대표적인 연구는 이보영과 황국명 등을 들 수 있다.
　　이보영, 「東學革命과 小說化의 문제」, ≪표현≫, 1989년 상반기호; 황국명, 「유현종의 <들불> 연구 - 동학농민전쟁과의 관련을 중심으로」, 『한국어문논집』 16집, 1995.

『장길산』은 변화무쌍한 사건의 전개와 방대한 스케일, 그리고 민중들을 억압하는 지배계급의 수탈에 대한 민중들의 분노와 애환, 민간신앙 등을 통해 역사적 시대를 생생하게 재현한다. 또한 새로운 세계를 꿈꾸는 민중들을 구체적으로 형상화함으로써 독자를 압도하기까지 한다. 숙종 연간을 배경으로 한 이 소설에서 장길산을 비롯한 일단의 민중들은 지배계급의 횡포에 맞서 혁명을 기도하다 실패한다. 하지만 황석영은 주인물인 장길산을 죽이지 않고 새로운 세계를 찾아 나서게 함으로써 새로운 세계의 도래를 바라는 민중들의 열망을 이어 나간다. 게다가 지배계급의 민중 수탈의 구체적인 실상을 세세한 풍속과 결합시켜 보여줌으로써 투쟁에 나설 수밖에 없는 민중들의 모습에 진실성을 더한다.

그런데 『장길산』이 70년대를 대표하는 역사소설로 평가받는 것은 서사 구조라든지 이야기를 꾸려나가는 작가의 역량보다는 '우리 근대사에 있어 민중의 의미를 발견'[29]하고자 했던 작가의 민중적 세계관의 영향이 더 크게 작용했다고 판단된다. 왜냐하면 『장길산』은 과도한 민중지향성으로 인해 연구자들로부터 장길산이라는 "이념적 완결형의 인물"[30] 창조와 낭만적 경향에 근거한 서사의 종결 등 적지 않은 비판에 직면한다. 또한 길산과 묘옥과의 과도한 성 묘사나, 비극적인 운명의 설정 및 무협소설에 가까운 인물들의 신기한 행위 등에서 보여지는

---

29) 황석영은 '장길산이란 인물의 발견' 동기를 "우리 근대사에 있어서의 민중이랄까, 민중운동이랄까 하는 것의 줄기나 흐름이 있었느냐, 있었다면 그것은 과연 어떻게 형성되었는가"하는 의문에서 시작되었다고 밝히고 있다.
황석영·이병순 대담, 「나에게 나의 춤을」, ≪한국문학≫, 1979.2. 269쪽.
30) 임영봉, 「역사소설의 특성에 관한 연구」, 중앙대 석사학위논문, 1992, 84쪽.

통속성으로 신문소설의 한계를 드러내기도 한다. 그러나 이러한 문제점에도 불구하고 이 작품은 1970년대에 들어 급격히 성장하기 시작한 민중의식을 고스란히 드러내고자 했다는 점에서 의의가 있다. 지배계급과 피지배계급을 명확히 구분 짓고 지배계급에 대한 저항이 결국 새로운 세계를 꿈꾸는 곳까지 확장되는 것을 통해 황석영은 성장하는 민중의식과 맞닿아 있다.

> "……중략…… 구제불은 저 혼자서 오시는게 아니니라. 마치 가을 바람에 익어 떨어지는 실과와 같다. 새 세상을 맞이하는 것은 보살들의 실행에 달려있다." (2권, 325쪽)
> 산진이는 문득 어떤 생각이 지나쳐서 그에 어울리지도 않게 아이처럼 빙긋 웃었다. ……중략…… 잘려나갈 그의 목과 몸뚱이는 바로 미륵의 것이라는 소박한 깨달음이었다. 미륵은 언젠가 오시는 게 아니라 우리의 넋 가운데 시시때때로 찾아들어 이렇게 잠깐 당신을 현신시키고 넘어진 내 고깃덩이를 넘어 다른 넋으로 찾아가신다. 미륵은 내게 왔다. 미륵은 언제나 이 자리에 있다. 그의 등판이 어째서 둥근 불덩이로 지져졌는가를 산진이는 겨우 알아차렸던 것이다. 미륵이 두터운 살을 뚫고 전신으로 퍼져 가는 아픔이었다.(7권 319~320쪽)

인용문에서 보듯 황석영은 길산에게 미륵신앙을 가르치는 풍열의 입과 처형 직전의 산진이를 통해 지배계급에 저항하는 민중들의 저항이 끝내 새로운 세계를 염원하는 혁명에 가 닿고 있음을 제시한다. 그리고 그 혁명(새로운 세상)은 오직 민중 그 자신의 투쟁에 의해서만 이룩될 수 있음을 보여준다. 이같은 작가의 현실인식으로 인해 『장길산』은 박정희 정권에 대한 저항이라는 '현재'를 구현하고 있다.

3) 생명과 삶의 문제 - 대하소설 『토지』

70년대 역사소설의 마지막 축은 대하소설이다. 대하소설 『토지』를 역사소설에 포함시켜야 하는가는 여전히 문제[31]로 남아 있지만 『토지』는 '우리 정신의 GNP를 올려줬다'[32]는 언급에서 볼 수 있듯이 이 작품이 70년대를 대표한다는 점에서는 이론의 여지가 없다.

『토지』는 구한말에서 해방에 이르는 우리 근·현대사 100년이 작품의 배경이 될 뿐만 아니라 역사상 존재했던 실제 인물이 등장하고, 역사의 중요한 사건 등이 소개되고 있기에   역사소설이라고 부를 수도 있다.[33] 그러나 『토지』에 등장하는 역사는 너무나도 평면적이고 피상적이기까지하여 오히려 "독자들에게 부담스럽게 다가오며, 작품의 긴장미를 떨어뜨리는 계기"[34]로 작용하기까지 한다. 따라서 이 작품은 "과거와 현재 그리고 미래를 한꺼번에 건너뛰기도 하고 넘어서기도 하고 꿰뚫기도 하는"[35] 대하소설로 분류하는 것이 작품의 본질에 보다 가깝다 하겠다. 그런데 『토지』를 둘러싸고 이처럼 장르 구분이 문제가 되는 것은 작가 박경리가 역사보다는 삶의 문제에 집중했기 때문이다.

---

31) 김윤식은 대하소설이 근대성을 문제삼는 장편소설과 달리 민중의식을 문제 삼는다는 점에서 장편소설과 명확한 구분을 시도하고 있다.
   김윤식, 「장길산- 황홀경의 사상」, ≪소설문학≫, 1985.7.
32) 조세희, 「토지에 대한 평」; 박경리, 『토지』 5권, 지식산업사, 1985(5판) 참조.
33) 『토지』는 그동안 논자에 따라 역사소설, 대하소설, 총체소설 등으로 다양하게 평가되어 왔다. 『토지』를 역사소설로 평가할 경우 나타난 문제점에 대해서는 「역사라는 운명극」(염무웅), 「<토지>의 한과 삶」(서정미), 「70년대 역사소설의 문제점」(정호웅) 등에서 자세히 밝히고 있다.
34) 송재영, 「小說의 넓이와 깊이」, ≪문학과 지성≫, 1974년 봄호, 161쪽.
35) 김윤식, 「장길산 - 황홀경의 사상」, ≪소설문학≫, 1985.7, 297쪽.

어떠한 미물의 목숨이라도 살아 남는다는 것은 아프다. 끝없는 환란의 고개를 넘고 또 넘어야 하는 것은 아닌가. 그리고 어떠한 역경을 겪더라도 생명은 아름다운 것이며 삶만큼 진실한 것은 없다. ……중략…… 삶 그 자체만큼 진실된 것도 없다.[36)]

박경리에게 중요한 것은 역사가 아니라 생명 그 자체였다. 생명에 대한 관심은 이미 <불신시대>나 <시장과 전장>에서 보여주었던 방식인 바, 박경리는 '역사적 실재나 외부적 폭력'을 여성 화자를 통해 보여줌으로써 "인간의 본성 또는 인간 존재의 초월적 일반성을 탐구"[37)]하고자 한다. 『토지』 역시 이러한 방식을 따르고 있는데, 이런 점에서 『토지』를 통해 역사소설의 일반적 의미들을 발견하는 것은 처음부터 불가능한 일일지도 모른다.[38)]

박경리가 『토지』를 통해 일관되게 주창하는 것은 어떠한 상황 속에서도 꿋꿋이 살아가는 사람들의 삶이다. 1대인 윤씨부인에서부터 4대인 윤국과 환국에 이르기까지 이들은 시대와 운명이 자신에게 부과한 숙명과 처절하게 싸우면서 자신들의 삶을 개척해 나간다. 윤씨 부인과 김개주, 최서희와 길상, 이용과 공월선, 상현과 기화(봉순)를 비롯해

---

36) 박경리, 「토지를 쓰던 세월」, ≪문학과 사회≫, 1994년 겨울호, 1705쪽.
37) 정호웅, 「70년대 역사소설의 문제점」, 앞의 책, 44쪽.
38) 역사소설이 비록 역사적 배경에 얽매일 필요는 없다고 하지만, <토지>의 경우, 역사적 사실은 단순한 배경에 지나지 않을 뿐 아니라, 오히려 서사 구조를 파괴하는 역할을 하기도 한다. 일상 생활 속에서 생생하게 살아 있던 인물들이 역사라는 공적 영역에 결합함으로써 순식간에 생명력을 잃어버린다든지, 역사적 배경이 등장인물의 구체적인 삶과 결합하지 못하는 것은 단편적인 예에 불과하다. 4부와 5부에서는 역사적 배경이 작가의 생명사상을 위한 하나의 도구로 전락된 느낌마저 든다.

정석, 송관수, 김한복, 임명희, 유연실, 오가다, 환국, 윤국 등 등장인물 대부분이 자신을 결박한 운명에 대한 끊임없는 반성과 대결을 통해 시대와 운명의 중압으로 자칫 훼손될 수도 있는 삶을 지탱해 나간다.

> 겨울 동안 칼날 같은 강바람을 마셔가며 동분서주, 침식을 잊다시피 했으나 김훈장이 의도한 일은 성사를 보지 못했다. ……중략……
> 너 죽고 나 죽자가 아니요 나만 죽겠다는, 그것도 의관을 바로하여 욕됨이 없이 죽겠다는, 결국 김훈장이 몇 사람의 유생과 더불어 떠난 것도 그 자신으로서는 죽을 자리를 찾아간 셈이라고 할밖에 없다.
>
> (1 : 2 ; 367쪽)

김훈장이 윤보 등과 함께 의병을 일으키고 간도에서 서희의 도움마저 거절한 채 쓸쓸히 죽음을 맞는 것은 화자의 지적처럼 죽을 자리를 찾아간 것이라기보다는 삶의 의미를 지키는 행위로 이해해야 한다. 유교를 체득했고 위정척사 이념을 지닌 김훈장에게 국권 침탈은 삶의 의미를 앗아가 버린다. 삶의 의미를 잃어버린 김훈장이 간도의 외딴 마을에서 마치 절식을 통해 자신의 생명을 조금씩 단축하듯 죽음을 맞이하는 것은 식민지 시대를 살아가는 선비가 삶의 훼손에 맞서 끝까지 그 의미를 지키는 것을 의미한다. 삶의 의미와 생명의 중요성을 강하게 강조했던 박경리지만 그것을 단성적 목소리를 통해 계몽적으로 제시하지는 않는다. 오히려 삶을 규정하는 문제들을 작중 인물의 끊임없는 반성적 사유를 통해 제시하는데, 이것이야 말로 『토지』의 생명사상과 서사를 구성하는 핵심축이다.

어떠시오? 애기씨! 길상이 술 처먹은 꼴 보고 역겹지도 않으시오?
도도하고 오만무쌍하고, 내 그 그물에 걸릴 성싶소? 종신 종놈은 안될
겝니다. 안될 겝니다. 안되고 말구요! 애기씨 얼릴 적에 나무를 깎아서
신랑 신부 양반 상놈 기생에다 중놈, 뜻대로 소원대로 다 만들어 드리긴
했읍니다만 난 나무토막은 아니오! 피가 통하고 썩은 살점을 가진 사람이
란 말입니다! 최서희! 당신하고 꼭같은 사람이란 말입니다!(2 : 1 ; 310쪽)

　인용문에서 보듯 길상은 자신의 삶을 전혀 다른 방향으로 이끌지도
모르는 운명에 대해 처절한 반성적 사유를 통해 그 선택이 자신의
삶을 지탱하는 축이 되게 한다. 그런데 이같은 반성적 사유는 등장
인물들로 하여금 삶을 추동하는 원동력으로 작용한다. 길상 역시 반성
적 사유를 통해 간도에 남아 독립운동이라는 공적 역사와 결합하기도
하고 도솔암 탱화의 완성을 통한 생명사상으로 나아간다.

　　사회주의자는 아니었으나 사회주의를 남 먼저 이해했고 사상적 편력,
　개인의 고뇌, 그런 것들이 이제는 한줌의 재같이 차디찬 허무였던 것을
　그는 산속에서 살아가는 사람들 모든 생명의 삶에서 깨달은 것이다.
　삶이란 도판에 그려놓은 공식은 결코 아니었다. 삶의 신비는 개인이
　어떤 생활의 방식을 취하든 무궁무진하며 끝이 없는 것이었다.
　　　　　　　　　　　　　　　　　　　　　　　　(5 : 4 ; 404쪽)

　『토지』가 궁극적으로 도달하고자 했던 것은 생명에 대한 경외다.
박경리는 생명-삶- 에 대한 자신의 세계관을 반성적 사유라는 독특한
장치를 통해 형상화 한다. 그런데 이같은 반성적 사유는 길상과 한복처
럼 자신의 삶을 지탱하는 한 축이 되기도 하지만, 때로는 이현상이나

소지감 등이 보여주듯 이율배반과 허무주의로 귀결된다. 또한 박경리는 허무주의의 출구로써 생명사상을 강조하는 방법으로 반성적 사유를 사용하는데 이것은 서사의 핵심축인 동시에 구조상 문제점을 낳기도 한다. 『토지』는 4부로 들어서부터 급격히 소설의 응집력이 떨어지고 역사란 공적 영역이 배경으로만 처리되는 모습을 종종 보인다. 그런데 이같은 현상은 역사 의식의 결여라기보다는 오히려 반성적 사유를 통해 작중 인물의 삶을 표현하고자 했던 작가가 무리하게 역사적 사실을 끌어들임으로써 나타난 서사 구조상의 문제[39]로 봐야 한다.

그러나 이같은 문제점에도 불구하고 『토지』는 국가적 민족주의와 민족적 민족주의의 대결 속에서 양자의 문제점을 어느 정도 극복했을 뿐 아니라, 우리 근·현대사 속에서 생활했던 인간들의 구체적인 삶과 그 삶을 통해 형성되는 생명의 소중함을 표현했다는 것만으로도 70년대 문학의 절정이라 할 수 있다.

4. 맺음말

1970년대는 이른바 근대화론에 입각해 산업화가 전일적으로 이루어졌던 시기이다. 급격한 경제 성장은 절대적 빈곤에서 벗어나 정체성에 대한 진지한 성찰을 제기하는데, 역사주의는 이런 시대적 요구를 바탕

---

39) 『토지』의 작품상의 결함을 지적한 논문들로는 「지모신(地母神)의 상상력과 생명의 미학」(우찬제), 「박경리의 토지 연구」(정운갑) 등이 있다.

으로 하나의 사회적 이념을 형성하게 된다. 그러나 이러한 역사주의는 유신체제로 명명되는 지배계급에 의해 국가적 역사주의로 편입되고 만다. 그 결과 역사주의는 국가 권력에 의해 주도된 '국가적 역사주의'와 이에 저항하는 '민족적 역사주의'로 양분된다.

1970년대 역사소설은 당시 유행했던 역사주의를 반영하고 있는데 유주현의 역사소설이 전자를 대표하는 것이라면, 유현종의 『들불』과 황석영의 소설은 후자 계열에 속한다. 그러나 엄밀한 의미에서 이들 역사소설은 비록 그 이념적 지향에도 불구하고 당시 급격히 팽창하던 대중문화와 결합함으로써 세계에 대한 총체성의 획득이란 역사소설의 본령에서 일정정도 이탈하는 모습을 보이기도 한다. 박경리의 대하소설 『토지』는 1970년대 역사소설이 가질 수밖에 없었던 이같은 문제점들로부터 상대적으로 자유롭다. 그는 국가적 역사주의 소설에서 드러나는 정사나 실록 중심의 영웅주의 역사관과 민족적 역사주의에서 보인 이념적 성급함에서 한발 벗어나 역사가 아닌 살아 있는 인간에 대해 질문함으로써 70년대 역사소설을 더욱 풍요롭게 한다.

따라서 70년대 역사소설이 기존의 역사소설의 한계를 뛰어넘지 못했다거나 역사를 총체적으로 파악하려는 역사소설의 본질에 미흡하다는 비판들은 경청할만한 주장이지만 상대적인 것일 수밖에 없다.

따라서 1970년대 역사소설은 근대화 담론이 전일적으로 지배했던 사회 속에서 '경제성장/민중 투쟁', '유신체제/민주주의'로 첨예하게 대립되었던 난제들을 앞에 둔 작가들의 진지한 자기 성찰의 한 방편으로 이해해야 할 것이다.

(『1970년대 문학연구』, 소명출판, 2000)

유현종의 『들불』론

1. 머리말

1972년 ≪현대문학≫에 연재된 장편 역사소설『들불』은 임여삼이라는 무식하고 황소처럼 힘만 센 빈농이 동학혁명에 휩쓸려 점차 의식 있는 민중으로 성장하는 과정을 통해 동학혁명과 민중들의 투쟁을 그린 작품이다.

작품에 대한 이해를 위해 간략히 줄거리를 정리하면 다음과 같다.

여진 민란을 일으킨 아버지 때문에 영문도 모른 채 어머니, 누이동생과 함께 감옥에 갇힌 여삼은 모든 것을 팔자소관으로 여기며 온갖 굴욕과 모욕을 소처럼 참으며 지낸다. 그러던 그는 신임 현감 최동진을 죽이고 누이동생을 구출하기 위해 잠입했다 발각된 친구 곽무출의 도주를 위해 관청에 불을 지르고 간수들을 때려눕혀 무출을 탈출시킨 후 대신 모진 고문을 당한다. 그런데도 여삼은 누구를 원망하기 보다는 모든 것을 숙명으로만 여긴다. 그러던 중 괴질이 감옥안까지 퍼지자 엄청난 괴력으로 옥을 깨뜨리고 탈출하여 임피 왜상 배서방의 일을 돕게 된다. 왜상의 일을 돕던 여삼은 최동진에게 발각되어 다시 도주를 하게 되는데 때마침 율치고개를 지나던 산적 원징희 일당에게 붙잡힌 이진악과 의형제를 맺고 화적이 되어 무장관아를 습격하는데 참가한다. 그곳에서 우연히 동학군에 휩쓸린 여삼은 진주성 공격 전투에 참여하여 공을 세우고 기총으로 승진한다. 진주성에서 옥이를 만나 부부의 인연을 맺은 여삼은 집강소 기간 동안 남원에서 얼마간 행복한 나날을 보낸다.

그러나 행복도 잠시 일본의 내정 간섭이 심해지자 동학군은 '왜이축멸(倭夷逐滅)'의 기치 아래 북접과 연합하여 왜군을 몰아내기 위한 거병을 단행한다. 여삼은 염탐을 위해 공주성에 잠입하여 활동하던 중 일본군 색주가에서 3년 전에 헤어졌던 누이동생 상녀와 일본군의 첩자로 변신한 무출을 만난다. 상녀는 자신의 신세를 비관해 자살을 하고, 여삼은 무출과 격투를 하다 간신히 빠져 나온 후 공주성 전투에 참여하게 된다. 하지만 신식 무기로 무장한 일본군과 관군 연합군에 동학군은 참패를 당한다. 부상을 입은 채 혼자 남겨진 여삼은 옥이와 김계남이 기다리는 남원으로 향하는 것으로 끝을 맺는다.

『들불』은 그동안 연구자들에 의해 전대 역사소설의 한계를 일정부분 극복하고 새로운 역사소설의 발전 가능성을 제시했다(김병익, 「時代相의 發見과 恨의 再現」≪현대문학≫, 1976.6)는 평가와 과도한 민중중심주의로 인해 역사의 총체성을 망각한 '로망스적 통속소설'(이보영, 「東學革命과 小說化의 문제」≪표현≫.1989.상반기) 또는 '집단적 한풀이'(황국명, 「유현종의 『들불』연구」, 『한국문학논총』 16집, 1995.12)라는 평가를 받아 왔다. 이같은 평가는 선행 연구들의 지적처럼 소설 형상화에서 드러난 분명한 문제점들이 1차적인 원인으로 작용했을 것이다. 그러나 엄밀한 의미에서 보면 『들불』에 대한 평가에는 소설 형상화의 문제점 이외에도 통속 내지 대중작가 유현종에 의해 창작된 작품이라는 연구자들의 섣부른 재단 또한 자리 잡고 있는 것으로 판단된다.

『들불』은 동학혁명에 대한 논의 자체가 불온시 되던 1970년대 초반, 우리 민족사 최초이자 최대의 근대적 민중·민권운동이었던 동학혁명을 혁명군 지도자를 작품 전면에 내세우지 않고 임여삼이란 빈농하층민을 내세워 그리고 있다는 점만으로도 충분히 문제적이다. 또한 홍명희의 『任巨正』을 연상시킬 만큼 치밀한 세태 묘사와 토착어의 사용은 당대 역사소설들과는 확연히 구별되는 『들불』만의 장점이다. 더불어 단순히 소설의 배경 정도로만 기능해 오던 역사적 사실을 여삼, 곽무출, 이진악의 성장과 변절, 그리고 좌절이라는 실체적 삶과 연결시킨다는 점에서 역사소설의 새로운 가능성을 제시하고 있다.

2. 전설적 영웅창조를 통한 민중 투쟁의 형상화

『들불』은 그 설정이 일견 장사류(壯士類) 전설과 닮아 있다. 하루 4백 리를 거뜬히 걷는 빠른 발과 장정 스무 명이 힘을 써도 끄덕도 없는 감옥 기둥을 한 번에 뽑아 버리는 여삼의 괴력은 말할 것도 없고, 우연히 휩쓸리게 된 동학혁명에서 전설적인 투쟁을 감행한다는 것도 그렇다. 게다가 "林汝三은 우리 마을의 傳說的인 英雄으로 지금도 사랑방에 口傳되어 오고 있다."는 작가의 직접적인 언급까지 더한다면 영락없는 전설의 형상화다.

그런데 유현종은 이 전설 같은 소재를 단순한 영웅 신화나 전설로 남겨두지 않는다. 그는 임여삼이라는 전설 속에서나 등장할 법한 장사형 인물을 형상화 하면서 정작 중요한 영웅이 갖기 마련인 비범성을 철저히 거세해 버린다. 작가는 임여삼을 답답하다고 할 정도로 무지한 인물로 그린다. 여삼은 어머니와 누이동생이 자신의 눈앞에서 능욕을 당하는데도 특별한 분노를 느끼지 못하고, 심지어는 도망치자는 무출의 제안마저 팔자 탓으로 돌리며 거절한다.

> 감쪽같이 도망쳐서 산다는 것이 아예 불가능한 것으로 여겨진다. 솔직한 심정으로 여삼은 이곳을 떠나거나 도망치고 싶은 마음은 없었다. 어머니가 죽는 것은 병이 들었기 때문이고 여동생 상녀가 현감의 품속에서 자야만 되고, 자기는 샅 밑에 불화로를 매달고 심부름을 다닌다는 것은 다 팔자소관인 것처럼 여겨지는 것이다.
> (『들불』, 세종출판사, 1977(6쇄), 63쪽, 이하 쪽수만 표시함)

작가의 서술에서 우리는 전설류의 인물이 갖는 비범성이나 근대소설의 한 특징인 문제적 인간형의 모습을 찾을 수 없다. 단지 힘만 세고, 머리는 텅 빈 그렇고 그런 무식한 농투성이를 발견할 수 있을 뿐이다. 그런데 이러한 인물 설정은 다분히 의도적이다. 유현종은 작중 주인물을 무지하고 힘이 장사인 농투성이로 설정함으로써 초인적인 괴력을 소유한 인물을 주인공으로 설정함으로써 필연적으로 빠지게 되는 도식성- 비범한 능력과 힘을 소유하고 있지만 천민 소생이기에 필연적으로 비극적인 운명을 타고 남-을 극복한다. 즉 여삼의 인물 형상화는 이 소설이 한낱 전설류의 이야기로 전락할 위기에서 다양한 가능성이 열려 있는 소설로 이끄는 기제가 된다. 유현종은 임여삼이라는 무지한 농투성이를 동학혁명이란 역사의 한 줄기에 휩쓸리게 함으로써 역사 발전의 주체로서의 민중의 위치를 선명하게 부각시킬 뿐만 아니라 기존의 사담류 역사소설과는 다른 방식으로 역사라는 객관적 사실을 소설의 상상 속에서 해석하게 만든다.

『들불』에서 임여삼의 역할은 핵심적이다. 임여삼은 동학혁명 운동의 주력인 농민군의 밑으로부터의 혁명을 대변한다. 임여삼이 답답할 정도로 무지한 인물로 묘사되다, 동학혁명에 휩쓸리면서 비약적인 의식 성장과 맹활약을 하는 모습으로 형상화된 것은 그의 변화가 민중의 의식 변화를 상징적으로 대변하기 때문이다.

> 앞뒤를 생각하고 재면서 스스로 줏대껏 밀고 나간다. 또는 옳지 않다, 그러니 고쳐야 된다. 또는 변하는 건 싫다. 그저 좋은 게 좋은 거지. 사서 우환을 당할 건 뭔가. 하라는대로 시키는대로 하는 게지, 그게 다 팔자에 타고난 걸. 우리야 비천한 농투성이지. 이런 관념에 모두 찌들어왔고 줄때 묻도록 그렇게 살아왔기 때문에 선뜻 나서지 않고 서로 눈치만 살피고 있는 것이었다. (81쪽)

> 지친 백성은 오늘도 없고 내일도 없었다. 아니 있다면, 바라는 것이 있다면 기적뿐이다. 그 기적은 천지개벽이어야 한다. ……중략……
> 「이렇게 살면 뭐하나, 차라리 죽는 게 낫지. 아니 하늘 땅이 딱 붙었다가 새 세상이 온다면…… 새 세상이 온다면 잘 살 수 있을 지 몰라도.」
> 이런 마음은 짓밟히며 살아온 백성들의 일관된 한(恨)이며 원(願)이었

다. 하루면 수십번도 더 뇌까리는 한, 그 한은 실제로 꿈에 보이기도 하고 때로는 엉뚱한 것에 의탁하는 믿음으로까지 고인다. (120쪽)

농민으로 대표되는 민중은 그저 '하라는 대로 시키는 대로 하기만 하는' 수동적인 존재들이다. 그들은 스스로의 능동적인 판단에 입각해 자신들의 삶을 개척하는 것이 아니라 관(官)으로 상징되는 지배계급의 허락에 의해서만 움직이는 꼭두각시들이다. 게다가 "관이라면 벙거지 끝만 보아도 지레 겁을 먹고 죽으라면 죽는 시늉"까지 하는 겁 많고 무지한 존재들이다. 그런 민중이기에 '짜면 짜는대로 나오는 기름'처럼 지배계급의 갖가지 패악에 대해 속수무책일 수밖에 없었다.

민중들은 지배계급의 착취를 떨쳐 내기 위한 변혁에 대해서는 '사서 우환을 당할' 필요가 없다며 두려워하고 모든 불행을 오로지 팔자소관으로만 여긴다. 심지어는 같은 처지의 농민들이 당하는 고통에도 '분노도, 동정도, 슬픔도, 흥미도 보이지 않는' 지극히 이기주의적인 속성을 드러낸다. 그런데 이같은 농민의 모습은 역설적이게도 작가가 왜 그렇게 여삼을 무지할 정도로 우직하게 형상화했는가를 밝혀주는 일단의 실마리가 된다. 민중들의 모습은 눈앞에서 능욕을 당하는 어머니와 누이동생의 모습에서도 분노를 느끼지 않는 여삼의 모습 그대로다.

그렇지만 여삼이 동학혁명 운동에 휩쓸리면서 새로운 인간으로 성장하듯 농민들도 성장한다. 그들은 동학혁명이라는 계기를 통해 그 누구도 어쩔 수 없는 '들불'과 같은 존재로 변한다. 비록 그 변화가 될 대로 되라는 식의 체념에 근거해 기적으로 바라고 있지만, 천지개벽이란 점에서 이전의 수동적인 민중의 모습과는 확연히 구분된다. 이기적이고 수동적이며, 체념에 젖어 있던 농민들이 들불처럼 일어나는 모습은 절지에 놓인 바위가 구르듯 엄청난 힘으로 표출된다. 이렇게 표출된 새로운 세상에 대한 희망은 오직 싸워서 쟁취할 뿐이며 죽어서 이룰 수 있다면 죽음까지도 불사하겠다는 결의로 발전한다.

> 「아, 죽는 걸 그렇게도 무서워 혀서는 어떻게 잘 살기를 바라겠어요? 앙 그러요? 안되면 싸우고, 죽어서 된다면 죽어야 되잖겠어요?」
> 늙은이의 얼굴이 부르르 떨리더니 화난 표정이 된다.
> 「잘 생각혔다. 허다가 말면 생전 가도 우리는 이렇게 밖에는 못산다! 한 번 나선 것이니 죽기 살기로 결판을 내야지.」 (312쪽)

동학혁명을 통해 변화된 농민들은 '매어단 줄을 잡아 당기며 조종하던 대로 움직이는 꼭두각시'에서 '제정신으로 말하고 제정신으로 움직이는' 주체적인 인물로 성장한 여삼과 동일하다. 결국 유현종은 농촌공동체의 전설 속에서나 등장할 법한 여삼을 창조함으로써 살아 움직이는 민중을 형상화하고 있는 것이다.

3. 문제적 인물을 통한 객관적 역사의 복원

『들불』에서 역사는 전형적인 인물 창조를 통해 제시된다. 임여삼, 곽무출, 이진악 등이 바로 그들인데, 작가는 이들의 삶을 통해 당대 사회의 본질에 접근하려 한다. 이것은 당시 여타의 역사소설에서 찾아보기 힘든 구성이다. 유현종은 역사라는 객관적 사실이 작품의 배경으로만 등장하고 등장인물들의 실제적인 삶에 영향을 미치지 못하는 당대 역사소설의 난점을 시대를 대표하는 전형적인 인물의 구체적인 삶과 행동양식을 통해 극복하고 있다.

구한말의 급변하는 정치 상황과 동학혁명을 임여삼이라는 전설에서나 등장할 법한 인물을 통해 그린다는 것은 거의 불가능에 가깝다. 즉 여삼을 통해서는 고통 받는 민중의 모습과 역사발전의 주체로서 민중의 위치를 형상화 할 수 있지만 민족사 최초, 최대의 근대적 민중·민권운동이었던 동학혁명과 당시의 시대적 상황을 보여주기에는 아무래도 힘이 달린다. 작가는 이같은 문제점을 문제적 인물을 통한 상상적 개입을 통해 해결한다. 유현종은 이들 인물의 이중적 배치-동학혁명 한 복판에 임여삼을 배치하고, 곽무출과 이진악은 당대의 시대적 변화 속에 위치시키는 방식- 를 통해 극복해 낸다. 유현종은 곽무출과 이진악이라는 인물을 창조한 후 이들 인물의 의식 변모와 행동에 대한 개연성을 부여하기 위해 역사적 사실을 지루하리만큼 끌어들인다. 이것을 통해 동학혁명을 둘러싸고 진행된 급박한 역사적 사실들을 복원해 내는 방식을 취하고 있는 것이다.

곽무출은 한말의 혼란한 시대 상황이 낳은 대표적인 인물이다. 그는 여삼의 죽마고우로 어려서부터 몸은 허약했지만 비상한 머리와 반골적인 성격의 소유자였다. 작품 초기 무출은 농민들을 동원해 관아를 급습하는 등 민란 지도자로서의 모습을 보여준다. 그의 성품과 기질로 미루어 볼 때, 동학혁명이 본격화되면 그 운동의 지도적 역할을 할 수 있는 가능성을 내포한 인물로 묘사되고 있다.

그런데 작품 중반에 이르면 이런 가능성은 순식간에 사라지고 오직 신분제적 질곡과 그로부터의 해방에만 혈안이 된 인물로 급격히 변해 버린다. '모랫바닥에 혀를 묻고 죽는다 해도 왜놈 밑으로 가서는 안된다고 다짐'을 하던 무출은 '출세를 위해서는 그 무엇도 할 수 있'는 존재로 변하면서도 그 흔한 내적 갈등마저 겪지 않는다. 작가는 무출의 급격한 성격 변화를 정당화 시키는 방식으로 역사적 사실들을 끌어 들인다.

> 게다가 어디를 가든 왜상의 배경을 업으면 개화신사로 대접받고 존경을 받았다. 상인출신으로서 이쯤된 것은 정작 상상도 못할 출세였다. 이와 같은 처세에 후회는 커녕 오히려 자랑을 느끼며 동분서주하고 있었다. 교만을 부리고 싶은 대로 부려보고 양반 사대부를 골탕 먹이는데 항상 통쾌감을 만끽했고 돈이 되는 것이라면 무엇이든지, 어떤 방법을 동원하든지간에 끌어내었다. 부러울 것이 없었다. (226쪽)

인용문에서 보듯이 무출의 관심은 오로지 상민출신이라는 신분적 제약으로부터의 탈출이다. 그는 신분제의 제약을 떨쳐 버리는 일이라면 어떤 수단을 동원하든 양심의 가책이라곤 조금도 받지 않는 존재로 탈바꿈 한다. 그런데 이같은 무출의 급격한 변화에 개연성이 전혀 없는 게 아니다. 우리는 이미 이런 인물을 본 적이 있다. 『태평천하』에 등장하는 윤직원의 모습에서 우리들은 무출과 같은 변화의 일단을 읽을 수 있다.

그러나 무출은 윤직원과는 본질적으로 그 기능을 달리한다. 윤직원은 한말에서 일제 식민지로 변화하는 격변기에 본능적인 감각으로 새로운 지배 체제를 합리적(?)으로 계산하는 합리주의자의 모습을 어느 정도 보여준다. 이에 반해 무출은 비록 자신의 입으로 일본의 간첩으로 활동하는 것을 '어엿한 사업'으로 말하고 있지만, 미래에 대한 계산 가능성과 같은 근대적 합리주의자의 모습보다는 신분제의 원한에만 사로잡혀 있다.

동학혁명군의 지도자적 가능성을 내포하고 있던 무출을 이런 식으로 처리한 것은 작품의 내적 원리라기보다는 역사적 사실을 복원하고자 하는 작가의 의도에서 기인된 바가 크다. 즉 작가는 곽무출의 변화나 행위 하나 하나에 개연성을 부여하는 방식으로 역사적 사실을 제시하고 있는데, 이것을 통해 작가는 일제의 조선침략의 전과정을 어느 정도 형상화할 수 있게 된다.

율치고개에서 작중 주인물 여삼과 만나 결의형제를 맺음으로써 일약 작품의 주요 인물로 등장한 이진악은 당대를 살아가는 지식인의 전형으로 그 역시 무출과 동일한 역할을 한다. 곽무출과 이진악을 통해 『들불』은 전투만이 조재하는 전투물에서 탈피하여 역사적 사실과 시대적 배경이 결합하는 역사소설로써의 위치를 갖게 된다.

4. 꿈 또는 기적으로서의 동학

『들불』에서 눈여겨봐야 할 것은 동학혁명이 민중들에게 하나의 꿈과 같은 믿음으로 등장한다는 것이다. 그러므로 이 작품에서는 동학혁명을 통해 조선후기 이후 민족내부로부터 성장·발전해 온 민중들의 변혁 열망이나 자주적이며 근대적인 국가 건설이라는 동학의 이념과 실체를 파악하는 것은 매우 어렵다. 『들불』에 표현된 동학혁명은 시종 농민들의 현실적 고통을 잊게 하는 주술적 힘으로 작용한다. 이것은 여삼이 처음으로 동학이란 말을 접할 때부터 시작되어 작품 전체를 관통하고 있다.

> 양반 상놈이 모두 하늘처럼 똑같이 귀하다니. 더욱 놀라운 것은 아버지가 외우던 주문을 암송하고 「弓弓乙乙」자를 쓴 부적을 몸에 붙이고 그것을 태워서 먹으면 만병이 나을 뿐만 아니라 창칼이 다가와도 다치지 않고 그 무서운 조총의 탄알도 날아오다가 피한다는 것이었다. (92-93쪽)

여삼에게 동학은 주문과도 같은 것이다. 그에게 동학은 '신들린 당집 무당처럼' 아버지 입에서 흘러나온 알 수 없는 주문이었고, 일 년 운수를 알려주는 마술이거나, 친구 무출처럼 똑똑한 이들이나 은밀히 그 존재를 알고 있는 밀교적인 것으로 '자기와는 전연 상관되지 않는 것'이었다.

주술적인 동학의 특성은 동학군혁명군 지도부에서도 동일하게 반복된다. 동학혁명군 지도자인 전봉준과 김계남은 농민군을 혁명에 끌어들이는 과정에 이 주술적인 힘을 적극적으로 활용한다. 전봉준은 농민군을 향해 '하늘이 점지하고 하눌님이 내려주신 귀신군대'라고 명명하면서 「弓弓乙乙」부적만 몸에 붙이고 있으면, 총알도 피해갈 것이라고 강조한다. 또한 부적을 가진 것만으로도 신군이 되며 천운마저 농민군을 돕고 있으니 아무 것도 두려워하지 말고 싸우라고 명령한다. 그러면서도 정작 자신은 초토사 홍계훈이 대포와 신식무기로 무장한 채 내려오자, 그들과의 싸움을 피한 채 남쪽으로 동학군의 방향을 돌린다. 이같은 전봉준의 행위는 전투경험이 부족한 농민군에게 전투경험을 준다는 점에서 훌륭한 전략이라 할 수 있으나 그 본의는 다른 곳에 있었다.

> 대포만 터지면 불사불퇴(不死不退)의 신군이라 할망정 혼비백산, 한꺼
> 번에 수십명씩 싸워보기도 전에 죽을 것임엔 틀림없다. 싸우면 반드시
> 죽지 않고 이기리라고만 생각하는 군사에게 그런 치명상을 안겨놓으면
> 재기불능이 되기 십상인 것이다. 다시는 전봉준, 자신의 말을 믿지 않을
> 것이다. 두려운 것은 그 점이었다. (231쪽)

전봉준이 가장 두려워 한 것은 자신이 지금껏 동학군을 이끌면서
발휘했던 주술적인 힘이 사라지는 것이었다. 따라서 그는 어떻게 해서
든지 동학에 대한 농민들의 주술적 믿음을 유지시켜야 했고, 이를 위해
남행 기간 동안 탐관오리에 대한 농민들의 직접적인 응징을 허락한다.
전봉준은 농민들에게 개인적인 원한을 풀 수 있는 기회를 제공-'人間待
接'장에서 한 농민이 자신의 고을 현감의 부랄을 까고 소금을 져며
넣는 모습-하는 한편 죽었다는 소문을 퍼뜨려 농민군과 관군을 속인
후 집강소가 설치되자 부활하는 등 자신을 신비화시킨다. 동학에 대한
주술성은 작가에 의해 긍정적인 혁명군 지도자로 형상화되고 있는
김계남에서도 동일하게 발견된다.

월평리에서 관군과의 첫 전투에서 동학군이 처참하게 패하자, 김계
남은 '몸에 부적을 달고 십삼자 주문만 외면 불사한다'고 한 전봉준의
말이 거짓으로 드러나는 것을 막기 위해 월평리 전투에 참여해 죽은
이들은 '부적을 잃어버리고 싸움터에 나간' 자들이라며 농민군을 속인
다. 그는 월평리 전투에서 살아 돌아온 이들에게서 부적을 꺼내 보이도
록 해 부적을 지니고 주문만 외우면 절대로 죽지 않는다는 믿음을

심어 놓는다. 이러한 전봉준과 김계남의 행위로 인해 동학은 철저하게 신비화 내지 주술화 돼 버린다.

유현종은 일련의 역사소설을 통해 고구려와 신라 등 삼국시대부터 우리 민족의 고유한 사상인 '현묘한 도'의 실체를 밝히려 했다. 그러한 그에게 동학을 만민평등과 자기 정신수련, 심신 연마를 주로 한다는 점에서 '현묘한 도'의 구체적인 형태로 보였을 터이다. 그런데 이 '현묘의 도'는 진(震)사상으로 수렴된다. 진(震)사상이란 아침 햇살이 세상을 비추듯 한반도 내지 한민족이 세계의 중심이라는 신화적 상상에 근거한 사상이다. 유현종은 일련의 역사소설에서 일관되게 진사상을 추구하고 있다.

그러므로 『들불』에서 동학의 의미는 거창한 이념의 형태가 아닌, 천지개벽을 바라는 민중들에게 일시적으로나마 현실의 고통에서 벗어나 그들이 꿈꾸었던 이상향의 열망을 대변하는 기적으로서의 의미를 갖는다.

5. 남는 문제들

『들불』은 독특한 인물설정과 현실인식으로 인해 기존 역사소설의 한계점들을 극복하고 역사소설의 새로운 가능성을 제시하고 있다. 그러나 이러한 긍정적 평가에도 불구하고 몇 가지 해결되지 않는 문제가 여전히 남아 있다.

서사구조의 파괴 내지 부족은 아무래도 『들불』의 가장 큰 약점으로 지적해야 할 부분이다. 특히 인물들을 중심으로 한 서사구성에서 복선들이 철저하게 무시되거나 효과를 발휘하지 못함으로써 큰 아쉬움을 남긴다. 대표적인 인물이 이진악과 임호환이다. 이진악의 경우 작품 중간에 여삼과 결의형제를 맺음으로써 중요한 변수로 등장한다. 그런데 그는 몇 마디 말로 여삼을 일깨워 줄 뿐 이후, 단 한 번도 여삼과 만나지 않음으로써 서로가 의식형성이나 행동에 어떠한 변화도 주지 못한다. 실제 인간사라면 생사를 알 수 없는 상황에서 결의형제를 맺을 수도 있고, 또 그렇게 맺은 결의형제간에 한 번도 만나지 않을 수 있다. 그러나 소설에서는 이런 불필요한 구성은 군더더기일 뿐이다. 따라서 결의형제는 이진악을 작품의 중심으로 끌어들여, 여삼의 시각에서 벗어난 지배 권력의 암투를 보여주기 위한 하나의 조치라고 밖에 할 수 없다.

이진악의 등장이 역사소설이란 특성에 기인한 어쩔 수 없는 등장이라면, 임호환의 등장과 실종은 좀 더 심각하다. 여진민란의 주역으로 관군의 토벌을 피해 행적을 감춘 임호환의 행방불명은 서사구성상 여삼이 당하는 고난을 극대화하기 위한 하나의 기제로써 역할을 수행한다고 할 수 있지만 아무래도 무리가 따른다. 동학도이며 민란의 지도자였던 임호환을 행방불명으로 설정한 것은 작품의 서사 구조로 볼 때 이후에 있을 동학혁명과정에서 여삼과의 극적인 재회를 위한 복선의 의미를 담고 있다. 하지만 임호환은 작품의 내적 구조나 독자의 기대를 저버린 채 끝내 등장하지 않는다. 더군다나 여진민란의 혼란 속에서 함께 행방을 감춘 강진달마저 그의 행방을 모르는 것으로 처리하는 것은 독자의 기대지평을 뛰어넘음으로써 긴장감을 유발시키는 것이 소설의 본령이라 치더라도 명백한 서사구조상의 결점이라 할 수 있다.

그러나 이같은 문제점에도 불구하고 『들불』은 70년대 들어 급격히 발전한 민중적인 역사 인식 방법을 독특한 인물 설정과 치밀한 세태 묘사, 신화적 상상력을 결합시켜 역사가 작품의 배경으로만 등장하고 등장인물들의 실제적인 삶과 유리된 채 흘러갔던 당대 역사소설의 난점을 극복하고 있다. 게다가 지배계급의 횡포에 맞서 투쟁하는 민중들의 정당성을 적극적으로 옹호함으로써 70년대 중반 이후 우리 문학의 주류로 떠오른 민중적 역사소설의 근간이 되기도 한다.

(『1970년대 장편소설의 현장』, 국학자료원, 200-.)

역사와 현실

지역과 개인의 굴절된 렌즈에
갇힌 광주문학

1. 문제제기

"80년대를 제대로 문제 삼으려 한다면 필연적으로 광주항쟁과 대면하게 된다"[1]는 최원식의 언급은 광주민중항쟁이 차지하는 역사적 위치를 상징적으로 보여준다. 최원식의 언급은 80년 광주는 '민주주의와 저항의 상징이었고 누구도 벗어날 수 없는 원죄였으며 예술적 상상력의 원천이었을 뿐만 아니라, 모든 사유의 출발점이자 종착지'[2]였다는 말로도 풀 수 있겠다. 그만큼 광주는 1980년대 우리 문학에서 중요한 위치를 차지하고 있다.

그러나 채 반세기도 지나지 않아 광주는 "남의 아버지 제사"[3]로 전락해 버렸다. 이것을 두고 80년대를 뜨겁게 살았던 한 논객은 '역사와

------

1) 최원식, 「광주항쟁의 소설화」, ≪창작과 비평≫, 1988, 여름, 287쪽.
2) 하정일, 「다시 일어서야 하는 땅, 광주-광주문학 20년을 되돌아보며」, ≪실천문학≫, 2000, 여름, 90쪽.
3) 유시민, 「5·18이 '남의 제삿날'인가」, ≪동아일보≫, 2000.5.23.

인간에 대한 예의'를 주문[4]하고 있지만 이마저도 어쩌면 그의 말대로 어려운 부탁일는지도 모른다.[5]

작가에게 '역사적 사회적 존재로서의 개인의 역할에 확신을 갖게 했던 광주'[6]는 채 20년도 되지 않아 한(恨)과 반감, 무관심, 무력감이 착종된 채 고립화 내지 국지화되었다.[7] 이같은 현상의 일차적 책임은 물론 '호남/비호남'의 대결구도를 일관되게 추진해 왔던 지배체제의 광주 고립화 내지 국지화에 있다. 그러나 이 모든 책임을 지배체제에게 떠넘기는 것은 너무 무책임하다. 문제는 그렇게 단순하지 않다. 광주 고립화의 책임은 지금껏 광주민중항쟁을 자신들만의 특권인양 절대시한 채 자기도취에 빠져있던 진보 진영과 광주민중항쟁에 대한 문학적 형상화를 재현을 통한 방법으로만 일관하려 했던 작가들 또한 나눠져야 한다. 광주를 문학적으로 형상화한 작가들은 광주체험을 통해 "독재에 대항하는 무기로서의 문학"[8]이라는 신화적 담론에 심취함으로써 자신도 모르는 사이 지배체제의 광주 고립화 정책에 흡수되지는 않았는지를 반성해야 한다. 또한 지배 권력에 대한 저항이라는 작가 개인의 의식체

---

4) 같은 글.
5) 최근 벌어진 이른바 '386'세대 정치인들의 모습은 이제 광주는 더 이상 우리를 묶어주는 공동의 기억이 아니라, 그곳에서 벗어나려고 하는 이들을 끈질기게 물고 늘어지는 거추장스런 기억으로 작용하고 있음을 본다.
   문부식, 「잃어버린 기억을 찾아서」, 임지현외, 『우리안의 파시즘』, 삼인, 2000 참조.
6) 김인숙, 「추억일 수 없는 현재」, ≪역사비평≫, 1995. 가을, 172쪽.
7) 정근식은 문민정부 들어 본격적으로 시작된 광주 보상사업의 결과 광주는 타 지역 사람들에게는 반감을, 일반 국민들에게는 무관심을, 광주·전남사람들에게는 무력감을 조장하였고, 결국 국지화 되었다는 견해를 피력한다.
   정근식, 「5·18 왜곡과 진실」, ≪역사비평≫, 위의 책, 357쪽.
8) 신덕룡, 「광주체험의 문학적 의의」, ≪문학정신≫,1991.5, 40쪽.

계만을 고집함으로써 타자의 시선에 의한 광주민중항쟁에 대한 다양한 소설적 의미화를 간과하지는 않았는가도 물어야 한다.

다음의 진술은 이런 물음이 전혀 근거 없는 것이 아님을 간접적으로 보여주고 있다.

> 작가선생들이 너도나도 깃발처럼 내걸고 있는 그놈의 진실이라는 것이 내 눈에는 어떻게 보이는지 아십니까? 박제 같아요. 바짝 마른 박제 말이에요. 제 말을 못 알아들으시는군요. 작가선생들이 광주에 대해 어떻게 쓰고 있습니까? 안 봐도 뻔해요. 죽은 자들이 흘린 피의 의미, 그들의 눈물, 살아남은 자의 고뇌, 그리고 가해자의 잔인한 악몽과 죄의식 등등. 여기에다 한 가지가 덧붙지요. 가해자 역시 희생자였다고. 왜? 권력에 눈먼 이들에 의해 이동되었으니까. 진실이 그렇게 단순한가요? 진실이 그렇게 일목요연하다면 세상은 참으로 명료하게 보이겠지요.[9]

광주민중항쟁에 대한 문학적 형상화는 1985년을 기점으로 임철우, 윤정모, 홍희담 등에 의해 활발하게 이뤄졌으며,[10] 본격적인 논의는 최원식, 장세진, 신덕룡, 이훈 등이 광주민중항쟁 소설들을 언급되면서부터다.

작품해설에 치중했던 초기 논의들은 90년대 들어서면서부터 점차 광주민중항쟁과 관련한 본격적인 분석들로 채워지는데, 대표적인 논자로 장세진[11]과 조윤아[12]를 들 수 있다. 장세진은 광주민중항쟁 소설집,

---

9) 정찬, <슬픔의 노래>, 《현대문학》, 1995.5, 143~144쪽.
10) 소설 작품만을 대상으로 한정한다면 80년대 광주민중항쟁과 관련된 소설들은 임철우의 <봄날>을 시작으로 『일어서는 땅』으로 한데 모아졌으며, 1988년 홍희담의 <깃발>, 최윤의 <저기 소리없이 한 점 꽃잎이 지고>로 한층 발전하다, 박상우의 <대역>으로까지 이어진다.

『일어서는 땅』에 실려 있는 작품과 <깃발>을 대상으로 이들 소설들의 시점을 분석한다. 조윤아는 광주민중항쟁과 관련된 작품들을 주제별로 분류하여 증언자로서의 책무와 삶의 본질에 대한 탐색, 광주민중항쟁의 역사적 재조명 등으로 구분하여 다루고 있다. 이 밖에도 임철우의 소설들과 <깃발>을 비교 분석하면서 '낙원상실과 건설'이란 측면에서 다룬 이훈13)의 글도 주목된다.

이 글에서 필자는 선행 연구 성과들을 수렴하는 한편, 1980년대 작품들이 지니고 있는 일련의 유형화에 대한 비판적 검토를 수행할 것이다. 이를 통해 20년이 경과한 오늘의 시점에서 광주민중항쟁 소설들의 의미와 한계에 대해서 살펴보자 한다.

2. 특정한 공간 체험으로서의 광주

초창기 광주민중항쟁과 관련된 소설들은 지배체제에 의해 자행된 진실 은폐와 왜곡에 대한 직접적인 반(反)정립으로부터 출발한다. 광주민중항쟁은 처음부터 진실에 대한 철저한 은폐와 왜곡으로 얼룩졌다. 지배계급은 광주민중들의 투쟁을 '폭도들의 소요'라는 말로 간단히 명명함으로써 왜 광주에서 시민들이 총을 들 수밖에 없었는가 하는 근본

11) 장세진, 「80년대 문학의 사회사적 의미-광주민중항쟁관련소설을 중심으로」, ≪비평문학≫, 1989.
12) 조윤아, 「역사적 사실의 소설적 형상화에 대한 소고 - 광주 항쟁 소재 소설을 대상으로」, 『서울여대 논문집』, 1995.
13) 이훈, 「낙원의 상실과 건설-광주항쟁의 두 소설」, ≪문학과비평≫, 1991.

적인 물음과 궁금증들을 거세해 버린다. 게다가 그 소요의 구체적인 실상을 고정간첩, 불순분자, 깡패들에 의해 조정당하는 것으로 왜곡한다. 이같은 지배체제의 조치는 반공 이데올로기에 침윤된 국민들에게 계엄군의 진압작전을 사회 안정을 위한 불가피한 행위로 인식시키는 한편, 더 이상 광주에 대해 거론하는 것을 막아 버린다.14) 또한 광주민중항쟁과 관련해서는 언론을 통해 지속적으로 부정적으로 구성함으로써 광주시민과 진보 진영에서 제기한 진상규명 운동마저 왜곡한다. 송미경에 따르면 실제 항쟁 당시의 신문보도들은 광주민중항쟁을 폭도들의 행위로 구성했으며, 광주시민들의 진상규명 요구가 거세지자 '두루묶기식'과 '붙박이식' 구성을 통해 광주 하면 골치 아프고 불편한 것으로 만든다.15)

지배체제의 이같은 광주 왜곡에 맞서 광주 시민들과 진보진영은 광주의 진실을 알리는 데에 온 힘을 기울인다. 특별한 전달 매체를 갖지 못한 이들은 유인물을 통해 진실을 알려나가는데, 항쟁을 전후해 배포된 대부분의 유인물들은 광주에서 벌어진 엄청난 살육의 실체를 국민들이 모르고 있다는 사실에 대한 안타까움과 그들만의 고립된 투쟁에 대한 분노가 서려 있다.16) 그러나 이들의 이러한 노력도 지배체

14) 육군본부, 「광주사태의 진상」, 전남사회문제연구소편, 『5·18광주민중항쟁 자료집』, 도서출판 광주, 1988, 221~229쪽 참조.
15) 뉴스에 의한 현실구성이란 뉴스가 현실을 객관적으로 반영하는 것이 아니라, 매체 나름의 조건과 논리를 가지고 현실을 재구성함으로써 현실을 만들어 내는 것을 의미한다. 이때 독자들은 뉴스의 진실여부에 상관없이 뉴스 보도에 따라 사건이나 사물에 대한 의미를 이해하게 되는데, 이것을 '현실 구성'이라 부른다.
송미경, 「뉴스의 현실구성 이론 - 5·18관련 보도를 중심으로」, 서강대 박사학위 논문, 1995.

제의 엄청난 이데올로기 공세에 무력할 수밖에 없었고, 결국 투신과 분신을 비롯해 좀 더 사회적 관심을 촉발시킬 수 있는 방식을 고민하게 된다.

광주 진실 알리기 연장선상에 황석영의 『죽음을 넘어 시대의 아픔을 넘어』와 초기 광주 소설들이 위치해 있다.

윤정모의 <밤길>은[17] 광주의 진실을 알리는 일이 얼마나 중요한 것인지를 단적으로 보여준 작품이다. 이 작품은 이미 여러 연구자들에 의해 지적되었듯 자신들만 광주에서 빠져나온 것에 대한 부끄러움이 작품 전체를 지배하고 있다. 항쟁 기간 동안 수습위원회에서 활동했던 김신부는 항쟁이 막바지에 다다르자 어떻게든 계엄군의 무력 진압을 막기 위해 애를 쓴다. 그러나 '군인은 이겨야 하오, 언제나 이겨야 한단 말이오.'라는 계엄군 장군에 의해서 결국 그 뜻은 좌절된다. 광주항쟁의 평화적인 해결을 모색하던 김신부는 탈출하라는 권유를 받는다.

> "가서 누명을 벗겨 주십시오. 우리는 불순분자도 폭도도 아니라는 사실을 세상에 알려주십시오."
> 신부는 고개를 저었다.
> "지금은 누명을 두려워할 때가 아니다."

16) 대표적인 유인물은 다음과 같다. 전남대학 교수 일동 명의의 「대한민국 모든 지성인에게 고함」(5월 24일)과 광주시민 일동 명의의 「광주시민은 통곡하고 있다」(5월 26일), 재경전남도민 일동, 「800만 서울시민에게 고함」(5월 29일), 광주 J대 교수, 「서울 시민에게 드리는 글(Ⅰ)」(6월 1일) 등. 전남사회문제연구소 편, 『5·18광주민중항쟁 자료집』 앞의 책, 참조.
17) 텍스트는 최인석·임철우 엮음,『밤꽃』(이룸, 2000)으로 삼았다. 이하 인용은 이 책에 근거한다.

> 조신부가 김신부의 손을 잡았다.
> "그렇게 하셔야 합니다. 지금은 그것이 필요할 때입니다."
>
> (<밤길>, 135쪽)

천신만고 끝에 광주를 벗어난 김신부와 요섭은 광주와는 너무나도 다른 주변의 풍경을 목격하고는 당황한다. 평화로운 풍경 속에서 이들은 자신들도 모르게 동지들을 죽음의 사지에 남겨 놓고 왔다는 심리적 고통에 시달린다. 이들의 심리적 고통은 살육의 현장과는 이질적인 골목길과 논두렁 등 주변의 풍경과 접하면서 더욱 증폭된다. 그러나 이들의 심리적 고통만을 드러내는 데 초점을 두지 않는다. 오히려 도청으로 모여든 사람들, 확성기에서 울려 퍼지는 여자의 애처로운 목소리, 시체를 트럭에 싣고 가는 진압군의 모습, 경적을 울리며 도청을 향해 달려가는 택시기사들, 애국가를 부르는 시민들, 총을 들고 싸울 수밖에 없었던 시민들의 모습들을 통해 광주의 진실이란 바로 이러한 것들 속에 있다는 점을 독자에게 전달한다. 이같은 전달을 통해 김신부와 요섭은 비록 자신들이 그 진실의 광장을 내버려두고 떠나와 괴롭고 고통스럽지만, 진실을 알리는 것 또한 저항이라는 것을 깨닫게 된다. 따라서 작중 인물들이 보인 번민을 "광주항쟁의 민중적 전개 앞에서 번민하는 소시민적 고뇌가 서려 있는 것"[18]으로 평가하는 것은 문제가 따른다. <밤길>은 단편 소설이란 한계에도 불구하고 광주의 진실이 지배체제에 의해 철저하게 은폐되고 왜곡되는 현실 속에서 그 비극적 진실을 알려내고 있다는 측면에서는 성공한 작품이라 할 수 있다.

---

18) 최원식, 앞의 글, 288쪽.

그렇지만 <밤길>은 은폐된 광주의 진실을 알려야 한다는 측면에 사로잡힘으로써 광주를 특수한 경험 공간으로 설정하는 한계 또한 갖는다. 작가는 작중 인물의 시선에 비친 광주 밖 풍경을 통해 광주가 철저히 고립되어 있는 것과 마찬가지로 광주의 진실 역시 광주 안에서만 머물러 있음을 강조한다. 그런데 이같은 설정은 광주민중항쟁을 최초로 소설화한 임철우로부터 시작하여 대부분의 소설들이 안고 있는 문제점이다. 광주민중항쟁을 다룬 소설들은 '오월', '그 마지막 새벽', '그해 오월', '그 어느 해인가 늦은 봄날' 등과 같은 상징적 수법이나 '80년 광주'와 같은 표현으로 광주를 항상 텍스트 속에서 다른 지역과는 분리 내지 괴리된 특수한 공간으로 설정 한다. 그런데 이러한 설정은 광주를 여타 지역과 구분하는 기능을 하기에 결과적으로 '경험자와 비경험자'라는 이분법적 구도를 낳고 만다.

> 동운동까지 가서 얻어 탄 승용차는 험한 길을 한 시간쯤 달려 장성 터미널 부근에 세워졌고 거기서 내렸을 땐 신명을 내는지 들까부는지 알 수 없는 여가수의 노래가 전파상의 확성기를 깍깍 울려댔다. 신부는 지나는 행인을 살펴보았다. 모두가 너무나 태평한 모습이었다. 요섭도 그것이 이상한지 멍한 얼굴로 이 사람 저 사람을 쳐다보았다.
>
> (<밤길>, 121쪽)

겨우 한 시간(광주 외곽이 봉쇄되지 않았다면 삼십분도 걸리지 않은 거리)을 달려온 김신부와 요섭은 광주와는 너무나도 이질적인 풍경을 목격하게 된다. 그곳에는 광주의 분노와 울부짖음 대신 신명난 노래가 흘러나오고, 공포와 죽음의 그림자 대신 너무도 자연스런 일상의 평화스러움이 존재하고 있었다. 요섭 일행은 급격한 현실의 단절 앞에 잠시 망연자실할 수밖에 없었다. 외부와 차단된 채 고립 되었던 광주의 모습과 은폐된 진실 알리기의 정당성을 강조한 이같은 설정은 이후 광주민중항쟁 소설을 통해 하나의 정형으로 정착된다. 그 결과 광주는 모든 것을 초월한 절대적 위치로까지 특수화된다.

> 원태는 광주라는 말에 귀가 번쩍 뜨이는 듯했다. 말만 들어도 가슴이 울먹거려지는 광주가 튀어나왔기 때문이었다. 80년의 오월 항쟁 때문에 광주의 의미는 지명(地名)보다도 다른 의미에서 특별했고, 광주 사람이라면 무조건 호감이 갔다. (<십오방 이야기>, 427쪽)

인용문에서 보듯 광주는 그 모든 것을 뛰어 넘는 특별한 곳으로 명명된다. 광주는 살인범에게도 뜨거운 친밀감을 느끼게 만드는 힘을 지녔으며, 이름만 들어도 가슴이 울렁거리는 곳으로 의미화 된다. 그런데 이러한 의미화는 광주를 타지역과 구분하게 만들고 경험한 이들만이 공유할 수 있는 은밀한 그 무엇으로 만들어 버린다. 따라서 "광주가 워치케 서울이나 다른 도시하고 비교가 되냐."[19]는 작중 인물의 발언은 광주에 대한 자긍심의 표현이라고는 하나 엄밀한 의미에서 특권의식일 뿐이다. 광주에 대한 이같은 특권의식은 종종 "10만의 군중집회가 경건한 분위기 속에 질서정연한 가운데 끝나 光州 시민의 수준높은 의식을 또한번 보여주었다"[20]는 식의 자기 우월감으로 드러나거나, "당신들은

19) 정도상, <십오방 이야기>, 채희문·안재성·정도상, 『한국소설문학대계』, 95권, 동아출판사, 1995, 445~446쪽.
　　이하 <십오방 이야기> 인용은 이 책에 근거함.
20) 「光州 10만 追慕집회」, ≪광주일보≫, 1990.5.19.

그때 뭐했는가"21)라고 물음으로써 스스로 광주라는 지역에 갇히고 만다. 또한 광주민중항쟁을 경험하지 못한 비경험자와 타 지역에게는 자신들과 상관없는 그들만의 한풀이라는 왜곡된 현상을 낳게 한다.

3. 피해자 개인, 그 굴절된 렌즈

1) 피해자의 비극성과 역사적 진실의 실종

서종택의 『白痴의 여름』22)은 비경험자의 시선에 포착된 광주를 그리고 있다는 점에서 주목을 끈다. 광주의 모습이 항쟁 당시 서울에 있었던 준태의 시선을 통해 제시됨으로써 경험자들만의 공론이나 집단 의식의 토로에서 벗어나 광주항쟁이 어떻게 개인의 삶을 왜곡시키고 파멸로 이끌고 가는가를 보여준다.23) 이야기는 광주에서 겪은 알 수 없는 일 때문에 미쳐버린 C대학 역사학 교수 현태의 발병 원인을 추적하는 형 준태의 눈을 통해 전개된다.

광주(光州)는 거대한 하나의 정적의 도시로 변해 있었다. 붐비던 인파는 간데없고, 통행이 끊긴 채 무장한 군인들이 정물처럼 군데군데 정렬지

----

21) '광주시민은 광주항쟁을 특권시하는 의식을 버리고 겸허한 자세로 역사를 바라 보라'는 박현채의 고언은 두고두고 되새길 만하다.
    고세현, 「80년 '광주'의 의미」, ≪창작과비평≫, 1989, 여름, 332쪽.
22) 서종택, 『白痴의 여름』, 나남, 2000, 이하 작품 인용은 이에 근거함.
23) 오탁번, 「서종택 소설의 秘義와 섬세한 눈금」, 『백치의 여름』, 해설, 위의 책, 248쪽.

어 서 있고 이따금 오가는 시민들의 표정은 납덩이처럼 굳어 있었다. 시 외곽지대의 임시 터미널에서 간신히 얻어 탄 택시가 시내에 들어설 때까지, 그를 안내하던 택시 운전사의 표정도 석고처럼 굳어 있었고, 차를 모는 동안에도 한마디 말도 건네지 않았다.

(<백치의 여름>, 185~186쪽)

항쟁이 진압된 후 광주를 찾게 된 준태의 시선에 포착된 광주는 '정적의 도시', '무장한 군인', '납덩이처럼 굳은 시민들의 표정'으로 형상화된다. 이같은 광주의 모습은 광주민중항쟁의 처절한 상황을 추측할 수 있게 해줄 뿐, <밤길>처럼 광주항쟁을 직접적으로 전달하지 않는다. 따라서 광주를 온전하게 전달하기 위해서는 그것을 직접 체험한 현태의 직접적인 진술이나 현태가 겪고 있는 병증(病症)의 구체적인 모습을 통해야만 한다. 그런데도 작가는 거의 유일한 해결책인 병증에 대해서 '날카로운 금속성 소리'에 대한 신경증적 거부감이나 혐오감으로만 표시할 뿐 명시적으로 제시하지 않는다. 여기서 우리는 작가의 관심이 광주에 대한 진실추구보다는 현태의 발병 원인에 대한 탐색을 통한 가족사의 어두운 과거를 밝히는 데에 가 닿고 있음을 알 수 있다. 그 결과 광주는 준태 가족의 비극을 강조하는 하나의 매개체로 전락해 버린다.

그런데『白痴의 여름』처럼 역사가 개인에게 남긴 피해에 대한 강조는 역사라는 객관적 실체를 어느 순간 개인의 문제로 치환해 버리는 위험을 안고 있다. 이러한 위험을 서종택은 한국전쟁 중에 숨진 아버지를 '객귀'로 환생시키는 것을 통해 보여준다. 그는 광주민중항쟁 속에서 미쳐버리는 것으로 '자기 확인의 순간'을 갖고자 했던 현태의 병증

원인으로 아버지의 원귀를 끌어들이는데, 이러한 텍스트 구성은 역사의 문제를 개인의 문제로 치환함으로써 빚어진 무리수다. 서종택의 『白痴의 여름』은 많은 장점에도 불구하고 역사를 개인적인 문제로 치환함으로써 그 자신이 표현하고자 했던 역사적 진실과 대면은 물론이고 역사가 개인에게 강요한 피해에 대한 탐구라는 면에서도 일정한 한계를 낳는다.

개인적 비극을 강조한 작품으로는 임철우의 <봄날>24)이 있다. 광주민중항쟁을 본격적으로 소설화 한 작가라고 해도 좋을 임철우는 일련의 소설을 통해 항쟁에서 살아남은 자들의 "정신적 고난, 자기파괴, 그리고 육체적 심리적 해체의 과정"25)을 다루고 있다.

소설은 광주민중항쟁 때 자기 집으로 도망쳐 온 친구를 외면했다는 죄책감에 시달리던 상주를 통해 광주민중항쟁의 경험이 한 인간의 육체와 정신을 어떻게 파괴하는가를 보여준다. 이 작품에서 광주는 명부라는 광주항쟁 당시 죽은 인물로 상징화된다. 작중 주인물인 상주에게 명부는 자신의 비겁함으로 인해 죽임을 당한, 즉 죄의식의 원천이다. 반면 우리들(나, 병기, 순임)에게는 과거의 끔찍한 기억을 떠올리게 하는 계기이자 이따금씩 "나름대로 터득하며 살아가고 있는"(211쪽) 삶이라는 것이 결코 씻을 수 없는 상처와 부끄러움이라는 것을 일깨우는 존재다. 직접적인 책임으로부터 자유로울 수가 없었던 상주는 미쳐버리지만 우리들은 "가슴속에 박힌 커다란 나무못"(219쪽)과도 같은

----

24) 임철우, <봄날>, 임철우, 『한국소설문학대계』, 83권, 동아출판사, 1995. 이하 인용은 이에 근거함.
25) 오창은, 「문학과 사회와의 긴장관계 고찰-광주민중항쟁 소설을 중심으로」, 문학과비평연구회 월례 발표문, 1996, 12쪽.

그 "고통스런 기억의 뚜껑들을 열"(216쪽)지 않으려 애쓴다.

그러나 임철우는 이런 '우리들'의 바람 따위와는 상관없이 광주가 과거만의 상처가 아닌 현재의 삶까지도 구속하고 있는 것임을 보여준다.

> 으애애애……앵.
>
> 느닷없이 터져나온 그 자지러지는 듯한 소리에 우리는 약속이나 한 것처럼 서로의 질린 낯빛을 교환했다. 그 사이렌 소리는 맞은 편 도청 건물 옥상으로부터 쏟아져 내리고 있었다.
>
> …… 중략 ……
>
> "난 또……그러고보니 오늘이 민방공 훈련하는 날이잖아."
>
> "제기랄, 하필 길거리에서 이게 뭐람."
>
> 잠시나마 당황하고 겁먹은 표정을 지었던 자신들을 속으로 부끄러워하며 둘은 서로 멋쩍게 웃었다. 그 짧은 순간에 우리가 똑같이 경험한 것은 죽음과 파괴에 대한 공포, 그리고 그것이 가져다주는 온갖 불길한 예감이었을 것이다. (<봄날>, 213쪽)

갑자기 터져 나온 사이렌 소리에 '질린 낯빛을 하고' 죽음과 파괴에 대한 공포를 느낄 수밖에 없었던 사람들을 통해 우리들은 광주 민중항쟁의 흔적은 상주뿐만 아니라, 집단적 상처로 현존하고 있음을 느낄 수 있다. 작중 인물들은 광주 항쟁을 계기로 그동안 누려왔던 '평범한 것들의 의미'를 잃어버리고 '음침한 기억들과 함께 일생을 살아 가야하는 형벌'을 짊어지고 있음을 깨닫게 된다. 이처럼 임철우는 폭력의 현재화를 강조하는 한편 더 나아가서는 폭력의 현재화가 가한 형벌의 연원을 탐색한다. 그는 작중 인물에게 가해진 형벌의 기원을 문제 삼음으로써 "광주항쟁을 방관했던 모든 이가 명부를 죽게끔 만든 공범자이고, 따라서 누구도 그 책임을 면할 수 없다"[26]는 공범의식을 제기한다.

그러나 이러한 공범의식의 확산은 엄밀한 의미에서 학살의 책임을 모두의 책임으로 돌림으로써, 결국은 책임 문제를 애매하게 만드는 역할을 하기도 한다. 또한 과도한 개인적 피해의 강조는 자칫 개인이 당한 피해에 대한 보상 논리로 흐를 위험마저[27] 안고 있다.

2) 굴절된 렌즈, 그 속에 숨은 의도

정도상의 <십오방 이야기>는 몇 가지 문제점[28]에도 불구하고 가해 자인 공수부대원을 직접적으로 작품에 끌어들였다는 점에서 문제적이 다. 작품은 운동권 출신인 원태와 계엄군 출신인 만복이 감옥 안에서 서로에 대한 불신감을 해소하고 인간적인 유대감을 형성해 가는 것으로 끝을 맺는다.

만복은 광주민중항쟁 당시 소대장과 함께 특수 임무를 수행하다 전일빌딩에서 경비를 서고 있던 동생 만수와 조우하게 되고, 소대장에 의해 동생 만수가 자신의 눈앞에서 죽는 것을 목격한다. 그 때의 충격으 로 무의식 상태를 전전하다 살인까지 하게 된 그는 만수를 죽인 실질적 인 주범은 소대장이지만, 데모를 하는 학생들 역시 그에 못지않은 책임 이 있다고 생각한다. 따라서 그는 전태일 기념식 투쟁을 전개하는 원태 를 향해 노골적인 적의를 드러내 보이기도 한다.

26) 하정일, 앞의 글, 96쪽.
27) 박원순, 앞의 글, 39쪽 참조
28) <십오방 이야기>의 문제점에 대해서는 백진기의 글(「정치적 문학의 깊이」, 『한국소설문학대계』, 95권, 해설, 앞의 책)을 참조할 것.

　"씹어 줘여도 씨언찮을 놈의 새끼덜."

　만복이 이빨을 으드득 갈며 원태를 노려봤다. 만복은 원태가 미웠다. 데모 때문에 잃어버린 만수를 생각하면 할수록 데모하는 놈들이 미웠다. 그들 때문에 동생을 죽인 거나 진배없는 죄인이 되었다고 만복은 믿고 있었다. (<십오방 이야기>, 437쪽)

　원태는 만복이 광주 출신이라는 이유로 친밀감을 느낀다. 하지만 만복이 공수부대 출신이라는 것을 알고는 친밀감은 한순간 적개심으로 돌변한다. 원태는 만복을 아예 '벌레' 보듯 하기까지 한다. 원태의 이같은 행위는 동료들에 의해 비판을 받기도 하지만 원태는 끝내 자신의 생각을 굽히지 않는다.29) 따라서 원태와 만복의 화해 가능성은 어쩔 수 없이 만복의 의식 변화로부터 시작된다. 만복의 의식 변화는 원태에게까지 영향을 미쳐 결국 원태가 말단 공수 부대원 역시 또 다른 역사의 피해자일 수 있다는 인식을 갖게하는 단초가 된다.

　박상우의 <대역>30)은 <십오방 이야기>보다 훨씬 직접적으로 가해자를 끌어 들인다. 광주 항쟁에서 자신이 저지른 죄악 때문에 자살을 한 친구와 아들을 먼저 보내고 고통 속에서 하루하루를 연명해 나가는 친구 어머니의 삶을 통해 광주민중항쟁이 남긴 비극성을 강조한 작품이다.

---

29) 원태는 영주와의 대화를 통해 "민중의 더운 피가 흐르고 있는 곳이라면 어디나 다 광주"라는 생각에 동의를 하지만, 정작, 원태에 대해서만큼은 "공수부대 출신답게 더러운 놈"이라는 생각을 버리지 않는다.
　　정도상, <십오방 이야기>, 447쪽.
30) 이 작품은 《문학과정신》(1989)에 실린 작품이다. 텍스트는 작품집, 『샤갈의 마을에 내리는 눈』(세계사, 1991)에 실린, <1989년 겨울, 代役人間>으로 삼았다.

광주민중항쟁 때 계엄군으로 참가해 저지른 행위 때문에 자살하는 친구를 대신에 그 어머니의 아들 역할을 대역한다는 설정을 통해 작가는 광주민중항쟁이 직접적인 피해자뿐 아니라, 그곳에 참여한 공수대원과 그 가족에게도 씻을 수 없는 상처로 남아 있음을 보여준다.

'그때는 몰랐었어. 정말이지 그때는 그런 일이 얼마나 끔찍스런 일인지를 내가 몰랐었다구' 하면서 얼굴을 처박고 머리털을 쥐어뜯으며 눈물을 쥐어짜기 일쑤였다. '이 나라를 떠나고 싶다'며 오열을 터뜨리던 어느 날, 그는 끝내 소주병을 깨 그것으로 자신의 팔뚝을 긁고 말았다.

(<1989년 겨울, 대역인간>, 229쪽)

평소 성격 좋기로 소문났던 만수는 군에서 제대한 이후 예전과는 사뭇 다른 상태로 변한다. 심신은 피폐해 있었고, 극심한 피해망상에 사로잡혀 걸핏하면 주위를 두리번거리거나 다리를 흔들며 불안과 초조에 시달린다. 그러던 그가 외항선을 탄 후 실종된다. 만수의 실종을 두고 친구들은 "군인이야 어차피 명령에 죽고 사는 건데"(227쪽)라며 어머니만 남겨놓고 죽은 것을 비난한다. "군대 가서 말 잘들은 갸들이 무신 죄가 있"(238쪽)어 죽느냐며 아들의 자살을 인정하지 않던 만수의 어머니는 6월 항쟁을 거치면서 마침내 자식의 자살을 인정하지 않을 수 없게 된다. 그녀는 아들 만수가 광주에 간 것도, 그곳에서 사람을 때려죽이는 일에 참여한 것도 어쩔 수 없는 명령에 의한 것이지만 그 일로 아들이 충격을 받을 수 있다는 사실을 인정하게 된다. 동시에 그녀는 아들의 고통에 대해 까맣게 모르고 살았던 자신의 삶에 대해 뒤늦은 후회를 한다. 박상우는 바로 만수 어머니의 모습을 통해 광주항쟁이 피해자나 가해자 모두에게 아직도 아물지 않는 깊은 상처로 현재화되고 있음을 보여주고 있다.

가해자의 등장은 이순원의 <얼굴>에 이르면 '물리적 가해자였으면서도 또 다른 정신적 피해자'였다는 인식을 넘어선다. 이순원은 "만약 당신이 나처럼 그렇게 차출되어 그 자리에 서 있었다면 어떻게 했겠"[31]는가 라는 물음을 던지고 있는데, 이것은 기존 광주를 형상화한 소설적 문법의 틀에서 벗어난 것으로써 다양성이란 측면에서 평가할만하다.

그러나 <얼굴>에서 제기하고 있는 이와 같은 문제들은 광주민중항쟁에 대한 실체적 접근이 "공시적"[32]으로 행해지지 않는 상태에서 광주의 문제를 개인적인 피해의식으로 몰고 감으로써 광주민중항쟁에 대한 진실보다는 섣부른 화해를 초래할 위험 또한 갖고 있다. <얼굴>의 항변은 베트남 전쟁을 다룬 할리우드 영화나 종군기자들에 의해 기록된 참전기, 작품 등에서 발견되는 패턴을 많은 부분 닮아 있다.

베트남 전쟁을 다룬 많은 문학 텍스트들은 학살이란 명백한 죄악은 존재하지만, 학살의 가해자인 병사는 잘못된 정책을 비판할 수 없는 순진한 병사라는 점을 강조한다. 이들 작품들은 전쟁이라는 극한의 혼동 속에서 당황하던 개인들에 의해 우발적이거나, 어쩔 수 없이 행해진 비극(학살)에 희생당한 개인들을 부각시킴으로써 독자나 관객의 감정

---

31) 이순원, <얼굴>, 『얼굴』, 문학과지성사, 1993, 137쪽.
32) 공시적인 해결이라 함은 지배권력에 의해 그 명칭이 '사태'에서 '민주화 운동'이나 '민중항쟁'으로 바뀌는 것을 의미하지 않는다. 그것은 국가 기관에 의해 공개적이고 공식적으로 제대로 된 조사활동과 그 결과를 권위 있게 해석하여 국민 앞에 공표하는 것을 의미한다.
박원순, 앞의 글, 39쪽.

을 희생당한 개인에게로 이입시킨다. 그 결과 독자와 관객들은 자연스럽게 베트남 전쟁이란 실체에 대한 비판보다는 전쟁 자체에 대한 일반적인 거부로 나아가게 된다.[33]

가해자를 등장시킨 이들 소설들이 할리우드식 패턴을 답습하고 있다고 할 수는 없다. 그러나 광주민중항쟁에 대한 전면적 진실규명보다는 가해자인 동시에 피해자가 겪는 개인적 문제에 근거해 접근하는 것은 작가의 의도와 상관없이 필연적으로 피해자 개인이란 측면으로 축소됨으로써 성급한 화해를 부를 위험을 내포하고 있다.

4. 타자의 목소리를 통한 새로운 가능성의 모색

홍희담의 <깃발>[34]과 최윤의 <저기 소리없이 한 점 꽃잎이 지고>[35]는 여러 면에서 광주문학의 새로운 가능성을 내포하고 있다. 물론 이 두 작품은 그 창작 의도와 방법에 있어 명백한 차이를 보이고 있다. <깃발>이 항쟁에 참여한 주체의 시선(노동자 계급의 시선)을 통해 광주민중항쟁의 재현에 충실하고 있다면, <저기 소리없이 한 점 꽃잎

33) 이에 대한 자세한 언급은 다음을 참조할 것.
안드레아 하이스(Andrea Heiss), ·심정보 옮김, 「월남전, 언어, 렌즈의 문학」, ≪외국문학≫, 1991.12.
델리 친(Daryl Chin)·박소영 옮김, 「할리우드 멜로드라마와 적/우방으로서의 한국인과 월남인의 재현 문제」, ≪외국문학≫, 1993.3
34) 홍희담, <깃발>, ≪창작과비평≫, 1988, 여름호.(이하 인용은 쪽수만 표시함)
35) 최윤, <저기 소리없이 한 점 꽃잎이 지고>, 『한국소설문학대계』, 89권, 동아출판사, 1995. 이하 인용은 이 책에 근거함.

이 지고>는 항쟁에서 비켜선 타자의 눈을 통해 광주민중항쟁의 의미화에 초점을 둔다. 그러나 이같은 차이에도 불구하고 이들 작품은 광주를 형상화한 기존 문법에서 벗어났다는 점에서 유사점을 갖는다.

홍희담의 <깃발>은 광주민중항쟁에 적극적으로 참여한 한 여성노동자의 시각을 통해 항쟁의 구체적 전개과정을 추적함으로써 노동자 계급의 시각에서 광주항쟁을 형상화하고 있다. 소설은 윤강일로 대표되는 지식인 중심으로 전개되던 광주민중항쟁이 계엄군 진입을 기점으로 점차 형자로 대표되는 기층 민중 주도로 바뀌어 가는 과정을 비유나 상징을 거치지 않고 직접적으로 그려내고 있다. 순분을 화자로 등장시켜 지식인 중심의 항쟁 방식과 기층민중 중심의 항쟁 방식의 차이를 윤강일의 도피와 형자의 죽음을 대립시켜 부각시킨다. 홍희담은 광주민중항쟁의 주체 문제를 제기함으로써 광주민중항쟁에서의 노동자의 역할을 강조한다. 또한 광주항쟁과 관련된 미국의 역할을 직접적으로 제기함으로써 광주민중항쟁의 모든 측면을 총체적으로 재현하려 한다. 이러한 홍희담의 작업은 이전의 광주문학이 가지 못한 새로운 세계였다.

그러나 <깃발>은 바로 이점 때문에 "계급차별성의 강조, 인물성격의 작위성, 필연성의 기계적 고장, 일반법칙의 예증화 등"36)의 비판에 직면하기도 한다. 이러한 비판들에 대해 필자는 새로운 광주문학의 탄생과정에서 발생한 하나의 시행착오라고 생각한다. <깃발>에서 정작 문제 삼아야 할 것은 노동자라는 기존 광주문학에서 타자였던 이들의 관점으로 새롭게 보려 했음에도 불구하고 여전히 기존 광주문학

....
36) 임규찬, 「광주항쟁의 소설화, 어디까지 왔나」, ≪문학정신≫, 1991.5, 55~56쪽.

과 동일한 소설 작법을 답습하고 있다는 점이다.

> "도청에서 끝까지 남아있던 사람들을 잘 기억해둬. 어떤 사람들이
> 이 항쟁에 가담했고 투쟁했고 죽었는가를 꼭 기억해야돼."
> "……"
> "그러면 너희들은 알게될거야. 어떤 사람들이 역사를 만들어가는가
> 를…… 그것은 곧 너희들의 힘이 될거야." (<깃발>, 203쪽)

인용문에서 보듯이 역사에서 노동자의 역할만을 절대적으로 강조할 뿐 정작 항쟁에 참여한 노동자가 겪는 죽음에 대한 두려움과 공포에 대해서는 특별한 언급이 없다. 또한 죽음에 대한 공포에도 불구하고 계엄군과 맞서 싸워야만 하는 노동자들의 고뇌 등 보편적 해방자로서 노동자 계급이 겪는 일상적 진실이 드러나 있지 않다. 대신 노동자 계급이 보여준 타 계급에 대한 적대감 내지 온정주의[37]는 계급 이기주의 차원으로 전락하는 위험은 물론이고 또다시 광주를 그들만의 특수한 경험으로 제한하는 아쉬움을 남긴다.

<깃발>이 재현이란 기존 문법을 충실히 따랐다면, <저기 소리없이 한 점 꽃잎이 지고>는 광주민중항쟁의 의미화에 초점을 둔 작품이다. 최윤은 광주민중항쟁 당시 한국에 있지 않았다. 그래서인지 그의 '광주에 바치는 헌사'는 여타 광주민중항쟁 소설들이 갖게 마련인 전달자로서의 임무나, 재현의 강박으로부터 자유롭다.

이 작품에서 광주민중항쟁의 역사적 실체는 소녀의 무의식을 통해 환상적으로 제시되어 소문과도 같은 모호한 것으로 처리된다. 작가는

37) 이훈, 앞의 글, 263쪽.

광주민중항쟁의 진실보다는 폭력 앞에 파괴된 어린 소녀의 혼란스럽고 고통스런 내면만을 반복적으로 제시하여 이 작품을 환상적이고 모호하게 만든다.[38] 작품의 환상성은 소녀의 내적 독백 시점에서 '장'(전지적 관찰자 시점)으로, 그리고 '우리'로 이어지는 시점의 빈번한 교차로 한층 더해지는데, 이것을 통해 작가는 광주항쟁의 역사적 진실에 대해 의도적으로 유보한다. 이것은 작가의 관심이 진실의 긍정적 구현에 머물지 않고 그 진실이 갖고 있는 다양한 가능성에 대한 탐색에 있음을 의미한다.

<저기 소리없이 한 점 꽃잎이 지고>는 관찰에 근거한 세세한 모방[39] 위주의 남성적 글쓰기를 탈피하고 있다. 최윤은 광주민중항쟁이 남긴 일련의 폭력을 '파랑새'를 주고받는 남성들과 소녀를 통해 제시함으로써 광주민중항쟁을 개인이 아닌 여성의 시점에서 기술하고 있다.

> 완전히 변한 얼굴. 어디서 많이 본 듯한 얼굴. 내가 반수상태에서 본 그 빛나는 얼굴은…… 바로 내 얼굴이었어. 그 뒤에도 나는 얼마나 자주 이 얼굴을 떠올렸던가. 엄마가 알아볼 수 있는 얼굴. 오빠가 알아볼 수 있는 얼굴. 그 일이 일어나기 전의 얼굴. 그날 아침, 엄마를 따라나서기 전, 꽃자주색 나들이옷에 마지막 안녕인사를 하기 위해 거울 앞에 섰을 때의 얼굴. (<저기 소리없이 한 점 꽃잎이 지고>, 58쪽)

---

38) 이러한 최윤의 설정은 "엄연한 역사적 의미를 신비화하고, 그 사건을 둘러싸고 있는 구체적 현실상황에 대한 가치 판단을 흐리게 한다"는 비판을 받기도 한다.

39) 캐스린 흄(Kathryn Hume), 한창엽 역, 『환상과 미메시스』, 푸른나무, 2000, 88쪽.

소녀의 얼굴은 남성적 폭력에 의해 변해버린다. 그런데 이처럼 변해버린 그녀의 얼굴은 남성들에게 "엉뚱하게 자기 자신의 얼굴이 그녀를 그렇게 만든 장본인처럼 드러"(46쪽)나게 만드는 마력을 지니고 있다. 남성들은 그녀를 통해 자신도 모르게 그녀에게 감염될 뿐 아니라, 스스로가 행한 폭력의 실체를 서서히 인식하게 된다.

결국 <저기 소리없이 한 점 꽃잎이 지고>는 광주라는 남성적 폭력의 실체를 여성적 글쓰기를 통해 제시함으로써 광주민중항쟁을 섬세한 필치로 그릴 수 있게 되었는데, 이 점은 기존 광주문학이 갖지 못한 새로운 가능성이라 하겠다.

5. 맺음말

광주민중항쟁이 우리 문학사에 끼친 영향은 크고도 넓다. 광주민중항쟁은 작가에게 역사적·사회적 존재로서 개인의 역할에 확신을 갖게 했을 뿐 아니라, 예술적 상상력의 원천으로 작용하였다. 광주민중항쟁을 형상화환 문학작품은 군사파시즘의 가공할 폭력이 난무하던 시대에 은폐된 학살을 고발하고 지배 권력의 폭압에 무기력했던 지식인들의 나약함을 그렸다는 점만으로 그 존재 가치를 인정받는다.

그러나 이러한 긍정성의 이면에서는 '독재에 대항하는 무기로서의 문학'이란 신화적 담론에 심취하여 광주체험을 특수화하고 경험자와 비경험자의 이분법적 구도를 양산한다. 이같은 이분법적 구조는 경험자에 의한 일방적인 진실 전달이라는 기현상을 낳기도 한다. 게다가 광주 민중항쟁의 역사적 진실보다는 그로 인한 피해의식을 피해자 일반을 통해 제시함으로써 모든 책임을 개인의 문제로 환치시키거나 비극적인 상황에 대한 과도한 강조를 통해 비극을 잊자는 식의 섣부른 화해로 나아갈 위험성마저 내포하고 있다.

홍희담의 <깃발>과 최윤의 <저기 소리없이 한 점 꽃잎이 지고>는 비록 중편소설임에도 불구하고 기존 광주문학의 한계점을 넘어서는 새로운 가능성을 제시하고 있다는 점에서 고무적이다. 이들 작품은 역사적 진실에 대한 해명과 여성적 글쓰기란 기존에 시도되지 않았던 방식을 통해 장편 광주문학 창작의 밑거름이 된다.

(『작가연구』 10호, 2000)

제3부
고려인문학과
디아스포라

제국을 향한 로열 마이너리티
(loyal minority)의 자기 고백
─고려인 디아스포라 문학의 특징

1. 머리말

이 글은 중앙아시아 고려인 한글 문학 텍스트에 나타난 디아스포라 특징 분석을 목적으로 한다. 디아스포라(Diaspora)는 이산(離散)을 뜻하는 그리스어로 원래는 고대 이스라엘에서 예루살렘 신전이 파괴된 후에 세계 각지로 흩어져 살게 된 유대인과 그 공동체를 지칭하는 개념이었다. 그러나 최근에는 의미가 확대되어 "폭력적으로 자기가 속해 있던 공동체로부터 이산을 강요당한 사람들 및 그들의 후손을 가리키는 용어"[1]로 사용되고 있다.

조선 정부의 지역 차별정책과 오랜 가뭄으로 인해 기아에 시달렸던 사람들이 신개지 개척이란 목표로 두만강을 건너 연해주에 정착하면서

---

1) 서경식, 김혜신 옮김, 『디아스포라 기행』, 돌베개, 2006, 14쪽.

부터 시작된 고려인 디아스포라는 현재 대략 53만 명으로 중국, 미국, 일본 거주 코리안 디아스포라에 이어 전체 4위에 해당한다.[2] 그러나 상대적으로 많은 숫자에도 고려인 디아스포라에 대한 연구―고려인 디아스포라 문학―는 미국이나 일본, 중국 등에 비해 아직까지 미흡한 실정이다. 다행히 최근 들어 디아스포라에 대한 관심이 고조되면서 의미 있는 연구 결과[3]들이 생산되고 있지만, 고려인 디아스포라와 그들 문학이 갖는 민족·문학사적 의의를 재고했을 때 보다 적극적인 연구가 필요하다.

고려인, 러시아어로 '까레이쯔'라 불리는 이들은 구한말의 혼란과 기근을 피해 연해주 지역에 정착한 사람들로 1917년 러시아 혁명과 내전에서 볼세비키파에 적극 가담하여 원동 소비에트 정권 창출에 공헌한다. 원동 소비에트 정권이 수립된 후 대부분의 고려인들은 일제 강점 하에 있는 조선으로 돌아가기보다는 자신들이 개척한 땅에서 새로운 삶을 시작하려 한다. 즉 그들은 원동을 봉건 압제와 일제 강점으로부터 탈출의 땅이자 "조국해방의 열쇠"[4]로 인식하면서 비교적 안정적인 생활을 보낸다. 그러나 이러한 고려인들의 꿈은 스탈린의 '강제이주(deportation)[5] 정책으로 인해 산산이 깨져 버린다.

2) 재외동포 재단(http://www.okf.or.kr)에 따르면 2005년 현재 전체 재외동포는 약 670만 명에 달한다. 주요 국가별 분포와 순서를 살펴보면 중국이 약 240만 명(37%)으로 수위를 차지한데 이어 미국 210만(31%), 일본 90만(13%), 독립국가연합 53만(8%) 순이다.

3) 고려인 디아스포라 문학에 대한 최근의 연구 성과로는 김필영의 『소비에트 중앙아시아 고려인 문학사』(강남대 출판부, 2004)와 이명재 외 『억압과 망각, 그리고 디아스포라』(한국문화사, 2004), 그리고 장사선·김현주의 「CIS고려인 디아스포라 소설 연구」(『현대소설연구 21』, 현대소설학회, 2004) 등이 있다.

4) 전동혁, <박령감>, ≪씨르다리야의 곡조≫, 작식스(알마아따), 1975, 61쪽.

강제이주는 고려인들에게 '민족 전멸'이라는 미증유의 공포를 불러 일으켰다. 그들은 영문도 모른 채 '일본개'라는 누명을 쓴 채 "죄 없는 죄수가"[6] 되어 피땀으로 일군 원동(遠東)에서 추방되어 낯선 사막 한가운데 버려지듯 내던져졌다. 이 과정에서 고려인들은 언제 어떻게 될지 모르는 극심한 공포와 불안에 시달린다. 고려인들이 자신들의 모국어를 포기하면서까지 소비에트 공민 되기에 매달렸던 것도 따지고 보면 그만큼 강제이주로 인한 공포가 컸다는 것을 반증한다 하겠다.

'고려인 디아스포라 문학'은 1923년부터 간행된 '뽀시예뜨한인민족지구' 기관지 ≪선봉≫과 고려인 문학의 창시자라 할 수 있는 소설가 조명희로부터 시작된다. 1928년 망명한 조명희는 ≪선봉≫에 정기적인 문예 페이지를 마련하는 한편 현지의 한인 청년들에게 문학을 가르쳤다. 작가 강태수, 김기철, 김증송과 시인 김준, 김광현, 한 아나톨리, 조기천, 김두칠, 전동혁 그리고 희곡 작가 연성용, 태장춘 등이 당시 조명희로부터 문학교육을 받았던 제자들이다. 강렬한 민족의식과 항일의지를 피력했던 이들 고려인 문인들은 중앙아시아로 강제 이주된 후에도 1938년에 발간한 ≪레닌기치≫를 중심으로 조선어(한글)를 통한 지속적인 창작 활동을 수행한다. 비록 이들 문학이 원동 시절에 보여줬던 것과는 많은 부분 달랐지만, 이들의 문학 활동은 모국어의

....

5) 강제이주란 '추방' 내지 '유형'을 뜻하는 말로 "개인이나 집단 혹은 어느 하나의 민족 전체를 직·간접적인 탄압에 따라 어느 한 장소에서 다른 곳으로 강압적으로 이주시키는 것"을 의미한다.
  심헌용, 「강제이주의 발생 메카니즘과 민족관계의 특성 연구」, 『국제정치논총 39.3』, 한국국제정치학회, 1999,12, 119쪽.
6) 김기철, <이주초해; 두만강-씨르다리야강>, ≪레닌기치≫, 1990.4.11.

억압(폐기)이라는 엄혹한 현실 속에서 자신들의 언어만은 지키고자 했던 처절한 노력의 산물이라고 할 수 있다.

고려인 디아스포라 문학은 근현대사에서 힘없는 약소민족인 한민족이 겪어야 했던 고난의 역사와 일치한다. 그들이 남긴 문학 작품들은 스탈린의 무시무시한 강제이주와 소수민족으로서 중앙아시아에 정착해야만 했던 가쁜 숨결이 묻어 있다. 따라서 고려인 디아스포라 문학은 자신들이 누구이며, 어디서 무엇을 했고, 어떻게 살았는지를 서투르지만 고통스럽게 이야기하는 자기 고백에 가깝다.

본 글에서는 민족전멸의 위기를 경험한 소수민족으로서 "소련 인민의 소비에트인화(sovetsky norod) 정책에 따라 그 어느 민족보다―어쩌면 소비에트인화를 주도했던 러시아인들보다도―철저하게 소비에트인화 되었"[7]던 고려인들의 문학을 제국의 중심으로 나아가고자 욕망했던 '로열 마이너리티의 자기 고백'이란 측면에서 살펴보고자 한다. 이것은 고려인 디아스포라의 욕망이 어떻게 억압되고 변용되어 왔는지를 살피는 것이자, 고려인 디아스포라의 정체성을 탐구하는 작업이기도 하다.

2. 디아스포라(diaspora)로서의 고려인의 존재

스탈린에 의한 강제이주는 고려인들에게 자칫 민족이 절멸될 수도

---

7) 최한우, 「중앙아시아 민족주의 운동과 고려인 집단 정체성 문제」, 『아시아태평양지역연구』 제 3권 1호, 210쪽.

있다는 집단적 공포를 심어 준다. 원동 소비에트 건설에 참여한 고려인들에게 강제이주 조치는 예상 밖의 일이었다. 자신들에게 행해진 당국의 조치가 부당하다고 인식한 고려인들은 한인 공산당 지도자들을 중심으로 각종 청원서를 통해 "당이 우리 한인 공산주의자들을 믿지 않는다"[8]고 비판한다. 하지만 소련 당국은 고려인들의 정당한 항의를 폭력적인 방법으로 제압한다.

소련 당국은 당시 18만 명이던 고려인 중, 김 아파나씨, 조명희, 박창내, 강병제, 송희, 최호림, 리종수 등 2,500명에 달하는 공산당 간부와 지식인 및 군인 장교들을 반혁명분자나 일제 간첩이란 혐의로 처형한다. 스탈린의 이같은 조치는 자신들의 존재를 "레닌적 민족정책이 꽃피어"[9]온 것으로 여겨왔던 고려인들로써는 "모든 것을 도끼로 찍듯이 없애버"[10]린 것과도 같은 것이었다.

고려인들은 자신들의 지도자를 잃은 채, 얼마간의 식량과 가구당 지급된 370루불의 이주금을 손에 쥔 채 "양떼와도 같이 온순하게 차에 실려"[11] 40여일이 넘는 길고도 먼 기차여행을 해야만 했다.

강제로 이식된 중앙아시아에서 살아간다는 것은 말 그대로 생존을 위한 고투였다. 척박한 풍토와 소련 당국의 각종 억압들은 고려인들을 생존의 문제로만 내달리게 했다. 이주 첫해 그들은 급격한 환경의 변화와 기후 변동, 폭염으로 인한 질병으로 "로인들과 아동들을 막 쓸어내서

---

8) 블라지미르 김, 김현택 옮김, 『러시아 한인 강제 이주사 ; 문서로 본 반세기 후의 진실』, 경당, 2002, 참조.
9) 박성훈, 「회상기; 역사에서 외곡이 있을 수 없다」1, ≪레닌기치≫, 1989.8.18.
10) 김게르만, 「원동에서 특별열차로」,≪레닌기치≫,1989.2.9.
11) 박성훈, 「회상기」1, 앞의 글, 같은 쪽.

매장"할 수밖에 없는 지경으로 내몰렸다. 이러한 일들은 고려인들에게 자신들이 "조선민족으로 태어난 것을 저주"[12]하게 만든다.

또한 '일본의 스파이'라는 소련 당국의 매도는 고려인들로서는 감내하기 힘든 치욕인 동시에 언제 어떻게 처벌을 받을지 모른다는 공포를 불러일으켰다. 고려인들은 이러한 공포로부터 벗어나기 위해 자신들의 애국심을 증명하고자 한다. 그러나 이것마저도 적성민족이란 이유로 병역의 의무를 이행할 수 없게 됨으로써 좌절되고 만다. 고려인들은 '노력전선'에서 흘린 피땀에도 불구하고 "우리 조국 사회의 운명이 걸린 참호 속에"[13] 함께 동참하지 못했다는 부끄러움을 느껴야만 했다. 이것은 단순한 부끄러움을 넘어 정신적으로 엄청난 상처를 남기게 되는데, 소련 공민으로서의 정당성에 대한 박탈감이 그것이다. 즉 고려인들은 남들이 죽음으로 지켜낸 소련 연방에 무임승차하였다는 자괴감에 빠져들게 되는데, 이것은 이후 고려인들을 소련 당국의 돌격대가 되게 하는 하나의 원인으로 작용한다.

고려인들은 중앙아시아의 광활한 황무지 개발을 위한 노동력 확보와 농업 기술의 발전이란 소련 당국의 요구를 다수의 '노력영웅' 배출을 통해 수행해 나간다.[14] 그러나 고려인들은 중앙아시아에 이주한 이방인이며 소수자일 수밖에 없었다.

---

12) 박성훈, 「회상기 ; 역사에서 외곡이 있을 수 없다」2, ≪레닌기치≫, 1989.8.19.
13) 스쩨빤 김, 「스탈린의 한인 강제이주와 잃어버린 모국어」, ≪역사비평≫8, 1990.2, 130쪽.
14) 권희영, 「중앙아시아 한인들의 외상과 그 영향 분석 : 우즈베키스탄의 한인들을 중심으로」, 권희영·반병률, 『우즈베키스탄 한인의 정체성 연구』, 정신문화연구원, 2001, 37쪽.

이주된 소수민족으로써 고려인들은 지배민족에 대한 이중적인 부담을 가지게 되었다. 그것은 자신들이 이곳에 이주시킨 절대 지배 민족 러시아인들에 대한 것이요, 또 하는 정착 지역의 주인이요 실제적인 다수민족 우즈백 및 카작인들에 대한 것이었다. 서로 갈등하고 대립하며 투쟁하는 두 상전을 동시에 모신다는 것은 것의 불가능한 일이었다.[15]

이방인 내지 소수자로 갖게 되는 존재의 불안감은 고려인들을 다수와 소수의 구별을 무화시키는 상상적 질서에 매달리게 한다. 고려인들은 조상 대대로부터 토지와 언어 및 문화를 공유하면서 형성한 인종이란 단단한 관념에 휩싸여 있는 다수자들 사이에 존재하는 소수자로서의 자기 생존 방식을 추구하게 되는데, 그것이 프롤레타리아 국제주의다. 고려인들은 프롤레타리아 국제주의를 내세워 중앙아시아의 다수자들과의 간극을 '소비에트 시민은 하나'라는 구호로 통합시킨다. 결국 고려인들은 민족정체성의 억압과 프롤레타리아 국제주의를 대내외적으로 과시하면서 러시아인들보다 더 철저한 소비에트인으로 급성장[16]하게 된다.

---

15) 최한우, 앞의 글, 208쪽.
16) 최한우는 고려인의 성장을 "러시아인들과의 일종의 공모(共謀)의 형태"로 바라본다. 위의 글, 209쪽.

3. 제국을 향한 로열 마이너리티(loyal minority)의 자기 고백

1) 로열 마이너리티(loyal minority)의 정체성 찾기

이주 초기 소련 당국에 의해 자행된 각종 차별은 고려인들에게 과거를 잊도록 강요했다. 그들은 자신들이 당했던 끔찍한 억압과 탄압에 대해 침묵으로 일관했는데 심지어 자손에게까지 자신들이 겪었던 경험을 말하지 않을 정도였다. 이같은 고려인들의 태도는 과거를 기억하는 것만으로도 "새로운 탄압을 불러올 것 같은 공포와 불안"[17]을 반영하고 있다. 그러나 철저하게 망각할 것을 강요당했던 고려인들은 스탈린이 사망하자 비로소 조금씩 과거를 기억하기 시작한다.

고려인들은 그동안 잊기를 강요당했던 고향 원동에 대한 기억들과 일제와 맞서 빛나는 투쟁을 전개했던 자랑스러운 인물들을 불러온다.[18] 그렇다면 철저하게 침묵과 망각만을 강요당했던 고려인들이 1960년대 들어 왜 과거의 기억 복원에 매달리게 되는가? 필자는 이러한 현상을 이른바 "로얄 마이너리티(loyal minority)"[19]들의 역사 복원 욕망에서

---

17) 권희영·반병률, 앞의 책, 29쪽.

18) 역사적 인물에 대한 첫 번째 복원 작업은 김준에 의해서 이루어진다. 그는 1919년 간도에서 발생했던 이른바 '십오만원 사건'의 주동자였던 최봉설로부터 그 사건의 전모를 듣고는 1955년 초에 시작하여 1960년 말에 『십오만원 사건』(카자흐국영문학예술 출판사, 1964)을 완성한다. 이 작품에서 작가 김준은 윤준희, 림국성, 최봉설, 한상호, 박웅세, 김성일 등 거의 잊혀졌던 사건의 주역들을 고려인 사회 한 복판으로 불러낸다.

19) "로얄 마이너리티(loyal minority)"란 본래 1960년대 이후 미국의 백인 사회가 아시아계 미국인들을 지칭한 개념이다. 백인사회는 아시아계 미국인들이 "숱한 정치적 경제적 어려움에도 불구하고 백인을 능가하는 수입을 올리고 성공한 중산층"으로 성장하자 그들을 모델 마이너리티(model minority)로 명명했다. 박정선, 「아시아계 미국인에 대한 타자화(他者化)와 그 문제점」, ≪역사비평≫

비롯된 것으로 판단한다.

일반적으로 이민자나 소수자들은 어느 정도 그 사회에 편입되어 안정화되면 자신들의 경험을 "자서전의 형식"으로 표출하곤 한다.[20] 특히 소수자로서 그 사회의 질서에 성공적으로 편입한 이들은 이전까지 말할 수 없었던 자신들의 역사적 경험을 역사적인 서사 형태를 통해 재현한다. 이것을 통해 성공한 소수자들은 "과거의 불의와 현재의 불이익을 시정하려는 노력을 경주"[21]하는 한편 그들 스스로를 하나의 독립된 집단으로 인식하게 된다.

고려인들이 『십오만원 사건』과 『홍범도』 등 일련의 역사적인 서사를 통해 그동안 말할 수 없었던 그들의 역사를 복원하려 한다는 것은 1960년대 현재 그들이 이미 소련사회에서 이른바 '로얄 마이너리티'의 지위에 올랐음을 의미한다. 물론 소련 사회에서 고려인이 차지하는 위치를 서구적 의미의 '로얄 마이너리티'로 규정할 수 있는가는 논쟁거리이다. 하지만 노력영웅 김병화의 예에서 볼 수 있듯이, 다른 민족과 비교해 인구대비 최소 3·5에서 12배에 달하는 노력영웅의 배출이나 추종을 불허할 만큼 절대 다수를 점하고 있는 고등교육(전문학교 이상을 의미함) 이수자의 비율, 공산당 당원의 수 등은 고려인들이 소련 사회에 성공적으로 진입했음을 보여주는 증거들이다.[22]

....

58호, 2002, 봄, 289쪽.
이 글에서 전통적인 모델 마이너리더 개념에 구소련 사외의 특수성을 덧붙여 충성스러운 소수자들을 뜻하는 '로얄 마이너리더'로 사용하고자 한다.
20) 레이 초우, 심광현 옮김, 「종족 영략의 비밀들」, ≪흔적≫2, 2001. 12, 71쪽.
21) 이엔 앙, 최정운 옮김, 「모호성의 함정 - 중국계 인도네시아인의 피해자 되기와 역사의 잔해」, ≪흔적≫2, 2001. 12, 27쪽.
22) 고려인들은 구소련의 127개 구성 민족 중 28번째로 소수 민족으로서는 상위를

김준과 김세일, 김기철 등 고려인 작가들은 고려인들 사이에서 전설처럼 입에서 입으로 전해오거나 그들의 의식 한 귀퉁이에 집단적으로 남아 있던 과거 원동에서의 기억들을 끄집어낸다. 그들은 항일무장투쟁과 소비에트 건설에 앞장섰던 조상들의 흔적들을 찾아내 이것이 함축하고 있는 의미를 재구성한다. 이러한 작가들의 행위는 항일무장 투쟁으로 대표되는 조상들의 삶을 자신들의 역사로 간주하기 시작한다는 것을 의미한다.

그런데 이러한 역사 복원 작업은 단순히 역사적 진실을 밝히는 것만을 의미하지 않는다. 그것은 오히려 현재적 의미를 지닌다. 루카치는 역사소설에서의 '역사'를 '현재(現在) 역사의 구체적 前史'로 규정하면서 현재를 역사적 소산으로 보고 과거를 현재의 前身으로 파악하는 정신에 의해서 인식된 역사라고 규정한 바 있다.23) 이러한 루카치의 견해에 따르면 역사소설에서 정작 중요한 것은 소설가가 선택한 과거 역사가 아니라 그것들이 소설로 구성되는 현재의 시점이라 할 수 있다. 고려인 디아스포라 문학의 대표적인 역사소설 『홍범도』24)를 통해 고려

차지하고 있다. 하지만 고려인들이 집단적으로 거주하고 있는 각 공화국에서 차지하는 인구 비율로 볼 때는 0.08%(투르키메니아)에서 0.92%(우즈베키스탄)에 이르는 등 여전히 소수자에 머물러 있는 것이 현실이다. 그렇지만 고려인들은 학자와 변호사, 언론인 등 다양한 전문직 종사자들을 다수 배출함으로써 현지인들보다 높은 사회적 위치를 점유하고 있다.
최협, 이광규 공저, 『이민족국가의 민족문제와 한인사회』, 집문당, 1998, 182~189쪽.
23) 루카치, 이영옥 옮김, 『역사소설론』, 거름, 1984, 177쪽.
24) 김세일의 <홍범도>는 ≪레닌기치≫에 1968년부터 1969년까지 연재된 작품으로 본 논문에서는 1989년 신학문사에서 간행한 『홍범도』를 대상으로 했다. 이하 인용은 권수와 쪽 수만 표시함.

인들의 역사 복원 의미를 살펴보도록 하자.

① 우리 의병들은 모두 다 나라에게 길러낸 사람들이다. 오늘 아름다운 우리나라 강산이 왜적들의 발에 짓밟히고 있다. 위급한 이때 앉아서 멸망을 기다리는 것은 수치요 죄악이며, 원수와 싸우다가 죽은 것은 영광이요 자랑이다. 비록 적의 힘은 대단히 강하다 하더라도 정의는 우리 편에 있으니 우리는 백배의 힘을 낼 수 있다. 그리고 또 신령인들 어찌 우리를 돕지 아니하랴.(2권 16쪽)

② 만일 내가 그렇게 한다면 이 땅에서 행복스럽게 살게 될 젊은 세대가 나를 용서하지 않을 것이며, 내가 첫째로 여자이고 둘째로 조선여자이기 때문에 비겁하여 끝까지 충실하지 못하였고 강인하지 못하였다고 말할 것이다. 내가 목숨을 바쳐 옹호하는 그 신념을 러시아에서만 아니라 조선에까지도, 그리고 조선에서만 아니라 세계의 어느 나라에서든지 승리할 것이다. 소비에트정권 만세!(3권 145쪽)

인용문 ①은 홍범도가 의병들을 향해 죽음을 각오하고 일제와 싸울 것을 독려하는 말이다. 스스로를 나라에서 길러낸 사람으로 칭하고 그런 나라를 위해 죽는 것이 '영광'이요, '자랑'이라며 죽기를 각오하고 일제와 싸우는 의병대의 힘은 상상을 불허한다. 그들은 우세한 적의 화력에도 굴하지 않고 용감하게 싸우다 "영웅답게 전사"(1권 122쪽)하기도 했지만, 결국 일제에 맞서 '봉오골 전투'와 '청산리 전투' 등 무장독립운동사의 기념비적인 투쟁을 이끌어 낸다.

②는 원동소비에트 정부의 초대 외무대신을 지낸 김알렉싼드라가 혁명운동을 포기하면 살려주겠다는 백파군의 회유를 거부하는 장면이다. 백파와 외세 무장 간섭군에 의해 원동소비에트 정권이 정치·경제적

으로 고립 위기에 처하자, 뛰어난 외교력을 발휘하여 그 위기를 극복하는 데 결정적인 역할을 수행한 김알렉싼드라의 존재는 고려인들에게 현실의 불평등을 잊게 하는 탈출구와도 같은 역할을 한다. 그녀를 통해 고려인들은 지금껏 자신을 짓눌러 왔던 뿌리 깊은 콤플렉스에서 벗어나 심리적인 안정을 찾게 된다.

결국 고려인들은 홍범도와 김알렉싼드라와 같은 영웅적인 인물을 통해 항일무장투쟁과 러시아 혁명(내전)기간 동안 영웅적으로 투쟁했던 과거 자신들의 역사와 전통을 현재적으로 의미화 한다. 이것을 통해 1960년대 중앙아시아에서 살았던 고려인들은 현재의 자신들이 " 소련 공민의 한 일원임을 말해주는 道德的, 合法的 근거"25)를 찾는다.

과거 역사 복원을 통해 자신들의 정체성 찾기를 시도한 작품으로 앞서 제시한 김준의 『십오만원 사건』(1964)과 김세일의 『홍범도』(1965) 이외에도 김준의 <지홍련>(1960), 김기철의 <복별>(1969)·<금각만>(1982), 김남석의 <뜬구쓰 빠르찌산>(1971), 김원봉의 <빠르찌산 김안똔과 그의 일가>, 전동혁의 <하모니까>, 리동언의 <아름다운 마음씨를 가진 사람들>(1975), 남철의 <민들레꽃 필 무렵>(1983) 등이 있다.

2) 현지인과의 우애와 제국에의 구애

고려인 디아스포라 문학을 살펴보면 유달리 중앙아시아 현지인들과의 우애를 강조한 작품이 많다. 소수의 이방인으로서 다수의 원주민과

25) 임채완, 「소련 한인사회의 현황과 과제」, 『통일문제연구』 8집, 1991, 64쪽.

원활한 관계를 모색하지 않을 수 없었던 고려인들의 현실적인 여건을 반영한 것이겠지만, 보다 근본적인 원인은 러시아 민족 중심의 소비에트화에서 비롯된 상대적 박탈감도 일정한 역할을 했을 것으로 보인다. 소련체제는 외형적으로 민족주의를 부정했지만 내면적으로 압도적 우위를 점하고 있던 러시아 민족이 헤게모니를 장악하는 시스템이었다. 따라서 소련 당국에 의한 '전인민의 소비에트화'란 결국 전인민의 러시아인화라고 해도 딱히 틀린 말은 아니다. 고려인이 이주해 오자 러시아 민족 중심의 소비에트화로 상대적 소외감과 질병, 인구 감소, 흉작 등에 시달리고 있던 중앙아시아인들은 고려인들을 따스하게 받아들인다. 고려인들은 자신들을 따뜻하게 맞아준 중앙아시아인들에 대해 자신들과 함께 살아가야 할 공동운명체란 점을 인식한다. 그런데 중앙아시아 인들에 대한 고려인들이 이와 같은 인식은 고려인들이 전인민의 소비에트란 이념을 충실히 수행한 '로열 마이너리티'가 되어서도 변함이 없었다. 즉 고려인들은 소련체제에 완벽하게 동화됨으로써 과거에 비해 엄청난 신분상승을 이룩하지만, 항상 "매우 겸손하고 동정적인 태도로"26) 현지인들을 대한다.

문학 작품 역시 예외가 아니었는데, 이런 현상은 특히 시문학에서 두드러진다. 고려인들은 자신들이 살고 있는 중앙아시아 인들과의 만남을 우정으로 형상화하면서 그들과의 연대성을 강조한다. 대표적인 작품으로 연성용의 <카사흐쓰딴아, 나의 절을 받아라>(1970)가 있다. 낯선 곳으로 이주해 온 고려인들을 "부드러운 그 말씨 / 포근한 그 손길"로

---

26) 최한우, 앞의 글, 210쪽.

마치 형제처럼 맞아준 카자흐스탄인들에 대한 고마움을 피력하고 있는
이 작품에서 중앙아시아는 "숨찬 기차 멈춘 곳"으로 형상화 된다.

> 오! 카사흐쓰탄,
> 은덕 많은 가사흐땅,
> 해빛도 많고
> 땅도 넓으며
> 마음도 후하구나!
> 나는 네 땅의
> 떡을 먹고
> 물을 마시며
> 우정에 휩싸여
> 다민족 큰 가문에서 멋지게 살아간다.[27]
>
> — <카사흐쓰딴아, 나의 절을 받으라> 중 일부

카자흐스탄 인들의 도움으로 고려인들이 "학사, 박사 / 의사, 기사
/ 로력영웅"이 될 수 있었으니 "반가워 절을 올린다"는 내용이다.

이런 유형의 시로는 정상진의 <나의 우크라이나>(1944), 김준의
<씨르다리야강변 사람들>(1955), 맹동욱의 <카사흐 촌에서>(1962),
동철의 <나는 너를 노래 부르다 알마아따여!>(1962), 현성덕의 <따스
껜트 달>(1972), 리만식의 <따스껜트의 밤>(1973), 허성록의 <우스베
끼쓰딴>(1974), 권칠남의 <우리 도시 홈스크>(1975), 연성용의 <오,
알마아따!>(1976), 김종세의 <카스흐스딴이여>(1977), 김두칠의 <따
스껜트>(1979), 강태수의 <카사흐스딴>(1980), 남철의 <알마아따의

---

27) 연성용, 「카사흐쓰딴아, 나의 절을 받아라」, ≪레닌기치≫, 1970.7.15,

밤>(1980), 남 안드레이의 <알마아따의 아침>(1981), 연성용의 <카사흐스딴이여>(1982), 조해룡의 <꽃 피는 알마아따>(1983) 등이 있다.

고려인 문인들의 카자흐스탄에 대한 연대의식의 표출은 중앙아시아 작가들에게도 영향을 준다. 그들은 고려인 문인들을 '카자흐쓰탄 작가동맹 산하 작가 쎅치야'에 받아들인다. ≪레닌기치≫에 실린 기사를 보면 고려인 작가들은 1970년 2월 카자흐스탄 작가동맹 산하에 김준(쎅치야 꼰쑬탄트 겸 뷰로 위원장), 전동혁(뷰로 위원), 김광현(부료 위원), 김세일(뷰로 위원), 김기철(뷰로 위원) 등으로 조선인 작가 분과를 구성한다.[28]

조선인 작가 분과는 먼저 조선 문학 발전을 위해 '카자흐스탄 조선 문인 회의'를 개최하기로 결정하고 동년 7월 24일부터 25일까지 이틀에 걸쳐 문인대회를 개최한다. 또한 그들은 1970년대 소련 문학의 기본방향을 공산당과 소련 인민의 혁명적이고 전투적이며 노력적인 전통들을 형상화하는 것이라고 규정한 후, 고려인 문인들의 작품들이 아직 이런 요구조건에 미흡하다고 비판한다. 그러면서 당이 요구하는 문학 발전의 기본 방향을 실천하기 위해 '창작적 기교'를 높이는 동시에 사상적인 교양을 강화할 것을 주장한다. 이를 바탕으로 고려인 작가들은 "쏘련 인민들과 조국에, 쏘련 공산당에 충성을 다하여 헌신복무"하는 것은 물론이고 "레닌주의의 승리, 공산주의의 승리"[29]를 위해 노력할 것이라고 다짐한다. 동시에 카자흐스탄 현지인과의 유대 강화에 더욱 노력할 것을 거듭 천명한다.

....

28) 김혜, 「카사흐쓰탄 작가동맹 산하 조직인 작가 쎅치야가 조직되였다」, ≪레닌기치≫, 1970.4.4.
29) 같은 글.

중앙아시아 현지인과의 관계를 중요시한 작품으로는 김 보리쓰의 <집으로 가는 길>(1988)이 있다. 집으로 돌아가던 고려인이 마침 묵을 숙소가 없어 곤란을 겪던 중 우즈베키스탄 친구의 도움으로 그의 집에서 하룻밤을 지내면서 다양한 민족이 상호 협력하면서 살아가는 다민족 사회, 중앙아시아의 본 모습을 발견한다는 내용이다.

> 「여기 우리 마을에는 조선로인이 한분 살고있다네. 한분인것이 아니라 한 가정이… 솔직히 자네에게 말하는데 그 로인은 우리 마을에서 우리 아버지보다 못지 않게 존경을 받고있지 않겠나. 어째서 그런지 알겠나?」
> 「가만있게. 조선로인이 여기에 무슨 상관있어?」
> 「무슨 상관이 있다니」
> 이쓰로일은 정말 놀라해하였다.
> 「자넨 그래 우리 동리에 맨 우스베크들만 살고있는줄 아나? 오해하네. 언젠가는 그랬어. 그러나 지금은 그렇지 않아, 여기에서는 로씨야사람들, 우크라이나사람들, 독일사람들, 따따르인들, 하여튼 다 기억은 못하겠으나 여러 민족들이 살고있다네. 말하자면 다민족마을이야.」[30]

작가는 다수 민족이 소수 민족을 배제하지 않고 상호 공존하는 사회가 이상적인 세계임을 중앙아시아인의 목소리를 통해 제시하고 있는데, 여기서 우리는 소수민족으로 중앙아시아에서 살아야 했던 고려인들의 현실적인 처지를 떠올리지 않을 수 없다.

한편 충성스런 소수자였던 고려인들은 현지인들과의 우애 못지않게 '사회주의 조국 쏘련과 당에 충성을 다하여 헌신복무'할 것을 다짐한다.

---

30) 김보리쓰, <집으로 가는 길>,《레닌기치》, 1988.3.3.

소련의 각종 기념일에 맞춰 발표한 이른바 '행사시·찬양시'가 여기에 해당한다.

사회주의 완전 승리를 그린 작품으로 김기철의 <김강사와 그의 딸> (1971)을 들 수 있다. '지식' 협회 강사인 김철관은 사회주의와 공산주의의 승리를 확신하는 인물이다. 그의 직업은 젊은이들을 상대로 사회주의의 승리를 위해 무엇을 해야 하는지를 강의하는 것이다. 그러던 어느 날 시 문화회관에서 '농일과 청년'이란 주제로 강연을 마치고 집으로 돌아온 그에게 이웃집 아주머니가 자신의 딸이 꼴호스에 가겠다고 고집을 피우는데 어떻게 하면 좋겠느냐고 묻는다. 이에 김철관은 '농업을 발전시키는 것은 전체 당, 전체 인민을 위한 일'이라면서 적극적으로 권한다. 그러나 딸이 농장에서 일하는 것을 못마땅하게 생각한 이웃집 아주머니는 쉽게 김철관의 말에 동의하지 않는다. 그녀는 꼴호스에서 소를 돌보면 병에 걸려 '한 뉘 병신'이 될 수도 있으며 병에 걸리지 않더라도 힘든 농사일을 짓다 보면 배운 것을 다 까먹어서 대학에 갈 수 없다고 걱정을 한다. 아주머니의 이와 같은 태도가 사회주의 승리의 걸림돌이라고 판단한 김철관은 아주머니를 상대로 본격적인 설득 작업에 들어간다. 그는 외양간은 매일 씻고 수의사들이 보살피기 때문에 병에 걸릴 위험이 없으며 꼴호스에서 일을 잘 하면 소개장을 써 줄 것이고, 이걸 가지고 가면 모쓰크바에 있는 '찌리라쎄프농업대학'에서 공부할 수 있는데 무슨 걱정이냐고 반문한다.

김철관의 설득에 어느 정도 설득당한 이웃집 아주머니는 딸 로사가 몸이 허약해서 아무래도 꼴호스의 노동은 무리라고 하자, '일을 하게 되면 건강하게 될 것'인데 무슨 걱정이냐고 비판한다. 결국 이웃집 아주머니는 김철관의 말을 듣고 딸을 말리려던 자신의 생각을 접는다. 이런 그녀를 보면서 김철관은 자신이 거둔 성과에 만족하며 기뻐한다. 그러나 김철관은 자신의 딸이 평소 아버지가 젊은이들에게 강조했던 대로 꼴호스로 가겠다고 하자, 지금까지의 태도와는 180도 다른 이중적인 모습을 보인다. 그는 이웃집 아주머니가 자신에게 했던 말과 똑같은 이유를 들어 딸의 꼴호스행을 한사코 반대한다. 심지어는 대학을 위해 외삼촌이 책임자로 있는 따슈켄트 소재의 꼴호스에 적을 두어 좋은 소개장을 받을 것을 권하기까지 한다. 이같은 김철관의 태도에 딸은 자신을 설득하는 아버지의 말보다는 "청년 모임에서 하신 연설이 더 마음에 듭니다"라며 끝내 꼴호스행을 고집한다.

이 작품은 겉과 속이 다른 김철관이란 인물에 대한 풍자를 통해 사회주의 승리의 걸림돌로 작용하고 있는 개인주의와 각종 부패상을 비판하고 있다. 공산주의의 완전한 승리를 당면의 창작 목표로 삼았던 고려인 작가들은 반사회주의적인 행위의 위험성을 폭로·공격하는 것을 통해 당이 자신에게 요구한 것을 수행하고 있음을 살필 수 있다.

3) 제국의 해체와 민족 정체성 모색

1985년 고르바쵸프에 의해 시작된 이른바 개혁과 개방 정책은 고려인들에게 커다란 충격으로 다가왔다. 소련이 개방 정책을 시행했던 시기 ≪레닌기치≫를 살펴보면 당 정책이 하루가 다르게 급변하고 있다는 것을 알 수 있다. 특히 우즈베키스탄과 카자흐스탄 공화국의 경우 급격한 민족주의 노선으로 기울기 시작한다. 비슷한 시기에 고려인들 역시 과거에는 '민족주의자'로 오인 받을까 봐 감히 입에 올리는 것마저 두려워했던 '민족'이란 낱말을 빈번하게 사용한다. 이러한 사실들은 그만큼 민족주의가 성행했다는 것을 반증하는 동시에 민족 문제를 논의의 대상으로 삼을 수밖에 없는 처지로 고려인들이 내몰리고 있었다는 것을 의미한다.

중앙아시아 지역의 급격한 민족주의 발흥과 궤를 같이해 고려인들은 그동안 금기의 영역이었던 강제이주의 기억을 호명하기 시작한다. 고려인 지식인들과 작가들은 민족주의의 발흥으로 소련의 장래가 불투명한 상황에서 고려인들이 과거와 같은 비극을 반복하지 않고 "미래를 더 잘 볼 수 있"[31]기 위해서라도 필연적으로 젊은이들이 '과거의 아픔'을 알아야 한다고 주장한다. 한마디로 고려인들은 강제이주의 경험을 통해 민족 정체성을 재정립하려고 한다.

개방 전까지 대다수 고려인들은 '강제이주'를 '당국의 배려'로 인식한다. 대표적인 작품이 전동혁의 <박령감>[32]인데, 이 작품에서 시적화자는 강제이주는 '화전민'과 강을 넘어 밀입국한 '도강민'에 불과했던 자신들을 '레닌당의 지도'를 받는 "시월 나라에서 살" 수 있도록 배려한 것이라고 이야기 한다.

그러나 개방을 맞이하면서 고려인들은 강제이주에 대해 한진의 <공포>[33]에서 볼 수 있듯 "한 순간 끌려가서 죽임을 당할 수 있"는 공포 그 자체로 형상화 한다. 1989년 5월 23일부터 31일까지 총 8회에

---

31) 송희현, 「이것은 변명할 수 없다」, ≪레닌기치≫,1989.8.17.
32) 전동혁, <박령감>, 공동창작집, 『씨르다리야의 곡조』, 알아마따, 1975, 61~62쪽.
33) 한진, <공포>, ≪레닌기치≫, 1989.5.23 - 5.31, 이하 날짜만 표시함.

걸쳐 ≪레닌기치≫에 연재된 이 작품은 강제이주를 전후한 중앙아시아 고려인들의 상황을 상징적으로 형상화하고 있다.

강제이주 당한 고려인들의 생활은 '일본 간첩'이란 규정 때문에 주변 사람들로부터의 냉대는 물론이고 당국의 허가 없이는 도시를 벗어날 수 없는 '집단 죄수'와도 같았다. 조선사범대학의 교원인 리선생 역시 이러한 분위기에서 자유로울 수 없었는데, 심지어 소련인 교장은 불온한 사상을 가진 학생들과 동료들의 동태를 파악해 알려 달라는 요구하기까지 한다. "어느 때 어데서 붙들려갈지 잠시도 마음을 놓을 수 없는"(5.30.) 상황에서 교장의 요구는 생사여탈을 가늠하는 협박과도 같았다. 말 한마디 잘못하고 붙들려가는 세월이었고 잘잘못이 문제가 아니고 모든 것이 구실에 불과한 당시 상황에서 리선생은 교장의 요구에 반박은커녕 변변한 변명조차 할 수 없었다. 리선생은 자신을 옭아맨 현실에서 벗어나고자 하지만 고려인 그 누구도 '씌르다리야' 강을 벗어날 수 없다는 사실에 절망하고 만다. 이러한 리선생의 태도는 강제이주와 그 후 벌어진 공포와 충격에서 벗어나지 못한 채, 끊임없이 자신의 현재적 존재를 부정하고자 했던 고려인들의 일반적인 모습이라 할 수 있다.

절망과 공포에 사로잡힌 리선생은 뜻하지 않은 두 가지 사건을 통해 삶의 의미를 발견하게 된다. 제비집과 불태워질 뻔한 '조선의 고서적'을 구해낸 것이 그것이다. 제비집이 "귀향의 희망의 상징"(5.27.)으로 아무리 어려워도 "목숨 있는 것들은 다 살기 마련"(5.26.)이라는 잠언적인 깨달음을 준다면, 책을 구한 행위는 미래 세대를 위해서라도 지금 자신이 살아남아야만 하는 의미를 부여해 준다. 리선생이 조선어 책들을 태워버리라는 교장의 명령을 거부하고 학교에서 쫓겨나는 것은 물론이고 죽음까지도 각오하면서 굳이 『문헌비고』를 비롯한 고전들을 카자흐스탄 국립도서관으로 보내는 것은, 그것이 미래를 위해 자신이 반드시 해야 할 일로 여겼기 때문이다.

> 1937년 가을 쏘련 연해주의 조선사람들은 한날한시에 모두 '승객'이 되였다. 수십만명이 동시에 기차를 탔다. 얼마나 많은 차량이 들었을가? 수천대? 수만대? 어디에서 이 많은 차량이 생겼는가? 씨비리로 류형수들을 실어내는 차량들이라고 했다. 빈 차량을 그냥 돌려보낼 수는 없지 않는가. 살던 집과 가장집물을 그대로 두고 거진 알몸으로 쫓겨나면서도 누구 하나 안가겠다고 떼를 쓰는 사람이 없었다. 양떼처럼 온순히들 차에 올랐다. 어데로 무엇 때문에 실려 가는지도 몰랐다. 남녀로소 한사람도 남지 못하고 다 고향에서 쫓겨났다. 가는 길도 멀었다. 수만리, 수십만리─차칸에서 태여나는 애도 있었다. 그것들은 나서 인차 귀신들이 물어갔다. 출생신고도 사망신고도 할 필요가 없었다. 그들은 정말 이 세상에 왔다가 아무 흔적도 남기지 않고 사라져갔다. 오직 어머니 가슴속에 피명울만 남기고…많은 로인들과 어린것들이 철도연변에 묻혔다.(5.28.)

한진의 <공포>는 강제이주를 '쫓겨난 무리', '죄수', '양무리', '피명울', '죽음' 등 탄압받는 대다수 고려인의 모습과 '검은 염소'로 상징되는 고려인 앞잡이를 통해 형상화한다. 그런데 이러한 방식은 고려인들이 강제이주를 당국의 배려가 아닌 소련당국과 그들의 앞잡이들에 의해 행해진 '범죄적 행위'로 인식하기 시작했다는 것을 의미한다. 또한 두 번 다시 강제이주 기간 동안 행해졌던 비극적인 상황을 반복하지 않겠다는 고려인들의 의지를 표현한 것이라고도 할 수 있다.

강제이주를 다룬 또 다른 작품으로 강 알렉싼드르의 <놀음의 법>[34]
이 있다. 이 작품은 강제이주 이후 중앙아시아에서 살아남아야만 했던
고려인들의 삶을 강제이주와 연관해 알레고리화 하고 있다. <놀음의
법>은 <공포>와 달리 화자가 직접 강제이주를 경험하지 않는다.
즉 비경험자의 입장에서 강제이주를 형상화하고 있다는 점에서 특이하다.

작중 화자의 눈에 비친 할머니와 어머니는 "아무것도 회상하지 못하
는 녀자, 회상하려고 하지 않는 여자"(56쪽)다. 그러던 어느 날 어머니는
문고리가 잘못되어 열리지 않는 창문을 열다 손가락이 다치자 느닷없이
"아이고, 속상해라! 집엔 남자가 없느냐, 내 왜 이 고생인고!"(67쪽)라며
대성통곡한다. 화자는 어머니의 울음이 "아버지를 빼앗아가고 친할아
버지가 어디론지 종적을 감춰버리게 한 그 어떤 숙명에 대한 저주"(68쪽)
라는 것을 깨닫는다. 그들에게 숙명은 "우리는 무력하고 무능하기 때문
에 하나하나 차례차례 죽어가야 하는거야. 팔자가 그런 것을 어떻게
하니…"(70쪽)와 같은 체념이다.

그런데 모든 고려인들이 숙명에 순응하면서 산 것만은 아니다. 할머
니는 고려인으로서 받는 민족적 차별과 남편 잃은 여성으로서 어쩔
수 없이 겪어야만 했던 숙명을 벗어던지고 행복하고 자유롭게 살기를
원한다. 할머니는 "난 살고 싶소. 사랑을 하고 사랑을 받고싶소. 난
행복을 바라는거요. 그밖엔 아무것도 상관이 없소…"(72쪽)라며 주변
가족들의 만류를 뿌리치고 러시아인 무용수와 재혼한다. 이러한 할머니
의 행동은 논쟁[35]의 여지는 있지만, 어머니와 누이가 '국사범'이란 멍에

34) 강 알렉싼드르, <놀음의 법>, 공동작품집, 『오늘의 빛』, 자수식(알마아따),
1990. 이하 쪽수만 표시함.

때문에 당했던 굴레를 숙명으로 받아들이는 것과는 달리 자신의 결단과 선택으로 그 굴레를 벗어던지려는 능동적인 행위라 할 수 있다.

할머니의 선택에 대해 친척들은 냉담한 반응으로 대응한다. 친척들은 할머니가 자신들의 만류에도 불구하고 러시아인과 재혼했다는 이유로 가족 간의 관계를 끊어버린다. 이러한 태도는 '강제이주'라는 외부적 폭력에 의해 신체적·정신적 박해를 경험한 여성을 개별적 인간 존재로 간주하기보다는 특정한 공동체와 문화, 그리고 민족을 대변하는 것으로 간주하는 데서 나타나는 "이중위협"36)에 해당한다. 이 '이중위협'으로 인해 할머니는 강제이주라는 외부적인 폭력보다도 더 혹독한 공동체 성원들의 조소와 멸시를 받아야만 했다. 따라서 할머니가 보여준 일관된 침묵은 어떤 측면에서 고려인 사회가 여성들에게 가한 폭력의 다른 이름이다. 어머니와 누이의 삶에 배태된 체념 역시 할머니의 침묵과 동일한 선상에서 파악할 수 있는데, 소련당국과 고려인 사회의 이중적 폭력이 이들을 체념과 침묵으로 몰아넣고 있는 것이다.

> 너에게 아버지가 없고 네가 조선말을 모르는 것은 네잘못이 아니다. 크면 너는 자기 민족의 력사를 알게 될거야. 지금 책에 쓴 그것이 아니라 사람들의 기억속에 살아있는 역사를 말이다. 너는 그들이 어떻게 살아왔

---

35) 할머니의 선택이 능동적인 자기 개척인가 하는 부분은 면밀한 검토가 필요하다. 텍스트에는 행복한 삶을 살고 싶다는 할머니의 의지가 드러나 있지만, 다른 측면에서는 현실의 고통을 회피하기 위해 힘 있는 자에게 의존하는 모습일 수도 있다. 고려인이란 이유만으로 남편을 잃었기에 고려인이 아닌 러시아인을 재혼 상대로 선택한다는 점에서 그렇다.

36) 재클린 아미요-후세인, 「생존의 서사들: 중국 남서부 무슬림은 1873년의 학살을 어떻게 기억하는가」, 여국현 옮김, ≪혼적≫2, 2001. 12, 311쪽.

으며 또 어떻게 살아가야 할리라는 것을 알게 될거다. 그것을 알게되면
넌 더 자유롭게 살 수 있겠지 ……후략…… (62쪽)

가족들의 삶을 통해 고려인 디아스포라들의 삶의 비의를 깨닫게
된 화자는 그들의 삶을 규정했던 원인에 대해 탐색하기 시작한다. 여기
서 그는 비로소 역사와 마주한다. 강제 이주를 경험한 고려인들이 중앙
아시아에서 어떻게 살아왔는가를 인식하는 것은 고려인들의 정체성
형성과 불가분의 관계를 맺는다. 따라서 "몇 명의 간첩과 변절자가
있다고 해서 온 백성을 잡초처럼 뿌리채 뽑았던"(74쪽) '거짓 놀음'의
실체를 파악하는 것은 단순한 역사의 복원 그 이상이다. 그것은 고려인
들에게 자신들이 나아가야 할 방향을 제시하는 동시에 그들을 자유롭게
하는 하나의 계기로 작용한다. 작중 화자는 중앙아시아의 허허벌판에
내던져졌지만 끝끝내 살아남았던 조상들의 모습에서 민족을 새롭게
인식한다. '민족이 기억을 통해 만들어 지는 것'37)이라고 했을 때, 고려
인들이 자신들과 타자를 구별 짓는 강제이주에 대한 인식을 통해 그들
만의 내밀한 공동체의식을 공유한다는 것은 "자기들이 어떻게 자랐으
며 살았는가"(63쪽)를 넘어 '조국까지도 새롭게 구성해 내는 추동력'38)

37) 고자카이 도시아키, 『민족은 없다』, 방광석 옮김, 뿌리와 이파리, 2003, 37쪽.
38) 실제로 유 게라씸 같은 이는 "잃어버린 것을 되살리는 것"을 통해 민족 부흥을
   꾀하기도 한다. 그는 민족정체성의 확인이야말로 진정한 국제주의라고 주장하
   면서 사람들은 "자기 민족의 언어, 문화, 전통을 잘 모르는데 대해 언제나
   약점을 본능적으로 느끼기 때문"(271쪽)에 자존심과 자체의식(정체성)이 침해
   되었다고 느끼는 순간 온전한 의미의 국제주의는 불가능하다고 주장한다. 그에
   따르면 고려인들은 온전한 국제주의가 되기 위해서라도 과거의 역사를 바로
   알아야 한다는 것이다. 과거 역사를 바로 알고 민족 정체성을 확보하는 방법의
   하나로 그는 "중앙아시아, 싸할린, 원동, 카사흐쓰딴에 민족 자치제를 창설"할

으로 작용한다.

4. 맺음말

고려인 디아스포라 문학은 조선인들이 연해주나 중앙아시아로 이주하면서 창작된 것이기에 일종의 이민문학(移民文學)이다. 일반적으로 '이민문학'은 낯선 땅에 정착하면서 다양하게 겪은 삶의 애환과 고향에 대한 그리움을 형상화한다. 그러나 소련 체제의 속성상 고려인 디아스포라 문학은 여타의 이민문학과는 양상을 달리한다.

그 특징을 간략히 정리하면 다음과 같다.

첫째, 고려인 문인들은 홍범도와 김알렉싼드라와 같은 영웅적인 인물을 통해 항일무장투쟁과 러시아 혁명(내전)기간 동안 영웅적으로 투쟁했던 과거 자신들의 역사와 전통을 현재적으로 의미화한다. 이러한 작업을 통해 우리는 소련 공민의 당당한 일원임을 확인받고 싶어 했던 고려인들의 욕망을 이해할 수 있다.

둘째, 중앙아시아 현지인들과의 우애를 유독 강조하는 한편, 이른바 당과 인민에 대한 충성을 맹세하는 문학을 창작한다. 이러한 고려인 문학의 특성은 이방인 내지 소수자로서 갖게 되는 존재의 불안감을 반영한 것으로 판단된다. 소수자일 수밖에 없었던 고려인들로서는

것을 제안하기까지 한다.
유 게라씸, 「재쏘사람들」, 『한국과 국제정치』11～12, 경남대학교 극동문제연구소, 1990, 참조.

프롤레타리아 국제주의를 내세워 중앙아시아의 다수자들과의 간극을 '소비에트 시민은 하나'라는 구호로 통합시키고자 한다.

셋째, 소련 붕괴 이후 잃어버린 민족정체성의 회복과 새로운 가능성을 보여준다. 소련 해제 이후 고려인 문학은 '강제이주'를 비롯한 소련 당국의 각종 차별 정책에 대해 본격적으로 이야기하기 시작한다. 이것을 통해 고려인들은 자신들을 타자들과 구별하기 시작했으며, 그 인식을 통해 자기들의 역사와 미래를 새롭게 구성하고자 욕망한다.

이상의 논의를 통해 우리는 고려인 문학은 고려인들의 민족정체성 형성에 일정한 역할을 담당했다는 것을 알 수 있다. 하지만 1991년 ≪레닌기치≫에서 제호를 바꾼 ≪고려일보≫의 문예면은 그 후 폐지된다. 이것은 작가와 독자가 절대적으로 감소되고 있는 상황을 반영한 것으로 소련 붕괴 이후 위상 정립에 어려움을 겪고 있는 고려인의 현 모습을 보여주는 것이라 하겠다.

(『한국현대문학의 연구』, 한국문학연구학회, 2006)

고려인 문학에 나타난
역사 복원 욕망 연구
―김세일의 장편소설 『홍범도』를 중심으로

1. 문제제기

이 글은 고려인 문인 김세일의 장편소설 『홍범도』를 중심으로 고려인 한글문학에 나타난 역사 복원 욕망을 탐구하는 것이다. 1937년 스탈린의 강제이주는 고려인들에게 '민족 전멸'이라는 미증유의 공포를 불러 일으켰다. 고려인들은 영문도 모른 채 범죄자의 누명을 쓰고 자신들이 피와 땀으로 일군 "행복이 넘치는 약속의 땅"1)에서 추방되어 낯선 사막 한가운데 버려지듯 내던져졌다.

중앙아시아에서 고려인들의 삶이란 말 그대로 생존을 위한 고투였

---

1) 고려인들에게 있어서 연해주(원동)는 봉건 압제와 일제 식민지 지배로부터 탈출의 땅이었고, 비옥한 토지와 많은 수확량으로 인해 기근으로부터 해방을 약속하는 곳이었다.
백태현, 「고려인이 까자흐스딴에 정착하는 과정」, 전경수 편, 『까자흐스딴의 고려인』, 서울대학교출판부, 2002, 4쪽.

다. 척박한 풍토와 소련 당국의 각종 억압은 고려인들을 생존의 문제로만 내달리게 했다. 농사마저 지을 수 없는 반사막지대는 그동안 꿈꿔왔던 민족자치주 건설은 고사하고 끼니마저 걱정하게끔 했다. 또한 소련 당국에 의해 들씌워진 '적국의 간첩'과 '거주지 제한'은 이후 고려인들의 삶에 결정적인 영향을 끼친다.

'일본의 스파이'라는 소련 당국의 매도로 고려인들은 '노력전선'에서 흘린 피땀에도 불구하고 "우리 조국 사회의 운명이 걸린 참호 속에"[2] 함께 동참하지 못했다는 부끄러움을 느껴야만 했다. 즉 소련 연방을 지키는 전쟁―'조국수호전쟁'―에 자신들만 참여하지 못한 채 남들이 죽음으로 지켜낸 소련 연방에 무임승차하였다는 자괴감에 빠져든다. 이러한 자괴감과 소련 당국의 각종 차별정책은 고려인들을 자연스럽게 정치적인 부문에서 멀어지는 "정치적 소아"[3]로 만들고 만다.

또한 거주지 제한조치는 노동죄수라는 이미지를 들씌운다. 이주 당시 소련 공민증을 빼앗긴 고려인들은 중앙아시아에 정착하면서, 새로운 신분증을 교부 받게 되는데, 이 신분증에는 거주지역이 명시되어 있어 당국의 허가 없이 거주 지역을 벗어날 수 없었다. 특별한 생산 수단을 소유하지 못한 고려인들에게 거주지 제한은 "결국 콜호즈에 묶여서

---

2) 스쩨빤 김, 「스탈린의 한인 강제이주와 잃어버린 모국어」, ≪역사비평≫8, 1990.2, 130쪽.

3) 일반적으로 현실의 극심한 억압과 탄압-식민지 지배나 노예생활-은 남자 성인들로 하여금 자신들이 어른이 아니라 아이라는 "소아화(小兒化)" 현상을 일으킨다. 이런 측면에서 봤을 때 정치적으로 극심한 억압을 당했던 고려인들이 정치 분야에서 자신들을 어른이 아닌 어린아이로 간주했을 가능성은 얼마든지 존재한다 하겠다. 보다 자세한 논의는 김정원의 「토니 모리슨의 소설 연구-미국흑인의 정체성 탐구와 역사인식-」(전남대 박사학위논문, 2001, 82쪽)을 참조할 것.

노동죄수로서의 생활"[4]을 영위하는 것에 다름 아니었다. 그들에게 열려진 탈출구라고는 오직 공부를 위해 도시로 나가는 길밖에 없었다. 그런데 그 길은 제한적이었고 극소수의 선택된 고려인 2세들에게만 열려있는 좁은 문이었다. 대부분의 고려인 1세대와 2세대들은 어떻게든지 그곳에서 생활해야 했다. 이같은 노동죄수의 삶은 고려인들에게 "성공이라는 강박관념"에 시달리게 했으며 결국 노동영웅이라는 이른바 '일벌레'의 형태로만 자신들의 존재를 부각시키는 기형적인 형태를 낳고 만다.[5]

그러나 고려인들은 소련사회의 온갖 억압과 차별에도 불구하고 사회 각 분야에서 일정한 성공을 거둔다. 고려인들의 성공은 엄밀한 의미에서 자신들을 억압했던 소련사회의 돌격대가 되어 이룬 것이란 점에서 비극적이다. 고려인들을 이렇게 살아남았다.

이 글은 1968년부터 1969년까지 ≪레닌기치≫에 연재되어 고려인들의 비상한 관심을 끌었던 김세일의 장편소설 『홍범도』[6]를 통해 고려

<hr>

4) 권희영, 「중앙아시아 한인들의 외상과 그 영향 분석: 우즈베키스탄의 한인들을 중심으로」, 권희영·반병률, 『우즈베키스탄 한인의 정체성 연구』, 정신문화연구원, 2001, 37쪽.
5) 위의 책, 40쪽.
6) 『홍범도』는 ≪레닌기치≫에 1968년부터 1969년까지 연재되었다. 이 작품은 1989년(신학문사, 전 3권)과 1990년(제3문학사, 전 5권)에 국내에 소개된다. 신학문사에서 간행된 것은 ≪레닌기치≫에 실린 부분을 국내에서 활자화 한 것인데 반해 제3문학사에서 간행한 『홍범도』는 ≪레닌기치≫에 발표된 내용을 일부 보완하고 '한국의 독자'를 위해 새로 작품의 후반부를 완성하여 간행한 것으로 이 두 판본은 현격한 차이점이 존재한다.
고려인 문인들은 자신의 작품을 한국에 소개할 때 일정한 자기 검열을 수행하는데 제3문학사 간행 『홍범도』 역시 여기에서 자유롭지 못하다. 게다가 제3문학사에서 간행한 『홍범도』는 고려인들에게는 발표되지 않은 작품 후반부를 포함

인의 역사 복원 욕망과 그것의 발현 양상을 살피는 것이다.

김세일의『홍범도』는 고려인 전체 역사와 현재적 삶의 과정이 응축되어 있을 뿐만 아니라, 고려인들의 뿌리 찾기 과정을 상징적으로 보여준 고려인 한글문학을 대표하는 작품이다. 그런데도 불구하고 이 작품에 대한 연구는 고려인 문학 일반이 그렇듯 아직까지 단편적인 작품 소개7) 이외에는 진행되고 있지 않다. 따라서 본 논문은 김세일의『홍범도』에 대한 최초의 본격적인 접근이라는 의의를 갖는다.

2. 역사 복원의 욕망을 통한 모델 마이너리티로서의 정체성 찾기

소련 당국의 고려인에 대한 정치·사회적 차별은 고려인들에게 과거를 잊도록 강요했다. 그들은 자신들이 당했던 끔찍한 억압과 탄압에 대해 침묵으로 일관했는데 심지어 자손에게까지 자신들이 겪었던 경험을 말하지 않을 정도였다. 이것은 고려인들이 강제이주를 비롯한 과거의 정치적 탄압을 일부러 불러내지 않는 것으로써 과거를 기억하는

하고 있다는 약점 또한 갖고 있다. 이에 필자는 신학문사 판을 텍스트로 사용한다.

7) 김세일의『홍범도』는 1989년 국내에 소개되었음에도 불구하고 이명재의『소련지역의 한글문학』(국학자료원, 2002)에 작품의 서지 사항만 소개되었을 뿐 아직까지 연구되고 있지 못하다. 고려인 문학을 국내에 소개하여 관심을 촉발시켰던 김연수(『캄차카의 가을』, 김연수 엮음, 정신문화연구원, 1983)는 시작품을 주로 연구한 탓에『홍범도』대신 김세일의 시 작품만을 간략하게 언급하고 있을 뿐이다. 강제이주와 한진을 연구했던 김필영 역시 김세일에 대해서는 언급하지 않고 있다.

것만으로도 "새로운 탄압을 불러올 것 같은 공포와 불안 때문"8)이었다. 그러나 철저하게 과거를 망각할 것을 강요당했던 고려인들은 스탈린이 사망하자 비로소 조금씩 과거를 기억하기 시작한다. 1956년 소련공산 당 20차 대회는 스탈린의 개인숭배를 폭로·규탄하는 한편 스탈린 시기에 희생되었거나 탄압을 당했던 사람들을 복권시키거나 석방하는 일련의 조치를 취하게 된다. 이를 계기로 고려인들은 그동안 잊기를 강요당했던 고향 원동에 대한 기억들과 일제와 맞서 빛나는 투쟁을 전개했던 자랑스러운 인물들을 불러온다.9)

김세일의 장편소설 『홍범도』는 고려인들의 기억 복원 과정에서 의도 적으로 불러낸 상징적 기억의 종합이다. 『홍범도』는 항일무장투쟁사의 전설적인 인물이자 철저한 국제주의자(공산주의자)로 살았던 홍범도가 레닌을 만나는 과정까지를 다룬다. 이 작품은 역사 속 인물인 홍범도와 그가 행했던 수많은 투쟁들을 상상력으로 재구성한다는 측면에서 역사 소설이자 이인섭이란 실존 인물의 진술에 의존하고 있다는 점에서 실록(기록문학)의 성격 또한 지니고 있다. 저자 역시 '작가의 말'을 통해 작가의 순수한 창작물이 아니라 거의 대부분이 역사적인 사실에 근거하 고 있음을 밝히고 있다. 이러한 사실을 종합해 봤을 때, 이 작품은 역사소설과 실록의 경계쯤에 위치한다.

....

8) 권희영·반병률, 앞의 책, 29쪽.
9) 역사적 인물에 대한 첫 번째 복원 작업은 김준에 의해서 이루어진다. 그는 1919년 간도에서 발생했던 이른바 '십오만원 사건'의 주동자였던 최봉설로부터 그 사건의 전모를 듣고는 1955년 초에 시작하여 1960년 말에 『십오만원 사건』 (카자흐국영문학예술 출판사, 1964)을 완성한다. 이 작품에서 작가 김준은 윤준희, 림국성, 최봉설, 한상호, 박응세, 김성일 등 거의 잊혀졌던 사건의 주역들을 고려인 사회 한 복판으로 불러낸다.

그렇다면 철저하게 침묵과 망각만을 강요당했던 고려인들이 1960년대 들어 왜 이처럼 과거의 기억 복원에 매달리게 되는가? 필자는 이러한 현상을 이른바 "모델 마이너리티(model minority)"[10]들의 역사 복원 욕망에서 비롯된 것으로 판단한다. 일반적으로 이민자나 소수자들은 어느 정도 그 사회에 편입되어 안정화되면 자신들의 경험을 "자서전의 형식"으로 표출하곤 한다.[11] 특히 소수자로서 그 사회의 질서를 성공적으로 내면화한 이들은 이전까지 말할 수 없었던 자신들의 역사적 경험을 역사적인 서사 형태를 통해 재현한다. 이것을 통해 모델 마이너리티들은 "과거의 불의와 현재의 불이익을 시정하려는 노력을 경주"[12]하는 한편 그들 스스로를 하나의 독립된 집단으로 인식하게 된다.

고려인들이 『홍범도』란 역사적인 서사를 통해 그동안 말해지지 않은 그들의 역사를 복원하려 한다는 사실은 1960년대 현재 고려인들이 이미 소련사회에서 이른바 '모델 마이너리티'의 지위에 있음을 의미한다. 물론 소련 사회에서 고려인이 차지하는 위치를 서구적 의미의 '모델 마이너리티'로 규정할 수 있는가는 논쟁거리이다. 하지만 노력영웅

....

10) "모델 마이너리티(model minority)"란 본래 1960년대 이후 미국의 백인 사회가 아시아계 미국인들을 지칭한 개념이다.
  백인사회는 아시아계 미국인들은 "숱한 정치적 경제적 어려움에도 불구하고 백인을 능가하는 수입을 올리고 성공한 중산층으로 살아가는데, 왜 다른 소수인종들은 스스로 노력해서 성공할 생각을 하지 않고 사회와 정부를 비판하며 권리만 주장하느냐"며 비아시아계 소수인종들을 비판하기 위한 개념으로 모델 마이너리티(model minority)개념을 사용한다.
  박정선, 「아시아계 미국인에 대한 타자화(他者化)와 그 문제점」, ≪역사비평≫58호, 2002, 봄, 289쪽.
11) 레이 초우, 심광현 옮김, 「종족 영락의 비밀들」, ≪흔적≫2, 2001. 12, 71쪽.
12) 이엔 앙, 최정운 옮김, 「모호성의 함정- 중국계 인도네시아인의 피해자 되기와 역사의 잔해」, ≪흔적≫2, 2001. 12, 27쪽.

김병화의 예에서 볼 수 있듯 여타 민족에 비해 인구대비 최소 3.5에서 12배에 달하는 노력영웅의 배출이나 다른 민족의 추종을 불허할 만큼 절대 다수를 점하고 있는 고등교육(전문학교 이상을 의미함) 이수자의 비율, 공산당 당원의 수 등은 고려인들이 소련 사회에 성공적으로 진입했음을 보여주는 증거들이다.13)

원동에서 태어나 강제이주를 경험하고 당에 입당하여 성공한 작가 김세일의 삶은 이른바 성공한 고려인의 전형에 해당한다. 1912년 3월 14일 러시아 연해주 뽀시예트구역 박석골에서 농민의 아들로 출생한 김세일(세르게이 표로로위치)은 26살의 나이로 강제이주를 경험한다. 그는 한동안 일자리가 없어 농장에서 일을 하다가 조선어 교육이 폐지되고 러시아 과목이 개설되자, 조선학교에서 러시아어 교수로 재직한다. 이때부터 그는 이른바 성공을 위해 불철주야 노력한다. 많은 어려움 속에서도 소련공산당 중앙위원회 직속 고급 당학교(통신과정)를 수료했으며 까다로운 과정을 거쳐 당에 입당한 후, 한인 신문 ≪레닌기치≫의 기자가 된다.

김세일이 ≪레닌기치≫의 기자가 되었다는 것은 각별한 주의를 요한다. ≪레닌기치≫는 비록 고려인을 대상으로 한 1만부 내외의 한글로

---

13) 고려인들은 구소련의 127개 구성 민족 중 28번째로 소수 민족으로서는 상위를 차지하고 있다. 하지만 고려인들이 집단적으로 거주하고 있는 각 공화국에서 차지하는 인구비율로 볼 때는 0.08%(투르키메니아)에서 0.92%(우즈베키스탄)에 이르는 등 여전히 소수자에 머물러 있는 것이 현실이다. 그렇지만 고려인들은 학자와 변호사, 언론인 등 다양한 전문직 종사자들을 다수 배출함으로써 현지인들보다 높은 사회적 위치를 점유하고 있다.
최협, 이광규 공저, 『이민족국가의 민족문제와 한인사회』, 집문당, 1998, 182~189쪽.

발간된 작은 신문이었지만 어디까지나 카자흐스탄의 국영신문이었다. 이것은 ≪레닌기치≫가 소련의 대표적인 국영신문인 ≪프라우다≫의 경우를 통해 알 수 있듯이 본질적으로 '공산주의 이론과 정책을 교육'하기 위한 매체의 역할을 하였다는 것을 의미한다. 즉 ≪레닌기치≫는 고려인을 대상으로 당의 이론과 정책을 교육하여 궁극적으로 고려인들의 사상통일을 꾀하였다. 따라서 당원 겸 기자였던 김세일에게 있어 ≪레닌기치≫의 활동은 당의 최선두에서 당의 정책을 전달하는 일종의 '당세포'로서의 자질을 검증받는 시기라고도 할 수 있다. 그러던 그가 이른바 '조국수호 전쟁'기간 중 고려인들에게 금지되었던 군에 입대하여 대일전쟁에 참전하고 평양에 진주한다는 것은 그만큼 충실한 당원으로 활동했다는 것을 반증한다.

> 우리의 은인이신 일리츠여!
> 당신의 덕에 내 부모 노예의 멍에 벗고
> 누더기 벗은 나의 붉은 수건 목에 매고
> 뼈오네르란 이름 지니던 그 시절부터
> 자유로운 행복한 사람이 되여
> 하늘 같이 높고 빛나는 당신의 이름을
> 언제나 늘 가슴 속에 고이 간직하고 있노라.[14]

김세일에게 레닌과 공산당은 생활과 투쟁의 모든 면에서 닮고 본받아야 할 존재였다.[15] 레닌처럼 살고 일하며 싸우기를 소원했던 김세일

---

14) 김세일, 「영생의 일리츠에게 불멸의 영광을」(1961), 공동창작집, 『시월의 해빛』, 알마아따 작가출판사, 1970.
15) 김세일, 「레닌의 전기를 읽으며」(1970), 공동작품집, 『씨르다리야의 곡조』,

은 평양에서 10여년간 소련군 신문의 기자로 활동하다 1954년 모스크바로 귀환한다. 그후 그는 다시 ≪레닌기치≫로 복귀하여 '세르게이 표로로위치'라는 기자로 명성을 떨칠 뿐 아니라 <청춘의 대지여>, <시월의 흐름> 등의 작품을 발표한 작가 김세일로 활동하기까지 한다.

그런데 철저하게 소련사회에 충성을 다했던 김세일은 스탈린이 사망하고, 그에 대한 우상화가 당으로부터 공식적으로 제기되자 비로소 지금껏 잊고 지냈던 과거로 눈을 돌린다. 이 과정에 조선의 고전을 소개하는 한편 『십오만원사건』을 통해 잊혀진 고려인의 역사를 복원하려한 김준과 고려인 문학의 명맥을 계승하고자 했던 강태수 등 선배문인들의 활동이 일정한 영향을 끼쳤음을 물론이다.

그 결과 김세일은 고향을 발견한다. 김세일에게 고향 원동은 신기하고 아름다운 산천경개를 가진 잊을 수 없는 장소다. 그러나 그가 발견한 고향은 어느 정도 성공한 고려인인 그로서도 어쩔 수 없는, 너무나 멀리 있고 현실에서는 갈 수 없는 곳이었다. 그의 눈앞에 펼쳐진 현실은 여전히 차별 받는 소수민족의 일원인 고려인과 이런 그들을 의혹의 눈초리로 바라보는 소련 당국이 있었을 뿐이다. 현실에서 이룰 수 없는 소망을 작가는 꿈을 통해 해결한다. 그에게 꿈은 현실의 아픔을 참아내는 방편이자 영혼만이라도 현실에서 해방되어 고향을 찾아가겠다는 자유를 향한 날갯짓이다.

> 우리들이 꾸미던 옛 보금자리
> 선렬들이 성전에 피 흘린 성지

1975, 34쪽.

우리 로력의 영예 꽃 피던 동산
아, 황천에 간들 내 어찌 잊으리
생시면 맘속에 그려 두었다가도
꿈이면 찾아가 반가히 봅니다.[16]

선열들이 피 흘린 '성지'이자 노동의 영광이 꽃피던 보금자리인 고향을 발견한 김세일은 그곳에서 살았던 사람들을 찾아 나선다. 그는 고려인 사이에 전설처럼 입에서 입으로 전해오거나 그들의 의식 한 귀퉁이에 집단적으로 남아 있던 홍범도의 흔적들을 찾아내 이것이 함축하고 있는 의미를 재구성한다. 이러한 김세일의 일련의 행위는 고려인들이 홍범도로 대표되는 무장투쟁을 자신들의 잊혀진 역사로 간주하기 시작한다는 것을 의미한다.

그런데 이러한 역사 복원 작업은 단순히 역사적 진실을 밝히는 것만을 의미하지 않는다. 오히려 현재적 의미를 지닌다. 루카치는 역사소설에서의 '역사'를 '현재(現在) 역사의 구체적 전사(前史)'로 규정하면서 현재를 역사적 소산으로 보고 과거를 현재의 전신(前身)으로 파악하는 정신에 의해서 인식된 역사라고 규정한 바 있다.[17] 이러한 루카치의 견해를 빌린다면 역사소설에서 정작 중요한 것은 소설가가 선택한 과거 역사가 아니라 그것들이 소설로 구성되는 현재의 시점이라 할 수 있다.

필자가 장편소설 『홍범도』에서 홍범도를 항일무장투쟁사의 전설적

---

16) 김세일, 「내고향 원동을 자랑하노라」 4연(1962), 공동창작집, 『시월의 해빛』,
알마아따 작가출판사, 1970, 193쪽.
17) 루카치, 이영옥 옮김, 『역사소설론』, 거름, 1984, 177쪽.

인 인물이자 철저한 국제주의자(공산주의자)로 구성해야만 했던 고려인들의 욕망에 집중하고자 하는 것도 여기에서 비롯된다. 장편소설『홍범도』는 이인섭으로 대표되는 1세대 고려인들이 자신들이 경험했지만 차마 불러올 수 없었던 기억을 불러내, 어느덧 '모델 마이너리티'로 성장한 2세대 고려인들을 통해 3세대들에게 전달하려는 형식을 취하고 있다. 이런 점에서 장편소설『홍범도』는 김세일 개인의 창작물이라기보다는 고려인들의 '집단적'[18]인 역사복원 욕망의 결과물이다. 고려인들은 집단적인 역사에 대한 의미화를 통해 어느덧 '모델 마이너리티'로 성장한 자신들이 어떠한 존재들이고, 자신들의 현재적 삶이 언제 어디에서부터 시작되어 왔으며, 어떠했는가를 증언한다.

3. 모델마이너리티의 역사 기억 방식과 집단적 위안

필자는 앞서『홍범도』를 집단적인 기억의 복원이라고 규정했다. 여기에서 우리는 의당 어떤 대상을 '기억'한다는 행위와 그것도 '집단적'

---

18) 답사기간 중 만난 고려인들은 필자에게 자신들이 알고 있는 홍범도에 관한 것들을 이야기 하는 과정에서 집단적인 서사를 창출하곤 했다. 예를 들어 어떤 사람에 의해 하나의 에피소드가 제시되면 주변에 있던 모든 사람들은 그와 비슷하거나 상반된 에피소드를 제시함으로써 종국에는 모두 합의할 수 있는 하나의 이야기를 만들었다. 물론 이와 같은 구술은 면담의 영향을 받기에 객관성을 의심받는 것이 일반적이지만 고려인들이 홍범도를 기억하는 행위를 통해 기쁨을 얻는다는 것은 적어도 고려인 사회에서 홍범도의 존재가 개인 이상이라는 것을 의미한다.
구술에 관한 보다 자세한 논의는 이용기의「구술사의 올바른 자리매김을 위한 제언」(≪역사비평≫58호, 2002, 봄)을 참조할 것.

으로 기억한다는 것을 문제 삼아야 한다. 왜냐하면 기억이란 망각과 왜곡 없이는 성립되지 않을 뿐더러 매 순간 현재적 해석에 의해 새롭게 구성되는 것이기 때문이다. 일반적으로 과거의 경험이 '기억'이란 형태를 통해 현재에 전달될 때는 망각, 왜곡은 물론이고 종종 현재의 위치에 따른 자기최면과 합리화 등 의식·무의식적 굴절을 겪게 된다. 더군다나 집단적 기억 행위에는 "권력에 의해 의도적으로 날조되는 허구"[19]마저 첨가되어 더욱 복잡한 양상을 띠게 된다.

본 장에서는 김세일의 장편소설 『홍범도』에 대한 텍스트 분석[20]을 통해 역사복원과 그것을 의미화 하는 방식 및 그 속에 내재된 자기 합리화에 대해 살펴보도록 하겠다.

1) 애국주의를 통한 혁명 영웅의 형상화

소설 『홍범도』는 홍범도의 탄생부터 1921년 모스크바에서 레닌을 만나고 돌아오는 장면까지를 다루고 있다. 항일무장투쟁과 러시아 혁명 과정에서 활약한 홍범도와 그 부대원들의 전설적인 투쟁을 중심으로 다룬 『홍범도』는 빈약한 무기와 적은 수의 의병(합방 이후 독립군)임에도 불구하고 비상한 능력과 전략으로 몇 배의 일본군과 싸워 승리한다는

---

19) 위의 글, 107쪽.
20) 고려인 문학 작품의 텍스트 분석은 일정한 한계를 갖는다.
  고려인 한글 문인들은 문학적인 훈련을 거쳐 작가로 데뷔한 게 아니라서 미숙한 문장들이 많으며, 특히 프로작가를 인정하지 않았던 고려인 문단의 특성으로 인해 아마츄어적 성격이 강했다. 게다가 소련 당국의 문예정책은 고려인 문인들이 미학적 표현기교보다는 사회주의 지향의 내용을 중시하게 만들었다. 따라서 통상적인 소설 미학적 분석은 일정한 한계를 낳게 마련이다.
  이명재, 앞의 책, 18~22쪽 참조.

점에서 고대의 영웅소설[21]을 닮아 있다. 소설 곳곳에 홍범도의 영웅적인 모습이 자연스럽게 표출되어 있는데, 이러한 모습은 점차 애국심을 바탕으로 한 집단적 영웅주의로 변모된다.

> '어느 심산벽지에 가서 숨어 농사질이나 하며 안일한 생활을 해야 한단 말인가?' 하는 자문을 하였다. 그리고 이에 대하여 곰곰이 생각해 본 다음 '아니다, 그렇겐 할 수 없다. 조금이라도 나한테 민족적 양심이 있다면 절대로 그렇게 할 수 없는 거다'—이렇게 자답하고 나니 '그러면 어떻게 해야 한단 말인가?'하는 자문이 또 꼬리를 물고 나온다. 범도는 마지막으로 이에 대한 대답으로 '인젠 별 수가 없다. 단독으로 나서서 싸우는 외엔 딴 도리가 없다. 인젠 혼자 총을 메고 나서 승냥이왜놈사냥, 개왜놈의 주구사냥을 해야 하겠다'고 결론을 지었다.[22]

김수협과 단 둘이서 거병을 하여 일본군과 싸우다가 김수협이 죽자 혼자서 일본군과 그 앞잡이들을 처단하기로 결심한 위의 장면은 홍범도의 영웅성을 유감없이 보여준다. 홍범도는 자신의 생각을 곧바로 실천에 옮겨 혼자서 2년 동안 536명이 넘는 친일 앞잡이와 일본군을 처단한다. 그런데 이러한 홍범도의 행위는 삼 일에 두 명을 죽이는 것으로 좋게 판단하면 인간의 능력을 초월한 경이적인 홍범도의 능력을 보여주

---

21) 서대석은 영웅소설을 "영웅적 인물이 영웅적인 활약을 하는 작품군을 지칭하는 개념"으로 사용한다. 그에 따르면 영웅이란 개인적 가치보다는 집단의 가치를 우선하는 인물로 "민족의 고난을 해결하는 등 집단에 대한 공헌을 한 인물"을 의미한다.
　　서대석, 「영웅소설의 전개와 변모」, 성오 소재영 교수 환력기념논총 간행위원회 편, 『고소설사의 제문제』, 집문당, 1993, 331쪽.
22) 김세일, 『홍범도』1, 신학문사, 1989, 126쪽. 이하 인용은 권수와 쪽수만 표시하기로 함.

는 것이지만 어떤 측면에서는 피비린내 나는 살육의 향연에 불과한 모험주의적 행동이다. 그러나 작가는 이러한 홍범도의 행동을 모험주의로 그리기보다는 오히려 일제와 당시 조선 민중들에게 홍범도의 비범함만을 각인 시키는 결정적인 요소로 활용한다. 텍스트에 따르면 일제는 이 정체불명의 암살자를 잡기 위해 '궤멸적 소탕전'을 감행하지만 상상을 초월하는 홍범도의 대범한 행동에 번번이 실패하고 만다. 마침내 홍범도는 '나는 비적'이라는 새로운 명칭을 일제와 조선민중들로부터 동시에 부여받게 된다. 그 결과 홍범도는 민중들 사이에서 자연스럽게 불려진 민요 "홍 대장 가는 길에는 일월이 명랑한데/ 왜적군대 가는 길에는 눈과 비가 내린다/ 에헹야 에헹야 에헹야 에헹야"(1;236쪽)에서처럼 어느덧 민중의 영웅으로 형상화된다.

그런데 이러한 홍범도의 영웅 형상화는 일제의 침략에 의해 나라를 빼앗긴 공동체의 운명을 체현하고 있기에 집단적인 성격을 띤다. 그가 활동하는 조선과 만주는 개인적이고 일상화된 삶의 공간이라기보다는 일제에 항거하는 당위적이고 추상화된 공간이라 할 수 있다. 그러므로 홍범도의 개인적인 영웅주의가 애국심을 매개로 의병대라는 집단적인 영웅주의로 변화되는 것은 자연스럽다 하겠다.

> 우리 의병들은 모두 다 나라에게 길러낸 사람들이다. 오늘 아름다운 우리나라 강산이 왜적들의 발에 짓밟히고 있다. 위급한 이때 앉아서 멸망을 기다리는 것은 수치요 죄악이며, 원수와 싸우다가 죽은 것은 영광이요 자랑이다. 비록 적의 힘은 대단히 강하다 하더라도 정의는 우리 편에 있으니 우리는 백배의 힘을 낼 수 있다. 그리고 또 신령인들 어찌 우리를 돕지 아니하랴.(2;16쪽)

스스로를 나라에서 길러낸 사람으로 칭하고 그런 나라를 위해 죽는 것이 '영광'이요, '자랑'이라고 인식하며 죽기를 각오하고 싸우는 의병대의 힘은 상상을 불허한다. 게다가 그들은 자신들의 그러한 투쟁이 정의로울 뿐만 아니라 신마저 돕는다고 생각한다. 때문에 그들은 우세한 적의 화력에도 굴하지 않고 용감하게 싸우다 "영웅답게 전사"(1;122쪽)할 수 있었다. 홍범도의 비범한 능력과 애국심이 의병대를 그렇게 변화시켰던 것이다. 이 과정에서 홍범도는 개인의 영웅적 행동보다는 점차 의병들이 지니고 있는 힘을 수렴하여 관리하는 위치로 이동하게 된다. 이러한 과정을 거처 홍범도는 집단을 지도하는 '수령'의 모습으로 형상화된다.

수령으로 형상화된 홍범도는 신출귀몰한 전략과 부하들을 사랑하는 너그러운 마음, 가족보다는 민족과 대의를 중시하는 자세 등으로 완전무결한 영웅으로 거듭난다. 적의 포위망에 의병대가 갇히자 탈출구를 마련하고자 스스로 적의 포위망 속에 들어가 적을 유인한다거나, 초인적인 힘으로 포위망을 탈출하면서 다음 전투에 필요한 탄환을 거둬와 다른 독립군들에게 나눠주는 모습 등은 불가능을 모르는 영웅 그 자체다. 인간이 아닌 영웅이기에 각종 마을의 송사23)까지도 언제나 공명정

---

23) 독립군 수령들은 자기네가 관할하는 지역에서 그곳에 사는 조선 사람들을 대상으로 군중문화사업, 아동교육사업, 후생사업과 민사사건 등을 처리하였다. 김승빈은 무장한 독립군 부대를 "봉건 영주"로 비유하기까지 한다. 김승빈, 「김세일 동무의 편지에 대하여」, 한국정신문화연구원 편, 『한국독립운동사자료집- 홍범도편』, 1995, 88쪽 참조. 이 소설에 나타난 송사 장면은 다음과 같다. "오륙년 전에 당신이 살인했다는 송사가 나한테 들어왔었는데 그동안에 나는 그것을 세밀히 조사했소, 그 결과 그것이 사실이라는 것이 판명되었소. 그래

대하게 판결할 것이란 믿음마저 준다.

게다가 일본군 심부름으로 투항을 권유하는 어머니의 가짜 편지를 가지고 온 아들을 향해 권총을 쏘는 행위나 그런 아들이 일본군과 전투에서 죽자, 중대장이기 때문에 무덤을 따로 만들자는 지휘부들의 제안을 "다른 의병들과 같이 한 무덤"(2;182쪽)에 묻으라며 거절하는 모습에서 우리는 개인의 문제를 초월한 진정한 영웅의 모습을 발견하게 된다.

그런데 홍범도의 영웅 형상화는 비단 항일무장투쟁에서 보여준 비범한 능력에서 뿐만 아니라, 금수강산으로 대표되는 국토와 그 속에서 사는 생물 하나하나에 대한 애정에서도 발현된다. 조선 내에서 더 이상 의병활동을 할 수 없게 된 홍범도 부대는 백두산 밀영에서 지구전에 돌입하게 된다. 홍범도는 자신들이 주둔하고 있는 삼지연 부근 20리 이내에서 수렵활동을 금지하는데, 느닷없는 수렵금지를 이해할 수 없었던 의병들은 당황한다. 이에 홍범도는 의병들은 본래부터 애국자인 만큼 나라의 재부를 보호하고 간직할 책임이 있다면서 삼지연 부근에서 사냥하게 되면 짐승들이 "우리나라 강산을 저버리고 중국땅으로 넘어갈 수"(2;316쪽)있기 때문이라고 설명한다. 홍범도의 이러한 모습은 개인적인 문제보다는 민족의 대의를 더욱 중요하게 생각하는 '영웅의 전형'이라 할 수 있다.24) 비범한 능력과 조국에 대한 뜨거운 애국심, 자신에 대한 엄격함으로 인해 홍범도는 어느새 신화나 설화 등에서나 등장할 법한 영웅의 모습으로 형상화된다.25)

....
내가 지금 이 자리서 당신을 살인범으로 재판하려고 하오."(2;66쪽)
24) 서대석, 앞의 논문, 331~332쪽.

오늘 왜놈들과 싸워 이긴 걸 보우. 우리보다 수효도 더 많고 대포요, 속사포요 하는 훌륭한 무기를 숱하게 가지고도 우리가 가만히 엎드려 드문드문 총질하는 것만 보고도 겁나서 도망친 걸 보란 말이오. 그건 확실히 홍범도 장군이 요술도 피우고 전술도 피워 그렇게 된 거란 말이오 그러기에 나는 홍범도 장군만 우리와 같이 있으면 겁나지 않고 싸운다 말이오.(2;158쪽)

영웅 형상화로 인해 홍범도는 일본군에는 공포를 독립군에게는 신출 귀몰한 요술과 전술을 구사할 수 있는 지도자로 각인된다. 홍범도에 대한 독립군들의 믿음은 가히 절대적이라 할 수 있었다. 그러던 홍범도 가 탄약 부족과 일제의 무자비한 토벌을 피해 로령으로 넘어가 그곳에 서 러시아 빨치산과 함께 공동의 적인 일본 침략군에 맞서 싸운다는 것은 '역사적 사실' 이상의 의미를 지닌다.

로령으로 진출하여 새롭게 독립운동을 전개하려한 홍범도에 대해 많은 독립군 지도자들은 우려의 시선을 보낸다. 그러나 홍범도는 이들 의 만류를 뿌리치고 로령으로 이주하여 그곳 한인들을 절대적인 지지를 바탕으로 '봉오골 전투'와 '청산리 전투' 등 무장독립운동사의 기념비적 인 투쟁을 이끌어 낸다. 이러한 사실은 홍범도의 전술이 옳았다는 것을 증명하는 동시에 러시아 혁명의 정당성 또한 인정하는 것이다.

결국 고려인들은 홍범도라는 영웅적인 인물을 통해 항일무장투쟁과

<hr>

25) 『홍범도』에 나타난 영웅주의에 대한 비판은 고려인 문인들 사이에서도 일정한 논란거리였다. 평론가 정상진은 「재소 고려인 문학의 특징과 발전 방향에 관한 학술발표회」(2003.8.22. 카자흐스탄 알마아따 소재 고려일보 사무실)에서 김세일의 『홍범도』는 고려인 문학의 가장 빛나는 작품 중에 하나이지만 "홍범 도를 사람이 아닌 신화에서나 등장하는 영웅으로 그림으로써 리얼리티를 상실 한 점은 비판받아 마땅하다"고 주장한다.

러시아 혁명(내전)기간 동안 영웅적으로 투쟁했던 과거 자신들의 역사와 전통을 현재적으로 의미화 한다. 그런데 이러한 모습은 또 다른 측면에서 고려인들이 구소련 사회에서 받았던 심리적 압박을 드러낸 것이라 할 수 있다. 고려인들은 홍범도를 통해 자신들이 일제의 간첩이 아니라 조국과 동포를 사랑했던 애국자들이었다는 것을 확인했던 셈이다. 다시 말해 고려인들에게는 적국의 간첩이라는 굴레를 떨쳐 버리기 위해 홍범도라는 영웅이 필요했던 것이다.

2) 정치적 소아(小兒)의 자기 정당화 방식

『홍범도』를 읽다 보면 서사 전개와 직접적인 연관 없이 돌출적이라고 생각할 수밖에 없는 부분이 등장한다. 그 대표적인 장면이 김알렉싼드라[26]의 죽음을 다룬 '위대한 여성 볼셰비키의 최후'편이다. 그 이외에도 유진언이란 홍범도 부대원이 러시아 전선에서 볼셰비키 당원들로부터 레닌과 볼셰비키당에 대해 알아 가는 것도 여기에 포함된다.

김알렉싼드라는 실존 인물로서 원동소비에트 정부의 초대 외무대신을 역임한 여성 혁명가다. 그녀는 백파군과 외세 무장 간섭군에 의해 원동소비에트 정권이 정치·경제적으로 고립 위기에 처하자 뛰어난

------

26) 1885년 2월 22일 우시리스끄 시넬니꼬보에서 태어난 김 알렉싼드라(알렉산드라 뻬드로브나 김 또는 A.P.김)는 극동지역 한인 사회주의 운동사에서 빼놓을 수 없는 인물로 현재 하바로프스끄 마르크스 거리 24번지에 초상 기념패가 걸려 있고 소비에트 군사 중앙박물관과 하바로프스끄지역 연구 박물관에도 그녀에 관한 자료들이 보존되어 있다. 자세한 것은 마뜨베이 찌모피예비치 김 지음, 이준형 옮김, 『일제하 극동시베리아의 한인 사회주의자들』(역사비평사, 1990, 111~119쪽)을 참조할 것.

외교력을 발휘하여 그 위기를 극복하는 데 결정적인 역할을 수행한다. 그러던 그녀는 이른바 반혁명군의 총공세에 밀려 후퇴하다 러시아 볼셰비키 당원 등과 함께 백파군에 포로로 잡히고 만다. 김알렉싼드라를 사로잡은 백파군은 갖은 고문과 협박으로 혁명운동을 포기한다고 약속하면 살려주겠다는 회유 하지만 끝내 그녀는 자신의 정치적 신념을 굽히지 않는다.

> 만일 내가 그렇게 한다면 이 땅에서 행복스럽게 살게 될 젊은 세대가 나를 용서하지 않을 것이며, 내가 첫째로 여자이고 둘째로 조선여자이기 때문에 비겁하여 끝까지 충실하지 못하였고 강인하지 못하였다고 말할 것이다. 내가 목숨을 바쳐 옹호하는 그 신념을 러시아에서만 아니라 조선에까지도, 그리고 조선에서만 아니라 세계의 어느 나라에서든지 승리할 것이다. 소비에트정권 만세! (3;145쪽)

백파군의 포로로 잡힌 김알렉싼드라는 혁명운동을 포기하는 것은 역사에 대한 죄악이라며 단호히 거부한다. 머지않은 미래에 전 세계적으로 혁명이 승리할 것이기에 그녀는 그러한 승리의 확신을 버릴 수 없다고 주장한다. 그런데 그녀가 혁명운동을 포기할 수 없는 직접적인 이유로 '조선여자'라는 점을 강조하는 것은 매우 중요한 의미를 지닌다. 즉 그녀는 자신이 만약 항복을 하게 되면 사람들은 조선 여자이기 때문에 비겁하여 끝까지 충실하지 못했다고 할 것이라며 완강히 거절한다. '여자'라는 것과 그것도 '조선' 여자라는 것 때문에 더더욱 강해야하며 끝까지 신념을 지켜야 한다는 그녀의 발언에서 우리는 러시아 혁명 당시 혁명의 주체들이 고려인들을 어떻게 인식했었는가 하는 점을 유추해 볼 수 있다.

일반적으로 고려인들이 러시아에 대해 친근감을 보인데 반해 러시아 당국자들-제정러시아나 임시정부-은 고려인들을 러시아와 일본 양 국간의 관계를 악화시킬 수 있는 귀찮은 존재들로 규정했다. 제정 러시아 말기에는 우덕순과 안중근의 의병활동을 해산하였고, 임시정부 시절에는 조선독립운동을 노골적으로 방해하였다. 심지어 그들은 이동휘 같은 저명한 독립 운동가들을 체포하기까지 한다. 이러한 사실들은 러시아인들이 근본적으로 고려인들을 신뢰하지 않고 있다는 것을 행동으로 보여주는 예라 할 수 있다.

이같은 사실에 비춰봤을 때, 러시아인들의 고려인에 대한 인식이 소비에트정권이 들어서고 고려인들이 러시아 빨치산과 일본군에 대항해 싸웠다고 해서 근본적으로 사라질 수 있었을까? 필자는 아니라고 본다. 만약 그랬더라면 고려인들이 당했던 강제이주는 좀 더 다른 방식을 띠었을 것이다. 냉철하고 앞을 내다볼 줄 알았던 혁명가로 형상화된 김알렉싼드라가 이같은 사실을 몰랐을 리 만무하다. 그녀는 기꺼이 너희들이 우리를 죽일 수 있지만 혁명의 위업은 죽이지 못할 것이라고 외친 후 "사회주의 10월 혁명만세!, 소비에트 정권 만세! 전세계 근로자들의 수령이며 스승인 레닌 동무 만세!"(3;146쪽)를 부르며 형장 한 가운데로 나선다. 그녀의 당당한 모습에 감동한 나머지 포로로 잡힌 헝가리인 군악대들마저 사형집행 순간 짜르 국가를 연주하라는 명령을 거부하고 대신 '인떼르나치오날'을 연주한다. 그녀는 수많은 사람들이 지켜보는 가운데 '인떼르나치오날'을 부르다 영웅답게 죽는 것으로 형상화된다.

물론 김알렉싼드라의 존재는 '설죽화'27)에 비견될 만큼 영웅적으로 활약한 최초의 여성 의병인 '영란'과 더불어 남성 중심의 항일무장투쟁에서 상대적으로 소외되었던 여성들의 역할을 복원한다는 측면에서 의미가 있다. 게다가 그녀의 존재로 인해 홍범도는 소비에트 정권을 다시 생각하게 된다. 홍범도는 "망국민족출신인 조선여자를 인민위원으로 등용"한 것을 보고는 소비에트 정권을 참된 인민정권이라 생각하고 "소비에트정권을 위하여 나도 목숨바쳐 싸우련다"(3;126쪽)고 결심한다. 항일독립군 지도자였던 홍범도를 혁명가(국제주의)로 변모하게 한 원인들 중의 하나라는 점에서 김알렉싼드라는 일정한 의의를 지니고 있다. 하지만 영란의 존재가 서사 전개와 긴밀히 맞물리는데 비해 그녀의 존재는 돌출적이라 할만큼 서사 전개에서 동떨어져 있다.

그렇다면 작가 김세일은 왜 서사의 필연성을 깨뜨리면서까지 굳이 김알렉싼드라의 활동을 담은 부분을 독립된 장으로 구성하여 서술한 것일까? 필자는 이것을 강제이주 이후 '정치적으로 어린아이'에 불과했던 고려인들의 열등감 극복을 위한 자기 최면이라고 생각한다. 스탈린의 통치가 끝난 후에도 고려인들은 여타 부분에 비교했을 때 정치적으로 여전히 소외된 상태에 놓여 있었다. 정치적으로 어른이 될 수 없었던 고려인들에게 '정치적 어른'이었던 김알렉싼드라의 존재는 현실의 불평등을 잊게 하는 탈출구와도 같은 것이었다. 그녀를 통해 고려인들은 지금껏 자신을 짓눌러 왔던 뿌리 깊은 콤플렉스에서 벗어나 심리적인 안정을 찾게 된다. 고려인들이 소비에트 혁명 시기 혁명정부의 중심에

---

27) 홍범도는 남장(男裝)을 한 채 의병이 된 영란의 행동에 대해 고려 때 거란이 침입하자 남자로 변복한 채 강감찬 장군의 부대에 참여해 혁혁한 공을 세우다 전사 했다는 설죽화에 비견할 만 하다고 칭찬한다.(2;9장)

고려인이 있었다는 것을 애써 강조하고 그것으로 심리적 위안을 삼으려한다는 것은 그만큼 현실의 그들이 정치적인 부분에서 여전히 소외당하고 있다는 것을 암시한다. 정치적 어린 아이의 정치적인 어른 불러내기와 이를 통한 위안의 욕망은 레닌을 만난 홍범도의 모습에서 절정에달한다.

> 홍범도는 이 증정식에서 그의 이름을 새긴 권총과 군복 한 벌, 그리고돈으로 금화 100루불리를 선물로 받게 되었다. 이것은 레닌 선생이30여 년 동안 집 없이 의병운동과 독립운동에 헌신하여 일본 제국국주의강점자들과 꾸준히 싸워왔으며 특히 마지막 시기에, 즉 러시아 연해주와시베리아에서 일본출정군을 선두로 한 외래무력간섭자들과 러시아인민들이 결사적 투쟁을 전개하고 있던 시기에 만주 지역에서 자기 부대를거느리고 활동하면서 시베리아와 연해주로 들어가는 일본출정군부대들과 싸워 조선독립운동에만 아니라 시베리아 연해주의 해방전쟁에도 적지 않는 기여를 한 홍범도의 전투적 업적을 표창하는 것이었다.(3;294쪽)

많은 소련 사람들의 존경과 사랑을 받는 '혁명의 수령'인 레닌으로부터 홍범도가 그간의 투쟁 경력을 인정받아 표창을 받는 위의 장면은홍범도 개인은 물론이고 고려인 전체에도 중요한 의미를 지닌다. 먼저홍범도는 레닌을 만나는 것을 계기로 "소비에트러시아의 붉은주권과조선독립을 위하여 헌신적으로 싸울 것"(3;291쪽)을 맹세한다. 이것은지금까지 홍범도가 견지했던 애국심의 대상이 조선에서 소련으로 이동한 것이자, 항일무장투쟁의 지도자에서 혁명가로의 변신을 의미한다.

다음으로 위 장면이 장편소설 『홍범도』를 읽는 고려인들에게 어떻게읽혔을까 하는 점이다. 레닌의 악수를 홍범도가 아닌 자신에게 한 것이라 생각하거나 홍범도가 받았던 100루블의 금화와 권총, 군복을 지금껏 수많은 어려움에도 불구하고 노동영웅으로 사회주의 건설에 이바지한 고려인들에게 내리는 것이라고 생각하지는 않았을까? 홍범도를 기억하는 고려인들의 태도[28]에 비추어 볼 때 이러한 가설은 상당한 설득력을 지닌다. 다시 말해 고려인들이 김알렉싼드라의 활동과 소련인들이 추앙하는 레닌과 홍범도가 악수를 하는 장면을 통해 정치적인 소외로부터 위안을 받고자 하는데, 이것은 소련 사회에서 정치적 어린아이에 불과했던 고려인들의 현재적 아픔을 상징적으로 보여준다. 결국 고려인들은 홍범도에 대한 레닌의 보상을 자신들에 대한 보상으로 치환하고 있는 셈인데, 이 지점에서 '집단적인 위안[29]'이 발생한다.

3) 민족적 정체성 부정을 통한 소련에의 동화

『홍범도』에서 가장 이해하기 어려운 부분은 민족반역자들을 대하는 홍범도의 태도다. 이것은 김준의 장편소설 『십오만원 사건』에서도 동

----

28) 필자는 2003년 8월 중앙아시아 학술답사 중, 홍범도에 관한 고려인들의 기억에 대해 조사를 했다. 필자가 만난 대부분의 고려인들은 홍범도 하면 가장 먼저 레닌에게서 하사 받은 '권총'을 떠올렸다. 고려인들은 자신들이 들었거나 보았던 '권총'에 관한 갖가지 에피소드를 쏟아 놓았다. 필자는 고려인들의 '권총'에 대한 과도한(?) 집착을 매개물을 통한 일종의 대리 만족으로 판단한다.

29) 홍범도의 존재가 고려인들에게 강한 '자기애'로 작용하고 있다는 점은 그의 사망 지점과 관련된 일련의 논쟁을 대하는 고려인의 태도를 보면 확인할 수 있다. ≪사회와 사상≫(1988년 11호)은 홍범도가 소련에서 죽지 않고 1943년 북간도에서 74세를 일기로 사망했다는 연구 논문을 발표한다. 이러한 연변 조선족의 연구결과는 고려인 사회 전체를 들끓게 했는데, 고려인들은 ≪레닌기치≫(1989, 4.11) 한 면을 전부 할애하여 '문벌주의자의 파렴치한 준동'이라고 비판하면서 '장군의 존엄성'과 '고려인들의 명예'를 지키기 위해서라도 문벌주의자의 준동을 막아야 한다고 주장한다.

일한 경향을 보인다. 홍범도는 러시아 빨치산은 물론이고 홍의군과 심지어는 일본군의 처지까지도 이해했다. 반면 그는 유독 일진회 회원과 민족반역자들만큼은 무자비할 정도로 가차없이 처단한다. 친일단체인 일진회 회원이란 이유로 마을 사람 30여명을 죽이는 '치양동' 사건을 비롯해 작품 곳곳에서 민족반역자들에 대한 단죄가 나타난다.

물론 민족반역자들은 홍범도가 주장하듯 "왜놈의 개가 되어 조선사람 애국자들을 왜놈들께 잡아주어 죽이게 하고 나중엔 삼천리 강토와 이천만 동포를 죄다 왜놈들에게 팔아먹자구 드는 매국역도"(1;161쪽)들이다. 그러나 아무리 그렇다고 하더라도 한 마을에서 몇 년씩이나 얼굴을 맞대고 살았던 이웃들을 일진회에 가입했다는 이유만으로 아무런 갈등조차 느끼지 않고 죽일 수 있다는 것은 쉽게 이해되지 않는다.

> 우선 왜놈의 앞잡이 노릇을 하고 개질하는 일진회 회원놈들부터 없애버려야 하오. 그러면 왜놈들한테서 눈을 뽑아버리는 것이나 다름없으니 앞으로 왜놈들과 싸우기도 쉽단 말이오.(1;173쪽)

일제의 '총포급화약류단속법(銃砲及火藥類團束法)'이 공포되면서부터 합법적으로 사냥을 할 수 없게 된 홍범도는 의병의 길로 나아가게 된다. 그는 포수막에 들러 포수들과 작의 결의하고 의병대를 조직하는데, 그 첫 번째 임무로 일진회 회원들을 비롯한 민족반역자 처단으로 규정한다. 이러한 홍범도의 작전은 일견 타당성을 갖는다. 전투적으로 단련되지 않는 소수의 의병대가 정규군대와 처음부터 맞서 싸우기에는 아무래도 역부족이기에 실전 능력을 배양한다는 차원에서 의의가 있다.

　―일진회군인놈들아! 내 말을 좀 들어봐라. 너희들이나 우리들이나 다 같은 조선사람들이다. 그런데 너희네는 무슨 일로 왜적들과 이 역적놈들을 섬기면서 우리 의병들을 반항하여 싸우느냐 말이다. 너희들 곁에 나앉은 저 왜놈군인들은 남의 나라 강토를 빼앗아내려는 강도들이니 그럴 수 얼마든지 있지만 그러나 너희들은 조선사람의 피와 조국강산의 정기를 타고난 놈들이 어찌 나라와 동포를 배반하고 반역행위를 한단 말이냐? 그러니 너희놈들도 도저히 용서할 수 없다.(1;238-239)

　홍범도는 모든 조선 사람들이 일제와 맞서 싸워도 모자라는 마당에 일본군을 물리치고 나라를 찾겠다고 나선 의병대의 앞을 가로막는 민족반역자들의 행위는 반드시 단죄되어야 한다고 생각한다. 그는 '나라와 동포'를 배반하는 반역행위야 말로 가장 악질적인 범죄라고 단정하여 가차없이 처단한다. 그 중에는 자신과 몇 년 동안이나 포수생활을 했던 옛 동료까지 포함되어 있었다.

　항일무장투쟁과 같은 민족서사를 중심으로 한 역사소설의 경우 민족반역자들에 대한 엄격한 처단을 통해 민족적 순결주의를 강조하는 게 일반적인 현상이다. 그러나 고려인 문학에 나타난 민족반역주의자들에 대한 적개심과 가차없는 처단은 좀 더 세밀한 독법을 요구한다. 즉 고려인 문학에 나타나는 민족반역자들에 대한 단죄는 통상의 민족적 순결주의를 넘어선 것으로 일종의 자기 방어기제까지 내포하고 있다.

　『홍범도』가 시종일관 민족 배반을 경계하고 배반자나 반역자들에 대해 그때마다 단죄하는 모습을 형상화하고 있다는 것은 그만큼 고려인들이 배반이라는 행위자체에 강박되어 있음을 보여주는 것이라고도 할 수 있다. 이러한 강박은 무슨 일이 있어도 민족을 배반하는 일만큼은 하지 말아야 하며, 배반은 곧 죽음을 의미한다는 것을 암시한다. 배반에 대한 경계를 통해 작가는 민족배신자들로 인해 고통 받았던 고려인들의 역사를 재현하고 있는데, 이러한 방식은 소련의 공식적 담론을 내면화 한 것으로 일정한 문제점을 포함하고 있다.

고려인들의 내면 깊숙한 곳에는 '강제이주'로 인한 깊은 상처가 드리워져 있다. 그들은 자신들의 삶이 왜곡된 것을 강제이주 때문이라고 생각한다. 민족 반역자들의 간첩행위에 대한 처벌인 강제이주와 그로 인한 공포들. 이같은 공포는 고려인 내면 깊숙이 두 번 다시 반역을 되풀이해서는 안 된다는 논리를 심어준다. 결국 고려인들은 홍범도라는 영웅 창조를 통해 그동안 겪어왔던 민족적인 열등감을 극복하려고 하지만 바로 그 영웅의 행위-민족 반역자의 단죄-에 의해 다시금 부끄러운 과거를 확인하는 역설을 낳고 만다. 이 과정에서 고려인들은 어떠한 경우에라도 조국을 배신해서는 안 된다고 논리를 내면화하게 되는데, 그들이 배반하지 말아야 할 대상이 '사회주의 조국'인 소련을 의미함은 당연하다.

소련 당국의 공식적 담론을 내면화 한 고려인들은 역사적 사실에 대한 일정한 왜곡마저 자연스럽게 한다. 대표적인 사례가 김좌진과 조선독립운동사에서 가장 비극적인 사건의 하나로 기록된 '자유시 참변'에 대한 인식이다. 『홍범도』에 형상화된 김좌진의 모습은 한마디로 사기꾼에 불과하다. 전략과 전술에 무지했을 뿐만 아니라 권력욕에 사로잡혀 끝내 일제에 야합한 민족배신자일 뿐이다. 자유시 참변 또한 비록 비극적인 일이었지만 소수의 피해에 불과하다는 점을 누차에 걸쳐 강조하고 있다.

　　이리하여 조선혁명군을 배반하고 상해임시정부의 꾀임수에 걸려 중령
지로 넘어가려고 서둘던 제3연대는 무장해제를 당하고 말았다. 그리고
일부 지휘부사람들은 자기 군인들을 운명의 농락에 맡겨버리고 도망하
였고 일부 지휘관들은 도망치다가 붙잡혀 붉은군대 제 5군단 군사재판에
넘어가 감금형을 받게 되었다. 그런데 유감스럽게도 무장해제시에 사소
한 희생자들도 있게 되었다. (3;286쪽)

　　공식적으로 소련 당국을 비판할 수 없었던 당시의 시대상황과 검열
등은 소련당국을 난처하게 만들 수도 있는 '자유시 참변'을 이렇게
묘사하게 만든다. 그러나 홍범도와 함께 항일무장 투쟁에 참여했던
노혁명가 김승빈의 비판은 역사 인식에 있어서 고려인 1, 2세대간의
차이를 보여준다는 점에서 흥미롭다.

　　김승빈은 작가란 "볼세위크적 당성에 립각하여 사회의 현장, 인민의
생활, 조성된 환경, 발생된 사건들을 사실대로 반영하고 그를 옳게
분석하고 정당한 결론"을 내려 사회 발전을 촉진시키며 독자에게 깊은
감명과 "옳은 인식을 주는 것"이라고 역설한다. 그런데 김세일의『홍범
도』는 자유시 사건을 다루면서 "한편에 치우친 편견을 정당화하려는
수법"으로 쓰였을 뿐 아니라, 역사적 사실까지 왜곡한다고 비판한다.
다시 말해 "박일리야 일파에게 대하여서는 실제에 없는 사실을 꾸며서
그들의 죄상을 첨중하고 오하묵 일파에 대하여서는 일언반사도 없을
뿐만 아니라 은연중 그들을 옹호하는 경향"을 보이고 있다는 것이다.[30]
　　자유시 참변은 상해파와 이르쿠츠파 등으로 대표되는 한인 무장단체
들 간의 대립이 소련의 일관되지 못한 정책으로 인해 증폭되어 폭발한

---

30) 김승빈, 앞의 책, 103쪽.

무장독립운동사의 최대 비극중의 하나이다. 소련 당국은 항일무장세력들 간의 반목과 대립이 엄존했음에도 불구하고 자유대대측을 비호하였을 뿐만 아니라, 러시아 혁명을 지원하는 자율성을 갖는 외국인 부대라는 점을 무시한 채 일방적으로 무력을 통해 자신들의 주장을 관철하려 했다. 이러한 소련의 행위는 코민테른에서 제기한 피압박민족해방이라는 슬로건과도 부합하지 않은 잘못된 행동이었다.31) 즉 자유시 참변의 책임은 3연대의 지도부와 무작정 군대를 동원하여 무력으로 진압한 조선혁명군 지도부 및 이것을 방조한 소련 당국 모두에게 있다고 할 수 있다. 그런데 김세일은 조선혁명군 지도부와 소련 당국에 대해서는 단 한 마디 비판도 하지 않고 모든 잘못을 제 3연대에 돌리고 있다.

결국 김세일은 '자유시 참변'을 항일무장투쟁에 참여했던 '조선'인들의 입장이 아닌 소련의 공적 담론을 내면화한 고려인의 입장에서 다루고 있음을 볼 수 있다. 이러한 작가의 태도는 소련 당국에 의한 고려인의 박해를 지적함으로써 소련 당국을 곤혹스럽게 하거나 그들의 약속 불이행에 대한 비판 대신 침묵을 통한 타협을 모색했던 고려인 인텔리들의 내면풍경을 드러내는 것이라 할 수 있다. 여기서 우리는『홍범도』가 왜 홍범도의 전 생애를 다루지 않고 레닌을 만나는 장면으로 ≪레닌 기치≫에서 끝을 맺었어야 했으며, 작품이 완성되기까지 20년이란 세월이 필요했는가 하는 이유를 발견하게 된다.

레닌을 만나고 난 후 홍범도는 한인사회주의자들의 극심한 분열과 강제이주를 경험하게 된다. 그런데 이 두 사건은 작가 김세일이 언급할

---

31) 한국독립유공자협회 엮음,『러시아 지역의 한인사회와 민족운동사』, 교문사, 1994, 227~235쪽. 참조.

수 있는 영역이 아니었다. 강제이주를 언급하는 것은 곧 소련을 배신하는 행위로 인식되었기 때문이다. 결국 강제이주는 1980년대 후반에 와서야 비로소 작품[32]의 대상이 될 수 있었다.

4. 맺음말

구한말 항일독립운동의 일환으로 포석 조명희에 의해 촉발된 고려인 한글 문학은 강태수, 김준, 조기천, 김기철, 연성용, 김세일, 한진 등을 거치면서 지속적으로 발전해 왔다. 비록 스탈린의 강제이주와 한글 말살 정책으로 인해 수많은 난관을 겪게 되지만 1970년대에 접어들면서는 "다민족 쏘베트문학의 일부분으로서 의심할바 없는 성과를 "산출한다. 그 결과 고려인 한글문학은 "사회주의조국에서 전체 쏘련인민과 더불어 어떻게 공산주의사회를 건설하는가함에 대하여 믿음성있게 이야기"하는 위치에까지 도달한다.[33] 그런데 이러한 고려인 문학에 대한 평가는 고려인 문학이 역설적이게도 생존을 위해 그들 스스로가 정체성을 포기하고 소비에트 공민이 되려 하는 결과를 낳았다.

----

32) 강제이주는 고려인들에게 엄청난 사건이었음에도 불구하고 고려인들은 '37년도'나 '강제이주'와 같은 말은 입 밖에도 꺼내지 못했을 뿐만 아니라 '민족언어'와 같은 어휘조차 반소련적인 언사로 비판받았다. 강제이주는 1990년에 발간된 한진의 「공포」를 통해 비로소 작품으로 형상화 된다.
한진, 「공포」, 『오늘의 빛』, 알마아따, 자수석출판사, 1990.
33) 우 블라지미르, 「서문」, 공동창작집, 『씨르다리야의 곡조』, 알마아따, 1975, 5, 7쪽.

장편소설 『홍범도』를 통해 김세일이 강조한 것은 홍범도 같은 전설적인 항일무장 투쟁의 영웅이 지금 현재 중앙아시아에서 거주하고 있는 고려인들의 직접적인 선조(동료)라는 것에 대한 일관된 자긍심이다. 이러한 자긍심을 통해 고려인들은 자신들이 간첩 의혹에 대한 보복으로 중앙아시아에 유폐된 존재들이 아니라 항일투쟁과 사회주의 혁명투쟁에 적극적으로 참여한 사회주의 건설 과정의 당당한 일원이라는 점을 복원해 낸다. 고려인들이 자신들의 잃어버린 기억들을 복원해 낸다는 것은 분명 의미 있는 일이다. 왜냐하면 역사 복원은 그들을 '고려인'이라는 하나의 정체성으로 묶는 중요한 구실을 하기 때문이다. 물론 이 복원에는 '망각과 왜곡'은 물론이고 고려인들의 현재적 위치 또한 작동하고 있다. 이런 점에서 『홍범도』는 이인섭으로 대표되는 1세대 고려인들에 의해 발생되는 망각과 왜곡은 물론이고 1960년대를 살아가는 고려인들의 현재적 해석에 의한 자기 합리화 또한 내재되어 있다고 봐야 한다. 따라서 어떤 측면에서 보면 『홍범도』는 구소련권 고려인들이 각종 민족적 차별을 극복하고 구소련권에서 성공하여 살아남은 고려인 자신들에 대한 헌사라고도 할 수 있다.

(『민족문학사연구』, 민족문학사학회, 2004)

중앙아시아 고려인 문학에 나타난 기억의 양상 연구
―강제이주를 중심으로

1. 문제제기

　이 글의 목적은 스탈린의 '강제이주(deportation)'[1]를 직·간접적으로 다룬 고려인 한글문학 작품을 중심으로 기억의 문제를 탐구하는 것이다. 1937년 스탈린의 강제이주는 고려인들에게 '민족 전멸'이라는 미증유의 공포를 불러 일으켰다. 고려인들에게 강제이주는 "기억에서 영원히 사라지지 않는 사변"[2]과도 같은 것이었다. 하지만 중앙아시아에서 살아남아야만 했던 고려인들은 그 기억에 매달릴 수 없었다. 오히려

---

1) 강제이주란 '추방 내지 '유형'을 뜻하는 말로 "개인이나 집단 혹은 어느 하나의 민족 전체를 직, 간접적인 탄압에 따라 어느 한 장소에서 다른 곳으로 강압적으로 이주시키는 것"을 의미한다.
　심헌용, 「강제이주의 발생 메카니즘과 민족관계의 특성 연구」, 『국제정치논총』 39,3, 한국국제정치학회, 1999,12, 119쪽.
2) 엠·우쩨르바예와, 「강제이주」, ≪레닌기치≫, 1989.5.3.

그들은 자신들이 강제이주 기간 당했던 끔찍한 탄압과 그 이후 가해진 억압 등 그들의 역사에 대해 침묵하거나 아예 부정하는 이율배반적인 태도를 취한다. 그런데 고려인들의 이같은 태도는 스탈린이 사망하자 일정한 변화를 맞는다. 스탈린 사후 1956년에 열린 소련공산당 20차 대회는 스탈린의 개인숭배를 폭로·규탄하는 한편 스탈린 시기에 희생되었거나 탄압을 당했던 사람들을 복권시키는 일련의 조치를 취한다. 이를 계기로 고려인들은 그동안 잊기를 강요당했던 고향 원동과 일제에 맞서 투쟁을 전개했던 인물들을 복원해 낸다. 고려인들은 항일무장투쟁의 빛나는 전과들을 의미화 하는 한편 중앙아시아의 험난한 자연환경을 극복하고 '황금바다'로 만들었던 자신들의 불굴의 노력을 형상화함으로써 잃어버린 역사를 복원해 낸다.

고려인들의 역사 복원과정에서 한 가지 주목해야 할 점은 그들이 '강제이주'에 대해서만큼은 끝끝내 침묵으로 일관한다는 것이다. 즉 강제이주에 대해서는 심지어 자손에게까지 자신들이 겪은 경험을 말하지 않을 정도였고, 반세기가 지난 현재에도 "로인들은 과거사에 대하여 말하기를 주저하고 있"3)다. 이러한 고려인들의 태도는 과거를 기억하는 것만으로도 또 다른 탄압을 당할지도 모른다는 공포와 불안에 대한 일종의 '방어기제'로써 아직까지도 고려인들이 강제이주의 기억에서 자유롭지 못함을 보여주는 것이라 할 수 있다.

고려인들이 강제이주에 대해 말하지 않는 행위는 일종의 망각이라고도 할 수 있다. 왜냐하면 망각에는 "기억해내기를 거부하는 어떤 의도"4)

---

3) 엠·우쎄르바예와, 앞의 글, 같은 쪽.
4) 김현진, 「기억의 허구성과 서사적 진실」, 최문규 외, 『기억과 망각』, 책세상,

가 개입되어 있기 때문이다. 그런데 망각은 기억 행위와 불가분의 관계를 맺는다. 무엇인가를 망각한다는 것은 무의식적인 어떤 '동기'에 의한 기억 대상에 대한 억압을 전제하는 것으로써 필연적으로 왜곡과 변형을 수반한다. 따라서 망각은 또 다른 형태의 기억이라 할 수 있다.[5]

그런데 이러한 '기억/망각' 행위는 현재를 그 준거점으로 삼기에 문제적이다. 다시 말해 무언가를 '기억/망각'한다는 것은 과거 자체가 '기억을 통해 재현되는 것이 아니라 과거에 대해 만들어진 표상들을 통해' 구성된다는 점에서 "현재 시점에서 필연적으로 재구성된 결과"[6]라고 할 수 있다. '기억/망각'을 이처럼 규정한다면 고려인들의 강제이주에 대한 '기억/망각' 행위도 동일한 인식 선상에서 살펴볼 수 있다. 즉 강제이주에 관한 그들의 '기억/망각'은 필연적으로 고려인들이 직면한 당시의 정치적 지형과 관련이 있으며 그들이 만들어 낸 정치적 입장과 분리되어 있지 않다고 봐야 한다.

고려인들은 '개방'을 맞아 강제이주에 관한 자신들의 견해를 봇물처럼 쏟아 놓는다. 이 지점에서 우리는 왜 고려인들이 잊기를 강요당했던 '1937년과 강제이주'를 기억하려 하는가라는 점을 물어야 한다. 무의식의 영역 저편에 존재해 있던 강제이주와 1937년을 의식의 영역으로 끌어들인 고려인들의 현재적 필연성은 무엇인가?

이 글에서 우리는 강제이주를 소재로 한 텍스트 분석을 통해 이러한 물음들에 대한 답을 찾고자 한다.

....

2003, 211쪽.
5) 필자는 이 글에서 기억과 망각을 동일한 의미에서 사용하며 '기억/망각'으로 표현하고자 한다.
6) 김현진, 앞의 글, 216쪽.

2. ≪레닌기치≫에 나타난 강제이주의 기억 방식

소련이 개방되기 전까지 중앙아시아 고려인들에게 '1937년과 강제이주'는 금기(taboo)의 영역이었다. 고려인들은 강제이주에 대해 스스로 금기라는 구속을 부여하였는데, 이로 인해 '강제이주'는 '위반의 욕망'과 그로 인해 야기될지도 모르는 '공포감'의 대상이 되었다. 그러나 '금기는 범해지기 위해 거기에 있다'라는 명제처럼 소련 개방 후, 고려인들은 자신을 옭아맸던 질긴 금기의 끈을 끊기 시작한다.

고려인들의 이주에 대한 최근까지 이루어진 국내·외의 연구를 종합해 보면 적어도 고려인의 이주가 강제성을 띤 '강제이주'라는 점에서는 일치된 견해를 보인다. 비록 학자마다 강제이주의 원인에 대한 분석에서 약간의 차이점을 보이지만 정리하면 다음과 같다.

첫째, 일제의 연해주 침략으로 인해 극동 정세가 불안해졌으며 이에 소련이 불안감을 갖게 되었다는 점, 둘째 소련 당국이 고려인들의 헌신적인 쏘비에트 건설과 참여에도 불구하고 '황화론'에 근거해 근본적으로 고려인들을 믿지 못했다는 점, 셋째 중앙아시아의 광활한 황무지 개발을 위한 노동력 확보가 필수적이었다는 점, 넷째 고려인들의 한인 자치공화국 건설을 무력화시키기 위한 예방책[7]이었다는 점 등이 그것

---

7) 소련 당국은 연해주에서의 고려인들의 정착을 "또 하나의 힘을 가진 러시아정부에 대응할 수 있는 세력"의 등장으로 인식하였을 뿐만 아니라, "러시아극동지역에서의 소비에트의 힘을 무력화할 수 있는 잠재력을 가진 민족"으로 경계하였다. 덧붙여 한인지도자들은 1929년 연해주 지방에서 '원동한인공화국' 건설을 요구하였는데, 특히 김 아파나씨 같은 경우는 1933년 '뽀시예뜨'의 농업집단화 성공을 발판으로 '뽀시예뜨한인민족지구'를 건설하여 최대 10년간 국가로부터 곡물의 국가공출을 면제받는 성과를 창출하기까지 한다. '뽀시예뜨한인민족지구'의 성공은 당시 이 지구 기관지인 ≪선봉≫에 보도되어 일본과 소련당국의

이다.

그렇다면 정작 고려인들은 역사적 대상인 '강제이주'를 어떻게 기억하는 것일까? 소련 개방 후 ≪레닌기치≫에 실린 강제이주를 다룬 일련의 논의들을 통해 살펴보도록 하자.

강제이주에 대한 최초의 비판적 언급은 1989년 2월 9일자 ≪레닌기치≫에 실린 역사학자 김게르만의 「원동에서 특별렬차로」이다. 그는 소련의 역사책들이 하나같이 '이주'를 설명하면서 "전쟁시기의 사태 혹은 이상에 지적한 민족들의 '간첩및적대활동'을 이주조치로 근절하는 것과 관련하여 부득이 취한 대책"이란 식의 '판박이식묘사'로 일관하고 있으며 심지어는 "조선인들이 '자원적으로 이주하여왔다'"라고 왜곡한다고 비판한다. 그러면서 조선인을 비롯한 이주정책은 '쏘련에 거주하던 전체 소수민족에 대한 스탈린의 병리적인 불신임 내지 스탈린의 대강국적인 배외주의적로선의 결과'라는 당시로서는 파격적인 주장을 제시한다.[8] 게다가 그는 조선인을 이주 시킨 원인에 대한 나름대로의 분석을 제시하고 있는데 다음과 같다.

첫째는 조선인을 광활한 지역으로 이주시킴으로서 "조선인주민구루빠들이 자동적으로 분렬"되는 것을 노렸고, 둘째로는 중앙아시아의 부족한 노동력 보충을 위한 것이다. 그런데도 소련 당국이 이러한 원인

외교적 마찰의 원인이 되기도 한다. 일본과의 대립을 원치 않았던 소련 당국은 이 일의 책임을 물어 김 아파나씨를 체포하여 사형시킨 한편, 이후 고려인 자치문제를 엄격하게 탄압한다.
김대희, 「1937년 중앙아시아 지역 한인 강제이주 연구」, 이화여대 석사학위논문, 2003, 30~31쪽.
8) 김게르만, 「원동에서 특별열차로」, ≪레닌기치≫, 1989.2.9.

들을 은폐한 채 "'국사범'이란 딱찌를 전인민에게 붙이는 것은 반인도주의적이고 비법적인 것이라고 간주"할 수밖에 없다고 주장한다. 이 글에서 김게르만은 비록 명시적으로 '강제이주'라는 말을 사용하고 있지 않지만 '반인도적이고 비법적'이란 규정을 통해 이주가 강제적으로 이루어졌음을 밝히고 있다.

김게르만의 이러한 주장은 역사학자 황보리쓰에 의해 제동이 걸린다. 그는 조선인 이주민들이 만든 중앙아시아 꼴호스 조직은 역사상 한 번도 본 적이 없을 만큼 성공적이었다고 평가하면서 이것은 모두 당기관의 적극적인 노력 덕택에 가능할 수 있었다고 주장한다. 그는 이주 과정에서 겪은 고통에 대해 "당기관과 쏘베트기관은 이주민들을 받아들일 조치들을 조직진행하였"으며 "역장들에다 식료품, 더운물을 끊임없이 공급해주며 의료봉사를 주기 위한 조건들을 조성해 주었다"라며 김게르만과는 다른 태도를 취한다.[9] 이에 대해 김게르만은 곧바로 「고난의 재생」이란 글을 통해 고려인들의 이주가 강압적이고 불법적으로 이루어졌음을 재차 확인한다. 김게르만은 1937~1940년도의 고문서들을 통해 이주당한 조선인들의 실상을 통계로 제시하면서 고려인들에 대한 이주는 '모든 것을 도끼로 찍어 없애 버린 것'과 같다고 주장한다. 즉 명시적으로 '강제이주'란 어휘를 사용하지 않았을 뿐 실질적으로 조선인의 이주를 '강제이주'로 바라보고 있는 것이다.

고려인의 이주를 '강제이주'라고 직접적으로 표현한 글은 엠·우쎄르바예와의 「강제이주」다. 그는 많은 사람들이 과거를 꺼내는 것을 미련

---

9) 황보리쓰, 「이렇게 시작되었다- 조선인 이주민들의 꼴호스조직 력사에서」, ≪레닌기치≫, 1989.2.25.

한 일이자 소용없는 일이라고 하는데, 그런 행위야 말로 '범인들을 그들의 죄상과 함께 매장'하는 것으로써 과거에 대한 위조나 공백은 후손들을 위해서라도 철저하게 밝혀야 한다고 주장한다. 그는 '정 와씰리' 부부의 경험을 통해 강제이주의 잔인성과 불법성을 지적하는 동시에 그로 인해 조선인들이 받았던 공포에 대해 서술한다.[10] 이 글은 고려인의 이주를 최초로 '강제이주'란 어휘로 규정했다는 점과 이 규정에 대한 반론과 재반론이 연속해서 ≪레닌기치≫에 게재되는 등 고려인 사회를 '강제이주'에 대한 일대 논쟁에 휩싸이게 만든다는 점에서 중요한 의의를 갖는다.

리 니꼴라이는 「1937년도 이주사건에 대하여」를 통해 「강제이주」에서 조선인 이주를 '강제'라고 표현한 것은 잘못이라고 주장한다.

> 이 두 기사에서 인용된 '강제'라는 말은 옳지 못하다고 생각한다. 이 두 기사를 읽어보면 공연히 쏘련조선사람들을 탄압하여 비극을 조성하였고 강제이주시켜 사람들을 못살게 하였고 어디로, 어째서 실어간다는 말도 없이 허줄한 화물차에 실어 이주시켰다고 쓴 것은 나는 절대로 옳지 못하다고 생각한다. 이 두 기사는 이주의 원인, 내용, 국가의 사정을 모르나 아니면 알면서도 당대에 국가에서 한 일을 덮어놓고 잘못했다고 비판하기 위해서 그런 기사를 썼으리라고 생각한다.[11]

리 니꼴라이는 조선인 이주를 '강제이주'라는 부정적인 어휘로 표현하는 것은 단순히 과거를 기억하는 것이 아닌 명백한 의도가 개입된

---

10) 엠·우쎄르바예와, 앞의 글.
11) 리 니꼴라이, 「1937년도 이주사건에 대하여」, ≪레닌기치≫, 1989.6.14.

것으로 파악한다. 그는 "국가에 꼭 요구되는 큰 일을 해야 할 때는 매 사람에게 그의 소원을 물어볼 필요"가 있느냐고 반문한 뒤, 화물차에 실려 열악한 환경에서 이주한 것도 따지고 보면 18만 명이나 되는 조선인을 열차로 운반할 수밖에 없었던 현실적인 여건에서 기인한 불가피한 것이었다고 주장한다. 계속해서 그는 원동에서 일본 간첩의 준동이 심했고, 이로 인해 조선인들이 피해를 입는 상황에서 "조선사람들을 원동에서 이주시켜" 일본 침략자들의 탐정을 도와주면서 앞잡이가 되는 것을 막았으니 "이런 이주는 국가의 리익을 위한 것이였으며 필연적이고 옳은 정책이였다"고 주장한다. 게다가 비록 조선인들이 정든 원동땅에서 타지방으로 이주한 것이 섭섭한 일이었지만 "조선사람들은 자각하여 이 이주를 받아들였고" 오히려 원동보다 훨씬 풍요한 땅에 보내져 행복하게 살았는데 어떻게 '강제이주'라고 할 수 있는가라고 반문한다. 사실이 이처럼 명백한데도 '강제이주' 운운한 것은 "여러 민족들이 다 화목하고 부유하게 살고 있"는 상태를 훼손하기 위한 불순한 의도의 발현으로 밖에 볼 수 없다는 것이 리 니꼴라이 주장의 핵심이다.

그러나 리 니꼴라이의 주장은 이주를 직접 경험한 노인들의 회상기와 각종 반박문에 의해 논박된다. 당시 강제이주를 담당했던 내무인민위원회(HKBD) 일원으로 강제이주 전 과정을 목격했던 박성훈은 니꼴라이가 독자들에게 원동에서 그냥 살면서 일본침략자들의 탐정을 돕는 것이 옳은 일인가라고 묻는 것에 대해 "정치적으로 몰상식한자의 말이며 조선민족을 멸시모해하려는 것"이라고 통박 한다. 그는 조선민중의 간첩행위 근절을 위한 방안으로 이주가 행해졌다고 주장하는 것은

"전조선민족에게 일제앞잡이의 탈을 들씌우려는 것"으로써 "조선민족에 대한 비할바 없는 굴욕이고 필자의 몰상식한 견해"라고 비판한다. 또한 그는 스탈린 시기에 이루어진 이른바 '이류분자'에 대한 숙청에 대해서도 "허명무실한 폭동반란단체, 외국정탐 등의 허구를 조작"하여 닥치는 대로 사람들을 무단 처형한 것에 불과하다 주장한다. 특히 조선인의 대량 학살의 근거가 된 '종파투쟁'에 대해서 실제적 사실에 근거한 것이 아닌 "원동에서 쏘비에트 정권을 반대하는 폭동－반란단체가 조직되었다"는 허구를 통해 조직된 불법적이고 범죄적인 행위라고 규정한다. 그럼에도 리꼴라이가 소련 당국의 범죄적인 행위에 대한 정당한 비판을 생략한 채 오직 '조선인 간첩'만을 의도적으로 부각시킨 것은 결국 조선민족을 비하하는 것에 다름 아니라는 것이다.

≪레닌기치≫ 지상을 통해 이루어진 고려인들의 이주에 대한 논쟁에서 우리는 한 가지 의문을 갖지 않을 수 없다. 고려인 이주라는 동일한 사건에 대해 왜 이처럼 상반된 견해를 표출하는가 하는 점이다. 황보리쓰와 니꼴라이 등은 이주를 기억하면서 조선인 간첩과 꼴호즈에서의 성공을 떠올린 반면 김게르만과 엠·우쎄르바예와, 송희현 등은 왜 질병으로 인한 조선인의 죽음과 분노에 치떨던 조선인들의 눈, 수건에 싸가지고 온 묘지의 흙을 기억해 냈을까?

동일한 사건을 서로 다르게 기억하는 상황에서 우리는 다시금 '기억' 행위를 문제 삼지 않을 수 없다. 기억이 현재 시점에서 필연적으로 재구성된 결과라고 한다면 니꼴라이가 조선인 간첩을 기억해내고 김게르만이 조선인 학살로 대표되는 탄압을 기억하는 것은 모두 그들이 직면한 현재의 정치적 지형과 거기서 파생한 정치적 입장과 불가분의 관계가 있다고 봐야한다. 그렇다면 그들이 직면한 정치적 지형과 입장이란 구체적으로 무엇을 의미하는가? 필자는 소련의 개방과 더불어 중앙아시아에서 발흥하기 시작한 민족주의에 대한 입장이 그중 하나라고 생각한다. 소련이 개방 정책을 시행했던 시기 ≪레닌기치≫를 살펴보면 당 정책이 하루가 다르게 급변하고 있다는 것을 알 수 있다. 특히 우즈베키스탄과 카자흐스탄 공화국의 경우 급격한 민족주의 노선으로 기울기 시작한다. 비슷한 시기에 고려인들 역시 과거에는 '민족주의자'로 오인 받을까 봐 감히 입에 올리는 것마저 두려워했던 '민족'이란 낱말을 빈번하게 사용한다.

이러한 사실들은 그만큼 민족주의가 성행했다는 것을 반증하는 동시에 민족 문제를 논의의 대상으로 삼을 수밖에 없는 처지로 고려인들이 내몰리고 있었다는 것을 의미한다. 즉 민족주의의 발흥은 그동안 소련을 사회주의 조국으로 인식하며 생활했던 고려인들에게 적지 않은 혼란과 위협으로 다가왔던 것이다.

이런 상황에서 강제이주를 어떻게 기억할 것인가 하는 문제는 급부상하고 있는 민족주의를 어떻게 이해해야 하는가의 문제로 대치된다.[12] 황보리쓰와 니꼴라이 등이 이주를 기억하면서 조선인의 피해보다는 조선인의 잘못과 꼴호즈에서의 성공을 이야기한 것은 소련 당국의

----

12) 강제이주를 기억하는 상이한 방식을 민족주의에 대한 인식 차에서 기인한 것으로만 규정하는 것은 논란의 여지가 있다. 왜냐하면 '경험/비경험' 등과 같은 세대간의 인식 차이 등도 일정한 영향을 미칠 것이기 때문이다. 그러나 당 기관지였던 ≪레닌기치≫의 성격과 현역 역사학자나 강제이주를 경험한 당원(연금생활자)들 사이의 이견異見이란 점을 고려할 때, 이들 문제는 부차적일 수밖에 없다.

공식적인 담론을 내면화한 측면이 강하다. 그러나 다른 한편에서 살펴보면 조선인 이주를 이야기하다 보면 자칫 '피어린 민족의 슬픈 역사'를 건드릴 수 있고 그렇게 되면 피해의식의 발로로 인해 "로씨야인, 가스흐인과 공화국의 기타 민족출신들과 화목하게 한 가정을 이루고"[13] 살아왔던 고려인들의 위치가 흔들릴 수 있다는 우려 또한 작용하고 있음을 알 수 있다.

반면 김게르만과 엠·우쎄르바예와, 송희현 등은 중앙아시아 지역에서의 급격한 민족주의 발흥에 대한 대응으로 고려인의 민족의식을 강조하고자 한다. 즉 민족주의의 발흥으로 소련의 장래가 불투명한 상황에서 조선인들이 과거와 같은 비극을 반복하지 않고 "미래를 더 잘 볼수 있"[14]기 위해서라도 필연적으로 '과거의 아픔'을 알아야 한다고 주장한다. 이러한 사실들은 1990년대 들어 일부 고려인들이 민족정체성 회복(민족주의)을 민족의 생존을 위한 방안의 하나로 상정하고 있음을 보여준다.

3. 강제이주를 대상으로 한 텍스트들의 기억의 양상

1) '부재' 또는 '당의 배려'로서의 강제이주

스탈린 통치 시기 고려인들이 문학 텍스트를 통해 강제이주 문제를

---

13) 황보리쓰, 앞의 글.
14) 송희현, 앞의 글.

공론화시키는 것은 사실상 불가능했다. 여러 증언들을 종합해 볼 때, 스탈린 통치 기간 동안 고려인들은 이주란 어휘는 고사하고 1937년이란 숫자마저 자유롭게 사용할 수 없었다. 따라서 당시 문학 텍스트에서 고려인 강제이주에 관한 내용을 찾기란 매우 어렵다.

카자흐스탄에 정착하게 된 고려인들이 카자흐스탄 사람들에 대한 오해와 공포를 극복하고 친구가 되는 과정을 그린 김기철[15]의 「첫사귐」[16]을 통해서도 이 점은 확인된다. 원동에서 카자흐스탄으로 이주해 온 고려인들에게 카자흐스탄 사람들은 낯선 존재들이었다. 고려인들이 이들을 경계하는 것은 당연했다. 그러던 중 하루는 마을 처녀 '다사'가 냇가에 목욕을 갔다 시간이 지나도 돌아오지 않는 사건이 발생한다. 이 일로 마을은 "화재가 난 동네처럼 떠들썩"(105쪽)하게 된다. 다사의 안위를 걱정하던 마을 사람들은 도무지 종적을 알 수 없는 다사를 두고 걱정에 휩싸인다. 심지어 정칠은 다사가 틀림없이 카자흐스탄 사람들에 의해 납치되었을 것이라고까지 주장한다.

> 내생각엔 가사흐들이, 꼭 카사흐들이 업어간 것같수. 어젠가, 그젠가 저 길등너메서두 카사흐들이 색씨를 족쳐갔다더구마…(106쪽)

---

15) 1907년 8월 8일 함남 단천에서 출생한 김기철은 연해주에서 연성룡과 함께 북간도 용정 대성중학을 졸업했으며 하바로브스크의 변강 출판사에서 함께 근무하던 조명희로부터 문학적 감화를 받았다. 1987년 소설집『붉은 별들이 보이던 때』를 사수석 출판사에게서 간행하기도 한 그는 1991년 3월 알마아따에서 사망했다.
16) 김기철, 「첫사귐」(1938), 공동창작집, 『씨르다리야의 곡조』, 알마아따, 1975, 104~112쪽. 이하 쪽수만 표시함.

마을 사람들은 정칠의 이같은 주장에 대해 "말공부쟁이들이 꾸며낸" 헛소리에 불과하다고 나무라지만 정작 마음속으로는 정칠의 말이 맞을지도 모른다는 의구심을 갖는다. 특히 딸의 행적을 몰라 애를 태운 다사 어머니는 "딸이 필시 그 어떤 독한 손에 걸린것만 같"(106쪽)다는 생각을 굳히기까지 한다. 고려인들의 상상 속에서 '처녀를 빼앗아 가는 독한 손'으로 명명된 카사흐스탄인들에 대한 이미지는 그들이 물막이를 하다 쓰러져 기절한 다사를 구해오는 장면에서 정점에 달한다. 다사의 애인 철호는 카사흐스탄인들이 다사를 업고 오자 전후 사정을 알려고 하기보다는 무작정 사택구금을 시킨 후 "다사에게 가한 그 죄행을 밝혀 엄한 징벌을 한다"(109쪽)는 계획을 세우기까지 한다. 다행히 다사가 깨어나 카자흐스탄 사람들이 곤경에 처한 자신을 구해주었다는 것을 알고 이것이 계기가 되어 카자흐스탄인들과 진정한 친구가 된다.

고려인들이 카자흐스탄인들을 '처녀를 빼앗아 가는' 이들로 오해하는 결정적인 이유는 카자흐스탄인들에 대한 무지 때문이었다. 그런데 이것은 고려인들로서도 어쩔 수 없는 불가항력인 측면이 강하다. 왜냐하면 카자흐스탄인들은 지금까지 고려인들이 원동에서 봤던 러시아인들과는 생활방식 등에서 현격한 차이를 보이는 사람들이었기 때문이다. 따라서 이주민인 고려인과 원주민인 카자흐스탄인들 사이에 갈등과 오해가 발생하는 것은 당연하다고 할 수 있다. 문제는 갈등의 해결방식이다. 통상 갈등의 해소는 서로에 대한 이해를 전제로 한다. 그런데 이 작품에서는 상호간의 이해가 아닌 고려인들이 일방적으로 카자흐스탄인들을 고마운 이들로 규정하는 것으로 갈등이 해소된다. 텍스트가 이처럼 고려인들에 대한 카자흐스탄인들의 이해가 부재한 상태에서 서둘러 해소될 수밖에 없는 이유는 카자흐스탄인들이 고려인을 이해할 수 있는 그 어떠한 정보도 제시되지 않기 때문이다. 즉 강제이주 다음해인 1938년에 발표된 작품임에도 불구하고 이 작품에는 고려인들이 어떠한 경로를 통해 카자흐스탄까지 오게 되었는가 하는 점이 서술되어 있지 않다. 따라서 왜 카자흐스탄인들과 고려인들 간의 '첫사귐'인지 알 수 없게 된다. 결국 이 작품은 고려인들의 중앙아시아 정착 첫해를 형상화하고 있음에도 불구하고 정작 중요한 이주를 연상할 수 있는 어떠한 언급도 하지 않음으로써 작품 맨 처음 등장한 '씨르다리야강'이란 명칭을 제외하고는 도무지 배경마저도 종잡을 수 없게 한다.

부재의 영역이었던 강제이주는 스탈린이 사망한 후에야 어느 정도 문학적 형상화의 대상이 된다. 대표적인 작품으로는 소련 작가동맹 맹원이자 극자가 겸 시인이었던 연성룡17)에 의해 1971년도에 발표된 시 <카사흐쓰딴아, 나의 절을 받으라>와 전동혁18)의 장편서사시 <박령감> 등이 그것이다.

낯선 곳으로 이주해 온 고려인들에 대해 "부드러운 그 말씨/포근한 그 손길"로 마치 형제처럼 따뜻하게 맞아준 카자흐스탄인들에 대한

----

17) 연성룡과 그의 문학에 대해서는 박명진, 「고려인 희곡 문학의 정체성과 역사성」(『한국극예술연구』 19집, 2004.4)을 참조할 것.

18) 1910년 11월 23일 원동 연해주에서 태어 난 전동혁은 우쓰리스크 조선사범 전문학교와 타슈켄트 사범대 어문학부를 졸업했다. 1928년 《선봉》에 시 <봄>을 발표한 후 <벼 베는 처녀>, <보초병> 등의 시와 단편 <아들의 선물> 등을 발표한다. 해방 후 평양에 입성하여 외무성 참사관으로도 일했던 그는 1961년 소련으로 추방된 후 오랫동안 《레닌기치》의 기자로 일했다. 쏘련작가동맹 맹원으로 활동하면서 희곡 『모란봉』을 창작하기도 한 그는 1985년 8월에 작고한다. 전동혁에 대한 보다 자세한 사항은 이명재 편저의 『소련지역의 한글문학』(국학자료원, 2002, 50쪽)을 참조할 것.

고마움을 피력하고 있는 <카사흐쓰딴아, 나의 절을 받으라>는 강제이주를 "숨찬 기차 멈춘 곳"과 "서글픈 그때"로 기억한다.

> 그때 사막엔
> 날씨조차 궂었다
> 모래바람 휘몰아쳐
> 숨결을 막았고
> 지붕없는 집들은
> 서글푸기도 했다.
> 오, 그때
> 서글픈 그때.[19)]
>   − <카사흐쓰딴아, 나의 절을 받으라> 중 일부

 기차가 숨이 차서 멈췄다는 진술에서 우리는 고려인들이 먼 곳으로부터 이주해 왔다는 것과 '지붕없는 집'에서 송두리째 뿌리 뽑힌 그들의 생활상을 엿볼 수 있다. 그러나 시인은 비록 이러한 삶이 '서글픈' 일이지만 그것에 대해서는 문제 삼지 않는다. 오히려 시인은 이주한 땅에서 태어난 아이들이 아무런 어려움 없이 "학사, 박사,/ 의사, 기사,/로력영웅"이 될 수 있도록 고려인들을 적극적으로 배려해 준 '카사흐공화국'에 대해 "반가워 절을 올린다"에서 보듯 고마움을 나타낼 뿐이다. 전동혁의 장편서사시 <박령감>은 소련 개방 이전 고려인들이 기억하는 '강제이주'를 단적으로 보여주는 작품이다. 개방 전까지 대다수 고려인들은 '강제이주'를 '당국의 배려'로 인식한다. 생일을 맞이한 박영감이

---

19) 연성룡, <카사흐쓰딴아, 나의 절을 받으라>, 공동창작집, 『씨르다리야의 곡조』, 알아마따, 1975, 89쪽.

친척들이 모인 자리에서 자신이 살아온 과정을 노래 형식으로 그려내고
있는 이 작품에서 박영감은 자신을 비롯한 고려인들을 "조국광복의
한뜻 품고/ 로령에 왔"다고 진술한다. 그러나 이들은 여전히 '조선의
화전민'과 강을 몰래 넘어 밀입국한 '도강민'에 불과한 존재들이었다.
그러던 이들에게 소련 당국의 이주 명령은 '레닌당의 지도'를 받는
"시월 나라에서 살"수 있는 길을 만들어 준 배려다.

> 당의 부름과 시킴이라면
> 물불을 가리지 않고
> 목숨내걸고 달려드는
> 리령감, 최령감들이
> 정든 고장－원동 떠나
> 낯선 곳에 옮겨와서
> 나라의 보살핌속에
> 이곳 형제들의 도움 받아
> 새 땅 일궈
> 새 살림 꾸렸어라.[20]
> － <박령감> 중 일부

위의 시들은 강제이주가 비록 고려인들에게 정든 고장 원동을 떠나
낯선 곳에서 살아야 하는 불편을 주긴 했지만 새 땅을 일궈 새 살림을
꾸릴 수 있는 기회를 줬으며 이로 인해 고려인들의 생활은 '날로 행복'하
게 되었다는 점을 기억해 낸다.

　　이상의 논의를 통해 우리는 소련 개방 이전까지 강제이주는 고려인

---

20) 전동혁, <박령감>, 공동창작집, 『씨르다리야의 곡조』, 알마따, 1975, 61～62쪽.

들에게 있어 '부재' 또는 '배려'로 기억되고 있음을 알 수 있었다.

2) '공포' 또는 '생지옥'으로서의 강제이주

이른바 '개편과 촉진, 민주주의와 공개성의 새 시대'가 도래하자 고려인들은 앞서 살폈듯 강제이주에 관한 기억들을 본격적으로 불러낸다. 문학 역시 예외가 아니었는데, 고려인 강제이주를 가장 먼저 본격적으로 제기한 작품은 한진[21]의 <공포>다. 1989년 5월 23일부터 31일까지 총 8회에 걸쳐 ≪레닌기치≫에 연재된 <공포>[22]는 강제이주를 전후한 중앙아시아 고려인들의 상황을 상징적으로 보여준다. 제목이 암시하듯 강제이주는 고려인에게 "한 순간 끌려가서 죽임을 당할 수 있"는 공포 그 자체였다.

살던 집과 집물을 그대로 두고 양들처럼 온순하게 차에 올랐던 고려인들은 이주초기 모든 사물이 잠든 새벽 4시쯤이면 영원히 사라질지도 모르는 공포에 직면하곤 했다. 고려인들은 개 짖는 소리가 요란하게 들리는 새벽이면 숨이 막힐 지경으로 공포에 떨어야만했는데 이것은 "곤드라지게 사람들이 잠을 자는 바로 이 때에 사람들을 붙들려 다닌다"(5.23.)는 소문 때문이었다. 방이 추워 불을 때려는 남편에게 "무서우

---

21) 본명이 한대용인 한진은 1931년 8월 17일 평양에서 출생했으며 김일성 종합대학 로문학부 2년 재학중 인민군에 입대하여 한국전쟁에 참전했다. 1951년 리진, 허진 등과 더불어 모스크바에 유학하다 귀국하지 않고 망명하면서 극작가와 소설가로 활동하던 중 1993년 위암으로 사망한다.

22) 한진, 「공포」, ≪레닌기치≫, 1989.5.23 - 5.31. 이하 날짜만 표시함.
이 작품에 대한 선행 연구로는 박명진의 「중앙아시아 고려인 문학에 나타난 민족서사의 특징」(『어문연구』 122호, 한국어문교육연구회, 2004.6.30)을 참조할 수 있다.

니 자기옆을 떠나지 말라"(5.23.)고 말하는 리선생의 아내 모습은 당시 고려인들이 느꼈던 공포가 얼마나 큰 것인가를 단적으로 드러낸다.[23]

중앙아시아에 정착한 고려인들은 '일본 간첩'이란 규정 때문에 주변 사람들로부터의 냉대는 물론이고 당국의 허가 없이는 도시를 벗어날 수도 없는 '집단 죄수'와도 같았다. 조선사범대학의 교원인 리선생 역시 이러한 분위기에서 자유로울 수 없었는데 심지어 소련인 교장은 불온한 사상을 가진 학생들과 동료들의 동태를 파악해 알려달라고까지 한다. "어느때 어데서 붙들려갈지 잠시도 마음을 놓을 수 없는"(5.30.) 상황에서 교장의 요구는 리선생에게는 생사여탈을 가름하게 하는 협박과도 같았다. 말 한마디 잘못하고 붙들려가는 세월이었고 잘잘못이 문제가 아니고 모든 것이 구실에 불과한 당시 상황에서 리선생은 교장의 요구에 반박은커녕 변변한 변명조차 할 수 없었다. 리선생은 자신을 옭아맨 현실에서 벗어나고자 하지만 고려인 그 누구도 '씌르다리야' 강을 벗어날 수 없다는 사실에 절망하고 만다. 이러한 리선생의 모습은 강제이주와 그 후 벌어진 공포와 충격에서 벗어나지 못한 채, 끊임없이 자신의 현재적 존재를 부정하고자 했던 고려인들을 상징한다.

절망과 공포에 사로잡힌 리선생은 뜻하지 않은 두 가지 사건을 통해 삶의 의미를 발견한다. 제비집과 불태워질 뻔한 '조선의 고서적'을 구해

---

23) 강제이주를 전후한 시기 고려인들이 체포에 관해 느꼈던 공포에 대해 박성훈은 "친우들과는 고사하고 지어는 부부간에도 할말을 못했으며 그당시 체포선풍이 어찌나 심했든지 출입문에서 초인종 소리만 울려도 실신하는 형편이었고 밤잠을 자고나야 무사히 하루를 지냈구나 하면서 숨을 내쉬곤하였댔다"고 진술하고 있다.
박성훈, 앞의 글.

낸 것이 그것이다. 제비집이 "귀향의 희망의 상징"(5.27.)으로 아무리 어려워도 "목숨있는 것들은 다 살기 마련"(5.26.)이라는 잠언적인 깨달음을 준다면, 책을 구한 행위는 미래 세대를 위해서라도 지금 자신이 살아남아야만 하는 의미를 부여해 준다. 리선생이 조선어 책들을 태워버리라는 교장의 명령을 거부하고 학교에서 쫓겨나는 것은 물론이고 죽음까지도 각오하면서 굳이 『문헌비고』를 비롯한 고전들을 카자흐스탄 국립도서관으로 보내는 것은 그것이 미래를 위해 자신이 반드시 해야 할 일로 여겼기 때문이다.

그렇다면 <공포>는 강제이주 당시를 어떻게 기억하고 있을까?

> 1937년 가을 쏘련연해주의 조선사람들은 한날한시에 모두 '승객'이 되었다. ……중략…… 살던 집과 가장집물을 그대로 두고 거진 알몸으로 쫓겨나면서도 누구 하나 안가겠다고 떼를 쓰는 사람이 없었다. 양떼처럼 온순히들 차에 올랐다. 어데로 무엇 때문에 실려가는지도 몰랐다. 남녀로소 한사람도 남지 못하고 다 고향에서 쫓겨났다. 가는 길도 멀었다. 수만리, 수십만리- 차칸에서 태여나는 애도 있었다. ……중략…… 오직 어머니 가슴속에 피멍울만 남기고…많은 로인들과 어린것들이 철도연변에 묻혔다.(5.28.)

<공포>가 기억하는 강제이주는 크게 두 가지로 정리할 수 있다. 하나는 '쫓겨난 무리', '죄수', '양무리', '피멍울', '죽음' 등 탄압받는 대다수 고려인에 대한 기억이요, 다른 하나는 '검은 염소'가 상징하는 고려인 앞잡이들이다. 그런데 이러한 기억 방식은 이전 고려인 문학이 보여줬던 '부재 또는 당의 배려' 등과는 판이하다. 이것은 고려인들이

강제이주를 소련당국과 그들의 앞잡이들에 의해 행해진 '범죄적 행위'로 인식하기 시작했다는 것을 의미한다. 고려인들이 강제이주를 우리 민족에게 가해진 "천인공로할 일"24)로 규정했다는 것과 범죄에 가담한 '교살자'들에 대한 역사적 단죄가 필요하다고 인식했다는 것은 중요한 의미를 지닌다.

실제로 1989년 이후 ≪레닌기치≫에는 종종 강제이주 당시 고려인들을 탄압하는데 앞장선 이들에 대한 죄상이 폭로된다. 이것은 고려인들이 두 번 다시 강제이주 기간 동안 행해졌던 비극적인 상황을 반복하지 않겠다는 의지를 표현한 것으로 보인다. 박성훈에 의해 조선인 강제이주 과정에서 자행된 모든 참사의 장본인 중의 한 사람으로 지목된 '유 니꼴라이 니꼴라예위츠'의 행적은 여러 면에서 '검은 염소'를 닮아 있다. 동족을 죽음으로 몰아넣는 것을 통해 출세를 원했지만 결국 죽임을 당하는 측면에서 그렇다. 당시 원동변강 내무인민위원회(HKBD) 본부에서 활동했던 '유 니꼴라이'는 조선글은 물론이고 '춘향전'조차 들어본 적이 없다고 할 만큼 조선의 역사와 문화 및 전통에 무지한 인물이었다. 그러나 그는 소련당국으로부터 "조선인들에 대한 일체 문제해결에서 유일한 권위자로 인정"25)받았다.

> 유 니꼴라이는 매우 경솔하고 졸열하였으며 공명심, 야심이 가득하고 실무수행에서 공명정대하지 못하였으며 편백하였으며 어떻게하나 사람들을 더많이 징벌해치우는 것을 자기 '사업'에서 영예라고 인정하였고 수많은 사람들의 희생으로써 자기 출세의 공명을 세우려 한 자였다.26)

24) 강상호, 「교살자」, ≪레닌기치≫, 1989.8.26.
25) 박성훈, 「력사에서 외곡이 있을 수 없다」, ≪레닌기치≫, 1989.8.22.

'유 니꼴라이'에 대한 박성훈의 평가는 혹독하기 그지없다. 박성훈은 스탈린 통치 시기 이른바 '이류분자' 들이 '트로이카'라는 형식적인 재결을 거쳐 총살된다는 사실을 누구보다 잘 알고 있었던 유 니꼴라이가 무고한 고려인들의 명단을 작성하여 죽음으로 몰아넣은 것은 비판받아 마땅하다고 주장한다. '유 니꼴라이'는 수많은 사람들을 희생시킴으로써 출세를 꾀했지만 "'남잡이가 제잡이다'"라는 고려인 속담처럼 "정의의 보복 처형을 받"27)고 만다.

한진이 강제이주를 기억하면서 '김선생의 이야기'라는 독립적인 장을 만들어 염소라는 알레고리로 창조했다는 것은 고려인 앞잡이들의 죄 역시 스탈린의 범죄 행위에 못지 않게 중대할 뿐 아니라, 급변하는 시기에 나타날지도 모르는 또 다른 앞잡이들을 경계하기 위한 것으로 보인다.

'김선생의 이야기'라는 독립된 장에는 '쁘로위까또르'라는 검은 염소가 등장한다. 우리말로 '앞잡이'로 번역할 수 있는 '쁘로위까또르'는 도살장에서 주인을 도와 동료 양들을 도수장(도살장)으로 끌어들이는 일을 담당하는 염소를 말한다. 양들은 도살장에서 풍겨나는 피비린내와 죽음의 냄새 때문에 본능적으로 들어가지 않으려고 발버둥 친다. 이런 양들을 도살장에 몰아넣는 것은 여간 수고스러운 일이 아니다. 도살장 주인은 이러한 문제들을 일거에 해결하는 방법으로 염소를 앞잡이로 훈련시킨다. 도살장에 끌고 가 죽음 직전에 구출하는 방식을 반복적으로 훈련함으로써 염소는 자신은 결코 죽지 않는다는 믿음을 갖게 된다.

---

26) 같은 글.
27) 같은 글.

때문에 그는 자신 있게 동료들을 끌고 도살장으로 향한다.

그런데 주인이 검둥이의 고삐를 잡아당기니 온순히 랑하 입구로 걸어
가두만. 참 이상한 일이야. 그러니 양떼가 주르르 염소를 따라가지 않겠
소 '매 매' 양떼의 울움소리에 귀가 메는 것 같았소. 본시 양의 울음소리
는 처량한것인데 양떼의 울음소리는 통곡과 같습다. 그것들이 가득
랑하를 메우고 밀치락밀치락 서로 꽁무니를 받으며 밀려내려가는데 아
니나 다를가 도살장문이 '삐걱삐걱' 스산한 소리를 내며 열리더니 피투성
이가 된 작업복을 입은 백정들이 나타났소. 주인은 양떼가 밀려오는것을
외짝문 옆에서 기다리고있다가 검둥이가 다가오자 방싯하게 그 문을
열어주니 염소는 후다딱 뛰여나왔소.(5.26.)

염소는 처음에는 자신이 동료들을 죽음으로 몰아넣었다는 사실에
가책을 느끼기도 하지만 점차 습관화된다. 오히려 염소는 '앞잡이'라는
역할 때문에 "실컷 먹고 실컷 자고 아마 에덴의 꽃동산 부럽지 않"(5.25.)
게 생활한다. 그런데 도살해야 할 양떼들의 숫자가 채워지자 그 역시
도살장의 이슬로 사라지고 만다. 자신은 결코 죽지 않는다고 믿은 염소
는 그해의 마지막 도살 날도 여느 때와 마찬가지로 도살장으로 성큼
성큼 들어간다. 그러나 더 이상 염소가 필요 없게 된 도살장 주인은
외짝문을 열어주지 않는다. 뒤늦게 자신이 버림받았다는 사실을 안
염소는 그곳에서 벗어나려 하지만 밀려들어오는 양떼에 휩쓸려 그
역시 공장 안으로 사라지고 만다.

1989년 들어서면서 시(詩) 텍스트들도 강제이주를 본격적으로 형상
화한다. 그 중 흥미를 끄는 작품이 연성룡의 장편서사시 <오, 수남촌!>
이다. 고향 수남촌을 그리워하면서 그곳으로 회귀하고자 하는 욕망을

드러낸 이 작품에서 연성룡은 고려인들의 강제이주 전 역사를 시화한다. 그런데 이 시에서 시인이 기억하는 1937년은 그가 1971년에 발표한 <카사흐쓰딴아, 나의 절을 받으라>와는 사뭇 다르다. '서글픈 그때'로 기억되었던 1937년은 '생지옥'과 '강제이주'로 대체된다.

고려인들은 스탈린의 '용서할 수 없는 죄악'으로 인해 "텅빈 빈 집들/ 열어제낀 창문들-"을 남겨놓고 배웅해주는 사람 하나 없이 고향을 떠나는 화물열차에 오른다. 어디로 무엇 때문에 가는지도 모른 채 "한밤을 자고나면 / 백령감이 돌아갔고/ 또 한밤 지나고나면/ 나어린 꼴랴가 죽//"는 처참함을 겪으며 마침내 "카사흐쓰탄, 중아시야초원으로 /강제로 실려"오게 된다. 이렇게 시작된 고려인들의 생활은 비록 "카사흐형제들의 들끓는 우정"에도 불구하고 실상은 "생지옥"이었다.

<blockquote>

엄마, 엄마,
나는 배고파요!
발버둥질하며 우는 아이들,
가아에 시달려
일어나지 못하는 늙은이들!(13연)

어디로, 무엇때문에,
사람들을 잡아가는지?
알지도 못했으며
알길도 없었다.
간혹 비슷하게 알았어도
말한마디 입밖에 내지 못한
무시무시한 세월
그 죄악의 세월은

</blockquote>

계속되였으며
잡혀간 사람들은
죽었는지, 살았는지…
종적을 감춰버렸다.
조선학교, 조선대학
모두 닫아버렸고
다음엔 차츰
조선말도 못하게
입을 막아치웠다.[28] (19연)

강제이주로 인해 수많은 고려인들이 살해됐을 뿐만 아니라 조선대학의 폐지와 심지어는 조선말마저도 사용할 수 없게 된다. 고려인에 대한 직·간접적인 학살과 그들의 문화와 전통에 대한 말살은 강제이주로 인한 대표적인 수난이라 할 수 있다. 시인이 강제이주를 기억하면서 '카사흐스탄 인들의 우정'이나 '번영'이 아닌 탄압 사실을 끄집어 낸 것은 역사의 왜곡을 바로 잡아야 한다는 단순한 사명감 그 이상의 의미를 지닌다.

시인은 시종일관 강제이주를 통한 소수민족 말살정책을 감행한 스탈린에 대해 "오, 저주한다,/ 쓰탈린의 개인숭배!"라며 저주를 퍼붓는데 이러한 기억들은 시인의 스탈린 비판에 정당성을 부여해 준다. 즉 시인은 탄압받은 고려인들을 기억해 냄으로써 이른바 '개편과 촉진, 민주주의와 공개성의 새 시대'에 고려인들이 무엇을 할 것인가를 묻고 있는 것이다.

---

28) 연성룡, <오, 수남촌!>, ≪레닌기치≫, 1989.11.25.

3) '죄수'에서 '꼴호스의 영웅'으로 살아남기

강제이주를 다룬 텍스트 중 <공포>와 더불어 빼놓을 수 없는 작품은 김기철의 중편소설 <이주초해; 두만강－씨르다리야강－(이하 이주초해)>29)다. 이 작품은 강제이주 전 과정을 꼼꼼하게 형상화한 최초의 작품이자, 유일한 작품이라 할 수 있다. 김두만이란 꼴호스 지도자 가족과 그 일행의 강제이주 시작부터 중앙아시아에 정착하는 과정을 그리고 있는 이 소설은 스탈린에 의해 행해졌던 강제이주의 참상과 온갖 역경을 극복하고 마침내 황무지를 황금의 들판으로 만든 고려인 스스로에 대한 헌사를 담고 있다.

이 글을 통해 처음으로 논의되는 작품이기에 간략히 내용을 소개하면 다음과 같다.

추석을 얼마 남겨놓지 않은 평화로운 고려인 사회에 불어 닥친 강제이주 소식은 한마디로 '청천벽력'과도 같은 것이었다. 고려인들은 선조들의 피어린 투쟁의 역사가 고스란히 스며든 정든 땅과 이별해야 한다는 사실도 믿기 힘들었지만 무엇보다 그동안 믿고 따랐던 소련 당국이 그처럼 중요한 문제를 한마디 상의도 없이 일방적으로 강행했다는 사실에서 허탈감마저 느껴야 했다. 그러나 "얼핏하면 불벼락이 내리는 세상"이기에 고려인들은 공개적인 이의(異意) 한번 제기하지 못한 채 "죄없는 죄수가 되였구나!"(4.11.)라며 스스로를 한탄하는 등 일종의 공황상태에 빠져든다. 화물차에 실린 고려인들은 "소무리도 양무리도

---

29) 김기철의 <이주초해; 두만강- 씨르다리야강>은 ≪레닌기치≫에 1990년 4월 11일부터 6월 6일까지 총 18회에 걸쳐 연재된 중편소설이다. 이하 인용은 신문에 연재된 날짜만 표시함.

아니"(4.13.)지만 꼼짝없이 죄수가 되어 짐짝처럼 실린 채 씨르다리야 하류지방 한 작은 정거장에 도착한다. 고려인들은 지긋지긋한 여행이 끝난 것을 기뻐했으나 자신들을 기다리고 있는 현실이 "산도 수림도 없고 가시나무관목숲과 반모래불, 보면 볼수록 스산하기 그지없는"(4.19.)벌판뿐이란 사실에 "이젠, 농사도 다 해먹었어!"(4.19.)라며 절망한다.

뽀시예트구역에 정착해 '붉은노을' 꼴호스를 조직한 후 제갑동 사람들과 두만은 우등불을 펴고 움막 짓기를 시작하면서 황무지를 황금바다로 만들자고 결의한다. 그러나 당국의 비협조와 경험부족, 예기치 못한 질병 등 온갖 고난을 겪는다. 그러나 1934년에 중앙아시아로 온 농업이주 동포들의 헌신적인 도움으로 끝내 황무지를 황금의 바다로 일군다.

소련 개방 이후 강제이주를 다룬 대부분의 작품들이 거시적인 측면에서 스탈린의 죄상과 고려인들의 참상을 기억하는데 반해 <이주초해>는 일상사를 중심으로 강제이주의 상처들을 기억해 낸다는 점과 고려인들이 왜 그렇게 성공에 목말라 했는가를 보여주고 있어 특징적이다. 이 작품 역시 많은 부분에서 강제이주를 형상화한 여타의 작품들의 기억 방식과 유사하다. 그러나 김기철의 시선은 여기에서 한발 더 나간다. 강제이주 소식을 들은 고려인들의 분노와 열차의 열악한 환경, 그 속에서 숨져간 고려인들의 억울함에 주목하지만 지금껏 강제이주를 다룬 텍스트들에서 생략되었던 부분들을 기억에서 불러낸다.

강제이주 소식을 접한 고려인 사회가 때 아닌 축제의 모습을 연출한다거나 호송관들의 비인간적인 태도를 집중적으로 부각시키는 것들이 여기에 해당한다. 강제이주 소식에 고려인들은 추석을 위해 정성으로 준비해 둔 탁주를 꺼내 마시고 취해 널브러지거나 집집마다 닭과 돼지를 잡고, 떡을 만들어 먹는 등 잔치를 벌인다. 그러나 떡과 넘쳐나는 술과 고기에도 불구하고 그들의 얼굴은 웃음 대신 "원한과 분노의 빛"(4.11.)만이 흘러넘쳤다는 데서 즐거움과는 거리가 멀다. 오히려 조상의 제사나 미래를 위한 재산 축척 수단으로 마련해뒀던 술과 고기와 떡을 소비하기 위한 어쩔 수 없는 축제라는 점에서 비극적이기까지 하다. 소련당국에 대한 공식적인 이견표출을 봉쇄당한 고려인들은 잔치라는 형식을 통해 당국에 대한 불만을 우회적으로 표출한다. 작가는 바로 이 축제 속에 숨어 있는 고려인들의 분노를 기억함으로써 강제이주가 고려인들에게 가한 정신적인 충격을 형상화한다.

이러한 우회적인 방식은 강제이주 당시의 고통을 형상화 하는 데서도 명확하게 드러난다.

어머니를 찾아야 하고 직업이 의사이니 깔리놉까 사람들을 인솔한 차장이 함께 가라는 것이었어요. 각처에 전화를 걸어 어머니도 찾아주고 좋은 일자리도 알선해주겠다고 했어요. 그걸 난 꼭 믿었지요. 저녁식사를 하려고 준비하고 있는데 차장이 내 칸으로 들어오더군요. 히쭉거리며 얼굴이 뻘개져 날치니 딴 궁리를 하는 것이 뻔하더군요. 그래 웃 옷도 못입고 변소에 갔다 오겠다고 하고 밖에서 쇠를 잠그고 도망쳐버렸지요.(4.14.)

호송관들은 조금이나마 열차의 환경을 개선해 달라는 고려인들의 요구를 "악선전을 할 작정이오?"(4.13.)라는 위협으로 묵살한다. 중앙아시아까지의 호송을 담당한 이들에게 고려인의 열악한 환경이나 고통은 관심 밖이었다. 오히려 이들은 고려인들의 처참한 실상에서 자신들의 우월감을 확인하는 한편 그 지위를 이용하여 성적 욕망을 해소하려고까지 한다.

위의 인용은 이주 과정 중 가족과 헤어진 김냐자가 호송관에게 어머니를 찾아 달라고 부탁했다가 겁탈의 위기에서 간신히 탈출한 장면이다. 위기의 순간 기지를 발휘하여 호송관의 손아귀에서 벗어난 그녀는 두만 일행의 도움으로 안전을 확인하고는 그만 실신하고 만다. 그러나 호송관들은 자신의 잘못을 반성하기는커녕 오히려 "야욕을 못채운 앙갚음"(4.14.)으로 나쟈를 '해독분자'로 몰아 그녀에 대한 대대적인 수색을 감행한다. 그들은 '어떤 해독분자인 조선녀자를 찾는 다면서 그녀가 폭탄뭉치를 들고 있다'며 객차 안을 수색하려 한다. 그들은 열차에서 사람이 앓아 죽어가는 것에는 관심도 두지 않는 채 오직 나쟈를 찾는 데만 열중한다.

잔치와 호송관들의 비인간적인 태도에 대한 기억이 강제이주 당시의 분노와 고통을 형상화 한 것이라면 정착 이후 질병으로 인한 아이들의 죽음과 출생, 소련 당국의 각종 차별 정책에 대응하는 고려인들에 대한 기억은 꼴호즈의 영웅으로 살아남은 자신들에 대한 자긍심의 표출이다.

'붉은 노을' 꼴호스가 안정되어 갈 때 쯤 제갑동 사람들은 전염병으로 100명의 세살 미만의 아이들을 잃게 된다. 아이들의 죽음은 고려인들에게 엄청난 충격을 가져다준다. 파종계획을 세우면서 성공을 위한 기백으로 똘똘 뭉쳤던 사람들은 "저것들을 다 죽이고 무슨 살 멋이 있는가?"(5.8.)라며 절망과 환멸에 사로잡힌다. 그들 중 몇몇은 꼴호스를 떠나기까지 한다. 이런 그들을 바라보며 두만은 "원동밑천이 또 하나

날아났구나!"(5.18.)라며 한탄할 뿐 달리 방법을 찾지 못한다.

그러던 중 두만은 아내 '까쨔'에게서 임신 소식을 듣게 된다. 아내의 임신 소식에 두만은 "피여날 꽃봉오리들- 그들에게 우리의 미래가 있고 운명이 달렸"(5.11.)다고 생각하며 전염병에 죽지 않고 살아남은 아이들과 새롭게 태어날 아이들을 위해서라도 자신의 세대는 반드시 성공해야 할 임무를 부여 받았다고 생각한다. 강제이주를 형상화 하면서 살아남 았거나 새롭게 태어난 아이들을 기억한다는 것은 매우 중요하다. 왜냐 하면 전염병으로 아이들을 잃은 고려인들에게 살아남은 아이들과 새로운 생명의 탄생은 자신들이 살아야만 할 또 다른 이유이기 때문이다. 그들은 두 번 다시 아이들을 허망하게 잃지 않기 위해서라도 성공이 필요했다. 전염병으로부터 아이들을 보호할 수 있는 문화주택을 건설하고 쾌적한 환경에서 마음껏 뛰어놀게 하기 위해서라도 경제적인 성공은 필수적이었다. 게다가 성공은 전염병으로 아이들을 잃은 부모들의 슬픔을 치유하는 길이기도 했다.

살아남은 아이들에 대한 기억이 중앙아시아에서 성공해야만 하는 생래적인 이유를 제시한 것이라면, 기대에 못 미치는 지원과 상부의 무관심 및 각종 농기계의 절대 부족 등의 역경과 그것을 극복한 고려인들에 대한 기억은 성공을 향해 줄달음쳤던 고려인들에게 정치적인 정당성을 부여해 준다.

주 농업부에서 나오니 거리에는 조선사람천지다. 시장, 상점, 약국, 국수집 어디에서나 다 조선사람들이 벅적거린다. 얼핏보기에는 모두가 제대로이며 다좋은것만 같았다. 그러나 사람들의 얼굴에는 우울성, 긴장성, 근심걱정의 빛이 떠오르며 행색이 거칠어보인다. 그도 그럴것이 그들의 대부분은 밥주머니, 삶의 원천인 직업을 잃어버리지 않았는가!(4.28.)

부족한 볍씨와 당국의 지원을 얻기 위해 크슬오르다에 온 두만은 거리를 걷다가 우연히 아버지와 함께 '추풍재피거우'에서 싸운 '최일호'를 만나 그가 '일본개'란 죄목으로 유형살이를 하고 있다는 사실을 알게 된다. 거리를 방황하는 고려인들과 최일호의 모습은 고려인들의 처지가 마치 '맨발에 가시덤불을 밟고 가는 고통이고 칼을 물고 모래불에서 뜀박질을 하는 것만큼이나 아슬아슬한 길'이 라는 것을 보여준다.

게다가 '이천만동포' 노래 사건은 불난 집에 기름을 끼얹는 것과도 같았다. "이천만 동포야/ 일어나라, 일어나서/ 칼을 들고 총을 메고/ 나가 싸우자"(5.17.)란 노래는 원동 고려인들의 애창곡으로써 레닌 탄생 36주년 기념일 때는 아이들이 '레닌탄생가'와 함께 불러 상금까지 탔던 노래였다. 그러나 고려인들의 민족주의를 어떻게든 단속하려 했던 소련 당국은 아이들이 부른 이 노래를 가지고 두만을 향해 "꼴호스에서 왜 민족주의를 고취하는 노래를 불러요"(5.18.)라고 문책 한 뒤 정치적으로 사건화 한다. 비록 당원일지라도 "민족주의를 선전했다고 십년을 받아"(5.31)가는 세상이었고 수많은 이들이 바로 그 민족주의를 고취했다는 죄목으로 처형되던 시절이었다. 두만은 30여명이 넘었던 고려인 당원이 강제이주를 전후하여 4명 밖에 남지 않았다는 사실에 새삼 위기의식을 느낀 고려인 당원들의 헌신적인 변호 덕택에 간신히 위기를 모면한다.

그러나 위기를 모면한 것도 잠시 두만은 곡식을 헤치는 멧돼지를 사냥한 총이 문제가 되어 다시금 구역 민경소에 붙잡혀 간다. 이 일로 '붉은 노을' 사람들은 "불안에 휩싸이고 손맥이 풀려 일"(6.6.)마저 하지 못한 채 두려움에 떤다. 두만의 어머니는 아들이 잡혀 갔다는 소식에 "걸렸구나, 걸렸구나"(6.6.)하고 울부짖다 결국 정신을 놓아 버린다. 어머니는 무혐의로 풀려난 두만에게 "정의가 이긴다. 정의가…"(6.6.)라는 말을 남기고는 숨을 거둔다.

중앙아시아에 정착한 고려인을 소련 당국은 한마디로 '중앙아시아 개척이란 큰 고기를 잡기 위한 미끼'와 같은 존재로 생각한다. 그러나 고려인들은 온갖 역경을 이겨냄으로써 "조선인농부들은 미끼가 아니오 처녀지 개간의 창조적 힘"(5.16.)이라는 것을 증명하고자 했다. 그렇기 때문에 그들은 생명의 위험마저 돌보지 않은 채 꼴호스의 성공을 위해 일한다. 고려인들에게 성공이란 "조선사람들의 일솜씨와 근면성을 시위"(4.28.)하는 동시에 자신들의 존재 조건을 정치적으로 인정받는 유일한 행위였던 셈이다.

따라서 강제이주를 기억하면서 성공을 위해 불철주야 노력했던 고려인들의 모습을 불러냈다는 것은 소련 당국의 온갖 차별에도 불구하고 꼴호스의 영웅으로 우뚝 섰던 스스로에 대한 자긍심의 표현이라 할 수 있다.

4. 부인된 기억의 구성과 고려인 정체성

지금까지 살펴본 텍스트들이 주로 강제이주 전후를 배경으로 강제이주의 고통과 그 극복을 형상화했다면 강 알렉싼드르[30]의 <놀음의 법>[31]은 강제이주 이후 중앙아시아에서 살아남아야만 했던 고려인들의 삶을 강제이주와 연관해 알레고리화 한다.

작품의 내용을 살펴보면 다음과 같다.

주인공 '나'는 러시아인 무용수인 할아버지와 재혼한 할머니로 인해 다국적 가정에서 성장한다. 이 때문에 마을 아이들로부터 집단 따돌림을 당하게 되는데 특히 고려인이면서도 제말(조선말)을 하지 못한다는 사실 때문에 '반편'이란 놀림까지 당한다. 그런데 이 '반편'이란 별명은 편리하게도 주인공인 '나'에게 그들 세계에서 "살 수 있고 놀 수 있는 암호였고 또 통행증"(60쪽)의 역할을 한다. 즉 반편이 됨으로써 '나'는 아이들 세계에 편입되는 것을 허락받고 그들의 명령대로 도랑을 기어다니는 등 그들로부터 동료(?)로 인정받는다. 이것은 어린 주인공으로서는 참기 힘든 것인데 "잠이 들면 꿈속에서 기였고 깨여나면 생시에 또 기였"(61쪽)을 만큼 정신적·육체적 고통으로 다가온다.

　　　　어느 때나 이렇게 예속되여 살수는 없다. 불머리 쎄리크나 륙손이

---

30) 1960년 1월 21일 평양에서 태어난 강 알렉싼드르는 주로 러시아어로 작품 활동을 하는 문인으로 모스크바 고리키 문학대학을 졸업했다. ≪고려일보≫에서 근무하기도 한 그는 『가정의 세기』(1993), 『꾸지 않는 꿈』(1994)을 펴내기도 한 현역 소설가다. 이명재, 앞의 책, 참조.

31) 강 알렉싼드르, <놀음의 법>, 공동작품집, 『오늘의 빛』, 알마아따, 자수석출판사, 1990. 이하 쪽수만 표시함.

와씨까에게서 풀려나야 한다. …어떻게? 어떻게 하면 풀려난단 말이냐? 나는 물어볼 사람도 없었다. 아버지도 할아버지도 할머니도 없었다. 어떻게 살아간단 말이냐? 난 살고 싶었다. 자유롭게 마음 놓고 살아보고 싶었다. ……중략…… 나는 정말 살고 싶었다. 그러나 길을 찾지 못하였다. 할 수 없이 자기 자신을 달랠 수밖에 없었다.(76쪽)

모욕적이며 부끄럽기까지 한 상황이었지만 끝내 '나'는 거짓놀음을 거부하지 못한다. 주인공이 거짓놀음에서 벗어나지 못한 것은 중앙아시아에서의 고려인의 삶의 비의, 즉 인간생활에는 그에 맞는 놀음이 있다는 처절한 깨달음 때문이다. 주인공은 할머니와 어머니, 그리고 누이 등 고려인들의 삶을 통해 그들이 '아무런 뜻도 없'지만 '고상한 이름들'로 치장한 채 죽을 때까지 그 것에서 벗어나지 못하는 처벌을 받'(73쪽)고 있다는 사실을 체득한다. 그렇기 때문에 어떻게든 거짓놀음에서 벗어나 자유롭게 살 수 있는 길을 찾고자 몸부림치지만, 가족들이 끝내 길을 찾지 못한 채 자신을 달랬던 것처럼 자신 역시 그럴 수밖에 없다는 사실에 절망한다. 이 절망과 체념은 주인공 '나'를 더욱더 아이들의 요구에 복종하게 만든다.

그러나 이와 같던 주인공도 카자흐스탄에 버려지듯 내던져졌지만 의연하게 살아남았던 조상들의 모습이 환상처럼 떠오를 때면 어쩔 수 없이 부끄러움에 몸을 떨어야 했다. 굳센 의지로 황무지를 개간했던 조상들의 모습은 현실의 '나'를 더욱 부끄럽게 만들고 조상들에게 부끄러운 모습을 보이지 않기 위해 '나'는 자해하듯 더욱 낮게 포복을 하면서 "거저 놀음을 놉니다!"(79쪽)라고 소리친다.

이 작품에서 필자가 '기억'을 문제 삼는 것은 텍스트를 구성하는

‘기억’이 지극히 예외적이고 개인적인 사적 담론의 영역일 뿐 아니라, 줄곧 소련당국과 고려인 사회로부터 망각을 강요당한 ‘부인된 기억’이라는 점들 때문이다. 자신에게 불리한 기억들, 어느 누구에게도 발설해서는 안 되며 심지어는 망각하기 위해 몸부림 쳤던 그러한 기억들을 화자는 복원해 낸다. 이것을 통해 이 작품은 강제이주란 공식적 담론 속에 은폐되어 있던 개인의 실존을 끄집어 내는데 성공한다.

작가는 ‘부인된 기억’을 텍스트 전면에 배치하기 위해 두 가지 기억 방식을 혼용하여 사용한다. 작중 화자의 지극히 개인적인 부끄러운 기억과 고려인 강제이주라는 집단적인 기억이 그것이다. 작중 화자의 개인적인 기억에 대해서는 설명했기에 여기서는 강제이주를 기억하는 방식에 대해 논의하도록 한다.

<놀음의 법>은 여타 강제이주를 다룬 텍스트들과 달리 화자가 강제이주를 직접 경험하지 않는다. 즉 비경험자의 입장에서 타인들의 기억 속에 존재하는 강제이주를 불러낸다는 점에서 이전 강제이주를 형상화한 작품들과 구별된다. 강제이주 당시 여섯 달이던 화자에게 ‘강제이주’는 “나의 친척들이란 남자들은 누렇게 색이 변한 사진들뿐이였다”(56쪽)처럼 기억의 영역 밖에 존재한다. 따라서 강제이주는 “차칸은 담배연기에 차고 음식냄새와 오줌냄새에 골치가 아팠다”거나 “미지근한 차물에 닭알과 흘레브를 얻어먹”(54쪽)어 기분이 좋았던 누이의 기억처럼 환영32)일 수 밖에 없다. 강제이주가 이처럼 환영(幻影)으로 처리되는 이유는 물론 화자가 직접 경험하지 못했다는 점이 중요한

----

32) 이 작품에서 강제이주는 누이가 들려준 풍경과 환영(幻影)처럼 눈앞에 떠오르는 장면들로만 제시된다.

원인으로 작용한다. 그러나 더 근원적인 원인은 할머니와 어머니 등 강제이주의 참상을 직접적으로 체험한 이들의 완강한 침묵에서 기인한다. 할머니와 어머니는 "조선말을 아버지가 사는 곳에 남겨두고 온"(60쪽) 이유에 대해 이야기 해달라는 화자의 요구에 대해 "아무 기억도 나지 않는 듯 그저 고개만 *끄덕*"(56쪽)인다. 이런 그녀들의 모습을 화자는 "높은 의자등받이에 가리워 아무것도 회상하지 못하는 녀자, 회상하려고 하지 않는 여자"라고 생각한다. 이들의 이러한 삶의 태도로 인해 화자는 중앙아시에서 살아남아야 했던 그녀들의 삶 한가운데로 들어가지 못한 채 다만 엿볼 뿐이다.

결국 화자는 개인의 부끄러운 기억과 가족들의 감추어진 삶을 기억해 냄으로써 고려인들의 삶의 비의를 깨닫게 된다. 이것을 통해 그는 고려인인 자신을 타자들과 구별짓게 되는데, 이 과정에서 그는 조국을 새롭게 구성해 낸다.

5. 맺음말

이 글은 스탈린의 '강제이주(deportation)'를 직·간접적으로 다룬 고려인 한글문학 작품을 중심으로 기억의 문제를 탐구했다. 1937년 스탈린의 강제이주는 고려인들의 기억에서 영원히 사라지지 않는 사변과도 같았다. 그 충격 때문인지 고려인들은 강제이주에 관해서는 자손에게까지도 자신들이 겪은 경험을 말하지 않았고 심지어는 반세기가 지난 현재에도 과거사에 대하여 말하기를 주저하고 있다.

소련 개방 이전까지 금기의 영역이었던 '강제이주'는 1989년 소련 개방과 더불어 본격적으로 역사의 전면에 등장한다. 고려인 한글 신문인 ≪레닌기치≫ 지상을 통해 이루어진 강제이주에 대한 논쟁은 당시 발흥하기 시작한 민족주의를 어떻게 이해할 것인가란 문제로 첨예하게 대립하는 양상을 보인다. 즉 민족주의의 위험성을 강조한 측에서는 조선인 간첩과 꼴호즈에서의 성공을 기억한 반면 민족주의를 통해 새로운 활로를 모색하고자 했던 이들은 죽음과 분노에 치떨던 조선인들의 눈 등의 탄압을 기억해 낸다.

스탈린 통치 기간에는 이주란 어휘는 물론이고 1937년이란 숫자마저 자유롭게 사용할 수 없는 부재의 영역이었다. 그러나 스탈린이 사망한 후 어느 정도 문학적 형상화의 대상이 될 수 있었는데 연성룡의 <카사흐쓰딴아, 나의 절을 받으라>와 전동혁의 장편서사시 <박령감> 등이 그것이다. 이들 작품들은 '도강민'에 불과했던 자신들을 '레닌 당의 지도'를 받는 시월 나라에서 살 수 있는 길을 만들어 준 배려로 강제이주를 기억한다.

'개편과 촉진, 민주주의와 공개성의 새 시대'가 도래하자 고려인들은 강제이주에 관한 기억들을 본격적으로 불러낸다. 한진은 <공포>를 통해 스탈린의 범죄 행위를 비판할 뿐 아니라, 염소라는 알레고리를 창조하여 고려인 앞잡이들의 죄 역시 폭로한다. 시 텍스트들 또한 카사흐스탄인들의 우정이나 번영이 아닌 '생지옥'과 '강제이주'를 기억한다. 이러한 작업을 통해 작가들은 변화하는 새로운 시대에 고려인들이 무엇을 할 것인가를 묻는다.

김기철의 중편소설 <이주초해>와 강 알렉싼드르의 <놀음의 법>

도 빼놓을 수 없는 작품이다. 이들 작품은 지극히 예외적이고 개인적인 사적 담론의 영역이었던 '부인된 기억'들을 불러내어 강제이주란 집단적 담론 속에 은폐되어 있던 개인의 실존을 문제 삼고 있다.

고려인 한글문학에서 강제이주를 기억하는 방식은 크게 두 가지로 구분할 수 있다.

첫째는 부재의 영역에서 당의 배려로, 그리고 점차 공포와 생지옥으로 옮겨가는 인식상의 변화요, 둘째는 집단적인 기억에서 개인의 사적 영역으로 전개되는 형식상의 변화다.

이상의 논의를 통해 우리는 고려인들이 강제이주에 대한 기억을 통해 자신들의 나아갈 방향을 모색하는 한편, 소련 개방 이후에는 조국을 새롭게 구성하는 원동력으로 삼고 있다는 결론을 얻었다.

(『국제한인문학연구』, 국제한인문학회, 2004)

【참고문헌】

<작품 및 기초자료>

고원정, 『한국인』,해냄, 2000.
공동작품집, 『오늘의 빛』, 자수싀출판사, 알마아따, 1990.
공동창작집, 『시월의 해빛』, 작가출판사, 알마아따, 1970.
공동창작집, 『씨르다리야의 곡조』, 자수싀출판사, 알마아따, 1975.
광복40년 교과서 편집위원회, 『광복 40년의 교과서2; 소설』, 나랏말쏘미, 1987.
김기림, 『김기림전집』 2, 심설당, 1988.
김세일,『홍범도』, 신학문사, 1989.
김준, 『십오만원 사건』, 카자흐국영문학예술 출판사, 1964.
김지홍 편, 『김동인 평론선집』, 삼영사, 1984.
김진명, 『무궁화꽃이 피었습니다』, 해냄, 1993.
남정현, 『糞地』, 흔겨레, 1987.
박경리, 『토지』, 지식산업사, 1985(5쇄).
박상우, 『샤갈의 마을에 내리는 눈』, 세계사, 1991.
서종택, 『白痴의 여름』, 나남, 2000.
오정희, 『유년의 뜰』, 문학과 지성사, 1981.
유주현, 『군학도』, 신태양사, 1976.
_____,『대원군』, 신태양사, 1976.
유현종, 『들불』, 세종출판사, 1976.
윤후명 외, 『협궤열차』, 동아출판사, 1995.
이광수, 『이광수전집』1, 삼중당, 1966.
이길상 · 오만석 공편, 『한국교육사료집성-미군정기편 Ⅱ』, 한국정신문화연구원,
        1997.
이병천, <꼬레 한국>, ≪세계의 문학≫, 1987. 가을.
이순원, 『얼굴』, 문학과지성사, 1993.
이원규, <강변에서의 하룻밤>, ≪당대비평≫, 1997. 가을호.
임철우, 『한국소설문학대계』, 83권, 동아출판사, 1995.
장정일, 『보트 하우스』, 프레스 21, 2000.

전남사회문제연구소편, 『5・18광주민중항쟁 자료집』, 도서출판 광주, 1988.
정 찬, <슬픔의 노래>, ≪현대문학≫, 1995.5.
최인석・임철우 엮음, 『밤꽃』, 이룸, 2000.
한국정신문화연구원 편, 『한국독립운동사자료집-홍범도편』, 1995.
홍희담, <깃발>, ≪창작과비평≫, 1988. 여름호.
황석영, 『장길산』, 창작과 비평사, 1995.
≪노력인보≫, ≪동아일보≫, ≪중앙일보≫

<국내 참고 자료>

강만길, 「민족사학론의 반성」, ≪창작과 비평≫, 1976. 봄호.
강수택, 『일상생활의 패러다임』, 민음사, 1998.
강진호, 「궁핍 속에 피어난 풍자문학」, ≪문화예술≫, 1992.
강현두 편, 『한국의 대중문화』, 나남, 1991.
고부응, 「에드워드 사이드:변경의 지식인」, ≪현대시사상≫, 고려원, 1996. 봄.
______, 「초민족시대의 민족 정체성」, ≪현대사상≫, 민음사, 1998. 여름호.
고세현, 「80년 '광주'의 의미」, ≪창작과비평≫, 1989. 여름.
권영민, 「90년대를 향한 소설적 도전」, ≪소설과 사상≫, 창간호, 1992.
권희영・반병률, 『우즈베키스탄 한인의 정체성 연구』, 정신문화연구원, 2001.
金炳翼, 「70年代 新聞小說의 文化的 意味」, 『신문연구』, 1977.
김광섭, 『나의 獄中記』, 창작과비평사, 1976.
김규원, 「국제화 시대와 한국인의 대외의식」, 『성곡논총』제26집, 1995.
김낙년, 「일본제국주의의 식민지 지배의 특질」, 강만길 외, 『한국사 13』, 한길사, 1994.
김대회, 「1937년 중앙아시아 지역 한인 강제이주 연구」, 이화여대 석사학위논문, 2003.
김동구, 「미군정기간중 천원의 교육활동」,≪교육발전≫ 제 19집 1호, 2000.2.
김동춘, 「한국 사회 과학에서의 탈식민의 과제」, ≪비평≫3, 2000.11.
김동환, 「1930년대 한국 전향소설 연구」, 서울대 석사학위논문, 1987.
김상웅 편저, 『친일파 100인 100문; 친일의 궤변과 매국의 논리』, 돌베개, 1995.
김성곤, 「탈식민주의 시대의 문학」, ≪외국문학≫, 1992.

김영민, 『탈식민성과 우리 인문학의 글쓰기』, 민음사, 1996.
김윤식, 「문학교육과 이데올로기(국어교과서의 역사성 비판)」,蘭臺 李應百博士 古稀紀念論文集 刊行委員會 編,『蘭臺李應百博士古稀紀念論文集』, 한샘출판사, 1992.
______, 「장길산- 황홀경의 사상」, ≪소설문학≫, 1985.7.
김정원, 「토니 모리슨의 소설 연구－미국흑인의 정체성 탐구와 역사인식－」, 전남대 박사학위논문, 2001.
김진균·정근식, 「식민지 체제와 근대적 규율」, 김진균·정근식 편저, 『근대주체와 식민지 규율권력』, 문학과학사, 1997.
김필영, 『소비에트 중앙아시아 고려인 문학사』, 강남대 출판부, 2004.
김 현, 「역사소설의 문제점들」, 『행복한 책읽기』(전집 15권), 문학과 지성사, 1993.
김현진, 「기억의 허구성과 서사적 진실」, 최문규 외, 『기억과 망각』, 책세상, 2003.
나병철, 「1930년대 후반기 도시소설 연구」, 연세대 박사학위논문, 1989.
______, 『근대서사와 탈식민주의』, 문예출판사, 2000.
류보선, 「1930년대 후반기 문학비평 연구」, 서울대 박사학위논문, 1996.
박경태, 「한국사회의 인종차별: 외국인 노동자, 화교, 혼혈인」, ≪역사비평≫, 1995.
박명진, 「고려인 희곡 문학의 정체성과 역사성」, 『한국극예술연구』 19집, 한국극예술학회, 2004.4.
______, 「중앙아시아 고려인 文學에 나타난 民族敍事의 特徵」, 『語文研究』122호, 韓國語文敎育硏究會, 2004.6.30.
______, 『한국 희곡의 이데올로기』, 보고사, 1998.
朴鵬培, 『韓國國語敎育全史』(개정판) 上, 大韓敎科書株式會社, 1992.
박완서, 「포스트식민지적 상황에서의 글쓰기」, 『경계를 넘어 글쓰기: 다문화세계 속에서의 문학』 3, 2000 서울 국제문학포럼 자료집.
박유하, 『누가 일본을 왜곡하는가』, 사회평론, 2000.
박정선, 「아시아계 미국인에 대한 타자화(他者化)와 그 문제점」, ≪역사비평≫58호, 2002. 봄.
박지향, 『제국주의-신화와 현실』, 서울대출판부, 2000.
박호근, 「한국 교육정책과 그 유형에 관한 연구(1945~1979)」, 고려대 박사학위논문, 2000.6.
배봉기, 「채만식 문학의 인물 특성과 형상화에 대한 연구」, 연세대 박사학위논문, 1992.

백낙청, 「역사소설과 역사의식」, ≪창작과 비평사≫, 1967. 봄호.
백철·이병기, 『國文學全史』, 신구문화사, 1993(2쇄).
서대석, 「영웅소설의 전개와 변모」, 성오 소재영 교수 환력기념논총 간행위원회
　　　편, 『고소설사의 제문제』, 집문당, 1993.
서은주, 「최인훈 소설 연구-인식 태도와 서술 방식의 상관성을 중심으로」, 연세대
　　　박사학위논문, 2000.
손종호, 「김광섭 문학연구」, 충남대 박사학위논문, 1988.
손진태, 「民主主義民族敎育-民主主義 民族敎育論의 理念」, ≪새교육≫, 제
　　　4호, 1949.
송 무, 「영문학 교육의 정당성과 정전의 문제」, 고려대 박사학위논문, 1994.
송미경, 「뉴스의 현실구성 이론-5·18관련 보도를 중심으로」, 서강대 박사학위
　　　논문, 1995.
송재영, 「小說의 넓이와 깊이」, ≪문학과 지성≫, 1974. 봄호.
송현호, 「근대초기 문학에 나타난 탈식민주의와 페미니즘」, 『아주어문연구』, 1994.
＿＿＿, 「만해의 소설과 탈식민주의」, 『국어국문학』, 1994.
스쩨빤 김, 「스탈린의 한인 강제이주와 잃어버린 모국어」, ≪역사비평≫ 8, 1990.2.
신덕룡, 「광주체험의 문학적 의의」, ≪문학정신≫, 1991.5.
申東旭, 「蔡萬植의 小說硏究」, 『동양학』, 12집, 1982.
심헌용, 「강제이주의 발생 메카니즘과 민족관계의 특성 연구」, 『국제정치논총』
　　　39.3.
오인문, 「新聞 連載小說의 變遷」, 『신문연구』, 1977.
안호상, 「民族敎育을 외치노라」, ≪새교육≫, 창간호, 1948.7.
양윤모, 「최인훈 소설의 '정체성 찾기'에 대한 연구」, 고려대 박사학위논문, 1999.
오창은, 「문학과 사회와의 긴장관계 고찰-광주민중항쟁 소설을 중심으로」, 문학과
　　　비평연구회 월례 발표문, 1996.
오천석, 『한국신교육사』, 현대교육총서, 1964.
우한용, 「소설문체의 사회시학적(社會詩學的) 궤적(軌跡)」, ≪소설과 사상≫,
　　　1995년 여름호.
＿＿＿, 「허구적 상상력으로 역사 읽기-『태풍』, 『비명을 찾아서』, 『황제를 위하여』
　　　등의 경우」, ≪문학정신≫, 1992.9.
＿＿＿, 『채만식소설 담론의 시학』, 개문사, 1992.
유게라씸, 「재쏘사람들」, 『한국과 국제정치』11~12, 경남대학교 극동문제 연구소,

1990.

유명기, 「한국의 ‘제3국인’, 외국인 노동자」, 임지현외, 『우리안의 파시즘』, 삼인, 2000.

유억겸, 「朝鮮敎育槪況」, ≪민주경찰≫제 1권 제 2호, 1947.8.

유종호, 김윤식, 이문구, 『김동리 전집 7권- 문학과 인간』, 민음사, 1997.

이동하, 「유신시대의 소설과 비판적 지성」, 문화사와비평연구회 편, 『1970년대 문학연구』, 예하, 1994.

이명재·박명진·최강민 외, 『억압과 망각, 그리고 디아스포라』, 한국문화사, 2004.

이명재 편저, 『소련지역의 한글문학』, 국학자료원, 2002.

李秉岐 著, 金炳昱·崔勝範 編, 『가람 日記 Ⅱ』, 新丘文化社, 1976.

__________, 「해방후 국어교육」, ≪새교육≫, 2호, 1948.

이보영, 「東學革命과 小說化의 문제」, ≪표현≫, 1989. 상반기호.

이석구, 「식민주의 역사와 탈식민주의 담론」, ≪외국문학≫, 1997. 봄호.

이연숙, 「디아스포라와 국문학」, 『민족문학사연구』 19호, 1999.12.

이인숙, 「최인훈 소설의 담론특성 연구-서술층위를 중심으로」, 고려대 박사학위논문, 1998.

이재선, 『현대한국소설사』, 민음사, 1994(3쇄).

이해년, 「한국 문학에 나타난 포스트콜로니얼리즘 연구-「아리랑」, 「태백산맥」, 「무궁화꽃이 피었습니다」를 중심으로」, 『한국문학논총』 제 26집, 2000.

이홍렬, 「달콤한 유혹과 고통스런 버텨읽기: 탈식민주의적 책읽기의 한 방법」, ≪외국문학≫, 1992.

이훈, 「낙원의 상실과 건설-광주항쟁의 두 소설」, ≪문학과비평≫, 1991.

李熙福, 『國民學校 國語敎育의 理論과實踐』, 建文社, 1948.

임규찬, 「광주항쟁의 소설화, 어디까지 왔나」, ≪문학정신≫, 1991.5.

임영봉, 「역사소설의 특성에 관한 연구」, 중앙대 석사학위논문, 1992.

임지현, 『민족주의는 반역이다』, 소나무, 1999.

_____ 외, 『우리안의 파시즘』, 삼인, 2000.

임채완, 「소련 한인사회의 현황과 과제」, 『통일문제연구』 8집, 1991.

장사선·김현주, 「CIS고려인 디아스포라 소설 연구」, 『현대소설연구』 21, 현대소설학회, 2004.

장세진, 「80년대 문학의 사회사적 의미-광주민중항쟁관련소설을 중심으로」, ≪비평문학≫, 1989.

전경수 편,『까자흐스딴의 고려인』, 서울대학교출판부, 2002.

전상기,「1960·70년대 한국문학비평 연구」, 성균관대 박사학위논문, 2003.

정문길, 최원식, 백영서, 전형준 엮음,『동아시아, 문제와 시각』, 문학과지성사, 2000.

鄭百秀,『한국 근대의 植民地 體驗과 二重言語 文學』, 아세아문화사, 2000.

정재서,『동양적인 것의 슬픔』, 살림, 1997.

정재찬,「현대시 교육의 지배적 담론에 관한 연구」, 서울대 박사학위논문, 1996.

조남현,「한국현대소설에 나타난 지식인상 연구」, 서울대 박사학위논문, 1983.

조윤아,「역사적 사실의 소설적 형상화에 대한 소고―광주 항쟁 소재 소설을 대상으로」,『서울여대 논문집』, 1995.

조혜정,『탈식민지 시대 지식인의 글 읽기와 삶 읽기』, 또 하나의 문화, 1994.

中央大學校附設 韓國敎育問題硏究所,『文敎史』, 中央大出版局, 1974.

최원식,「광주항쟁의 소설화」, ≪창작과 비평≫, 1988. 여름.

최익현,「이효석의 미적 자의식에 관한 연구―식민지 체제에서의 글쓰기 비판」, 중앙대 박사학위논문, 1998.

최인훈,「원시인이 되기 위한 문명한 의식,『길에 관한 명상』, 청하, 1989.

최재봉,「베스트 셀러의 역사」, ≪소설과 사상≫, 1995. 여름.

최정무, Sorcery and Modernity, 최혜랑 역,「경이로운 식민주의와 매혹된 관객들」, 현실문화연구,『문화읽기―삐라에서 사이버문화까지』, 현실문화연구, 2000.

崔台鎬,「編修秘話」, ≪敎壇≫ 39, 1970.3.

최한우,「중앙아시아 민족주의 운동과 고려인 집단 정체성 문제」,『아시아태평양지역연구』제 3권 1호, 2000.

최협, 이광규 공저,『이민족국가의 민족문제와 한인사회』, 집문당, 1998.

하정일,「'사실' 논쟁과 1930년대 후반 문학의 성격」, ≪작가연구≫, 1998.6.

_____,「민족문학의 역사성과 탈식민성」, ≪비평≫ 3집, 생각의 나무, 2000.

_____,「다시 일어서야 하는 땅, 광주―광주문학 20년을 되돌아보며」, ≪실천문학≫, 2000. 여름.

하창수 엮음,『외국인 노동자 환영받지 못한 손님』, 분도출판사, 1988.

한기,「인간을 생각하는 짐승!―문학대담/최인훈」, ≪문예중앙≫, 1999. 여름.

허련순,「서울에서의 인간 수업」, 김성호 외,『서울에서의 못다한 이야기』, 말과창

조사, 1997.

洪禎云, 「韓國 近代歷史小說 研究」, 동국대 박사학위논문, 1987.

황국명, 「유현종의 <들불> 연구-동학농민전쟁과의 관련을 중심으로」, 『한국어 문논집』 16집, 1995.

황석영, 「역사소설의 문제점」, 《한국일보》, 1976.1.8.

_____·이병순 대담, 「나에게 나의 춤을」, 《한국문학》, 1979.2.

<번역서 및 외국 자료>

Fleischman Avorom , *The English Historical Novel*(2쇄), The John Hopkins UP, 1972.

Ashcroft Bill, Griffith Gareth, and Helen, *The Empire Writes Back*; Routledge: London, 1989, 이석호 옮김, 『포스트 콜로니얼 문학이론』, 민음사, 1996.

Said Edward W, *The Word, the text an critic*, Cambridge Mass; Harvard UP, 1983.

Kim Elaine and Choi Chungmoo ed, *Dangerous Women*, 박유미 옮김, 『위험한 여성』, 삼인, 2001.

Gandhi, Leela , *Postcolonial Theory; a critical introduction*, Allen&Unwin, 1998, 이영욱 옮김, 『포스트식민주의란 무엇인가』, 현실문화연구, 2000.

가라타니 고진(柄谷行人), 박유하 옮김, 『일본근대문학의 기원』, 민음사, 2001(3쇄).

델리 친(Daryl Chin)·박소영 옮김, 「할리우드 멜로드라마와 적/우방으로서의 한국인과 월남인의 재현 문제」, 《외국문학》, 1993.3.

레이 초우, 심광현 옮김, 「종족 영략의 비밀들」, 《흔적》 2, 2001. 12.

루카치, 이영욱 역, 『역사소설론』, 거름, 1987.

마뜨베이 찌모피예비치 김 지음, 이준형 옮김, 『일제하 극동시베리아의 한인 사회주의자들』, 역사비평사, 1990.

벨라 버드 비숍, 이인화 옮김, 『한국과 그 이웃나라들』, 살림, 2000(9쇄).

블라지미르 김, 김현택 옮김, 『러시아 한인 강제 이주사; 문서로 본 반세기 후의 진실』, 경당, 2002.

샤오메이 천, 정진배·김정아 옮김, 『옥시덴탈리즘』, 강, 2001.

서경식, 김혜신 옮김, 『디아스포라 기행』, 돌베개, 2006.

고모리 요이치(小森陽一), 『ポスソテイア』, 송태욱 옮김, 『포스트콜로니얼－식민지적 무의식과 식민주의적 의식』, 삼인, 2002.

고자카이 도시아키(小坂井敏晶), 방광석 옮김, 『민족은 없다』, 뿌리와 이파리, 2003.

안드레아 하이스(Andrea Heiss), · 심정보 옮김, 「월남전, 언어, 렌즈의 문학」, ≪외국문학≫, 1991

에드워드 사이드, 김성곤 · 정정호 옮김, 『문화와 제국주의』, 창, 1995.

______________, 박홍규 역, 『오리엔탈리즘』, 교보문고, 1991.

이사이엔 앙, 최정운 옮김, 「모호성의 함정－중국계 인도네시아인의 피해자 되기와 역사의 잔해」, ≪흔적≫2, 2001. 12.

자크 레에나르트 지음, 허경은 옮김, 『소설의 정치적 읽기』, 한길사, 1995.

재클린 아미요－후세인, 여국현 옮김, 「생존의 서사들: 중국 남서부 무슬림은 1873년의 학살을 어떻게 기억하는가」, 『흔적』2, 2001. 12.

치누아 아체베, 「식민주의 비평」, 이석호 옮김, 『제 3세계 문학과 식민주의 비평』, 인간사랑, 1999.

캐스린 흄(Kathryn Hume), 한창엽 역, 『환상과 미메시스』, 푸른나무, 2000.

테리 이글턴, 김명환 · 정남영 · 장남수 공역, 『문학이론 입문』, 창작과 비평사, 1986.

프랭크 렌트리키아 · 토마스 맥로프린 공편, 정정호 외 공역, 『문학연구를 위한 비평용어』, 한신문화사, 1996(2쇄).

하루오 시라네 · 스즈키 토미 엮음, 왕숙영 옮김, 『창조된 고전: 일본문학의 정전 형성과 근대 그리고 젠더』, 소명출판사, 2003(2쇄).

홀거 하이데, 강수돌 외 옮김, 『노동사회에서 벗어나기』, 박종철출판사, 2000.

【색 인】

저자 강진구

　　중앙대학교 국어국문학과를 졸업한 후 같은 대학 대학원에서 「한국 근대초
기 소설론 연구; 우연성 논의를 중심으로」로 문학박사 학위를 받았다. 중앙대,
상지대에 출강했으며 현재는 중앙대 인문과학 연구소 전임연구원으로 재직하
고 있다.
　　논문으로는 「전후 일본문학에 나타난 한국의 표상체계 연구Ⅰ·Ⅱ」, 「억
압된 주체의 소환과 전후 일본의 과거사 인식 연구」 등이 있고, 저서로는
『한국문학권력의 계보』(공저), 『억압과 망각, 그리고 디아스포라』(공저), 『편
견과 무지의 경계선 넘기』(공저) 등이 있다.

한국문학의 쟁점들
탈식민·역사·디아스포라

초판인쇄 2007년 8월 14일 │ 초판발행 2007년 8월 23일
저자 강진구 │ 발행 제이앤씨 │ 등록 제7-220호

132-040
서울시 도봉구 창동 624-1 현대홈시티 102-1206
TEL (02)992-3253 │ FAX (02)991-1285
e-mail, jncbook@hanmail.net │ URL http://www.jncbook.co.kr

ISBN 978-89-5668-532-8 93810 │ 정 가 18,000원